中国社会科学院
老年科研基金资助

中国社会科学院老学者文库

21世纪的拉美小说研究

朱景冬 ◎ 著

中国社会科学出版社

图书在版编目（CIP）数据

21世纪的拉美小说研究/朱景冬著. —北京：中国社会科学
出版社，2019.10
（中国社会科学院老学者文库）
ISBN 978-7-5203-4744-0

Ⅰ.①2⋯　Ⅱ.①朱⋯　Ⅲ.①小说研究—拉丁美洲—21世纪
Ⅳ.①I730.74

中国版本图书馆 CIP 数据核字（2019）第 149286 号

出 版 人	赵剑英
责任编辑	陈肖静
责任校对	李　莉
责任印制	戴　宽

出　　版	中国社会科学出版社
社　　址	北京鼓楼西大街甲 158 号
邮　　编	100720
网　　址	http://www.csspw.cn
发 行 部	010-84083685
门 市 部	010-84029450
经　　销	新华书店及其他书店

印　　刷	北京明恒达印务有限公司
装　　订	廊坊市广阳区广增装订厂
版　　次	2019 年 10 月第 1 版
印　　次	2019 年 10 月第 1 次印刷

开　　本	710×1000　1/16
印　　张	22.5
字　　数	286 千字
定　　价	108.00 元

目　　录

前　言

　　进入 21 世纪以来，国人对拉美文学的热情远不像 20 世纪八九十年代那么高了。无论译作还是评论，都廖若晨星，基本上陷入了沉寂。这一切给人的印象似乎是，拉美文学是不是走入了低谷，不景气了呢？根据笔者这些年来对拉美文学的跟踪和研究，觉得今日之拉美文学虽不像 20 世纪文学"爆炸"的六七十年代那么火爆，但也并非一片萧条，在一定程度上讲，它倒是充满了生机，因为无论老一代作家还是中青年作家，都在努力写作，不断推出新作品，使文坛呈现朝气蓬勃的景象。

　　20 世纪 60 年代的文学"爆炸"早已偃旗息鼓，它的代表作家大部分已经仙逝（如加西亚·马尔克斯、胡利奥·科塔萨尔、卡洛斯·富恩特斯、何塞·多诺索和加夫列拉·因方特），但健在者仍殚精竭虑，坚持笔耕。已逝者生前 21 世纪也有所作为，如加西亚·马尔克斯，继出版长篇回忆录《沧桑历尽话人生》后，2004年又将中篇小说《回忆我不幸的妓女》呈献给读者。小说初版印数多达百万余册，随后被译成二三十种外国文字。故事背景是加勒比地区的重镇巴兰基利亚。作品以第一人称自述形式写成，主人公是一位耄耋之年的新闻工作者，为了庆祝其 90 岁生日，他决定找一个 14 岁的童贞少女伴他过夜。为此，他去求助他多年前光顾过的妓院的老鸨罗莎。老鸨果然为他物色到了一位少女，于是他躺在赤裸的女孩旁，仔细地观赏她，抚摸她，如梦如幻，却没有其他欲望，因为他太老了。就这样，他和女孩的关系持续了一年。小说将现实和回忆结合在一起，描述了主人公劳碌和纸醉金迷的一生，及其年迈后的生活、爱情、忧虑、忌妒、喜悦和荣誉观，细致地刻画了这个老人的行为举止和心理活动。加西亚·马尔克斯的这部作品和他的其他作品最大的区别在于它没有任何政治背景，仅仅表现一位垂暮老人一生的方方面面。

但墨西哥作家卡洛斯·富恩特斯（1928—　）的《鹰之椅》（2003）却具有强烈的政治色彩。小说写的是 2020 年的墨西哥：和新千年开始时一样，社会动荡和腐败现象仍在继续。作品以书信体写成，通过一系列政界要人间的书信往来展开情节。主要人物都是政客，其中有为人善良却丧失意志力的洛伦索·特兰总统，有他的内阁总理、阴谋家塔西托·德拉·卡纳尔，有他的政府秘书、会算计的贝纳尔·埃雷拉，有严厉的国防部长、保守着可怕的秘密的范·贝特拉夫，有杀人成性、天下无敌的警察局长西塞罗·阿鲁萨，有报复心重的前总统塞萨尔·莱翁和操纵政治、掌控一切、极其性感的女人玛丽亚·罗莎里奥·加尔万。政客，自然以政治为本，善于玩弄权术和投机。正如加尔万所说："对我而言，包括性在内，一切都是政治"，活着就为一个目标："以政治为食，以政治为梦想，政治是我的本性和事业。"小说的主要内容都是关于议会、政党、政权交替、前总统们的生活和政客间的钩心斗角的描写。作者笔下的墨西哥对美国极其依赖，国内存在着官员明目张胆的腐败，工人罢工，学生游行，暴力肆虐，农民遭屠杀。其实，这正是当今墨西哥现实的写照。批评家们认为，富恩特斯写这样一部小说，目的并不是让墨西哥人对未来失去信心，而是为了促使那些掌握着改变国家历史进程的人进行思考，并采取必要的措施，使国家变得越来越好。

秘鲁作家巴尔加斯·略萨（1936—　）比加西亚·马尔克斯

和富恩特斯年轻，创作的作品也更有活力。从 21 世纪伊始至今，他已出版《公山的节日》《天堂在另一个街角》《一个顽皮的坏女孩》《凯尔特人之梦》和《真正的英雄》五部小说。

其中，《一个顽皮的坏女孩》以 20 世纪下半叶伦敦、巴黎、东京和马德里等多个城市发生的政治、社会和文化变化为背景，描述了一对恋人长达 40 年的爱情故事。男主人公是出身利马上层社会的青年里卡多·索莫库西奥，家住米拉弗洛雷斯区，他深深地爱上了一个出身卑微的利马小女孩丽丽。但是她出现不久便在他的生活中消失了。他的爱情梦想随之化为泡影。若干年后，他定居巴黎，做翻译工作，一天居然和丽丽不期而遇。这一次她是作为秘鲁左派革命运动的游击队员路过巴黎，前往古巴寻找她的准军事组织的。后来他又先后在伦敦、东京和马德里遇见她几次——有时她是她的同事的妻子，有时她是一个英国人的女人，有时她又是一个日本走私者的情妇。在不同城市的多次相遇中，他表示仍然爱她，并向她求婚，她也偶尔和他住上两夜。直到丽丽走投无路时才被迫和他同居结婚。但是不久又离开他，找了个年老的百万富翁为夫。作者说："在这部作品中，我想讲述一个现代的爱情故事，它不受 19 世纪那种传统的爱情模式的束缚，也不受家庭、社会、文化、礼仪和习俗的限制。"所以在小说中，作者既写了里卡多对爱情的执着和专一，又写了坏女孩的水性杨花。小说采用线形结构，和作者的《绿房子》等的复杂结构形成对照。但其故事本身却像迷宫一样曲折。此作说明作者又回到纯粹的叙述艺术，不再在结构上费尽心机。

20 世纪 60 年代文学"爆炸"后，七八十年代又崛起了一群作家，他们被称为"小字辈"，有 20 多位，史称"后爆炸的一代"。如今他们大多已年逾古稀，有的甚至驾鹤西去，但在世者老当益壮，仍坚持创作。

其中最引人注目的是被称为"穿裙子的加西亚·马尔克斯"

的智利女作家伊莎贝尔·阿连德（1942— ）。她于 2004 年完成了总题目为《老鹰和美洲豹的回忆》的三部曲，即《野兽们的城市》《金龙王国》和《小矮人的森林》。此外，她还出版了一部表现黑奴争取解放的斗争的小说《海底之岛》。《野兽的城市》讲述的是 15 岁的美国少年阿莱克桑德尔·科尔德的故事。母亲利莎·科尔德患了癌症，需要父亲全力以赴照顾。母亲决定把他送到纽约去和祖母生活一段时间。最初，小主人公对离开父母一事感到不快，但后来得知在《国家地理》杂志工作的祖母带他去位于巴西和委内瑞拉交界处的亚马逊热带丛林地区探险时，他不禁笑逐颜开。不久，祖孙二人便搭船前往亚马逊丛林，进入了那个陌生而神奇的世界。小主人公阿莱克桑德尔·科尔德本是个备受溺爱、性情胆怯的孩子，慢慢变成一个充满青春朝气的少年。他跟随祖母经历了一次又一次冒险：他们在丛林里见到一种从未见过的动物，那种动物散发出来的气味非常强烈，既刺鼻又能使人麻痹；在穿越丛林的途中，他们认识了一个名叫纳迪亚·桑托斯的巴西小姑娘，她虽然只有 12 岁，却能和许多动物对话；他们还见到一个通晓传统药物秘密的印第安人和一个能够隐身的印第安人部落。丛林历险使小主人公增长了见识，开阔了眼界，他不仅亲身感受到了大自然的神奇、美妙，而且耳闻目睹了严酷的大自然对人类的危害。故事情节引人入胜，描述的事物古怪离奇，这表明作者在创作方法上再次采用了她擅长的魔幻现实主义手法。伊莎贝尔在接受记者采访时说，《野兽们的城市》产生于她在三个孙子入睡前对他们讲的故事，写此书的目的是要让青少年了解大自然的宏伟、威严和可爱，提醒人们不要再给地球的生态平衡带来破坏。

　　"小字辈"中的另一位作家，智利的安东尼奥·斯卡梅塔（1940— ），进入 21 世纪以后出版了两部小说——《长号手的孙女》和《维克多利娅的舞蹈》。其中，《长号手的孙女》的故事发生在 20 世纪中期。写一位长号手从欧洲来到智利安托法加斯塔港，将一个两岁的小女孩交给一个名叫埃斯特万·科佩塔的移民，并对他肯定地说小女孩是他的孙女，埃斯特万收留了她。小女孩在埃斯特万身边度过了童年和青年时代，在那些岁月，二人的关系比血缘关系还亲密还牢固。随着年龄的增长，女孩渴望知道父母的名字，由于无从得知，她便给自己取了祖母阿丽亚·艾玛尔的名字。她祖母曾住在地中海某岛上，有过一段不幸的恋情，后来不知去向。女孩的身心日益成熟，渐渐迷上了电影和电影中那些浪漫的女主角，并梦想去纽约，她想，她的叔祖父雷伊诺·科佩塔也许还住在那里，她的这位祖父是某一部影片中的丑八怪的塑造者。在寻找一起去纽约的同伴的过程中，她认识了各种各样的人，经历了千百次冒险。对此，作者以充满幽默和魅力的笔触进行了描述。作品在表现人物的感受、再现人物的记忆和运用嘲讽的语调方面，与作者的前一部小说《诗人的婚礼》十分相似（那部小说讲述了亚德里亚海岸居民逃离战火移居智利的情景和科佩塔两兄弟的命运：一个途中投海，一个到达智利），只是为了避免过分伤感而省略了令人落泪的内容，幽默的语言也更为克制和冷静。作为背景，小说提到了智利新近的若干历史片断，阿连德和聂鲁达作为智利政治改革的希望出现在作品中。阿连德三度参加总统竞选，三度失败。直到 1970 年，历史的格局才被打破。长号手的孙女在历史的变革中也扮演了举足轻重的角色。

　　"小字辈"另一位智利作家豪尔赫·爱德华兹（1931—　）曾因批评古巴革命的弊端而被视为"不受欢迎的人"。他却因此而受到拉美文坛的关注。聂鲁达称他是"杰出的作家和有才干的职业外交家"。他于 1999 年获塞万提斯文学奖。继新旧世纪之交出版《历史之梦》后，新千年他又推出《家中无用的人》和《陀思妥耶夫斯基的房子》两部小说。其中，《陀思妥耶夫斯基的房子》以流畅的文字、直率而有趣的笔调，描写了智利诗人恩里克·林生命中的三个关键时期：一是 20 世纪 40 年代末他作为诗人跻身文坛之初的情景，当时贡萨莱斯·魏地拉上台执政不久，他的诗篇开始在大学期刊《明亮》《青春》和《为艺术》上发表；二是他在欧洲和世界其他地区进行的旅行，在旅行期间他始终未能驱散"可怖的智利"留在他心中的阴霾；三是 1966 年他为了美洲之家诗歌奖在古巴逗留的情形和他同古巴革命的冲突及其最后的岁月。作品最后描述了诗人的葬礼。所谓"陀思妥耶夫斯基的房子"，是指那时位于市中心阿拉梅达街区中部的一栋两层楼房，经过多年的风吹雨打，早已灶塌火冷，七零八落，三不剩一了。墙皮剥落的墙上残留着旧日的广告，广告遮盖着不合时宜的镰刀、斧头和长枪党的党徽。这所房子不仅是它的居住者、风华正茂却无用武之地的诗人恩里克的象征，而且是那整整一代所失多于所得、失败多于成功、痛苦多于幸福的人的象征。那一代人以恩里克·林为中心，被赋予了扭断许多只具有不同羽毛的天鹅的脖子的使命。他们大多数是诗人，什么样的诗人都有：流浪的、夜游的、争强好胜的……所以，在植物园里，在圣卢西亚山坡上，在智利大学的校园里，总有作家在漫步、演讲、喝酒、纵欲，其中有特奥菲洛·熙德、爱德华多·安吉塔、奇科·莫利纳、豪尔赫·卡塞雷斯、罗伯特·乌梅雷斯、路易斯·奥雅逊等。还有一个骨瘦如柴的人物奇科·阿德里亚索拉，他像个影子一样和恩里克·林形影不离。其中也不乏缪斯，她们被描绘得像信奉灶神的处女，性感而放荡。这样，整篇小说就像一张 X 光片，深刻而清晰地透视出了智利文学一个既重要又无痛苦的时代。小说在平静的叙述中蕴含着诗人们悲壮的挣扎，折射着畸形年代诗人们的畸形命运。

秘鲁作家阿尔弗雷多·布里塞·埃切尼克（1939— ）是"小字辈"中的杰出代表，是一位多产小说家，他在 21 世纪也出版了两部作品，一部是《我心爱的女人的小果园》，另一部是《潘乔·马朗比奥的低劣装修工作》。其中，《我心爱的女人的小果园》获西班牙行星小说奖，作品讲述的是一位百万富婆和一个青年学生的爱情故事。富婆叫纳塔利娅，33 岁，和丈夫离婚，开着一家古董店；学生叫卡洛斯，17 岁，攻读皮肤病学。二人是在卡洛斯的父亲家里举办的庆祝活动中认识的。男孩本来什么都不关心，但是，当他把最喜欢的一张唱片放在唱机上准备和某个女人跳舞的时候，他遇到了纳塔利娅。纳塔利娅容貌出众，身材苗条，眼神撩人。彼此一见倾心。但是他们的关系却遭到几乎全利马人的非议，卡洛斯的父母更是竭力反对。在发生了一场激烈的争吵后，他们愤然私奔，逃到利马郊外的一个小果园里，这便是"我心爱的女人的小果园"。他们住在那里的一座别墅里，由 4 个仆人伺候，坐豪华轿车旅行，生活十分奢侈，日子过得幸福、自由而快乐。他们在利马和巴黎度过了 15 个春秋。由于纳塔利娅厌恶对方、背叛婚姻，雇了一个打手揍了卡洛斯一顿，二人终于分手，卡洛斯后来在伦敦和一位秘鲁姑娘结了婚。小说刻画了两个性格鲜明的人物：20 世纪 50 年代的秘鲁社会，依然保留着传统的婚姻观念，讲求门当户对，男女般配。这样的习俗充斥着利马的各个角落。更何况纳塔利娅有过一段婚姻，又比卡洛斯年长 16 岁。他们的结合必然受到广泛的谴责。但是卡洛斯却像个初生牛犊，把一切社会陋习和陈旧观念抛在一边，和父母分庭抗礼，为了心爱之人无所顾忌。一个年少气盛，我行我素，秉性顽劣的纨绔子弟的形象跃然纸上。纳塔利娅是一个离异的百万富婆，拥有几座庄园和数量可观的金钱，却不顾自己的身份、年龄和社会习惯势力的羁绊，跳了一次舞就爱上了卡洛斯，这使她不得不面对卡洛斯的家庭和利马上流社会的非难，为了爱而不惜付出名声扫地的代价，是一个刚愎自用、不达目的誓不休的倔强女性。此外，小说在叙述形式上有一个突出特点，即整个作品仿佛一部戏剧，除了人物的声音外，叙述者还不时发出画外音，而且两种声音常常交织在一起，特别是人物的话语绵绵不断，整页整页都不加句号。这是作者的一种叙述风格，在他的其他作品中也不鲜见。

尼加拉瓜作家塞尔希奥·拉米雷斯是小字辈中的重要成员，进入 21 世纪后他出版了三部小说，即《不过是影子》《一千零一次死亡》和《上天为我哭泣》。其中，《一千零一次死亡》写的是 19 世纪一位尼加拉瓜摄影师的故事，此人叫卡斯特利翁，是莱翁市一位杰出的自由派政治家和加勒比海岸一个桑博（黑人和土著人混血种）女人、为了商业利益由英王朝扶植的米斯基托斯国王的公主的儿子。这个神秘的主人公只有姓没有名。拿破仑三世按照同他父亲签订的协议，资助他于 1870 年从美洲来到欧洲，进巴黎索邦大学攻读医学。后因拿破仑三世倒台，他未能完成学业。之后他当了摄影师，时值欧洲战争和尼加拉瓜和平时期，他在本国和欧洲拍了许多图片。他到过巴黎、华沙、马德里、马略卡、中美洲的热带丛林，最后面对灭绝人性的集中营的恐怖景象死去。作者通过这个人物的摄影镜头、耳闻目睹、回忆和讲述，展现了尼加拉瓜建国时的矛盾冲突、自由党和保守党之间的政治斗争、国内战争带来的种种社会问题、始终未实现的开挖洋际运河的理想、加勒比海岸与尼加拉瓜太平洋地区之间的社会与文化差异、拉美本土的社会制度的落后、欧洲的战争、拿破仑三世的倒台等。同时涉及许多重要作家和历史人物，比如乔治·桑、福楼拜、屠格涅夫、鲁文·达里奥、小拿破仑、路易斯·萨尔瓦多大公、维克多利亚王后、莫斯科国王等。小说故事采用了多声部的叙述形式，是一部复调小说：第一部分的开头是一篇由达里奥署名的关于陪伴萨尔瓦多大公的古怪随从的报道，文中第一次提供了有关卡斯特利翁的消息，虽然只是一笔带过，却在很大程度上确定了小说的整体划一。然后，在这一部分和那一部分之间交替插入了卡斯特利翁本人回忆的声音和作者拉米雷斯讲述的声音。第二部分的开篇是巴尔加斯·比利亚写的关于达里奥和卡斯特利翁在马略卡醉酒趣闻的报道。其后又是卡斯特利翁和拉米雷斯二人交替讲述的声音。这种由多个各自独立的声音构成的多声部小说，体现了陀思妥耶夫斯基小说的基本特征和巴赫金复调小说的理论，它不同于传统小说那种作者的意识统治一切的模式，是一种全新的小说类型。这种小说正越来越经常地出现在当今拉美作家们的笔下。

综上所述，可以肯定，21 世纪的拉美文学仍在蓬勃发展，景况喜人。老一代作家一如既往笔耕不息，出版了一系列新作品，每部作品都具有深刻的思想内容、新颖独特的表现手法和鲜活的人物形象，与其他作家一道，使文坛呈现一派欣欣向荣的景象。而大批中青年作家亦如异军突起，无不锐意进取，求新求变，大胆创作，成就斐然。例如，智利作家罗伯特·博拉尼奥以十部长篇小说的佳绩成为文坛上的骄子，被称为奇才，特别是他的鸿篇巨制《2666》被认为是"超越《百年孤独》的惊世之作"；墨西哥作家豪尔赫·鲍尔皮由于文学成就卓著，富恩特斯说"他将成为 21 世纪西班牙语文坛上的一颗明星"；秘鲁作家海梅·拜利也因 9 部标新立异的长篇小说成为"拉美新小说无可争辩的代表之一"。另外，还有为数可观、驰誉文坛的女作家，如墨西哥的艾莱娜·波尼亚托夫斯卡、乌拉圭的卡门·波萨达斯、古巴的索艾·巴尔德斯等，都有着不可小觑的创作活力。本书力图从各个层面展现 21 世纪拉美小说新面貌取得的新成就。上述一切说明，21 世纪的拉美文学正继往开来，生机焕发，昭示着可以期待的美好前景。

第一章 "爆炸"一代的新贡献

第一节 概述

20世纪60年代，拉丁美洲发生了震惊世界文坛的文学"爆炸"，文学领域呈现空前繁荣的景象。加西亚·马尔克斯、胡利奥·科塔萨尔、卡洛斯·富恩特斯、巴尔加斯·略萨、何塞·多诺索等一群作家如异军突起，特别引世注目。他们不囿于传统，大胆借鉴欧美文学的表现手法和文学技巧，锐意革新，推出了一大批极富创新精神的杰作。拉美文学不再是世人眼中的灰姑娘，而变成了令世人刮目相看的美少女。一时间，在世界范围内兴起了译介和研究拉美文学的热潮，许多拉美文学作品在世界各地流传，成为广大读者不可或缺的精神食粮。文学"爆炸"气势磅礴，犹如"一场文学地震"（巴尔加斯·略萨语），使拉美文学进入了一个新时代，并使之走向了世界，对后来的拉美文学甚至世界文学产生了巨大影响。

如今，那次文学"爆炸"的硝烟早已散去，"爆炸"中崛起的那些作家大多也已驾鹤西去，但是进入21世纪后尚健在的作家，如加西亚·马尔克斯和巴尔加斯·略萨等，虽然年事已高，精力也不那么充沛，但他们并没有刀枪入库，放马南山，而是殚精竭虑，坚持笔耕，在 21 世纪继续为拉美文学做着新贡献。无论加西亚·马尔克斯的《回忆我不幸的娼妓》，还是巴尔加斯·略萨的《公山羊的节日》《天堂在另一个街角》，以及卡洛斯·富恩特斯的《伊内丝的本能》《鹰之椅》和《亚当在伊甸园》，都不失为当代拉美文学大花园里的奇葩异卉，令人赏心悦目。

第二节　加夫列尔·加西亚·马尔克斯

加夫列尔·加西亚·马尔克斯（Gabriel Garcia Marquez），哥伦比亚作家，1928 年生于马格达莱纳省海滨小镇阿拉卡塔卡。其父是邮电所的报务员，家境贫寒。其母出身世家。由于父亲工作地点多变，他在外祖父家度过童年。外祖父当过上校军官，为人善良、倔强，思想激进；外祖母见多识广，善讲神话传说和鬼怪故事，这对马尔克斯后来的文学产生了深刻影响。

加西亚·马尔克斯早年聪颖、好学，据说他七岁就开始读《一千零一夜》等名著。他曾进圣何塞小学、耶稣会学校、国立中学和国立大学读书。在大学攻读法律期间，由于政局不稳，社会动乱不安，他不得不到外省求学，同时从事新闻工作，曾为《宇宙报》《先驱报》《观察家报》《神话》杂志和《家庭》《时代报》撰稿，当记者或编辑。曾任古巴拉丁社驻波哥大代表、驻纽约分社副社长和驻联合国记者。写过大量报道、评论文章和报告文学。

加西亚·马尔克斯曾多年漂泊海外，过着颠沛流离的生活。巴黎、巴塞罗那、加拉加斯、哈瓦那、纽约、罗马等城市都是他旅居过的地方。

博览群书一向是他的爱好。从早年至今，他读过的文学名著不计其数。《俄狄甫斯王》《荷马史诗》《小癫子》《堂·吉诃德》《阿玛迪斯·德·高拉》《瘟疫年纪事》《第一次环球旅行》《沙多里斯》《人猿泰山》《战争与和平》《变形记》《圣经》《尤利西斯》等，他都曾如醉如痴地阅读。这些名著使他受益匪浅。他曾说："再次阅读某一位作家的作品，唯一的原因是喜欢他。我喜欢康拉德和圣埃克苏佩里，就是因为只有他们才具有这样的特点：平静地描绘现实，并且描绘得诗意盎然。"这些作品对开阔他的文学视野、丰富他的文学知识、武装他的表现手法和技巧起过十分重要的作用，对他的文学创作影响巨大。他曾坦率地说，如果不读卡夫卡的《变形记》，他就不会写他的第一篇小说《第三次无奈》；如果不读海明威的《一只被当作礼品的金丝雀》，他就找不到另一个短篇《星期二午睡时刻》的表现技巧；正是因为读过弗吉尼亚·伍尔芙的《达洛维夫人》，领略到书中描绘的伦敦的破败景象，他才完全改变了时间概念，使他一瞬间看到了马孔多毁灭的全过程，预见到了它的最后结局。此外，这也是他的重要作品《家长的没落》的遥远起因。

在文学创作上，加西亚·马尔克斯表现了一般作家少有的才能和勤奋。他的创作涉及包括长篇小说、中篇小说、短篇小说、长篇报告文学，以及关于文学、艺术、音乐、电影等的随笔、短评在内的一切文学样式。

从 20 世纪 50 年代到 90 年代初，加西亚·马尔克斯先后出版短篇小说集四本，即《蓝宝石的眼睛》（1955）、《格兰德大妈的葬礼》（1962）、《纯真的埃伦蒂拉与残忍的祖母——一个令人难以置信的悲惨故事》（1972）和《十二篇异国旅行的故事》（1992）。1986 年，作者将前三本集子以《短篇小说全集》为题合并出版精装本。

在长篇小说方面，加西亚·马尔克斯取得了最举世瞩目的成就。第一部长篇《枯枝败叶》（1955）以马孔多小镇为背景，用内心独白的叙述形式讲述了这个小镇的生活和变迁。此作的出版被认为是"一个重要事件"。另一部长篇《恶时辰》（1961）不分章节，由三十多个片断组成，生动描述了一个小城各类人物的心态和众多事件。小说获美国埃索石油公司在哥伦比亚举办的小说奖。

1967 年，加西亚·马尔克斯出版著名长篇小说《百年孤独》。作品描写虚构的马孔多小镇百年间的历史变迁和一个大家族七代人的生活、命运和结局，象征地再现了哥伦比亚和拉丁美洲近百年来的历史发展。由于这部作品，加西亚·马尔克斯成为举世闻名的魔幻现实主义作家，并被授予诺贝尔文学奖。他的第一部重要长篇《家长的没落》（1975）以漫画式的手法淋漓尽致地表现了名叫尼卡诺尔的独裁者凶恶残暴、狡诈透顶、荒淫无度、恶贯满盈的一生。小说综合拉丁美洲各国独裁者的特征，塑造了一个昏聩谵妄、腐朽衰老，既古怪又孤独的独裁者形象，被公认为 70 年代拉美文坛出现的具有代表性的反独裁小说之一。

1982 年获得诺贝尔文学奖后，加西亚·马尔克斯的创作热情依然高涨，陆续出版三部长篇小说：《霍乱时期的爱情》（1985）、《迷宫中的将军》（1989）和《爱情和其他魔鬼》（1994）。

加西亚·马尔克斯的作品还有：中篇小说《没有人给他写信的上校》（1961）和《一桩事先张扬的凶杀案》（1981），长篇报告文学《一个海上遇难者的故事》（1955）、《铁幕内的九十天》（1959）、《尼加拉瓜之战》（1979）、《米格尔·利丁历险记》（1986），电影文学剧本《死亡时刻》（1966），电视剧本《绑架》（1984），文集《纪事与报道》（1976），《海边文集》（1981）、《在朋友们中间》（1982）。

进入 21 世纪后，加西亚·马尔克斯出版回忆录《沧桑历尽话人生》（2002）和中篇小说《回忆我不幸的娼妓》（2004）。

《回忆我不幸的娼妓》部头不大，仅 8 万字左右，但初版印数却多达百万册，随后被译成近 30 种外国文字，在世界各地流传。故事背景是 20 世纪 30 年代的哥伦比亚加勒比海岸重镇巴兰基利亚，作品以第一人称自述形式写成，文中对话很少，不用引号，而用句号断开，故事始于主人公 90 岁生日 8 月 29 日，终于其 91 岁生日 8 月 29 日。主人公是一位耄耋之年的新闻工作者，为了庆祝他的 90 岁生日，他决定找一个 14 岁的童贞少女过夜。于是他想起了一个秘密去处的女主人罗莎，她每当有了鲜货都告诉她的老主顾。罗莎果然为他物色到一个这样的少女。他摸到女孩的房门，只见女孩一丝不挂地躺在床上，他在她身边躺下，盯着她，欣赏她，双手抚摩她的血肉之躯，如梦如幻，却没有其他欲望，因为他太老了。他和女孩的关系持续了一年。其间，他回想起他的过去，他的新闻职业，他对音乐的喜爱，他所喜欢的书和对嫖娼的癖好——从 20 岁起，他就开始记录这些女人的姓名、年龄、秉性和家境，到 50 岁时，他睡过的女人竟多达 514 个，后来由于体力不支和囊中羞涩，这个名单中断。小说将现实和回忆结合在一起，描述主人公劳碌和纸醉金迷的一生，及其年迈后的生活、爱情、忧虑、忌妒、喜悦和荣誉观，细致地刻画了这个老人的行为举止和心理活动。

作者在卷首引用了日本著名作家川端康成的《睡美人》中的一段话（大意是：不可对睡女有任何不雅之举，不可用手指触摸睡女的口唇），这说明作者从川端康成的小说取得灵感，受其影响。其实早在 1982 年 6 月间，加西亚·马尔克斯就读过川端康成的这部小说，并且创作了短篇小说《飞机上的睡美人》。他在 7 个短篇中写道："她天生丽质，肌肉丰满，细嫩的皮肤呈面包色，一双眼睛像青绿的巴里杏，乌黑平直的长发拖到背后，一副既可能像印度尼西亚的也可能像安第斯山区的古代女人的面孔"，"这是我一生中见到的最美丽的女人"，"看上去她不过 20 岁"，在飞机上，"我们躺得比在双人床上还近"，"她的皮肤散发出一股轻微的气味"。"我觉得这是难以置信的：去年春天我读过一部川端康成的小说，小说写的是京藤的资产阶级老人。为了借欣赏城里的赤身裸体、处在麻醉状态的漂亮姑娘消磨长夜，他们付出了大笔金钱"，"他们不能叫醒她们，也不能碰她们……"显然，加西亚·马尔克斯的这个中篇的创作是以川端康成的《睡美人》为蓝本的，可以说前者是对后者的一种戏仿。

《回忆我不幸的娼妓》再一次显示了加西亚·马尔克斯叙事和刻画人物的才能，只是这部小说和他以往的作品不同，它没有政治或历史背景，仅仅以怀旧的笔触展示了一位垂暮老人一生的方方面面。此外，小说中不时提及一些关于绘画、音乐和文学方面的信息，以利于创造笼罩在温情、幻想、悲剧和绝望之间的气氛。

在谈到这部小说时，加西亚·马尔克斯的挚友阿尔瓦罗·穆蒂斯说："这是一本不同一般的书"，"和他的其他作品一样，是一部经典，用一种十分贴近加沃的家乡阿拉卡塔卡和哥伦比亚加勒比海岸的语言讲述故事。"

第三节　卡洛斯·富恩特斯

卡洛斯·富恩特斯（Carlos Fuentes），墨西哥小说家、散文家、剧作家。20 世纪 50 年代中期初露锋芒，60 年代初崛起，成为当今拉美文坛上成就卓著、举世瞩目的一代文豪。

富恩特斯（1928—2012）生于巴拿马城，其父当时在那里任墨西哥驻巴拿马使馆商务秘书。由于其父后来在基多、蒙得维的亚、圣地亚哥、布宜诺斯艾利斯、华盛顿、里约热内卢和罗马任外交使节，富恩特斯便随父在这些异国都城度过童年和少年时代的大部分时光，仅在华盛顿就生活了 9 年（1932—1941），在那里接受了初级教育，学习了英语，后来又自学了法语。

1944 年，富恩特斯回到墨西哥后，多次拜见墨西哥文学大师阿尔丰索·雷耶斯，对他的人生产生了决定性影响。不久进墨西哥自治大学攻读法律，毕业时获法律硕士学位。其后前往日内瓦，进国际高等学院进修，完成关于经济问题的博士论文。在日内瓦时曾作为墨西哥代表团成员在国际劳动组织中工作。

富恩特斯很早就表现出写作的天赋。他曾说："我很小就开始写作了。我的东西，比如十二三岁时写的作品曾在智利发表。一些短篇刊登在智利国立学院的学报上，有的发表在格兰赫学校的刊物上。"进大学后，他很快成了驰名校园的学生作家。当时他在《至上报》和《今日》杂志上发表过不少关于墨西哥城的杂文、关于艺术批评的文章和对文化界名人的访谈录。20世纪50年代初，他一面忙于外交事务（担任文化参赞等职），一面进行文学创作。那时墨西哥作家胡安·阿雷奥拉为年轻作家创办同代人出版社，富恩特斯和其他年轻作家一起热情地为这家出版社投稿。他的第一部作品短篇小说集《戴假面具的日子》就是由这家出版社推出的。这部作品被认为是富恩特斯小说创作的"摇篮"。其中的许多故事扑朔迷离，富有传奇色彩，奠定了富恩特斯魔幻现实主义创作方法的基础。

1955年，他和帕斯等人一道创办《墨西哥文学杂志》和《旁观者报》，并主编《新事》日报文化版。1958年出版第一部长篇小说《最明净的地区》。20世纪60年代，他积极拥护古巴革命，受到美国政府敌视，不准他去美国讲学。后来他多年侨居欧洲，曾担任驻法国大使，至1977年。20世纪80年代，他周游世界，到过许多国家的文化中心或大学，举办讲座。进入20世纪90年代后，他侨居伦敦，不断去欧洲和美洲旅行。在漫长的岁月里，富恩特斯创作了大量各类体裁的文学作品。其中有：

长篇小说：《最明净的地区》（1958）、《阿尔特米奥·克鲁斯之死》（1962）、《换皮》（1967）、《我们的土地》（1975）、《海蛇头》（1975）、《遥远的家族》（1980）、《美国老人》（1985）、《克里斯托瓦尔·诺纳托》（1987）、《战役》（1990）、《迪安娜》（1994）、《和劳拉·迪亚斯在一起的岁月》（1997）。

中篇小说：《好良心》（1959）、《神圣的地区》（1967）、《生日》（1969）、《甜橙树》（1993）、《恒心和其他为处女写的小说》（1989）等。

短篇小说集：《戴假面具的日子》（1954）、《盲人之歌》（1964）、《燃烧的水》（1981）等。

剧本：《独眼的是国王》（1970）、《所有的猫都是褐色的》（1970）、《想象的王国》（1971）、《月光下的兰花》（1982）、《黎明的庆典》（1991）等。

散文与文论：《巴黎，五月革命》（1968）、《西班牙美洲新小说》（1969）、《两道门的房子》（1990）、《墨西哥时代》（1970）、《塞万提斯，或阅读的批评》（1976）、《勇敢的新大陆》（1990）、《埋葬的镜子》（1997）。

进入 21 世纪以来，富恩特斯出版了 6 部长篇小说——《伊内丝的本能》（2001）、《鹰之椅》（2003）、《意愿与命运》（2008）、《亚当在伊甸园》（2009）、《弗拉迪》（2010）和《费德里科在他的阳台上》（2012），五部短篇小说集——《一切幸福的家庭》（2006）、《不安的同伴》（2004）、《鬼怪故事集》（2007）、《自然的故事》（2007）和《卡罗利纳·格娄》（2010），一部回忆录——《68 年代》（2005），一部长篇散文——《墨西哥的五个太阳》（2000）和一部文论《伟大的拉丁美洲小说》（2011），可谓硕果累累，成绩斐然。这里只介绍一下他的长篇小说。

《伊内丝的本能》讲述的是为柏辽兹的《浮士德的沉沦》着迷的著名乐队指挥加夫列尔·阿特兰——费拉拉对墨西哥女高音歌手伊内丝·普拉达的爱情。其爱情十分古怪，因为加夫列尔以他的方式爱着伊内丝，而伊内丝却不爱他，而爱和他合影的那个青年。然而此人在伊内丝的现实中并不存在，她却竭力借助梦境和小说提供给她的神秘时间找到他。她果然在梦中找到了过去她同那个青年在一起的生活。这样，小说就讲述了两个爱情故事，即现实时间中加夫列尔对伊内丝的爱情和神秘时间中伊内丝对照片上的青年的爱情。第1、2、4、6和8章讲述第一个故事（以个人回忆的形式），第3、5、7和9章讲述第二个故事（以某人回忆的形式）。故事和故事，人物和人物，既独立、并列又交叉，具有结构现实主义特征。此作既是一部具有神秘色彩的怪诞小说（描写了生者和死者的往来），也是一则关于真实的人（伊内丝）和虚幻的人（照片上那个青年）的爱情的寓言。小说故事在多个地点展开：1999年在萨尔茨堡，1940年在伦敦，1949年在墨西哥城，1967年又回到伦敦。如果说萨尔茨堡是净界，那么伦敦就是爱情的天堂，墨西哥城就是耶路撒冷，就是现实世界。作家富思特斯谈到这部小说时曾说："我总是喜欢把现实同幻想交织在一起。我曾受巴尔扎克影响，我心中有一个让现实和幻想共处的巴尔扎克。"

《鹰之椅》写的是2020年的墨西哥：同新千年开始时一样，那时的墨西哥，社会动荡和腐败现象仍在继续。小说以书信体写成，即通过一系列政界要人间的书信往来展开情节。他们都是政客：有为人善良却丧失意志力的洛伦索·特兰总统，有他的内阁总理、阴谋家塔西托·德拉·卡纳尔，有政府秘书、会算计的贝纳尔·埃雷拉，有严厉的国防部长、保守着可怕的秘密的范·贝特拉夫，有杀人成性、天下无敌的警察局长西赛罗·阿鲁萨，有报复心重的前总统塞萨尔·莱翁，有操纵政治、极其性感的女人玛丽亚·罗莎里奥·加尔万。政客，自然以政治为本，都善于权术和投机。正如加尔万所说："对我而言，包括性在内，一切都是政治"，活着就为一个目标："以政治为食，以政治为梦想，为政治快乐和痛苦，政治是我的本性和事业"。小说的主要内容几乎都是谈论议会、政党、政权交替、总统的生活和政客间的钩心斗角。那时的墨西哥对美国极其依赖，政界存在着明显的腐败，政局和社会动荡不安，工人罢工，学生游行，暴力肆虐，农民遭屠杀。

实际上，这也是当今墨西哥现实的写照。

小说的具体故事是，2020 年，墨西哥突然遭到美国的经济封锁，同外界断绝了一切联系，包括电话、传真、因特网等，全部中断。在新年到来之际，总统勇敢地向美国发起了挑战：他在新年贺辞里宣布，如果美国政府不付给他们要求的价格，欧佩克就不向美国出售石油；同时他还揭露美国武力侵略哥伦比亚的罪行。美国政府恼羞成怒，立刻进行报复，通信卫星神秘地被破坏，致使墨西哥长达数月与世界隔绝。墨西哥人不得不用书信、录音等办法与他人联系。评论家认为，作者写这样的小说，并不是为了让墨西哥人对未来丧失信心，而是为了促使执掌国家权力的人进行思考并采取必要的措施，使国家和这个世界变得越来越好。

有书评家称，富恩特斯把小说的故事安排在一个未来的时间，却运用过去的技巧来表现，这不能不说是一部怪诞的幻想小说。而富恩特斯担心，作品中关于美国对墨西哥的报复虽然是假设的，但这有可能为墨美关系带来麻烦，因为两国的关系目前并不是最好的时期。

《意愿和命运》讲述的是豪苏埃和赫里科这两个青年的故事。豪苏埃是在一个陌生的有钱人的庇护下长大的孤儿。他在学校里认识了比他稍大的孤儿赫里科。二人一见如故，从此不再分离，决计主宰自己的命运，为争取一个美好的未来而斗争。他们本来是陌生人，最后却发现他们有血缘关系，就像希腊神话中的卡斯托耳和波吕丢刻斯，几乎是同胞兄弟。后来，他们走了两条截然不同道路：赫里科进入了政界，为共和国总统巴伦丁·佩德罗·卡雷拉效劳，成为总统的年轻有为的心腹，却在一次人民起义中背叛了总统；豪苏埃则为象征经济实力的电讯业巨头马克斯·蒙罗伊效力，在此之前，他曾为法学系的学生去圣胡安·德·阿拉贡监狱，看望被关在那里的精神失常的青年米格尔·阿帕雷西多，此人是自愿被囚禁的，因为他知道，如果他不关在那里，他就会把他父亲杀死。

　　监狱和城市，罪行和企业，政治和经济，生者与死者，意愿和需要……一切都交织在一起，汇聚在豪苏埃和赫里科的命运中。在他们的世界里，一个会这山望着那山高，贪得无厌，永不满足，蒙罗伊的私人女秘书阿孙塔·蒙尔丹就是这样，她试图得到想要的一切，但到头来一切都是徒劳。豪苏埃和赫里科之所以能够成为想成为的人，多亏他们的恩人相助。

　　富恩特斯通过小说诠释了一个当代的墨西哥，他称之为一个罪恶的国家。作品有对哲学的思考（圣阿古斯丁、尼采），有对墨西哥历史的分析，有对美国墨西哥移民的社会问题的探索等，这一切都涉及墨西哥是一个什么样的国家这个问题。

　　小说的一个突出特点是语言风格——率真，生动，准确，优美，人物对话流畅而丰富，还有以同义词为基础的文字游戏。

　　对《意愿与命运》，人们褒贬不一。有人认为，虽然富恩特斯自己认为这是他写得最好的小说，但它远远不是他的叙事才能的最佳表现；有人则赞扬这部小说无论在富恩特斯的创作还是全部拉美文学来说，都是一个里程碑，是一部当代的经典，具有划时代意义。

　　《亚当在伊甸园》是一部表现墨西哥的现实，聚焦于毒品贩卖问题的小说。富恩特斯自己说："这是一部新闻报道式的长篇小说，新闻性很强。"他还说，故事揭示的是墨西哥如何被毒品贩卖者和多种多样的腐败形式所破坏。小说讲述一位强有力的企业家如何决计把他自己反对贩卖毒品的斗争进行到底，毒品为什么比毒品贩卖者还害人。他坦言，他写这部小说的原因是他对毒品贩卖问题为国家带来的灾难非常忧心，如果美国不存在对毒品的巨大需求，墨西哥就不会成为毒品的巨大提供者。

　　这是一部政治性很强的小说。小说展示的是一个社会混乱、管理失控的墨西哥。在墨西哥，"毒品贩卖是一个新的犯罪阶层，他们像维纳斯一样是从大海的泡沫中，从一家小酒馆的流淌的热啤酒的泡沫中诞生的"，他们有自己的法规。一个贫穷的、被新自由主义的鞭子抽碎的墨西哥（其市场忙于解决劳动力的供求问题，国家困难重重，市场情况倒良好，国家是一个丑八怪，市场是个仙女）显然没有任何出路，因为"国家军队忙于装备自己的武装力量，忙于警备事务，对犯罪集团却无能为力，常常吃败仗"。在这种背景下，出现了两个亚当：一个是亚当·戈罗斯佩，他是一位拥有数百万财富的特大富豪；另一个是亚当·贡戈拉，他是一位残酷无情、无所顾忌的警官，他貌似和犯毒分子作斗争，实则企图逐步成为权力中心的主宰。斗争在这两个亚当之间展开。富豪以最卑劣的办法对付警察——他派出了干练的刺客小组，杀死警察及其家属、斩草除根。这是一种由教会势力支持的法西斯手段。对教会的支持，富豪以丰厚的财富回报。小说人物刻画得酷似漫画，比如富豪的老婆普里斯西拉，她说话时不像说话，而是像在背诵歌词。她生气时会说："放肆无礼！不该出世的东西！在我家里生了两棵小树！"她要是发怒，便说："胆小鬼！笨蛋！马屁精！"人物写得很有趣，比如亚当·戈罗斯佩，竟是个没有肚脐眼的人，是个原始的亚当。在小说风格方面，富恩特斯一般采用两种，一种是现实主义的，如《阿尔特米奥·克鲁斯之死》，另一种是戏谑性的，如《换皮》。在《亚当在伊甸园》中，他采用的是后者，比如亚当问："一台豪华轿车会引发一场革命吗？轿车吃糕点吗？"此外，小说还采用了"神奇的现实"表现手法，比如有一个男孩长着一对像金发一样的天使翅膀，在起义者大街的一个街角上像汽车的雨刷一般晃动着身子发表讲话、演说。还有一位老太太，住在查普尔特佩克森林中的秘密山洞里，是个巫婆，她像特诺恰人的女神一样讲述发生在亚当·戈罗斯佩伊甸园，即联邦区墨西哥城或首都这个天空明净，地上却充满贫困、犯罪和暗杀的地区的事情。

《弗拉迪》的故事始于纳瓦罗先生和达维拉先生之间的争论，争论的是他们的上司苏里纳加的古怪表现，因为一年来他始终不出家门，他们所属的律师事务所空无一人，他们大胆地议论上司不上班的问题。他们每天都期待他前来上班，因为他答应过，却一直没来。终于有一天他上班了，只见他高高的个子，却弯着腰，穿着一件旧大衣，头戴一顶早就过时的毡帽。他以其特有的步履和咳嗽来到办公室。大家都觉得他已不是原来的苏里纳加，这引起了大家的恐惧和不安。后来，纳瓦罗先接到苏里纳加先生的一纸通知，请他到他家里去谈事情。上司的家位于波菲里奥的最后几个街区，房子相当破旧，房子里摆满了器皿、图书、绘画和纪念品。上司想委托他办一件特别的事情，因为苏里纳加一生最好的朋友想在墨西哥城里买一幢靠近一座山崖的房子。而纳瓦罗是他的律师事务所的律师，他妻子在一家不动产贸易公司工作。纳瓦罗答应为他办理。妻子亚松森和他每天一起吃早饭，吃的是厨娘做的墨西哥好吃的夹肉面包。他们把独生女儿送到学校后便各自上班去了。苏里加纳的朋友购房的条件是，房子必须挨着一座山崖，可以通过地下室爬到山上去。此外，窗子要挂窗帘，房子要有下水道。一旦万事俱备，新主人就可以入住了。新主人是弗拉迪米尔伯爵，一个古怪的罗马尼亚人。此人的外表给纳瓦罗留下深刻印象：他身穿黑衣，又高又瘦，面孔苍白，总是戴着墨镜。谁也想不到，他居然是个吸血鬼，他到墨西哥城来，是要为他女儿找一位女友，也为他自己找一个女伴，但由于他需要喝人血，便以他们的血为食。这个吸血鬼野蛮、残忍，怀着不折不扣的邪恶企图来到墨西哥城，为非作歹。富恩特斯写了一个具有墨西哥特点的哥特式故事。他把欧洲的古老传说移植到现代的、非常国际化的墨西哥城街头来。故事自然不乏幻想色彩，因为今天的墨西哥城早就没有什么吸血鬼作祟的事情了。

《费德里科在他的阳台上》是富恩特斯献给西班牙心脏病医生

巴伦丁·福斯特尔的。小说的主人公是卡洛斯·富恩特斯的第二个我,但丁·洛雷达诺,此人同德国哲学家费德里科·尼采进行了一次虚构的对话。尼采带着他穿过一座正在经历一场社会革命的陌生城市,并给他介绍了一些人士。出版这部小说的阿尔瓜拉出版社就在介绍此书时说:"费德里科·尼采带着他的老问题和错误回到现代,从梅特罗波尔饭店阳台上向另一个阳台上的费德里科·尼采提问题。卡洛斯·富恩特斯则从他的阳台上向在另一个阳台上探身的卡洛斯·富恩特斯提问题。在两人之间有一面镜子反射着他们。卡洛斯·尼采和费德里科·富恩特斯对谈,谈论权力、家庭、爱情、正义和权力如何影响人们的生活,与此同时,一些衣冠不整的怪人和衣着整齐的人走上人头落地的革命舞台。除了人物在阳台之间的对话外,小说的其他内容写的都是非正常的事件:一个女孩生活在折磨她的性虐待狂们中间,她却杀死了救她的一对夫妇;一位父亲把财产给了儿子们,儿子们却把他关在了顶楼里;一个死去的女人被停放在她的游泳池边,但是棺木却落入水中……总之,小说表现的都是作者一贯的主题——政治、爱情、友谊、权力、梦幻、暴力、疯癫,还有革命。作品中所写的革命,既不是阿尔特米奥·克鲁斯的革命,也不是'美国老人'的革命,而是一种更具城市特点的,令人头晕目眩的、并且注定失败的革命。在迷失方向的理想主义推动下,革命者们顷刻间推翻了总统,把他的头颅插在长矛上游街。在一系列旋风般的事件中,一位先前的修女杀死了她的丈夫——革命的领导者,免得他将来背叛或遭背叛;有两兄弟,共享一个女人,但是他们的政治信仰不同,于是成了不共戴天的敌人。小说中那些历史或艺术名人:但丁、莱奥纳多、加拉、萨卡里亚斯、萨乌尔、阿隆、利利、多里安等,都受到了叙述者和复活的尼采的评说。"

第四节　马里奥·巴尔加斯·略萨

马里奥·巴尔加斯·略萨（Mario Vargas Llosa），是秘鲁享有世界声誉的小说家、随笔作家和社会活动家。

1936 年 3 月 28 日，巴尔加斯·略萨生于秘鲁阿雷基帕市。父亲是一家航空公司的无线电技师，母亲出身外交官家庭。由于父母离异，巴尔加斯·略萨随母亲住在外祖父家。1937 年外祖父被派往玻利维亚科查班巴任领事，母子同往。巴尔加斯·略萨在那里上小学。1945 年随外祖父回国，定居皮乌拉。次年父母重归于好，合家迁居利马。1950 年奉父命进入普拉多军校。军校纪律森严，没有民主，学生像生活在地狱中，这使他的心灵受到伤害，从此埋下对军事当局和黑暗势力疾恶如仇的种子。1953 年进圣马科斯大学攻读文学和法律，毕业时获文学博士学位。在校期间，他博览群书，加强修养，渴望成为作家。毕业后和作家路易斯·洛阿伊萨、阿贝拉多·奥根多合作，先后创办《写作手册》和《文学》两种刊物。在此之前，他曾观看阿根廷几个剧团的巡回演出，激发了他写作的欲望，于是写了一出神话剧《逃亡》（1952），在皮乌拉的民间节日里上演，受到欢迎，被称为"来自大都邑的剧作家"。1958 年以《挑战》获《法国杂志》在秘鲁举办的短篇小说竞赛奖，同年出版短篇小说集《首领们》。其中的作品大多描写街头发生的事件，人物是青少年。他们性情暴烈，桀骜不驯，打架斗殴，互相残杀。

1958 年，巴尔加斯·略萨获得马德里大学奖学金，赴该校攻读博士学位。但随后又放弃，赴法国谋生——在法新社和电视台工作，同时大量阅读雨果、大仲马、巴尔扎克、福楼拜、萨特等作家的作品，并在那里结识了卡彭铁尔、阿斯图里亚斯、博尔赫斯、科塔萨尔和富恩特斯等拉美作家。

1962 年，巴尔加斯·略萨在巴黎完成第一部长篇小说《城市与狗》的创作，1963 年在西班牙出版。《城市与狗》是巴尔加斯·略萨根据自己在军校学习时的亲身经历写成的。作品反映了军校士官生的生活及其同校方当局的矛盾和斗争。学生来自不同的地区和阶层，有着不同的学习动机。但在学校的严格训练下，都要被培养成合乎军事当局要求的军人。学校的压迫、专断、欺骗和摧残，严重损害了那些青少年的心灵。狡诈凶残的上校校长实际上是军事独裁统治的代表。他表面上道貌岸然，摆出一副廉洁奉公的样子，实际上是个老奸巨猾的反动政客。为了维护自己的利益，他不惜牺牲下级，甚至草菅人命。谁要是进行反抗，他就凶相毕露，残酷镇压。在以他为首的校方的控制下，学校变成了一座壁垒森严的牢笼。作者对他恨之入骨，创作上运用嘲笑、讥刺的手法予以无情的抨击。小说的锋芒刺痛了学校和秘鲁军事当局的神经和脓疮。盛怒之下，他们把刚出版的一千册小说在校园里付之一炬，并把作者宣布为学校和秘鲁的敌人。但是他们的倒行逆施没能把这部杰作扼杀。此后小说更加流行，作者也一举成名。作品被译成多种外国文字，获得西班牙简明图书奖、批评文学奖等。

1964 年，巴尔加斯·略萨回国，去秘鲁丛林地区考察，开阔了视野，深深感到他的创作不能囿于个人经历的狭窄天地，因为"秘鲁有一个远比我通过普拉多军校看到的更为广阔、更为可怖的世界"。在此基础上，他创作了第二部长篇小说《绿房子》（1966）。小说以皮乌拉省城和秘鲁丛林为背景，描述了"绿房子"妓院的兴衰史和一系列惊心动魄的事件，反映了 20 世纪 20 年代以来秘鲁的社会现实。作品获秘鲁全国长篇小说奖、西班牙批评文学奖和委内瑞拉罗慕洛·加列戈斯国际小说奖。

1966 年年底，巴尔加斯·略萨移居伦敦，在伦敦大学任教。翌年出版短篇小说集《小崽子》。

不久，又出版第三部长篇小说《酒吧长谈》（1969）和作家评传《加西亚·马尔克斯：一个弑神者的历史》（1971）。

1973 年，巴尔加斯·略萨出版第四部长篇小说《潘塔莱昂上尉与劳军女郎》。

1976 年，巴尔加斯·略萨被选为第四十一届国际笔会主席，任期四年。

在后来的岁月里，略萨的创作热情依然高涨，陆续出版长篇小说《胡利娅姨妈与作家》（1977）、《世界末日之战》（1981）、《玛伊塔的故事》（1984）、《谁杀死了帕洛米诺？》（1986）、《部落发言人》（1987）、《继母的赞扬》（1989）、《安第斯山的利图马》（1993）《堂里戈维托的笔记本》（1997），剧本《达克纳的小姐》（1981）、《凯蒂与河马》（1983）、《琼加》（1986）、《阳台上的疯子》（1993），随笔集《逆风顶浪》（1983），文学评论集《谎言中的真实》（1990）和回忆录《水中鱼》（1993）等。

1989 年，巴尔加斯·略萨曾参加秘鲁总统竞选。1992 年加入西班牙国籍。1994 年获塞万提斯文学奖。

进入 21 世纪以来，巴尔加斯·略萨似乎返老还童，精力特别旺盛，相继创作《公山羊的节日》（2000）、《天堂在另一个街角》（2003）、《一个顽皮的坏女孩》（2006）、《凯尔特人之梦》（2010）和《谨慎的英雄》（2013）等 5 部长篇小说。此外还写有剧本《奥德赛和佩涅洛佩》（2007）、《一千零一夜》（2010）等。2010 年，"由于他关于权力机构的地图绘制法和他个人的抵抗、反叛和失败的锐利形象"，而被授予诺贝尔文学奖。

《公山羊的节日》讲述的是多米尼加共和国最后一位独裁者特鲁希略逝世前后发生的事情。小说以描写那时一个名叫特鲁希略城（现今的圣多略各）的城市的风貌开篇。直到 25 页我们才知道作品的女主人公乌拉尼亚·卡夫拉尔在美国生活了 35 年后回到故乡圣多略各，是独裁者统治国家的时代发生的一桩可怕事件使她离开故土。小说第二章介绍了可怕的男主人公拉菲尔·莱奥尼达斯·特鲁希略，这位可憎的"公山羊"。早晨 4 点钟，房间里充斥着瘴气，"公山羊"开始了他那会令人作呕的勾当。

后来，乌拉尼亚去拜见她的老父亲、独裁者曾经的心腹、前参议员阿古斯丁·卡夫拉尔。从此借助回忆、破解秘密和与独裁当局有关的奇闻逸事，一系列人物交织在一起，独裁者及其追随者的罪行、暴虐无道和凌辱无辜的行为也昭然若揭。两个重要事件不可避免会发生：一是独裁者死于非命，二是乌拉尼亚在亲生父亲的安排下把自己 14 岁的贞洁献给了"公山羊"。

从结构上讲，整部小说由三条线索构成。第一条线索是乌拉尼亚的故事，小说以她的故事开始，也以她的故事结束，都发生在同一地点——哈拉瓜饭店。她是小说的关键人物，通过这个人物折射出了多米尼加过去的和当今的历史。她也是特鲁希略独裁时代女性的一个象征：她坚决抵制被"公山羊"推向极致的大男子主义的压迫。对独裁者来说，性是权利和他的男子气概的象征，而女人则是他手中的玩物，父母应该把自己的女儿献给"祖国的救星"。乌拉尼亚就是这种权利的受害者。第二条线索是描述若干爱国的密谋者在特鲁希略城郊外的公路上长久等待的情形：安东尼奥·德·拉·马萨、加西亚·格雷罗等七八个前特鲁希略的追随者肩负着杀死"新祖国之父"最高元首的使命。有关的几章描写了他们不谋而合的情景和他们为完成这一使命而建立的联系：只有处死特鲁希略才是挽救国家于恐怖和腐败中的唯一出路。第三条线索是独裁者自己的声音和意识，以及同他最密切的合作者军事情报局局长约翰尼·阿贝斯、参议员亨利·奇里诺斯、武装力量部长雷内·罗曼将军、参议院主席阿古斯丁·卡夫拉尔等人的模棱两可的关系。

《公山羊的节日》是一部历史小说，更是一部现实主义小说。小说深刻地剖析了特鲁希略独裁统治的反动本质，揭露了特鲁希略 30 余年来对多米尼加实行的暴政，及其同贪官污吏们为所欲为、草菅人命、欺压百姓的罪行，同时赞扬了平民百姓不甘受奴役、不甘受欺凌的反抗精神，颂扬了多米尼加有觉悟的爱国人士的爱国举动。

值得注意的是，作者将虚构、政治和回忆交织在一起，运用叙述令人难以置信的事件的技巧，把小说变成了一部独具魅力的作品。

《天堂在另一个街角》讲述的是两个真实历史人物的故事：一个是法国名画家保罗·高更，另一个是他的外祖母弗洛拉·特里斯坦。高更早年做过商轮海员和股票经纪人，业余习画，过着舒适的资产阶级生活。后来放弃这种舒适的生活，致力于绘画艺术，曾三度去法国布列塔尼亚地区采风，对当地的风物、民间版画及东记的绘画风格的着迷，逐渐改变了原来的写实画法。由于厌倦了都市生活、向往异国情调和大自然，又到南太平洋上的法国殖民地塔希堤岛，以画笔表现岛上的风土人情和古老传统。他在那里和一个又一个土著少女结为伴侣，由于放纵性欲而染上了梅毒，致使其全身溃烂，终于不治而死，年仅 55 岁。生前他曾勇敢地捍卫土著人的自主权利，与殖民主义者和教会斗争。但他毕竟势单力薄，寡不敌众，连连受到警察、法官和教会的迫害。

弗洛拉·特里斯坦是一位走在时代前面的女性，秘鲁的空想社会主义者，19 世纪法国历史上不平凡的人物。幼年生活在一个富有的家庭。但是随着父亲的不幸辞世，她陷入了贫困。成年后她和一位企业家结婚，丈夫十分野蛮、粗暴，动辄拳脚相加，她不得不屡屡出走，四处躲避丈夫的纠缠和警方的追捕，甚至受到枪击，险些丧命。这使她认识到男女的不平等，从而下决心致力于妇女解放运动。她回到秘鲁，在那里目睹了荒唐的内战，这使她意识到废除奴隶制度和解救受压迫者的迫切需要。她把秘鲁之行的所见所闻写进了她的著作《女贱民游记》（1938），广泛传播。回到法国后，她决定献身于政治运动，为此她和当时若干杰出的社会理论家和政治领袖建立了联系，开始致力于研究圣西蒙·艾蒂安·卡贝和乌托邦理论家夏尔·傅立叶。与此同时，她走遍法国多个城市，了解工人的疾苦，竭力帮助法国工人，以图把他们从恶劣的劳动环境中解放出来，为他们提供一切受教育的机会，使之从事有尊严的劳动，并写了《工人联监》（1843）一书，宣传她的思想。但是由于一些工人"无知、愚昧、自私、冷漠"，她的巨大努力并没有得到响应。这时，她已病入膏肓，于1844 年 11 月 12 日去世，年仅 41 岁。

高更和弗洛拉虽然生活在不同的时代，从事的工作也不同，但是彼此追求的目标是一致的，就是建立一种没有压迫，没有剥削，没有害人的警察，人人有吃有穿，有受教育的机会，男女平等，自由、博爱的大同世界。高更曾果敢地保卫土著人的自主权利，与殖民主义者和教会斗争，曾放弃富裕的资产阶级生活，融入毛利族人中去了解原始的生活状态，在绘画方面追求和创造纯精神的艺术世界。弗洛拉更是行动的巨人，她曾深入调查工人的生活与劳动状况，积极组织"工人联盟"，宣传男女平等，反对资本家对工人的残酷剥削，写小册子并发表演说，宣传她的进步主张。祖孙二人的共同理想就是建造人间天堂。所谓"天堂在另一个街角"，是指人类从童年时代就开始向往着天堂的理想，正如儿童游戏中表现的：一个蒙着眼睛的孩子去摸手拉手转圈的孩子，摸到谁就问谁："天堂在哪里？"被摸到的孩子回答："天堂在另一个街角。"

在结构上，小说共 22 章，单数各章讲述特里斯坦的故事，双数各章讲述高更的故事。这种结构形式和作者以前的小说《胡利娅姨妈与作家》如出一辙。两大部分各讲各的故事，看似互不相干，但是整体来看互为补充，相辅相成，构成一件完整的艺术品。

《一个顽皮的坏女孩》以 20 世纪下半叶的伦敦、巴黎、马德里和东京等多个国际化的城市发生的政治、社会和文化变化为背景，描述了一对青年男女 40 年断断续续的爱情故事。男青年里卡多出身利马上层社会，家住富裕家庭聚居的米拉弗洛雷斯区，他深深地爱着出身卑微的利马女孩丽丽，但是丽丽没有接受他的感情，弃他而去。后来里卡多移居巴黎，租住在拉丁区，为联合国教科文组织当译员。一天他和丽丽不期而遇。这一次丽丽是为参加秘鲁左派革命运动的游击队而去古巴寻找她的准军事组织的。此后他又先后在伦敦、东京和马德里遇见她几次：有时她是他的一位同事的妻子，有时又是一位英国人的女人，后来做了一个日本走私犯的情妇。每次相遇里卡多都表示还爱她并愿意和她结婚，而她只愿和里卡多共度两个良宵。直到最后她落难了，才不得不和他一起生活并与之结合。但是后来她为了一个年迈的百万富翁又抛弃了他。

小说涉及 20 世纪 60 年代的古巴革命、秘鲁的左派革命运动、英国的文化革命、20 世纪 80 年代马德里和整个西班牙的政治的变革和民主化，以及巴黎的 1968 年 5 月的思潮。但是小说的核心部分是爱情故事，主要是关于里卡多和坏女孩的爱情。这是一个现代的爱情故事。正如巴尔加斯·略萨所说："在这部作品中，我想讲述一个现代的爱情故事，它不受 19 世纪的爱情的模式的限制。""在这部小说中，我试图探索脱离一切浪漫主义神话的爱情，而这种神话总是伴随着爱情。"在人类的生活中，爱情是最基本的。"但是每个人采取的方式不同"，"各个时代也不同：今天的爱情有我们时代的特点，它不受家庭、文化、社会、神话和礼仪的限制"。

《凯尔特人之梦》是巴尔加斯·略萨在一个偶然的机会谈到康拉德的一部新传记，从中了解了罗杰·凯斯门特（1864—1916）这个历史人物的经历而创作的。罗杰·凯斯门特 1883 年首次去非洲，当时他 18 岁，在刚果自由州为几家公司和莱奥波多二世国王创建的非洲国际协会效力。他在那里认识了年轻的海员康拉德。其时，康拉德尚未出版他关于刚果之行的小说《黑暗的中心》（1902）。后来他又一度去尼日利亚工作，1900 年前后回到刚果并建立英国第一个驻外领事馆。在刚果期间，他曾多次揭露比利时殖民当局强迫工人劳动并加以虐待的罪行。1903 年，英国众议院批准了关于刚果人权问题的决定，凯斯门特奉命调查自由州的问题，随后写了题为《刚果的悲剧》的报告，引起强烈社会反响。1905 年，凯斯门特获得了圣米格尔勋章和圣豪尔赫勋章。1906 年，他被派往巴西桑托斯核实伦敦橡胶公司被指控虐待印第安割胶工人的罪行。后又去调查该公司在哥伦比亚普图马约地区对印第安人犯下的罪行，并据此写了题为《普图马约罪行》的长篇报告，再次引起强烈反响。1912 年，凯斯门特辞去在国外的工作，翌年参加了爱尔兰自愿军。1914 年他去纽约和流亡的民族主义者建立了联系。第一次世界大战爆发后，他请示德国政府帮助爱尔兰的独立事业，在纽约同德国驻美使节进行了谈判。同年他以爱尔兰大使的名义，前往德国签订协议，从德国获得了对爱尔兰提供的武器等物资，不幸的是运送武器的船只还没有到达爱尔兰港口即被英国海岸巡逻队查获。1916 年 4 月 21 日，凯斯门特在班纳海滩登陆时被捕，8 月 13 日以叛国、破坏和间谍罪被处以绞刑。

巴尔加斯·略萨以真实的历史人物和历史事件为依据，塑造了一个充满种种矛盾的人物形象。从一个为英国政府服务的驻外领事和英国国教教徒变成一个竭力帮助爱尔兰摆脱英国辖治的民族主义者和天主教徒，凯斯门特既是英雄也是平民，既是叛国者也是人权维护者，既道德又不道德，他的心灵既有纯洁的一面，也有肮脏的一面。他之所以不道德和心灵肮脏，因为他在日记中对近乎淫秽的同性恋津津乐道。这种表现在信仰英格兰圣公会教的英国是不可饶恕和极端伤风败俗的，这也是他被判死刑的重要原因之一。在爱尔兰，当初人们认为他是维护民族独立的英雄，但得知他是狂热的同性恋者后，人们又开始憎恶他。

小说以凯斯门特的律师的助手进牢房探视他开篇。助手告诉他，他的赦免请示尚无结果，需要等部长会议之后决定。助手还告诉他，他的日记在他的住所被发现，其中的一些片断已在整个伦敦广为流传，参议院、自由党和保守党俱乐部、报刊编辑部、教会，到处都在议论日记的内容，并提出了抗议。这种情形是凯斯门特万万想不到的。由于宗教界人士及社会舆论的不满和纷纷谴责，尤其是借德国的帮助实现爱尔兰独立的叛国罪行，最终把他送上了断头台，他为之奋斗的爱尔兰独立之梦也随之化为了泡影。

总之，《凯尔特人之梦》讲述了一个冒险家和理想主义者的悲剧人生。他曾在非洲、亚马孙和爱尔兰生活，有一段铁窗生涯，并有不光彩的性爱史，人类的纯洁心灵在他身上受到了玷污，他被埋葬时，"没有墓碑，没有十字架，也没有其名字的词首字母"。在长达半个世纪的时候里，他的亲人都被拒绝以基督教的礼仪埋葬他。小说以法国作家乔治·马塔耶的这句话结束："人是对立的东西聚集的地狱。"

《谨慎的英雄》讲述的是两个人物彼此平行的故事。一个人物是费利西托·亚纳克，他是秘鲁纳里瓦拉运输公司的企业主，住在皮乌拉市中心。有一天他收到一封黑手党的恐吓信，要他付一笔钱，以换取黑手党的保护。他认为不能任人宰割，便报了警，从此他和利图马军曹发生了联系，后来又和西尔瓦上尉建立了联系。但是他有事也向小商人阿德莱达夫人请教，二人从年轻时候就相识。费利西托·亚纳克出身卑微，生于亚帕特拉，曾在邱卢卡纳斯上小学，直到和父亲到皮乌拉前从没有穿过鞋。与此平行的另一个故事发生在利马，主人公是堂里戈贝托，是一个成功的生意人，刚从伊斯马埃尔·卡雷拉的保险公司退休。而卡雷拉是一位富有的企业主，他决定和他的女佣人阿尔米达结婚，阿尔米达是一个混血土著人。他的婚事受到他的双胞儿子米基和埃斯科维塔的反对，两个儿子都是真正的恶霸。婚后他们前往欧洲旅行，回来后卡雷拉在利马患脑梗死去，两个儿子怀疑继母害死其父，便提起诉讼，堂里戈贝托和老板的两个儿子谈话，劝他们放弃诉讼，接受阿尔米达做他们的继母，并同她达成某种经济协议。

小说中出现了作者以前的作品中的人物，如《安第山的利图马》中的利图马军曹，《堂里戈贝托的笔记本》中的堂里戈贝托、堂娜卢克雷西娅和丰奇托等，他们都在今天秘鲁繁荣的社会生活中活动着。小说的语言十分幽默，具有音乐剧固有的因素，无论皮乌拉还是利马都不再是具体的空间，而是伟大作家巴尔加斯·略萨的众多人物居住的想象的王国。

巴尔加斯·略萨说："小说的出发点是我听到的关于一个不肯接受黑手党讹诈的人的真实故事，此人是一个小企业主，为了某些原则，他准备面对黑手党，哪怕牺牲许多东西，也要在一种正直的道德原则下作出选择。这使我非常感动。"所谓"谨慎的英雄"，就是一些这样的人："有的不怕黑手党讹诈，有的设法对付无所事事、总想害死老子的儿子，有的坚持某些原则和信念，竭力不触犯法律。略萨称他们是创造了进步的无名英雄。"

第二章 "小字辈"作家取得的新成果

第一节 概述

20世纪60年代，拉丁美洲发生的文学"爆炸"极大地鼓舞了当时尚年轻的一代作家，比如墨西哥的费尔南多·德尔·帕索、秘鲁的布里塞·埃切尼克、尼加拉瓜的塞尔希奥·拉米雷斯、智利的伊莎贝尔·阿连德和安东尼奥·斯卡梅塔、乌拉圭的安东尼奥·加莱亚诺、阿根廷的曼努埃尔·普伊格、委内瑞拉的萨尔瓦多·加门迪亚、古巴的塞维罗·萨杜伊、智利的豪尔赫·爱德华兹等数十位。在20世纪七八十年代，他们以文学"爆炸"那一代作家为榜样，发扬不囿于传统，勇于创新的精神，推出了一批优秀作品，使拉美文学再一次呈现繁荣景象，像"爆炸"文学一样，也引起了世界文坛的关注。这个时期的文学因而被称为"后爆炸"或"爆炸后"文学，作家则被称为文学"爆炸"的"小字辈"。现今，这一代作家中，有多位已经作古，如墨西哥的路易斯·斯波塔、委内瑞拉的萨尔瓦多·加门迪亚、阿根廷的曼努埃尔·普伊格等。但仍有不少作家健在。进入21世纪后，他们没有止步不前，而是手不辞笔，尽心竭力，继续写作，出版了一部又一部洋溢着新时代气息的优秀之作，取得不少新成果，像"爆炸"那一代作家一样为新千年的拉美文学做出了新贡献，以此向世人证明，21 世纪的拉美文学并不是江河日下，而是发展势头强劲，依然值得世人注目。

第二节　达维德·比尼亚斯

达维德·比尼亚斯（David Viñas），阿根廷小说家，生于布宜诺斯艾利斯，曾创办并主编对大学生和知识界有影响的《周围》杂志，后进入大学攻读哲学与文学专业，从事大学教育工作，担任学生运动领袖和民族解放运动左派领导人。

比尼亚斯于 20 世纪 50 年代登上文坛。其作品具有现实主义甚至社会主义现实主义倾向。1955 年出版第一部长篇小说《落在他的面孔上》，获城市小说奖和赫丘诺夫文学奖。小说写的是 19 世纪末阿根廷总统胡利奥·久罗卡的一位心腹、地方行政长官的生活和事迹。第二部长篇《无情岁月》（1956）描写了一个上层资产阶级家庭逐渐败落的过程。翌年又出版第三部小说《日常的上帝》。他的第四部长篇《土地的主人》（1959）是作者第一个时期的顶峰之作。小说具有政治倾向，写的是 20 世纪 20 年代发生在帕塔戈尼亚的事件，那时阿根廷伊里戈因总统任职即将期满，政局不稳，社会动荡不安。加列戈斯地区爆发了农业工人反对庄园主的尖锐冲突，当局派官员维森特·维拉去调解纠纷。由于缺乏政治头脑和工作经验，他被庄园主们的花言巧语蒙骗，结果成了军队对"闹事"的工人群众进行镇压的同谋。小说表现了阿根廷从传统社会向现代社会转变时期出现的社会问题和不可避免的矛盾斗争。

20 世纪 60 年代是比尼亚斯小说创作的高峰时期。先后出版四部作品，即反映 1955 年庇隆政府倒台后的混乱时期的社会生活的《正视》（1962），描写 1919 年 1 月爆发的大罢工惨遭军队镇压、谴责当局所犯暴行的《悲惨的一星期》（1966），表现一个军人家庭败落过程的《骑马的男人们》（1967）和以痛苦和沮丧的笔调描述左派的政治理想遭受失败的《具体的事情》（1969）。在四部小说中《骑马的男人们》最具有代表性。小说故事围绕两个轴心展开：一个轴心是独立战争的显要人物埃米利奥、何塞·玛利亚和卢西亚诺的英雄业绩；第二个轴心是埃米利奥和一支阿根廷军队参加的战争，战争的参加者还有其他拉美国家的军队和一位美国军事顾问。埃米利奥是1930年密谋乌里布鲁政变的一位将军的儿子，他目睹过1945年、1955年和1958年三次起义失败的情形，亲眼看到他父亲变成了一位沙龙军人，他明白，父亲和他的战友们不过是"几个幸运的傀儡"。由于军官们的愚蠢指挥，一次次军事行动失利，造成不少士兵伤亡。具有讽刺意义的是，埃米利奥回到布宜诺斯艾利斯后，参战受伤的哥哥马塞洛刚刚自杀，因为"离开军队的生活有如被阉一样耻辱"。小说采用了多种现代小说的表现技巧，如故意留下一些不完整的片断，让读者去填补、完成；大量运用电影的闪回，重现20世纪的种种事件；充分使用内心独白，揭示人物的内心世界；等等。

在文学"爆炸"后的20世纪70年代，比尼亚斯出版了两部小说——《狗群》（1974）和《短兵相接》（1979）。前者是一部小小的历史小说，写的是巴拉圭战争时期军人之间的忌妒和复仇的情绪与事件。小说的叙述形式不拘一格，比如突然从第三人称跳到第一人称，不囿于传统的线形结构，采用非正常的时序等。《短兵相接》的主要人物有两个：一个是喜欢娱乐的将军，他为人诚实，有知识有学问，但是在政治上偏右；另一个是漂泊不定的记者，他老实厚道，但性格软弱，生活态度有些悲观，报社委派他写一系列关于军人活动的调查文章。将军叫门迪布鲁，记者叫彦托诺。门迪布鲁对军队、对他的婚姻、对他的儿女（马塞洛和玛丽亚娜）都感到失望；彦托诺也对撰写关于军队的报道文章感到沮丧，"为了不担惊受怕而写作"。从做人这一点讲，两个人有共同之处，譬如二人都有骨气，这使门迪布鲁不顾一切地反对庇隆，使彦托诺不惧上司的威胁而继续进行他的调查。无论门迪布鲁还是彦托诺，都被一种东西折磨着心灵，这就是感到他们自己和整个国家都在不可避免地走向末路。小说展示了 20 世纪 70 年代阿根廷的凄凉景象。小说在艺术上没有采用多少新奇的手法。在介绍国家遭受破坏的状况时，作品先作了一些支离破碎的描写，然后渐渐地展示出一幅和谐的画面。作者虽然没有忘记新小说的结构革新，但是在更深刻地展示人物的内心世界和更完美地安排小说的结构方面显得不足。

进入 21 世纪后，达维德·比尼亚斯只出版了一部长篇小说，即《塔尔塔布尔》，又名《20 世纪最后的阿根廷人》。此作是作家献给他的两个儿女玛丽亚·阿德莱达和洛伦索·伊斯马埃尔的。他们是被当时的阿根廷独裁当局杀害的。作家致儿女的献词具有双重意义，因为小说人物——塔尔塔布尔、群戈、莫伊拉、塔皮尔、皮蒂和"希腊人"——都是 20 世纪 70 年代的军人和政治家。作家说，他的意图是"再现切·格瓦拉时代的 7 个疯子"。此外，他还把当时在世的许多文学人物写进了小说，比如鲁道夫·华尔斯、卡洛斯·蒙西瓦伊斯、萨拉·加利亚多、奥斯瓦卡多·巴耶尔、印达·莱德尔马、罗伯托·科萨、塞萨尔·费尔南德斯·莫雷诺、里卡多·皮格利亚、圣地亚哥·科夫拉多夫·加西亚、贝亚特里斯·萨尔洛和奥拉西奥·贝尔维茨基等，通过他对各个时代和各个国家的作家的引证表现他掌握着丰富和广泛的知识。

主要人物群戈是活跃在科连特斯街头的政客，1989 年他在科连特斯大街和卡利亚奥街之间的街角举行的集会上过一次讲话，那是左派的集会，他是布宜诺斯艾利斯行政区长官候选人。他经常梦见他在蒙特城度过的岁月，但是他深深地爱着布宜诺斯艾利斯。他讲到，在流亡期间，他曾极力回忆在一条街的每个地段有什么楼房，有什么颜色，有什么酒吧。就这样，他在回忆的同时不停地自言自语企图避免忘记城市的什么东西。据比尼亚斯自己讲，塔尔塔布尔是胡利安·马尔特尔①的小说《交易所》中的人物，是布宜诺斯艾利斯的一个奇特的疯子，他长于模仿1890年的著名演说家们的各种演说。他是一位见证人，专门讲述他亲眼见到的一切。为了让他模仿不同的人物（演说家），有钱人家的少爷们敲打他的脑壳。所以大家都觉得他是一个有吸引力的人，他仿佛是一个用棍子打出来的模仿讲演者。群戈的原型是比尼亚斯在《周围》杂志的同人卡洛斯·科雷亚斯，他以咄咄逼人的方式展示他的同性恋，是个爱开玩笑的同性恋者倾向，小说一开始他就对奥利维里奥·希龙多②开了个大玩笑。

小说成功地描述了若干场景，比如马尔维纳斯战争的残酷场面，在一个技术车间里处决一名军人的残暴情状，还有群戈展示信鸽的情景等。

此外，小说中题为《阿根廷：为其所用的教育》一章，虽然很短，却完全可以理解为是对阿根廷政治历史的完美诠释：尽管读来令人感到不快，但是内容十分深刻，笔触特别精巧。

不过，这是一本不可卒读的书，因为叙述得很复杂：故事情节的发展方式就像一种令人头痛的智力游戏，仿佛有人故意把页码、章节弄乱，也仿佛一大堆杂七杂八的东西，不由得让人联想到乔伊斯的《尤利西斯》和《为芬尼根守灵》。

小说的叙述文字中，充满了尖刻、粗暴的言词；语句短得似电文，给人的印象是似乎作者不是在写作，而是在做笔记。此外，小说中还使用了许多街头流行的语词，以及大量的电报、信函、引文、碑文、题外话、电话通话等。小说的章节都有标题，但是故事情节常常中断，字体变小了，边白也变窄了，似乎有意为写

---

① 胡利安·马尔特尔（1867—1896），阿根廷小说家。
② 奥利维里奥·希龙多（1981—?），阿根廷诗人。

得简练而将词句整个省略。不止于此，作者还用富有说服力的对话和不计其数的独白取代通常的平铺直叙，并在描述中竭力采用简洁的语句、单音节词语和不完整的句子。

第三节　豪尔赫·爱德华兹

豪尔赫·爱德华兹（Jorge Edwards），智利作家，1931 年生于圣地亚哥。曾在英国和美国的大学攻读哲学和法律。当过记者、律师和农民。1957 年涉足外交界，被委任为智利驻哈瓦那代表。1961—1964 年担任《时代日报》社社长和蒙得维的亚大学出版社社长。1971 年阿连德大选获胜后，他前往法国，作为外交秘书协助当大使的诗人聂鲁达工作。聂鲁达称他是"一位杰出作家和有才干的职业外交家"。1973 年智利发生军事政变，皮诺切特上台。爱德华兹辞去外交职务，流亡西班牙，直至 1978 年回国。

爱德华兹以写短篇小说开始文学生涯。1952 年出版短篇小说集《庭院》。经过近十年的沉默后，又出版另一本集子《城市人》（1961）。1964 年他的第一部长篇小说《沉重的夜晚》问世。1975 年出版他根据在古巴的见闻写的《不受欢迎的人》一书，对古巴 20 世纪 70 年代初的社会、政治等情况作了评述。此书在当时的拉美文坛引起强烈反响。在此之前他还出版了一本文集《主题与变化》（1969）。其重要作品还有短篇小说集《从龙尾巴开始》（1977），长篇小说《石头般的客人》（1978）、《蜡像馆》（1981）和《世界的起源》（1996）。1994 年获国家文学奖，1999 年获塞万提斯文学奖。

《沉重的夜晚》的故事发生在智利社会急剧变化、党派斗争激烈的时期。各个社会阶层的代表人物粉墨登场，某些政治集团和大家族面临生死存亡的命运。在这种背景下，小说描写了圣地亚哥一个尊贵的家族由于最后一位女族长患病和死亡而陷入全面危机的情景。女族长克里斯蒂娜的寿终，意味着一个豪门世家的安定局面彻底结束，这个破败的家族永远陷入了空虚和无依无靠的逆境。关于女族长的葬礼，第七章即最后一章作了描写。她的儿子——一个酒鬼和赌徒——豪阿金与家族的第三代子孙、年轻的弗朗西斯科参加了葬礼。前六章描述了豪阿金和弗朗西斯科等人在女族长克里斯蒂娜患病期间的生活和作为。例如弗朗西斯科在学校里不专心听讲，不尊重师长；在家里不敬重家长，和女佣人挑逗；在社会上为非作歹，干伤风败俗的坏事。此外，在这些章节里还不时地介绍女族长的生活片断和患病的情形。小说反映了20世纪五六十年代智利圣地亚哥上层社会的生活，展现了那个时代的社会风貌和人情世态。弗朗西斯科和豪阿金是小说的主要人物。豪阿金对生活和学业缺乏起码的责任感。他是女族长的儿子，是家族的希望，但是他却吊儿郎当，法律专业毕不了业，连最简单的工作也干不好，更可恶的是他嗜酒成癖，经常出入赌场，成了个败家子。弗朗西斯科也不是个好东西。他精神空虚，把学业抛在一边，却热衷于读乌纳穆诺的情节离奇的小说，甚至一而再、再而三地和一个偏僻小巷里的老妓女幽会。虽然神父令其忏悔，让他反复诵读诵天主经和圣母经，但是他依然如故。在这两个人物身上有力地体现了作品所表现的富有的阶级必然走向没落的思想。小说在艺术上最突出的特点有三：一是运用闪回技巧，如在故事的叙述中对女族长昔日生活的介绍；二是人物的心理描写，如弗朗西斯科在见一个姑娘晒衣服时所做的如梦如痴的想象；三是充分采用对话形式，直接展示人物的音容笑貌、言谈举止及其感情世界。

《石头般的客人》的故事发生在20世纪70年代初阿连德总统被推翻后的日子里。1973年10月，一群来自同一个地方（拉·蓬塔）和同一个阶层（大资产阶级）的外省人聚集在同乡塞巴斯蒂安·阿奎罗家中，庆祝他的生日。法西斯军人政变得逞，民主政府倒台，这对他们来说自然是一件快事。所以，家宴一直持续到宵禁钟敲响。在这段时间里，他们一面吃喝一面交谈，谈论他们每个人的过去和一些不在场的朋友的过去。那些朋友之所以缺席，显然是由于政治环境所致，他们不愿意参加在极端危险的时刻举办的这类微不足道的活动。除了这些具有政治倾向人物的故事外，作品还讲述了许多趣闻逸事，这些趣事涉及这些人物的前辈。例如在蓬塔，有人用石头砸碎了一位族长的雕像。围绕这一事件，小说又引入了另外一些人物。其中有英国佬威廉姆斯，他是一个骗子，热衷于纵酒狂欢。他利用蓬塔一个家庭喜欢英国的特点勾引他们的一个女儿并与之结婚。但是后来他却逃走。小说结束前他又来到蓬塔，要把他朝思暮想的儿子吉列尔莫接到他从事酒吧和妓院生意的英国去。颇具讽刺意味的是，当人们聚在一起交谈的时候，直升机却在优美的城区上空盘旋，监视着人们的行动。人们谈论的内容是某些人的生活，特别是西尔维里奥·莫利纳的生活。通过对他的生活经历的描写，把智利的政局变化，尤其是人民统一阵线时期的政治与社会状况生动地展示出来。西里纳是共产党员，由于他用刀捅过一个伤害他母亲的男人而受到监禁。后来他和一些左派朋友建立了联系，并和一个女党员结了婚，工作中有所晋升。但在军事政变后死于非命。"石头般的客人"是指那些由于政治原因而未能参加朋友们的生日聚会的人。但他们究竟是怎样的人，小说的主要叙述者的看法却很含糊。"他们是最诚实的、最坚忍不拔的"，还是相反，"是最绝望的、头脑最不清楚的人呢？"作品直到最后也没有作出结论。小说除了在表现人物的性格和命运方面运用了讽刺、幽默和漫画手法外，并没有新奇之处。但是作品表现的思想内容却相当深刻。作者通过小说的故事和人物暗示：右派也好，左派也好，其实都是各自的思想体系的支持者、实践者和牺牲品。作品既抨击了大资产阶级反对和敌视革命的态度，也批评了左派的自私、堕落和政治上的盲动与幼稚。因此,这部小说成为受到拉美批评界特别关注的优秀政治小说之一。

《蜡像馆》的故事发生在智利社会动荡不安的 20 世纪 70 年代。游击队从事的革命活动成为支配人们的情绪和心理、决定社会安定与否的重要因素。在此背景下,爱德华兹在小说中描述了一个具有象征意义的故事。主要人物是比利亚里卡侯爵。他妻子比他小 30 岁,既年轻貌美又不甘寂寞,不久即对一位钢琴师产生好感并暗中幽会。侯爵得知此事后恼羞成怒,决定进行报复。于是命人在妻子和钢琴师偷情时为之塑像,使它永远流传。蜡像塑成后,蜡像馆就成了发生那件丑事的房子的精确复制品。侯爵以为如愿以偿,但是不料爆发了一场革命。革命过程虽然短暂,却摧毁了他的蜡像馆。在无情的现实面前,他无可奈何,只好在他妻子居住的地方了却一生,他的财产最终被他的厨娘全部占有。故事不乏讽刺意味,侯爵试图把活人变成怪物,他自己却成了幽灵。他试图把真实的东西变成蜡制品,他自己却变得连蜡制品也不如。在打碎一切现有秩序的游击队员们看来,他是荒唐可笑的。而一切现实事物又何尝不荒谬可笑呢?他的马车、传统的党派、俱乐部里那些醉心于无休止赌牌的食客的贵族气派,以及日本步话机、流动雕塑家和年轻的游击队员,无不如此。而最可笑、最可悲的还是侯爵老爷。他穿着黑色大礼服,绑着灰色护腿,系着大领带,俨然一副绅士派头。但是当革命的风暴掀起,他便像他的蜡像馆一样摇摇欲坠、自身难保了。

进入新世纪后,爱德华兹出版了 5 部长篇小说,即《历史之梦》(2000)、《家中无用的人》(2004)、《陀思妥耶夫斯基的房子》(2008)、《蒙泰涅之死》(2011)和《绘画的发现》(2013)。

《历史之梦》讲述的是一个人从皮诺切特的独裁统治下流亡国外多年回到智利后的故事。这个人实际上就是作家本人。当他 1978 年回国时,独裁当局依然存在。就在那时,他读到了一本欧亨尼奥·佩雷拉·萨拉斯写的《智利王国的艺术史》，其中有一章描述了意大利建筑师华金·托埃斯卡修建智利历史上的标志性建筑拉·莫内达宫的情景。此人的故事迷住了他。托埃斯卡大约1750 年生于罗马，成年后移居智利，名叫曼努埃尔·阿尔代 - 阿斯佩的主教聘请他完成圣地亚哥大教堂的修建工作。作者萨拉斯在书中引证了一个 18 世纪的故事，说的是托埃斯卡爱上了一个年轻而貌美的智利姑娘，但这个姑娘轻佻而放荡，她叫曼努埃利塔·费尔南德斯·德·雷戈列多，托埃斯夫把她关在一家修道院里，但是她像只猫一样爬墙逃出，去和情人幽会。爱德华兹觉得这个故事很有趣，他便到历史文献里去挖掘，结果发现这一对男女经历过三次跟他们有关的公案：一次是姑娘的母亲控告一位名叫索夫里诺 - 米纳约的主教，因为他也非法地把她女儿关在远方的一家修道院里，主教因其有权有势而赢了官司。后来，曼努埃利塔又爱上了托埃斯卡主教的接班人戈伊科莱亚，但戈伊科莱亚和一个富婆结了婚，曼努埃利塔则爱上了一位西班牙上校的儿子佛朗西斯科·迪亚斯，上校反对他们结婚，想提起诉讼，说是曼努埃利塔道德败坏，儿子则反诉其父干涉他的婚姻。小说讲述了这个发生在殖民地时代的故事，那是在独立战争前夕，有一些人密谋，试图推翻西班牙殖民当局，改变殖民地社会。爱德华兹觉得殖民地的历史和皮诺切特独裁统治下的智利历史十分相似，比如存在着审查制度，白色恐怖，对居民的严密控制等。

《历史之梦》既再现了 18 世纪以来智利历史的发展过程，又讲述了皮诺切特晚年的生活和政治活动，抨击了皮诺切特独裁统治的黑暗。作者借助不同人物之口大胆描绘出一幅复杂的风流与人物画。小说在语言运用上独具一格：严谨、准确、有力，既具讽刺意味，又不乏伤感的、塞万提斯式的幽默。

《家中无用的人》将小说、传记、自传、历史和虚构融为一体。讲述了智利作家华金·爱德华兹·贝约的一生。爱德华兹·

贝约生于 1887 年，卒于 1968 年，他是爱德华兹的父亲的表弟，
一个"家中无用的人"、一个多余的人、一个矛盾的人、一个不正
规且超前的作家，20 世纪活跃在帕尔帕拉伊索和圣地亚哥文化界
的新闻工作者，辛辣的散文家，一个头脑聪明却玩世不恭的知识
分子，他曾多次获得国家文学奖和新闻奖。爱德华兹描述了他表
叔半个多世纪前在圣地亚哥、巴黎和马德里的文学活动与感伤经
历，以及在巴黎和智利的财场上加倍下注的情景。在作者的笔
下，爱德华兹·贝约显然是一个失败的、悲剧性的、滑稽可笑的
人物，一个以押注把自己引向不幸甚至死亡的不可救药的赌徒，
最后他以张扬的自杀行为结束了自己的一生。作者描述故事的笔
触灵巧、敏捷、语言丰富，书中充满了智利的方言土语和大量非
文学的语词。

《陀思妥耶夫斯基之家》以流畅而有趣的笔调描述了智利诗人
恩尼克·林一生的三个重要时期。一是他在 20 世纪 40 年代作为
诗人初登文坛的情景：那是在贡萨莱斯·魏地拉掌权的时代，他
的诗作开始在《光明》和《青春》等大学期刊上面世，读者觉得
一位波德莱尔式的诗人正跻身诗坛；二是他前往欧洲和世界其他
地区旅行的时期，旅行期间他曾同特雷莎秘密相爱，但他的心中
始终不曾摆脱"恐怖的智利"；三是 20 世纪六七十年代他在古巴
的逗留，他在那领取了 1966 年度的美洲之家诗歌奖，经历了古巴
诗人帕迪利亚受迫害的事件。小说以诗人的葬礼结束，作者提到
了参加葬礼的、以 E 开头的诗人的名字，如爱德华多等，还描述
了在公墓对面著名的基塔佩纳斯酒吧举行的追念诗人的酒会。

小说在描述这位著名诗人恩里克·林的故事的同时，还讲述
了从 20 世纪 40 年代末到 80 年代智利一代文人墨客的故事。其中
有特奥菲洛·西德、爱德华多·安吉塔、奇科·莫利纳、豪尔
赫·卡塞雷斯、罗伯托·乌梅雷斯、路易斯·奥亚尔孙等，还有
一些女诗人，他们在植物园里，在圣卢西亚小山坡上，在智利大

学的校园里散步、演说、喝酒、高谈阔论，他们谈论波德莱尔、里尔克、荷尔德林等欧洲国家的名诗人。

所谓"陀思妥耶夫斯基之家"，是 20 世纪 50 年代圣地亚哥的一所破房子，诗人恩里克·林的住所，也是旅行的作家和画家们逗留的庇护所。那所房子几乎是一座要倒塌的废墟，它位于市中心，是一幢两层的小楼，墙皮已经脱落，墙上挂着褪色的图画、广告。诗人从这里走向四面八方，开展对他的学生们的教学工作。市中心、郊外的居民区、社会下层、破败的村落等，到处流传着这位诗人的故事，在人们的心中他是一个传奇人物。

《蒙泰涅之死》是爱德华兹献给《随笔集》的作者、法国作家、"一切时代最自由的人"——米歇尔·埃康·德·蒙泰涅——的一曲动人的赞歌。在前往巴黎的一次旅行中，蒙泰涅遭到激进的耶稣教徒的抢劫。这种攻击是他们对天主教徒的报复，他们以前就曾在这条路上袭击过胡格诺派教徒。蒙泰涅所受的惊吓不止于此，到了巴黎后，他被他们推推搡搡，最后被关进了巴斯蒂亚城堡，这一次是由于他们的一位地方首领被监禁而对天主教社团的报复，不幸的蒙泰涅在两条战壕里遭到了鞭打。由于他在上流社会的影响才得以获得自由——"亨利十四国王是他的学生，他颁布了南特斯法令，规定了法国信教的自由，从而也结束了大屠杀。"

蒙泰涅是一位在启蒙运动到来两个世纪之前就启发人们反对封建传统思想和宗教的束缚，提倡思想自由、个性发展的文化人，是狄德罗等启蒙思想家中的一位先辈，他的养女玛丽·德·古尔内也是一位先驱。她早就是妇女权益的维护者。他们在 1588 年相识，他 55 岁，她 23 岁，她非常崇拜他，她曾给他写过一封信，希望跟他约会，虽然他早已结婚，但还是接受了她送给他的手套，二人终于成为一对恋人。这种关系给年迈的蒙泰涅带来很大影响。爱德华兹在小说中写道："蒙泰涅很清楚，婚姻和性爱会沿着相反的路线走。对他来说，婚姻跟爱情没有什么关系。它是一种维护社会秩序和延续家族烟火的制度，但是肌肤的快乐是另一回事。"蒙泰涅认为必须如此，所以他的婚姻很好，他和他的合法妻子一直生活到生命的终点。他于1592年9月13日逝世于波尔多，晚年他在继承下来的乡间领地过着自由、静谧与安闲的退隐生活，把自己关于那座高楼上的书房，潜心研读古希腊罗马作品，随手写点心得笔记，不再闻窗外事，打发着他的风烛残年。

《绘画的发现》以虚假的自传形式和第一人称讲述作者的一位亲戚的故事。其亲戚叫豪尔赫·伦希弗·米拉，是母亲的表哥，是波尔塔莱斯时代杰出的财政部长曼努埃尔·伦希弗的后代，著名女画家米拉姐妹的侄子。在家中，大家管他叫丰弗或伦希丰弗，他在一家企业的制锁部工作。他相貌出众，身材高大，有一双蓝眼睛，只可惜不修边幅。由于他是一个普通职员，衣着不可能特别讲究。再说，他又是一个光棍儿，他最大的业余爱好是周末和亲朋好友欣赏莫扎特、舒伯特等人的经典乐曲，和朋友们一起练习绘画，去离圣地亚哥城不远的地方写生。星期天，作者的家中常有音乐表演。那时作者还是个孩子，音乐表演由他的异父兄长主持。丰弗的绘画作品经常在阿尔汉布拉宫中展出，但是总不是很成功。显然，丰弗从来也没有正式学过绘画，他的米拉姨妈们也没有教过他绘画，"也许是他在自己的内心深处领会了绘画艺术"（作者语）。若干年后他认识了一个名叫卡里达德·卡萨雷斯的孀妇，并与之结婚，其前夫给她留下了一笔丰厚的遗产，此外，她还是一位退休的女法官。这一切，自然大大地改变了丰弗的生活。夫妻双双很快就去了欧洲，丰弗在那里兴奋地见识到欧洲所有重要博物馆里的绘画，特别是西班牙马德里普拉多博物馆陈列的贝拉斯克斯的《侍女》和《镜中的维纳斯》，这些作品和其他高水平的画作让他惊恐万状，竟晕了过去。然而，这次欧洲之行似乎害了他，因为在观赏了那么多奇妙之作后，他觉得自己再也不能继续作画了。这样的"绘画发现"把他压垮了。不久他就死了。这给作者留下了磨不掉的印象。

无疑，伦希弗是一个荒诞的、堂吉诃德式的人物，他痴迷绘画，却对绘画一无所知，他连智利的绘画作品都不屑一顾，他的绘画渴望来自内心的某种奇怪的念头，他像个小学生一样爱提问题，提的问题稀奇古怪，对青少年来说，这个人物可能有点神秘。作家说，这部小说源自他对童年和青年时代的回忆，那时他认识一个很像主人公豪尔赫·伦希弗的人。"我正在写回忆录，当写到四五十年代一群年轻诗人在一家小酒馆里聚会的时候，这个遥远的人物出现了。我认识这个人，我知道他对绘画的爱好和热情，为了欣赏绘画，为了见到戈雅、贝拉斯克斯和伦勃朗的作品，他不惜横渡大西洋。我对这个人，这个堂吉诃德式的人物，这个自以为才能过人的人物产生了一股奇怪的热情。"这样，这个人物就成了他的小说的主人公。

第四节　安东尼奥·贝尼特斯·罗霍

安东尼奥·贝尼特斯·罗霍（Antonio Benitez Rojo），古巴小说家、随笔作家、电影剧本作者、大学教授和加勒比文化思想家。1931 年生于哈瓦那，卒于美国马萨诸塞州。不足 1 岁即随父亲前往巴拿马谋生，在那里生活了六七年。这段经历对他后了解加勒比起了重要作用。回到哈瓦那后进耶稣会办的贝伦中学读书，毕业后进大学攻读经济和会计学，获国际劳动组织颁发的奖学金，去华盛顿和墨西哥进修。古巴革命胜利后，他作为技师在古巴劳动者中心工作了数月，后进入劳动部统计局供职，至 1966 年。其后在司法部当顾问，在信息与文化研究中心工作，在国家文化委员会国家戏剧与舞蹈局当刊物主编（1966—1967），还曾担任《国际古巴》杂志编辑部主任。

贝尼特斯·罗霍在 20 世纪六七十年代为古巴革命后的文化艺

术发展和繁荣做了大量工作，贡献很大。但由于他"思想落后、保守，跟不上时代步伐"，受到排挤。他不得不于 1980 年流亡美国。在异国他乡，他没有了"私心杂念"，摆脱了文山会海的干扰，如鱼得水，自由自在，全心全意地从事他热爱的文学事业。

作为作家，他的才能显露较迟，直到近 30 岁才开始写短篇小说，1967 年获美洲之家短篇小说奖，1968 年获古巴作家与艺术家联合会"路易斯·费利佩·罗德巴格斯"奖，从此成为古巴首屈一指的短篇小说家。他的声誉帮助他进入美洲之家工作，负责领导拉美文学研究中心（1970—1971）、出版部（1974—1980）和加勒比研究中心（1979—1980），曾负责编纂胡安·鲁尔福文集和《拉丁美 15 篇故事》。还选编过 8 位名家中篇小说选。

作为编剧，其作品有《时间的战争》《一男一女和一座城市》《大地和天空》等。

罗霍的小说创作还算丰富。有短篇小说集《国王们的抓四 K》（1967）、《枯叶盾牌》（1969）、《英勇的女人》（1977）；有长篇小说《房客》（1976）、《兵豆的大海》（1979）、《穿战服的女人》（2001）。此外，还有《个人作品集》（1997）、随笔《重叠的海岛：加勒比与后现代的前景》（1998）等。

罗霍的作品有不少具有奇幻色彩，表现的内容有现实的也有历史的，有的甚至将现实与幻想融为一体，亦真亦幻，扑朔迷离。其风格幽默风趣，叙述流畅。

《兵豆的大海》是贝尼特斯·罗霍后"爆炸"文学时期的代表作。小说具有独特的结构：它由四条界限分明的线索构成。凡是读过福克纳或乔伊斯的小说的人，对这种多线索、多层次的构建形态都不会陌生。小说的四条线索是：（一）1598 年西班牙费利佩二世国王在马德里郊外的埃斯科里亚尔镇他的病床上奄奄一息，却还在痛苦地为他的漫长的王朝操心；（二）虚构的人物，名叫安东·巴蒂斯塔的士兵随着哥伦布第二次远征来到埃斯帕尼奥拉岛，在轻信的人和顺从的印第安人中间进行掠夺；（三）描述 1565 年靠创建圣阿古斯丁城起家的，佩德罗·梅嫩德斯·德·阿维莱斯总督的年轻女婿堂佩德罗的故事和对在其城郊俘获的胡格诺教派法国军队的血腥屠杀；（四）描述热那亚商人蓬特一家移居加那里亚斯群岛特内里菲大岛的情形及其在加勒比用武器交换非洲黑奴、用黑奴交换金银和珍珠而大发横财的情景。在这个故事中，女人对男人的命运起了很重要的作用：迷人的伊内斯·德·蓬特把英国海盗霍金斯（1532—1595）招募到蓬特家的商船上；费利佩二世为没有得到英国的伊莎·贝尔的爱情而深感遗憾，导致 30 年后海战失败的灾难性后果；无论安东·巴蒂斯塔还是堂佩德罗，其显要的地位的获得都有赖于他们的配偶的亲人。

进入 21 世纪后，罗霍似乎打算开辟一条新路径：写一部同时具有文学质量和商业价值的畅销书，这便是长达 500 多页的长篇小说《穿战服的女人》。小说主人公是一位非凡的女性。小说描述了她生活中的若干故事，还描绘了众多人物和具体场景。

女主人公叫恩里埃特·法维尔，1791 年生于瑞士劳沙那，父母在一场大火中丧生后，她被姑妈接去抚养，居住在费瓦一幢别墅里（后来她接受了姑妈的一笔遗产）。光阴荏苒，岁月如梭。女孩很快出落为一位貌美的少女。14 岁时，她在一次舞会上对拿破仑军队的军官罗伯特·雷诺德一见钟情。在那个幸福的夜晚，少女的姑妈不幸去世。姑娘随之由姑夫查尔斯照管。查尔斯是一名军医（外科医生），不久他和少女的恋人雷诺德一起跟随拿破仑的军队转移。钟情的少女不假思索地跟随他们而去，她想跟男子汉一样生活和战斗。但是"天有不测风云，人有旦夕祸福"，姑娘的恋人在一次战斗中被炸弹击中身亡。姑娘痛不欲生，她失去了心上人，无所依靠，便回到后方，参加了她的女友玛丽赛的马戏团，在欧洲中部巡回演出。当时拿破仑的军队驰骋欧洲，一片片吞噬他国的土地。有一天，炸弹从天而降，炸毁了马戏团，炸伤了一些女演员。从此，法维尔便当了护士。她热爱这个职业，对护理伤员的工作已不满足，于是她决定进巴黎大学攻读医学。但是校方认为她的条件不合适，婉言拒绝了她。这使她又气又急，一系列问题不由得浮现在脑海：为什么女人没有自由选择职业的权利？军队为什么只接受那么几个洗衣的女兵？面对这种歧视妇女的现象，她发誓成为恩里克·富恩马约尔式的人。此人是一位发愤掌握医学的古巴青年，是一个勤奋好学、有志者事竟成的榜样。她决定得到姑夫的支持，开始了医学专业的学习。但是没毕业就被招入拿破仑的军队。幸运的是，她没有像她的恋人那样阵亡，也没有丧失对医学的热爱，回到巴黎后终于完成了她的学业，获得了医药与外科博士学位。最后她和姑夫一道前往"盛产世界上最好的柠檬的土地"西班牙，参加了约瑟·波拿巴的军队，幸运地实现了她的梦想——成为一名女兵，一个穿战服的女人。

毫无疑问，这部小说具有引人入胜的、历险一般的情节。但对大多数过着正常生活的人来说，读了这部作品也许会感到沮丧，因为女主人公屡遭不幸，成长得很不顺利。但作家说："我在《穿战服的女人》中，戏剧化地描述了一个非凡女人生活中的一些片断。不过，无论我写的故事，还是故事中出现的大多数人物以及具体情境，都是虚构的。"

第五节　阿维尔·波塞

阿维尔·波塞（Abel Posse），阿根廷作家，1934 年 1 月 7 日生于科尔多瓦市一个图库曼人的家庭，两岁时跟父母迁居布宜诺斯艾利斯，在那里，度过童年和少年，上小学和中学，8 岁开始写诗歌和短篇小说，后来为《世界报》撰写各类文章。20 世纪 50

年代前往巴黎，进索沃那大学攻读政治学，获博士学位。回国后进外交部工作，先后在苏联、秘鲁、意大利、法国、以色列、捷克斯洛伐克、丹麦任外交官，并曾任阿根廷驻西班牙大使。其工作性质和生活环境开阔了他的眼界，从不同的角度观察世界，拓宽了他的文化视野。他曾由衷地说，他的祖国是一块广阔的文化地域，他同样地爱荷马和赛万提斯、尼采和荷尔德林、塞利纳和纳博科夫，但是他深感自己是一个阿根廷人和拉美人。

在年轻时代，他经常在布宜诺斯艾利斯参加文人墨客夜晚在咖啡馆里举行的茶会，这使他加深了对苏俄文学、法国文学和德国哲学，以及东方文化的了解。他在茶会上结识了豪尔赫·路易斯·博尔赫斯、爱德华多·马列亚、埃斯基埃尔·马丁内斯·埃斯特拉达、里卡多·莫利纳里、曼努埃尔·穆希卡·拉伊内斯、拉蒙·戈麦斯·德、拉·塞尔纳和拉洛埃尔·阿尔贝蒂等诗人或小说家，并和诗人康拉德·纳莱·罗斯洛及卡洛斯·马斯特罗纳迪成了好朋友，他们帮助他在《世界》报上发表他最初写的诗歌和短篇小说。他认为那些年的大学学习和布宜诺斯艾利斯的夜生活是他的"真正的黄金时代"，这在他的小说《拉普拉塔的女王》和《如同埃娃的热情》中的某些回忆中有所再现。

他曾入伍服役，1955 年复员，正值自由革命高潮，他进大学攻读法律，1958 年毕业。

在巴黎任文化参赞时，他创办了"纳迪尔"丛书，出版了莱奥波尔多·卢贡内斯、莱奥波尔多·马雷查尔、恩里克·莫利纳、劳尔·古斯塔沃·阿吉雷等阿根廷诗人的西班牙语与阿根廷语双语诗选，被收藏在法国 400 家图书馆里。

他的文学创作主要是小说，已出版《大螯虾》（1968）、《虎口》（1971）、《达伊蒙》（1978）、《天堂的狗群》（1978）、《死亡时刻》（1979）、《隐藏的魔鬼》（1988）、《阿喀尔达的旅行者》（1989）、《拉普拉塔的女王》（1990）、《行者的漫长黄昏》（1992）、

《如同埃娃的激情》（1995）、《黑色的先驱》（1998）、《布拉格的笔记本》（1998）、《生活中不安的日子》（2001）和《狼之夜》（2011）。

在波塞的小说中，《天堂的狗群》描述了哥伦布发现新大陆的经过，《达伊蒙》描写了西班牙征服者洛佩·德·阿基雷去亚马孙地区寻找黄金国的冒险，《黑色的先驱》讲述了拉丁美洲独立战争的历史，因而被评论界称为波塞创作的表现美洲被发现、被征服和争取独立的三部曲。其中，《天堂的狗群》因获得 1987 年度委内瑞拉罗慕洛·加列戈斯国际小说奖，使波塞扬名海内外。这部小说和其他作品已被译成英文、法文、意大利文、葡萄牙文、荷兰文、瑞典文、捷克文、俄文、日文和丹麦文。

《生活中不安的日子》是波塞在新世纪出版的首部作品。小说第一部分的故事在图库曼和布宜诺斯艾利斯展开，第二部分的故事在巴黎和埃及展开，时代背景是 19 世纪末，小说人物有一些是真实的，有一些几乎算是虚构的，他们在作者以风俗主义笔触和日常生活的细节描写创造的气氛中你来我往，忙忙碌碌。叙述的声音有两个：一个是费利佩二世，他是在图库曼开发甘蔗加工业的工业王朝的创始人的儿子；另一个是他的侄子胡利奥·维克多，他是个残废青年、马恩著作的读者、其叔父近期做的笔记的接收者。费利佩二世是阿根廷文明官员的典型代表，他和一位主妇结婚后生了 8 个孩子，他是一个有修养的人，周围挂着许多精美的绘画，惬意地欣赏法国诗人的作品，同国家政界和文化界的人交往密切。有一天他得知自己患了一种说不清的疾病，成天用手帕捂着嘴，然后把咳了血的手帕藏起来。他以做生意为借口，离开了家和社会俱乐部的朋友们，因为他相信自己已站在死神的家门口。他先去了布宜诺斯艾利斯，在那里光顾大城市的娱乐场所、贵族家庭的高雅世界和即将住满移民的大杂院，还去了商店和妓院，他在妓院里第一次听到伴随男人们跳舞的下流音乐。然后他去了巴黎，此行的理由与哲学或宗教无关，而与诗歌有关。他受到当时一位尚不知名的诗人兰波的令人眼花缭乱的古怪诗歌的吸引，他从巴黎沿着诗人的踪迹去了光明城①，然后又去了非洲的沙漠。

在艺术上，小说具有以下几个特点：

一是出色地再现了那个时代的社会氛围和环境，令读者感到如同身临其境。

二是频频让著名的历史人物出场，如胡安·鲍蒂斯塔·阿尔贝蒂、保尔·格劳萨克、爱德华多·威尔德、欧亨尼奥·坎巴塞雷斯、卢西奥·曼西利亚、胡利奥·罗卡、洛拉·莫拉、加百利·邓南遮、保尔·凡尔纳、图库曼人伊图里、孟德斯鸠侯爵的秘书、普鲁斯特小说中的夏尔卢斯男爵，以及罗森多·门迪萨巴尔等，加强了故事的真实性。

三是让许多文学人物现身，让他们不时同主人公交谈，如《魔山》中的翟腾勃里尼、《威尼斯之死》中的塔德西奥、《马耶·朗米兹·布里格的笔记本》中的马尔特。他们使小说的故事变得更吸引人，使读者的兴趣有增无减。

这部小说像评论家克劳德·库方评论《天堂的狗群》时所说的，此作也"很吸引人"，特别是对今天的阿根廷人来说，小说引起了他们对那个时代的怀念，萨米恩插、阿尔贝蒂、曼西利亚、罗卡、威尔德创建了一个富强的国家，半个世纪后由于列强的掠夺和官员的腐败而变得贫困不堪。

《狼之夜》的故事发生在 20 世纪 70 年代，一直延续到马尔维纳斯战争。那些年代阿根廷充满了恐怖和令人压抑的气氛，国家似乎突然衰落了。无辜的公民遭到绑架、拷打，感到恐惧不安，男人和女人都被迫面对残酷的选择：或生或死，或背叛或忠诚，或沉默或呐喊。庇隆，游击队首领、伪善的国际代表、理想主义

---

① 指巴黎。

青年、经济实体的代理人，每个人都在陷入暴力旋涡中的道德的悲剧里扮演一种角色。

小说故事由一位新闻记者讲述。他收到一本由一位在"死亡宫殿"里受虐待的女游击队员写的日记。这位女游击队员被绑架后讲述了她的"爱情"，一种能够挽救其女儿的痛苦关系，即一个受拷打的女人同她的拷打者的"爱情"。据作者讲，这是一本"关于刑罚的深刻思考的书，讲述的是绝对真实的历史"，讲述的是 20 世纪 70 年代特有的恐怖和镇压的岁月。在这个背景下，作者把事件的当事人置于第一线，把主人公们被绑架、受酷刑、担惊受怕的情景一一展示在读者面前。作者坦言："女主人公格雷达是一个令人感动的人物，她的遭遇最不幸：被拘捕、受酷刑，然后又经受可怕而残忍的事件，这就是同拷打她的人的'爱情'，尽管拷打者阿曼多知道他要被监禁多年。"

小说在讲述这个残暴的故事的同时，顺便讲述了在 20 世纪 70 年代的阿根廷和国际舞台上发生的种种事件，尤其是千百万阿根廷人遭受的不幸，既揭示了那些年阿根廷国内的残酷现实，又展现了国际风云的变幻。

"狼之夜"显然是喻指那些在黑暗的角落为非作歹、残害无辜人民的统治者及其帮凶的罪恶活动。

第六节 阿尔弗雷多·布里塞·埃切尼克

阿尔弗雷多·布里塞·埃切尼克（Alfredo Brgce Echenique），秘鲁小说家，1939 年生于首都利马。少年时代进入玛丽亚圣心学校读书，15 岁时被开除，据说因为学校从他的脸上看出他是个坏学生。但是此举并没有扼杀埃切尼克读书求知的志向。大约 20 岁时，他考入秘鲁著名的圣马克斯大学，攻读法律。1964 年他以优异的成绩毕业后赴巴黎，进拉美学生向往的索沃纳大学进修法国古典与当代文学，毕业时获该学科博士学位。此后在欧洲侨居 20 多年，曾在法国农泰尔大学、万森大学、蒙波利埃大学和索沃纳大学执教，教授拉美文学等课程。

20 世纪 60 年代末，即在拉美文学"爆炸"的红火岁月里，布里塞·埃切尼克在巴黎和他的同胞作家拉蒙·里维罗和巴尔加斯·略萨志同道合，过从甚密，结下深厚友谊。特别是巴尔加斯·略萨，不仅是他的好友，而且是他的良师。巴尔加斯·略萨在其回忆录《水中鱼》中说："布里塞·埃切尼克是我的优秀学生。"在后来的文学生涯中，二人依然情同手足，相互支持，在国内某些重大政治问题上，二人的观点也常常不谋而合，不失为政坛上的同道、同一个战壕里的战友。在巴黎期间，除了教学工作，他最热心的事情是博览法国和欧洲的文学名著，汲取有利于表现秘鲁和拉美现实的艺术手段，从福楼拜到普鲁斯特，从卡夫卡到乔伊斯……都是他博采众长、"拿来"、借鉴的对象。这一切都对他后来的小说创作产生了深刻影响。

1985 年，在巴黎生活多年后，布里塞·埃切尼克移居西班牙，因为他觉得"西班牙是世界上最文明的国家"。来到这个新的国度后，一种更为火热的文学氛围笼罩着他，夜晚的文学茶会、新书发布会和其他文学活动，他不时光顾，感到特别亲切；有着悠久传统的西班牙文学，他虽然读过不少作品，但是在那块美丽的土地上更具体更广泛地接触它，还是破天荒第一次。巴列—因克兰、皮奥·巴罗哈、乌纳穆诺、阿索林……无不引起他浓厚的兴趣。他如鱼得水，尽情汲取西班牙古今文学的精华。当然，作为一个热爱西班牙、成就卓著的拉美作家，布里塞·埃切尼克也受到西班牙文坛和西班牙政府的关注。"鉴于他的漫长而光辉的创作历程和同我们的文化价值的深刻一致"，1993 年 12 月，西班牙国王授予他天主教女王伊莎贝尔骑士团十字证章。

1996 年 11 月，阔别祖国 30 余年的埃切尼克决定回国观光。

这次归来，使他具体了解了藤森治理下的秘鲁。尽管藤森的政策造成了秘鲁人极度的贫富悬殊，有利于外国企业，带来了庞大的失业大军，人民缺乏自由、工作和衣食……但是藤森办到了过去的30届政府没有办到的事情：抑制住了制造恐怖的游击队，通货膨胀降低到12%，经济增长率从0%提高到13%，这种增长速度连亚洲的四小龙也达不到……总之，他结束了恐怖，使社会生活安定有序了。

同年年底，布里塞·埃切尼克回欧洲，去法国蒙彼利埃履行他对欧洲的最后一项职责：在蒙彼利埃大学上一个学期的西班牙语文学课。

之后，布里塞·埃切尼克回马德里居住，住的是一幢新房子，房子宽敞而明亮，房内摆满了他在各个国家生活和工作留下来的纪念品。书房的墙上挂着无数张朋友们的照片：堂胡安·卡洛斯、费利佩·贡萨莱斯、巴尔加斯·略萨、菲德尔·卡斯特罗……他们是西班牙和拉美的作家、政治家和艺术家。在这些照片的中央，郑重而仔细地挂着西班牙国王授予他的那枚十字证章。在写字台后面，依旧放着他那把伏尔泰的椅子的现代复制品，那是1985年他决定离开巴黎时法国的朋友们送给他的。这把珍贵的椅子，不时使他记起在法国度过的那些难忘的岁月和法国朋友们的友谊。

布里塞·埃切尼克1967开始文学创作，那一年，秘鲁十分有影响力的《阿玛鲁》杂志第四期刊登了他的一篇题为《在帕拉卡斯和吉米在一起》的短篇小说，引起广泛关注。评论家说，在秘鲁文学界，从没有同类体裁的作品引起如此强烈的反响。而当时的埃切尼克还只是一个默默无闻的文学青年，写出这么杰出的作品着实异乎寻常。其叙述方式极富特色，小说展现的世界在秘鲁的叙事文学中是崭新的。这预示着布里塞·埃切尼克将成为秘鲁乃至拉美文坛上的一颗灿烂的新星。果不其然，一年后他便出版了第一本显示其文学才能的短篇小说集《关闭的小菜园》，此作当年便在以热心推崇文坛新秀著称的古巴美洲之家出版社举办的评奖活动中荣获短篇小说奖，这使布里塞·埃切尼克在拉美文坛上名声大振。

两年后，布里塞·埃切尼克出版第一部长篇小说《胡琉斯的世界》（1970），小说生动地刻画了一个虽然生活在上流社会、却并无幸福可言的男孩子的形象，并从一个孩子的视野漫画式地描绘了贫富悬殊的两个社会阶层的生活面貌，塑造了一系列性格迥异的人物群像。从此以后，他的创作活力日盛一日，相继出版短篇小说集《幸福，哈哈》（1974）、《故事全集》（1979）、《秘鲁的玛格达莱娜和其他故事》（1986），长篇小说《如此痴情的佩德罗》（1977）、《马丁·罗马尼亚的夸说生活》（1981）、《谈论奥克塔维奥·德·加迪斯的男人》（1985）、《费利佩·加利略的最后迁徙》（1988）、《两位太太在交谈》（1990）、《请别在四月份等我》（1995）、《夜间的罪犯》（1996）、《塔尔桑和扁桃体炎》（1997），散文集《个人逸事》（1988），回忆录《生活的许可证》（1993）等。

布里塞·埃切尼克的小说创作，适逢 20 世纪 60 年代拉美文学"爆炸"后持续繁荣的时期。由于文学上取得的引人注目的成就，他被公认为拉美文坛 20 世纪七八十年代涌现的、被称为"小字辈"的作家群体的杰出代表。进入 21 世纪后，他出版了三部长篇小说，即《我心爱的女人的小果园》（2002）、《潘乔·马朗比奥的低劣装修工作》（2007）和《为痛苦感到惋惜》（2012）。

《我心爱的女人的小果园》讲述的是一位百万富婆和一个青年学生的爱情故事。富婆叫纳塔利娅，33 岁，和丈夫离婚后开着一家古董店。学生叫卡洛斯，只有 17 岁，攻读皮肤病学。两个人是在卡洛斯的父亲在家里举办的庆祝活动中相识的。男孩本来什么都不关心，情窦未开，但是当他把一张唱片放在唱机上准备和一个女子跳舞时，遇到了纳塔利娅。纳塔利娅容貌出众，身材苗条，眼神撩人，二人一见倾心。但是他们的关系几乎遭到全利马人的非议，卡洛斯的父母更是竭力反对。在发生了一场争吵后，卡洛斯和心上人愤然私奔，逃到利马郊外的一个小果园，住在那里的一幢别墅里。他们由4个仆人侍候，坐豪华的小轿车旅行，十分奢侈，日子过得幸福、快乐、自由，二人在巴黎和利马度过了15个春秋。但是终究好景不长，纳塔利娅感到厌倦了，于是背叛了婚姻，卡洛斯却不肯离去，仍对纳塔利娅恋恋不舍。于是纳塔利娅雇了一个打手，把卡洛斯狠狠揍了一顿，二人终于分手。后来卡洛斯前往伦敦，在那里和一位秘鲁姑娘结了婚。

小说刻画了两个性格鲜明的人物形象。20世纪50年代的利马社会，依然保留着传统的婚姻观念，讲究门当户对，男女般配，这种习俗充斥着利马的各个角落，更何况纳塔利娅是个寡妇，年龄又比卡洛斯大16岁，他们的结合必然受到普遍的谴责。但是卡洛斯是个初生牛犊，把种种社会习俗和陈旧观念抛在一边，和父母分庭抗礼，为了心爱的女人而无所顾忌。一个年少气盛，我行我素，秉性顽劣的纨绔子弟形象跃然纸上。而纳塔利娅是个离异的富婆，拥有好几座庄园和可观的金钱，她全然不顾自己的身份、年龄和社会习惯势力的羁绊，跳了一次舞就爱上了一个涉世不深的毛孩子，这使她不得不面对卡洛斯的家庭和利马上流社会的非难。而她为了爱情不惜付出名声扫地的代价，俨然是一个刚愎自用、不达目的誓不罢休的倔强女性。此外，小说在叙述形式上有一个突出特点，即整部作品如一部戏剧，除了人物的声音外，叙述者还不时发出画外音，而且两种声音常常交织在一起，特别是人物的"台词"绵绵不断，整页都不用句号。这是作者独特的叙述风格，在他的其他作品也不鲜见。

《潘乔·马朗比奥的低劣装修工作》的主人公萨尔瓦多·布埃纳温图拉是秘鲁一位出身世家、富有而优秀的律师。54岁那年他决定改变自己的生活。为此，他放弃优越的律师职业，远离他一度厌恶的家族恶习——酗酒，离开利马飞抵西班牙巴塞罗那，决计实现他定居该城，愉快生活的梦想。他在那里完成艰巨的购房任务后，便把装修楼房的工作交给了他的朋友潘乔·马朗比奥。朋友答应对他的新居进行改造。但是此人极不正派，惯于弄虚作假，使用假执照，胡乱施工。结果把房子弄得面目全非：隔墙极薄（后来垮塌），地板漏水，到处一片狼藉。与其说是改造，不如说是破坏。房主看到这副景象，不禁恼恨交加，然而又无可奈何，又急又愁，他一直抵制的酗酒现在再也不能抗拒了。由于受了刺激和嗜酒，最后进了精神病院，在医院里结束了他的一生。作者以同情的笔调描述了萨尔瓦多的不幸遭遇。他好不容易离开他那个染上酗酒恶习的家庭，渴望移居异国他乡开始新生活。但是他万万没有想到，竟用错了人，新买的楼房被完全毁坏，致使他悔恨不已，借酒浇愁，以致精神失常，病入膏肓，美好的梦想化作了泡影，委实可悲可叹。这样一个正直、善良、厚道、真诚的人儿遭此不幸，怎能不叫人扼腕叹息。而和他形成鲜明对照的是马朗比奥，一个不知廉耻的承包人、冒牌的建筑师、小丑、骗子、自负可笑的小人。他把装修房子当儿戏，为房主造成了无可挽回的损失，甚至致其丧命，实在可恨、可恶，不齿于人类，作者对其进行了无情的斥责和鞭挞。作者以充满现代气息的利马和巴塞罗那为背景，即使在故事最无情最残酷的时刻也不放弃其精湛的幽然笔触，描述了秘鲁一个出身世家的著名律师从天堂般的优裕生活跌入地狱般的痛苦境地的过程。好端端的新居变成了废墟，满怀梦想的新居主人被折磨得生不如死，令人叹惋不已。

《为痛苦感到惋惜》描述 19 世纪末一个利马贵族家族，一直处在衰落、仇恨和挥金如土的旋涡中，在 20 世纪上半叶经历过荣华富贵、纸醉金迷的奢侈糜烂的生活后，终于在 1968 年贝拉斯科·阿尔瓦罗军事政变后，被子孙们败掉了。三代人几乎在一个世纪的富足和道德沦丧的生活中自我毁灭，重演了世界文学经典作家们描写的人类的巨大财富被毁灭的历史。这个家族叫德·翁塔涅塔·特里斯坦，其开山祖是堂塔德奥·德·翁塔涅塔，他在前往秘鲁安第斯山地区开矿的过程中以巨大的创造力和牺牲精神积累了巨额财富，创建了一个金融帝国。其财富虽然给子孙们带来了一时的幸福，但也使他们陷入了不知道如何管理财富的泥坑。

小说开篇写 104 岁的曾祖父塔德奥·德·翁塔涅塔坐在暖房里的轮椅上吸雪茄，不听他的女护士劝告。后来我们看到他十分疼爱他的几个小外甥女，甚至看到他死前有同性恋倾向。他终于在 105 岁时命归西天。后来我们又看到，他的儿子、银行家费尔明·安东尼奥是多么强势，他强迫他的七个侄子在他的银行里当职员，而他们很不争气，染上了恶习，被他赶走。在社会的动荡中，他竭力保护他的财产。而他的弟弟由于唯唯诺诺而不受待见，由于酒精中毒而命丧黄泉，没有受苦，但也毫无成就可言。第三代以费尔明·安东尼奥的女儿玛丽亚·马格达莱娜和玛丽亚·伊莎贝尔为代表，她们喜欢看普鲁斯特和托马斯·曼的书，酷爱贝多芬和维瓦尔迪的乐曲。她们的男人染上了恶习，被强迫戒除。这个家族在利马市中心，在拉蓬塔和奥利瓦尔·德·圣伊西德罗都有豪华的住宅。但无论多么富足，这个家族终究难免败落。小说描述了利马一个大家族由盛至衰的详细过程，从广义上说，这恰恰是秘鲁上流社会的腐败奢侈生活的真实写照。小说间接反映了作者儿时的经历和的生活。作者说，小说的大贵族费尔明·安东尼奥·德·翁塔涅塔·特里斯坦就是他外祖父的化身。他多次忆起在其外祖父家中度过的童年的夏日时光，他了解利马贵族们的生活，他见过 20 世纪中叶在秘鲁中部山区的、与外国的大企业有联系的矿区，并曾在矿工们的营地里生活过。所以他描写相关的故事时驾轻就熟，如数家珍。

第七节　安东尼奥·斯卡梅塔

安东尼奥·斯卡梅塔（Antonio Skarmeta），智利小说家，1940年生于安托法加斯塔城。1964 年智利大学毕业，留校任哲学教授，不久后前往美国，进纽约哥伦比亚大学攻读文学。两年后回国，在天主教大学教授当代拉美文学，同时翻译介绍英国作家司各特、美国作家麦尔维尔、梅勒、凯鲁亚克的小说。1969 年以短篇小说集《屋顶上的裸身人》获美洲之家奖。1973 年智利发生军事政变后，斯卡梅塔流亡阿根廷，在布宜诺斯艾利斯逗留一年，1975 年前往联邦德国执教，教授拉美文学。在流亡的岁月里，他写了多部电影剧本，至少获得过五次国际奖。还写过一些广播剧，其中有一部曾代表德国参加 1977 年"欧洲广播电台协会"举办的国际比赛，被评为优秀作品。此外，斯卡梅塔还写有大量关于拉美文化、流亡、电影和当代小说的评论文章。在文学方面，他的作品有短篇小说集《热情》（1967）、《圣克里斯托瓦尔的自行车运动员》（1973）、《自由枪声》（1973）、《新郎官与单身汉》（1976），长篇小说《我梦见雪在燃烧》（1975）、《什么也没发生》（1978）、《起义》（1982）和《诗人的婚礼》（1999）。

《我梦见雪在燃烧》的故事背景是 20 世纪 70 年代初。1973年发生的军事政变使智利的整个社会、政治、经济和文化制度遭到破坏。由于死亡、监禁、失踪、流亡和沉默，智利民族受到致命的创伤。广大智利人为生存进行了各种斗争。小说的主人公阿图罗来到圣地亚哥，他确信凭着他在足球场和情场上的成功，能够征服他面前的城市。但是无情的现实使他寸步难行，他失败了。政变发生后，他住的膳宿公寓作为聚会的中心不再存在，因为由房客们组成的家庭解体了：有的死去，有的参加了地下斗争，有的离开了城市。公寓、房子、国家和现存的一切都遭到法西斯暴力的破坏。

在生活和斗争中,小说中的人物都充满活力,不论男女还是老少。在和人们的来往方面,阿图罗的祖父几乎比他的孙子还活跃,公寓的老房东跟小伙子们一样活泼、热情,老人和年轻人身上不存在把他们分为两代人的标志。总之,具有活力是斯卡梅塔笔下的人物的共同特点。

作为小说表现的内容,作品涉及 1970 年和 1973 年智利发生的一系列事件:使阿连德获得胜利的大选,庆祝他就任总统的盛大节日活动,广大人民为减少反对派造成的损失而志愿参加的义务劳动,右派势力的种种罪恶活动(罢工、袭击陆军总司令的行动、杀害青年工人何塞·里卡多·阿乌马达的罪行和 1973 年 6 月 29 日策划政变的阴谋)和各界人士为纪念大选胜利三周年而举行的九月四日大游行等。

小说的题目来源于一句歌词,取自奥斯曼·佩雷斯·弗雷伊雷的一首题为《唉,唉,唉》的智利民歌,是指一大堆办不到的事情。小说写的实际上是一场梦,一场突然结束的梦。但是作品表明,那场梦没有被打碎,它仍然活在一切依然相信个人奋斗一事无成,只有团结才有力量的人们心中。虽然年轻的足球运动员阿图罗没有能实现个人的计划,但是失败的教训使他明白:他是单枪匹马奋斗,他不能继续孤立无援了。小说的根本意义就在于告诉世人:应该相信,参与和希望能够转败为胜。

斯卡梅塔的另一部重要作品《起义》源自一桩真实的历史事件,即尼加拉瓜莱昂城人民反对索摩查的独裁统治、争取民主解放战争最后一个阶段的斗争。各个章节既构成一部完整的作品,又是一个个独立成篇的故事。全书以人民的斗争为主线,以一系列人物的经历为起点,从不同的角度依次叙述。我们看到,爱国的民众从四面八方奋起反抗,到处沸腾着桑地诺革命阵线男女老少的斗争热情,致使统治者无计可施,惶惶不可终日。他们只会滥用职权，暴戾恣睢，对人民的斗争进行残酷的镇压。人民没有先进的武器，但是具有无所畏惧的精神和对革命事业的忠诚，并且善于运用集体的智慧，想出一系列卓有成效的斗争方法，例如挖墙凿壁，铺设帆布管子，管内灌满汽油，一直通到敌人的司令部，使敌人陷入一片火海。小说热烈赞颂了人民机智、勇敢、灵活、巧妙的斗争精神，同时揭露和鞭挞了反动当局暴虐无道、滥杀无辜的罪行。

作者塑造的人物形象生动丰满，年轻人的形象尤为光彩照人。桑地诺民族解放阵线的战士、诗人莱昂内尔热爱生活，他写给恋人的书信燃烧着炽热的爱，洋溢着诗情，展示出他那既充满日常生活的情趣又富有美丽幻想的内心世界。他的志向并非成为一名军人，但是他坚信，在那样的岁月里，他的岗位应该在战壕里。他的书信表现了一个年轻人火热的心、炽烈的爱、深厚的情和纯洁善良的灵魂，以及他的乐观主义与必胜的信心。其他的人物还有不甘心为索摩查卖命而英勇牺牲的青年阿古斯丁，他的老父亲、无所畏惧的安东尼奥，他妹妹、美丽可爱的维克多利娅，以及反面人物傲慢自恃的反动政客索摩查、奸险骄矜的上尉弗洛雷斯、无耻残暴的军曹富恩特斯等。

在小说中，作者运用书信、诗歌、引文等多种形式，增强了故事的趣味性；大量使用讽刺、幽默和双关语，使叙述充满活力；语言受到所在国的影响，人物对话全是尼加拉瓜式的，表达方式是中美洲特有的，与南美不同，这使小说的故事更真实可信，更符合所写国家的国情。

进入 21 世纪后，斯卡梅塔相继出版 4 部长篇小说，即《长号手的孙女》（2001）、《维克托丽亚的舞蹈》（2003）、《一位电影之父》（2010）和《彩虹的日子》（2010）。

《长号手的孙女》讲述的是一个小女孩的故事。一位长号手从欧洲来到智利安托法加斯塔港，把一个两岁的小女孩交给了移民埃斯特万·科佩塔，并对他保证说，小女孩是他的孙女。这种并不明确的亲缘关系没有妨碍埃斯特万收留这个小女孩。小女孩在他身边度过了她的童年和少年时光。在那些岁月，情感和痛苦在两个人之间铸成了比血缘关系还紧密的联系。1951 年，小女孩 7 岁了，成了小说的主人公。她渴望知道父母的名字。由于得不到可靠的消息，她只好给自己取了她祖母玛利亚·艾玛尔的名字，目的是平息那些说她是野孩子和小疯子的流言蜚语。她祖母曾是个不幸的新娘，住在地中海的一个岛上。小女孩渐渐长大，和一些移民一起迷恋上了电影，崇拜那些浪漫主义女英雄，并梦想去纽约，在那里可能会遇到他的叔祖父、电影制片人雷伊诺·科佩塔。在寻找前往纽约的旅伴的过程中，她认识了各种各样的人，经历了千百种意外事件。斯卡梅塔以其特有的幽默和明快而不乏魅力的笔触描述了这一切。在运用嘲讽的笔调、再现人物的主观记忆和阐述历史见解方面，表现了作者一贯的叙事风格。作为背景，小说提到了智利若干相关的历史片断，阿连德和聂鲁达作为智利及其政治改革的希望出现在小说中。阿连德三度参加总统竞选，三次失败，直到 1970 年，历史的格局才被打破。长号手的孙女也在历史的变革中扮演了举足轻重的角色。

《维克托丽亚的舞蹈》的时代背景是智利开始实施民主制度的时期，总统颁布了对一切没有血债的罪犯的大赦令，获释的犯人中有一个名叫安赫尔·圣地亚哥的 20 岁的青年和一位名叫贝尔加拉·格雷伊的 50 岁的撬保险柜的壮汉。出狱后，安赫尔不思悔改，决心为他在狱中遭受的虐待进行报复，同时提出了一个雄心勃勃的抢银行计划，而这个计划需要臭名昭著的撬保险柜的罪犯贝尔加拉·格雷伊配合。但格雷伊只想在家中和妻子儿女一起平平安安地生活，安赫尔却一心要报复典狱长，并策划抢银行。但是在实施其罪恶计划的过程中，出现了一位名叫维克托丽亚的姑娘。姑娘的出现彻底改变了安赫尔的生活，他们不得不面对新的命运。

维克托丽亚是小说的真正主人公。她哑然无语，孤独无助，流浪街头，多愁善感，但是她天生丽质，聪慧无比，几乎是本能地酷爱古典舞蹈，遇到安赫尔后，她便毅然决然地和他相伴，携手走后来的人生之路。

小说无意展示皮诺切特独裁当局为智利人民造成的悲剧，而只想表现一个女孩的不幸：目睹父母被杀害后她丧失了声音，成了哑巴，并因爱一个曾经的囚犯而失去了自由。

《一位电影之父》的故事并不复杂，主要人物雅克是智利南方一个小镇的年轻教师，其父丢下他回了他的故乡巴黎，他很难过。他的一个名叫安古斯托·古铁雷斯的学生很快就 15 岁了，在生日那天，该学生要求老师带他去附近城市的一家妓院，为开心而不惧失去童贞。就在这时，老师才意识到，连他的学生们都比他更有经验。

小说塑造了一个忧伤的青年教师的形象。他自幼和母亲生活在一起，母亲是一位家庭主妇，生了一儿一女，她爱她的丈夫，却不明白她丈夫为什么经常不在家，为什么他要离开她回巴黎。父亲的离去，使儿子雅克很伤心，很沮丧，几乎失魂落魄，总有一种被抛弃的感觉伴随着他。他无奈地对他的朋友磨房主说："这仿佛一种孤独深深地流入我的脉管。我父亲走后，我真想死去。"

小说分为 25 个不长的章节，章节中经常提到电影（似乎表明作者对电影喜爱有加）、音乐、文学和他个人的童年及少年时代的生活。小说表现了两个青年的人生之旅，他们的成熟过程，他们应担当的责任，同时也表现了时光不以人的意志为转移的流逝和命运对人生的支配力量。作者说："《一位电影之父》是写给一位朋友的一种信函，是一种忏悔，一种反思，一种对人的内心的考察。""这是一部出自我的心灵的小说，它曾深深地藏在我的激情荡漾、热情奔放的心中。"

小说在衬页上用这些美丽的语句写道：

> 小说将把你带到一个神奇的村庄。
> 为你展示一个亲切的故事。
> 它的人物会感动你。
> 它将用热乎乎的香气包围你。
> 它会让你产生梦想。
> 让你的心中充满柔情。
> 它将引起你多种感觉。
> 它会让你相信不可能的事情。
> 让你和世界和谐相处。
> 它会叫你流下眼泪。
> 它会盗走你的笑容。
> 它会把你变成一个更幸福的人儿。

评论家说："从头至尾，这147页的小说不可避免地会抓住你，它是一则动人的寓言，一个美丽而朴实的故事，一个具有地方色彩、飘洒着面粉、放映着电影的故事，一部情节紧凑、充满人性的小说。"

《彩虹的日子》再现了皮诺切特在实行独裁统治15年后，为用民主的外衣巩固其政权而举行的所谓公民投票前几个月的智利形势。这15年，皮诺切特对广大人民进行严密控制，拷打革命志士，实行白色恐怖，滥用职权，滥杀无辜；这15年，皮诺切特当局剥夺了全国人民的希望——人民希望情况会改变，希望能够在反对独裁制度方面有所作为，而独裁当局的秘密警察却肆无忌惮地制造恐怖和死亡；在15年后的今天，独裁当局试图在国际社会的密切关注下使自己合法化，试图通过所谓的公民投票来证明他们那种控制一切、统治一切的制度的合理性。

还是在这种背景下，斯卡梅塔写了这部政治色彩浓重的小说，塑造了阿德里安·贝蒂尼这个主要人物的形象。阿德里安·贝蒂尼是智利电视台播送的一个 15 分钟节目的导演。电视台 15 年来一直被皮诺切特的检查机关所控制，而贝蒂尼无疑是结束了阿连德的生命和美洲的一种崭新的政治制度的皮诺切特军事政变扼杀的那一代的代表，是遭受肉体拷打（锁骨被打断）和社会折磨（找不到工作）的人们的代表。还有他的不幸的女儿帕特里西娅，特别是女儿的未婚夫尼科·桑托斯，一个中学一年级的中学生，他是一位哲学教授的儿子，他亲眼看到，他父亲在学院讲课的时候，几个警察闯进课堂，把他抓走了……这种镇压、拷打的野蛮事件每天都在发生。

小说描述了公民投票前的几个月人们是怎样生活的：犹疑、恐惧，特别是人们关于不可能改变现在和未来的议论，但是惊喜、奇迹和快乐能够在每个街角期待。犹如一支希望之歌，生活之歌，一支由彩虹的鲜艳色彩象征的快乐之歌，就像 16 个反对当局的党派，它们既独立又统一。小说结束时，阿德里安·贝蒂尼对前内务部长说，总有一天，皮诺切特将被绳之以法。这是人民的意愿，是人民的呼声，是历史的必然。

《彩虹的日子》涉及的内容丰富多样，有人的命运，有趣闻逸事，有人们的快乐和恐惧，有关于受尽反动派控制、压迫、饱受痛苦、死亡和暴力的人民的往事。人民渴望有一个美好的未来，希望政治家和政治制度符合人民的要求，而不要为人民带来苦难，不要依仗他们的权力进行掠夺、拷打、渎职，不要非法地敛财致富。作者严肃地指出，是应该有所改变的时候了。的确，《彩虹的日子》令人信服地证明，改变是完全可能的，改变不会带来混乱和恐惧，只会把快乐交还给人民。

第八节 古斯塔沃·赛因斯

古斯塔沃·赛因斯（Gustavo Saius），墨西哥作家，1940 年 7 月 13 日生于墨西哥城，曾在墨西哥国立自治大学攻读法律、哲学和文学，历任墨西哥公共教育部出版社顾问、公共教育部七〇丛书创办者、墨西哥自治大学和美国新墨西哥州大学教授、墨西哥自治大学科学与通讯系主任、电视节目导演、格里哈尔博出版社文学部主任、墨西哥国立美术学院文学部主任、视野杂志编辑部主任、美术杂志艺术部主任等职。还曾在大学文化研究中心学习电影专业，并作为作家在美国衣阿华国立大学进修。他是《骑士》《蚀》《墨西哥太阳》《宇宙》《墨西哥文化》《明天杂志》《最后的消息》等报刊撰稿人。

赛因斯很早就开始写作。在 10 岁时他得知阿根廷驻墨西哥使馆举办关于撰写圣马丁将军的传记的比赛活动，他参加了，结果获得了五百比索的奖金。12 岁时他为《宇宙报》写了一篇题为《别了，我的学校》的社论，因为他小学的学业。上中学时他还写故事，写笑话，写墙报，认识了一些作家朋友，一起办《季节》杂志，如今他们都是名作家，如塞尔希奥·皮托尔、埃米利奥·帕切科、卡洛斯·蒙西瓦依斯、萨尔瓦多尔·埃利松多和艾莱娜·波尼亚托夫斯卡等。那时他想写一部长篇小说，但他不知道如何写，运用什么语言，采用什么结构。他终于绞尽脑汁，写了一部小说，最初取了许多书名，如《破镜中的姑娘》《奇特的小兔》《年轻的狗群》等。交稿的时候叫《幼兔》，拖了两年才出版。

赛因斯于 20 世纪 70 年代跻身文坛。他的第一部长篇小说就是《幼兔》，此作为他赢得作家之名，这部小说表现的是青少年题材，写一群墨西哥年轻人在咖啡馆里聚会聊天，外出旅游，打架斗殴，天真无邪地争风吃醋，主人公梅内拉奥情窦初开，诱惑一个女孩，尝到了禁果。另一部小说《令人着魔的循环岁月》（1969）写得古怪而复杂，主人公是一位具有婚恋经验的作家，离异后想重新找一个女人，但命运不济，为一所女子学校看门，为打发寂寞的日子而不断给朋友们写信，讲述他的梦想、风流韵事。其后他又出版《铁宫的公主》（1974）、《洛沃老弟》（1977）、《火焰中的男孩》（1988）和《以鲜红心血》（2000）。

进入 21 世纪后，赛因斯出版了三部小说，即《不顾一切》（2002）、《令人不安的探戈》（2008）和《优美的尸首》（2011）。

《以鲜红的心血》是奥斯瓦尔多的世纪末之作，是他在阅读了许多历史著作的基础上创作的，没有任何虚构的成分，是他对 200 年前发生的一场战争的思考。按照他的想象，那场战争还没有结束，那是一场永久的战斗。根据一幅表现伊达尔戈指挥作战的画或迪埃戈·里维拉描绘征服战争的一幅壁画，或西班牙格兰哈宫中若干幅表现墨西哥革命的壁画，那场战争仍在继续。当战争结束的时候，将接着进行贸易战争，然后是公共关系战争、阶级斗争，一直进行到现在。战争永远不会结束。

墨西哥人差不多都知道米格尔·伊达尔戈是什么人，萨尔瓦多·阿连德是什么人。大家都知道，一旦发生一场战争，一些人就会被处死。《鲜红的心血》讲述的就是伊达尔戈领导的墨西哥独立战争，小说讲述这场战争的一些紧张时刻，此外还讲述了墨西哥城是怎样的，居民有多少，钱币是怎样的，饭菜是怎样的，夜晚的天空是怎样的，学校是怎样的，建筑是怎样的，道路是怎样的，社会阶级是怎样的……以他参考的一切文献为基础，小说描述了四个方面的重要内容：为政权进行的斗争，对政体的认识（政体是什么，200 年来对政体的看法），为言论自由进行的斗争和统一的危机。小说告诉我们，这场战争为什么持续了两个世纪之久，战争的一切主要人物为什么都死去了？关于战争的一切都来自历史文献。其实，小说讲述的一切都是重谈历史，重写历史。

《不顾一切》写一位墨西哥作家的故事。他离开祖国，在巴黎生活了多年后回到墨西哥城领一项文学奖。他奇怪地写道："世界以千百种方式指出，生活不是无偿的，必须为生活付出代价。"颁奖仪式结束后，他预感到会发生种种意外。果不其然，他在去另一个地方时被绑架了，而关于他的绑架者，他都一无所知。他想到他崇拜的不少作家是怎样死去的，也许他也会那样死去。于是他心神不安，浑身酥软，不知道谁能够让他摆脱这样的命运。为了不丧失理智，他在高级小轿上坐在他的漂亮女出版者身边在墨西哥城的街道上穿行，一面思索着同样的犯罪和他的可怕处境，惶惶不可终日。一路上，他一直胡思乱想，蒙着眼的黑布一直没有被摘掉，在他的头脑里，梦境和现实难以分辨，昏头昏脑，任凭绑架者左右。小说表现了一位作家遭到绑架后的痛苦心境和不安，抨击了绑架这种扰乱社会安宁、置无辜者的生命于危险的罪恶行为。

《令人不安的探戈》的主人公是一所美国大学的一位年轻的法国文学教师，他想写他认为的他最美妙的爱情故事。因为他正和一位年轻女生谈恋爱，他想把故事讲给她听。他开始的时候，一位文学庇护者或者也许是一个内心的声音，总是不断纠正他，这使他丧失了写作的热情和最初的信心，使他不能专心写作，不能全面思考。那个博学却无情的声音迫使他前思后想。他再也不能忍受，于是他把它逐出了他的"领地"，从此他独立思考，主导着自己的意识。这位年轻的教师像参加了写作班，每天都阅读新作品，受到了指导老师的夸奖。最后他达到了目的，完成了他讲述他的浪漫故事的小说。

这个文学教师十分勤奋——尽心尽力授课，博览群书，经常去旅行，不时举办讲座……他的女朋友多明尼克敬佩他，迷恋他，钟爱他。但是结婚的时候后悔了，她怀疑她结婚的决定，她感到厌倦了，不是真病便是装病，和一个可恨的男人同床，一天到晚时时刻刻感到痛苦。她终于给他戴上了绿帽子——和他的一个学生好上了。只有这时，她才恢复了信心，尽管心中有说不清的恐惧。与此同时，他也和一个年轻美丽的女生有了关系。他们这段持续了两年的婚姻终于毁于一旦。

这是一个关于爱和不爱的故事，虽然和许多类似的故事大同小异，但是作者善于描述它，知道如何把它写得引人入胜。此外，在中心情节中，作者插了许多来自主人公的阅读，特别是来自报端的奇闻逸事，增强了小说的可读性。至于小说的语言，可以说十分优美、准确、大胆、富有挑战性。

《优美的尸首》主要写两个男性人物，两个雇员，一个是世界银行的职员，另一个是贩卖以色列武器和毒品的商人，武器供应给哥伦比亚革命武装阵线。赛因斯指出，小说表现的是"爱国联盟"等哥伦比亚几个政党的消亡和 20 世纪 80 年代三个总统候选人被谋杀的情景。他还指出，小说题目暗示一种文学游戏（几个人在一张纸上集体写一个故事），但是也意味着许多人死去，甚至认为是否应该杀死几个主要人物。在整部小说中，作者作了关于人类的多种思考，列举了一些作家和句子，为故事增添了色彩。作者还在作品中做了些试验，比如不使用逗号和句号。他说："我从没有这样做过。"赛因斯坦言，他选用恐怖主义题材是出于现实的需要。关于这部小说的创作过程，他说："最初是一起创作，我有一个女朋友，她负责构思女性人物，我负责构思男性人物。我们的关系结束后，前女友去了美国接受一大笔遗产。"小说只能由他一个人完成。

第九节 里卡多·皮格利亚

里卡多·皮格利亚，全名里卡多·埃米利奥·皮格利亚·伦西（Ricardo Enilio Piglia Renzi），1941 年 11 月 24 日生于阿根廷布宜诺斯艾利斯阿德罗克镇，1955 年庇隆政权倒台后，他华尔兹（庇隆的支持者）携全家离开故乡定居在拉普拉塔。皮格利亚曾进拉普拉塔国立大学攻读历史，1965 年后在布宜诺斯艾利斯出版社供职，大约 10 年。其后主持著名的警探丛书"黑色系列"，宣传达希尔·哈米特、昌德、大卫·古迪斯和奥雷斯·麦科伊等警察的品德。皮格利亚自己说："我开始读警探小说时，几乎是作为我对美国文学的兴趣的一种自然的冷淡表现。先读费茨杰拉尔德，后读福克纳，很快就遇到了哈米特和大卫·古迪斯。后来，在 1968—1976 年间，我由于职业的需要而读了若干警探小说，因为我在主持编辑一部作品选。"他还说，他 18 岁起读福克纳，开始读的是《我弥留之际》，后来又读其他作品："福克纳留给我最深的印象是他讲故事的自主性。"

皮格利亚从 20 世纪 50 年代中期在马德普拉塔开始写他的《日记》起，一生都在写作。他在古巴美洲之家举办的第七届文学竞赛中以短篇小说集《笼子》获特别提名奖。但是使他获得国际声誉的是他的第一部长篇小说《人工呼吸》（1980）。从此，他就不慌不忙地写作，在几家小出版社出版其作品。近年来，阿纳格拉马出版集团陆续在阿根廷、墨西哥和西班牙等国出版他的全部作品。

除了写小说，皮格利亚还是一位有名的批评家、随笔作家、文论作家和学院教授，他研究布赖希特、本杰明、卢卡契、巴赫金等欧美大家，撰写关于罗伯特·阿尔特、博尔赫斯、萨米恩托、马塞多尼奥·费尔南德斯等阿根廷作家的随笔和文论。1977 年和 1990 年在普林斯顿等多所美国大学任客座教授，近年来在普林斯顿大学执教。

里卡多·皮格利亚是一位涉足各种文体的全能作家，自 20 世纪中期到 20 世纪末陆续出版短篇小说集《笼子》（1967）、《入侵》

（1967）、《无期徒刑》（1988）和《道德故事集》（1995），长篇小说《人工呼吸》（1980）、《消失的城市》（1992）、《烧毁的银币》（1997），文论和随笔《批评与虚构》（2001）、《化为碎片的阿根廷》（1993）、《作家的实验室》（1994）、《简洁的形式》（1999）、《马塞多尼奥·费尔南德斯的小说词典》（2000）和《最后一位读者》（2005）等。

皮格利亚的作品已被译成无数种语言，特别是英语、法语、意大利语、德语和葡萄牙语，并获得众多奖项：阿根廷普拉内塔奖（1997）、智利何塞·多诺索拉丁美洲文学奖（2005）、西班牙批评文学奖（2011）和西班牙吉洪哈米特长篇小说奖（2011）等。

进入21世纪后，皮格利亚迄今仅出版两部长篇小说，即《夜间的目标》（2010）和《伊达的道路》（2013）。前者的故事颇为曲折，名叫托尼·杜兰的外乡人生于波多繁各，作为美国人在新泽西州受教育，20世纪70年代初在布宜诺斯艾科斯省潘帕斯大草原上的一个小镇被杀害。此前，托尼是众人关注的中心，他受人敬重，与众不同，特别迷人。他是跟随美丽的贝亚多纳家的双胞胎姐妹阿达和索菲亚来到这个镇子的，这一对姐妹是当地一个大家族的千金，托尼在美国大西洋城认识了她们，三个人形成了一个幸福的、情意缠绵的性三角关系。直到有一天，两姐妹中的索菲亚，"也许她是最软的、最敏感的一个"，悻悻地离开了赌场和托尼。托尼继续和阿达在一起。当阿达来阿根廷的时候，托尼也跟了来，却不幸遭到了杀身之祸。托尼是一个冒险家和职业赌徒，遇到贝亚多纳姐妹时，恰逢他赌运亨通的时候。但是谁也想不到的是，其时正有人跟踪他，对许多人来说，托尼是"夜幕下"被人追杀的目标。就在一个早晨，人们发现托尼死在他已住了好几个月的普拉萨饭店一个房间里。

显然，从内容看，《夜间的目标》是一部侦探小说，因为小说的主人公托尼不幸遭人暗算，他死于何因，何人杀死了他，有一位名叫克罗塞的机智侦探去调查，不过调查者几乎轻而易举就破了案，如同魔术一般。名叫埃米利奥·伦西的记者也以托尼人命案调查员的身份参加了这一工作，他询问了那一对双胞胎姐妹和同托尼有来往的人。事件发生在一个半明不暗的房间里，侦探发现了一些疑点，几个可疑的人物进入了调查者的视线，犯罪嫌疑人应在其中。但是，皮格利亚规避了传统的探案套路，按照他的说法，案情逐步清晰起来，机智的侦探根据直觉，驱散了阴影，理顺了线索。但眼看一切都要见分晓的时候，皮格利亚又在七巧板里加了几块板：其一是双胞胎姐妹的哥哥卢卡·贝亚多纳，他期待着父亲的钱财，以便开始实行他那项不可能的计划；其二是克罗塞侦探，他排除的疑点比给出的答案多；其三是新闻记者埃米利奥·伦西，他为写报道而调查此案，其工作是询问那些与案件有关系的人。全部调查的最终结果是抓住和监禁了一个犯罪嫌疑人，但是皮格利亚留给读者的印象里，故事并没有结束，还缺少点什么。

《伊达的道路》试图表现美国社会的某些特征和作者本人在美国的生活经历。小说的主人公埃米利奥·伦西来到新泽西州的一所大学，为女院士伊达·布朗举办的研究班当教授，不久他便与伊达相恋。但是好景不长，伊达不久后即离开人世。警方随即开始调查一系列针对学术界的谋杀活动。与其同时，主人公仍在进行他的研究工作，即研究著名数学家托马斯·蒙克。实际上这是作者本人的一段经历——他曾作为教授在美国某所大学执教，为研究班上课。所以这部小说具有一定的自传性质。皮格利亚曾说，主人公伦西 1940 年生于布宜诺斯艾利斯郊外的阿德罗克镇，多年同他在一起。皮格利亚 1967 年写的故事集《入侵》中就写过此人。这个人物总在作家的作品中出现。皮格利亚很喜欢写关于伦西的故事，希望伦西还活在人间。皮格利亚还说，《伊达的道路》写了一年，写得相当快，因为一度中断教学，有充分的时间写作。

第十节　伊莎贝尔·阿连德

伊莎贝尔·阿连德（Isabel Allende），智利女作家，1942 年生于秘鲁首都利马，当时其父托马斯·阿连德在那里任智利驻秘鲁外交官。由于父母离异，她三岁时随母回国，住在外祖母家。外祖母会讲神话故事，使幼年的伊莎贝尔受到早期的文学熏陶。舅父家里有颇为丰富的藏书，她从八岁起读了不少欧美作家的文学名著，丰富了她的文学知识。

后来母亲改嫁，继父也是外交官。伊莎贝尔曾随继父去拉美、欧洲和中东一些国家，异国他乡的世态风情给她留下美好的印象。15 岁时回国，第二年在联合国粮食与农业组织驻智利机构担任秘书。从 17 岁起涉足新闻界，到过许多拉美国家，写过一些关于拉美国家的社会问题和重要事件的报道。1973 年 9 月，皮诺切特发动军事政变，以阿连德为首的民主政权被推翻，举国陷入白色恐怖，成千上万的智利人离开祖国，伊莎贝尔一家也被迫流亡委内瑞拉。她在那里怀着忧虑，艰难度日，"能干什么就干什么"。痛苦的人生经历，特别是流亡生活，使她感到心中压着好多东西，有很多话拥塞在心头，使她感到窒息，需要用某种办法加以排解。于是她开始写作。1975 年发表长篇处女作《七镜之家》，跻身文坛。

1982 年，伊莎贝尔出版其重要长篇小说《幽灵之家》。小说以庄园主埃斯特万·特鲁埃瓦的沉浮为主线，描述了两个大家族四代人的恩怨纠葛，反映了某个拉美国家各个社会阶层的人物在复杂多变的政治风云中的经历，象征地再现了当代拉美一个历史时期的社会现实。主要人物特鲁埃瓦是个十足的个人主义者。他顺应社会发展的需求，在北方开采金矿，振兴中央谷地的落后农村，获得巨大成功。随着事业的发展，他变得越来越自信，越来越专横，越来越暴戾。为了维护既得利益，他不准雇工反抗，反对社会进步，政治上极端保守。在家庭生活方面，他同样刚愎自用，独断专行，变成了一个不折不扣的专制家长。但是多行不义必自毙，特鲁埃瓦机关算尽，精力耗光，最后成了政治斗争的可悲牺牲品。其亲人，有的惨遭暗杀，有的流亡国外，有的身陷囹圄，他自己也疾病缠身，孤苦伶仃地打发残生。这个人物的原型，实际上是作者的外祖父，他是个非常特别的人，思想守旧、自私，动不动就发脾气，但作者很爱他。在他年届百岁，即将告别人世之时，伊莎贝尔在外地给他写了一封长信，其中包括他的全部回忆，他的一生，他的时代，他在人间留下的足迹。这就是《幽灵之家》的雏形。小说中的克拉拉则是她的外祖母，阿尔芭就是她自己。作品在很大程度上是她的一部家史。小说内容十分丰富，既有对党派斗争、学生运动、总统竞选、土地改革、社会动乱、军事政变等社会政治事件的描述，也有对宗教礼仪、社交活动、家庭生活等的描写。小说中出现的人物相当多，除了主人公的亲人、亲戚、朋友外，有名有姓的人物有 60 个以上，其中有总统、部长、议员、政党领袖、工会领导、将军、中级军官、地主、士兵、农民以及老鸨、妓女等，三教九流，无所不有。这些人物在社会舞台上，在激烈的政治斗争或平凡的日常生活中，扮演着不同的角色，演出了一幕幕或可歌可泣或可悲可叹的戏剧。

在艺术上，小说出色地塑造了主人公埃斯特万·特鲁埃瓦的人物形象。他具有坚强的意志和强烈的事业心，所以取得了成功；但是他的为人却又那么自私、专横，所以受到唾弃。其他人物的性格也很鲜明：具有特异功能的外祖母克拉拉，勤劳温顺、多愁善感的女儿布兰卡，聪明伶俐的外孙女阿尔芭，敦厚善良的歌手佩德罗·加西亚第三，言谈慷慨激昂的米格尔，舍己救人的医生海梅以及平易近人、公而忘私的共和国总统等，都给读者留下深刻印象。此外，小说运用的魔幻现实主义手法也比较典型。比如老夫人克拉拉能破译来自另一个世界的信息，能猜出各种不同的事情，知道别人的心思，知道老天会不会下雨，手脚不动就能让物件移动，并能通过三条腿的桌子和幽灵交谈——敲两下表示"是"，敲三下表示"否"。她梦见父母死了，母亲没有了脑袋，果然如此，警察带着警犬找了两天都没找到，她居然在远离出事地点很远的灌木丛里找到了。再如默拉三姐妹通过会道门的秘密渠道知道世上有个克拉拉，双方通过心灵感应接上头，发现她们是亲姐妹，便每周五聚会，呼神唤鬼传递精神力量，等等。这些魔幻描写，既刻画了人物性格，又巧妙地反映了拉美的文化和拉美人的思想观念。

1984 年，伊莎贝尔出版了另一部重要的长篇小说《爱情与阴影》。小说写一个农家女的不幸遭遇和一对热恋的青年男女的故事。村女埃万赫利娜患了癫痫病，发作时颤抖不止，无医无药能够救治。中尉拉米雷斯认为这是妖魔作怪，派人将她抓来打死。女记者伊雷内把军方的暴行披露报端，举国为之哗然。但是几天后女记者被冷枪击伤，昏死过去。几个武装人员还抄了她的家和杂志社。为了躲避敌人的迫害，未等完全复原伊雷内就和男友乔装离开了祖国。小说以大量令人信服的事实谴责了政变当局对平民百姓犯下的罪行，反映了政变后智利的社会现实。

在表现手法上，小说具有许多特点，如内心独白、电影闪回、时空变换、在激烈的政治斗争环境中塑造人物形象等。但更突出的特点是魔幻现实主义手法的运用。如在描写宪警拉米雷斯抓捕埃万赫利娜时，这个身患疾病的孱弱女子居然能对中尉猛击一拳把他打倒，并揪住他的衣领把他提到门外，扔在院里。她竟有如此惊人的力量和勇气，令人难以置信。同样是这个女子，她的病发作时墙壁会颤动，房舍会摇晃，餐具会跳动，家禽表现异常，狗会凄惨地吠叫，天上会落下一阵看不见的石雨并使家具震动不停。

此后至 20 世纪末，伊莎贝尔·阿连德又出版《埃娃·卢娜》（1987）、《无限的计划》（1991）、《幸运的女儿》（1999）三部长篇小说和《埃娃·卢娜的故事》（1990）等多部短篇小说集。进入 21 世纪后，伊莎贝尔·阿连德的创作热情空前高涨，相继推出《深棕色的照片》（2000）、《野兽们的城市》（2002）、《金龙王国》（2003）、《小矮人的森林》（2004）、《我心中的伊内斯》（2006）、《海底岛》（2009）和《玛雅的笔记本》（1911）等长篇小说。

《深棕色的照片》讲述的是 19 世纪末一个家庭的复杂的传奇。女主人公保利娜·德尔·巴列是一位有着"腓尼基人头脑"的百万富婆，想入非非和古怪举止是她的基本生活方式。她的生活交替在三个地方即加利福尼亚、智利和欧洲度过。她既专横跋扈，又善良慈悲，仿佛两个不同的女人。她有一个孙女叫奥罗拉·德尔·巴列，奥罗拉在 30 岁的时候开始从事"照亮她的阴暗的过去的工作"。她致力于摄影，她这种"把现实固定在有意义的影像上"的热情转移到对自己的身世的调查工作上去，她要搞清楚自己的神秘出身和父母的真实身份，而她的祖母却竭力把这一切抹杀。结果发现，她的血管里流着中国人的血，她的亲生父亲和法律文件上写的不一致，而她母亲在她出生时就去世了。伊莎贝尔以往小说中的种种内容（爱情、错综复杂的家庭关系、值得记忆的事件等）在这部作品中同样和主要故事交织在一起，但是依然不乏吸引读者的魅力。此外，作者还以某种谨慎的笔触描述富有戏剧性的事件，以免使作品沦于连载小说之流。

作为背景，小说描述了那些岁月智利生活中的某些社会政治动乱，以及政府官员的腐败、社会流弊、居民大院邻里间的矛盾冲突等。巴列一家的故事和某些社会动乱间接地联系在一起，但是这个家族的权势和金钱使之免遭劫难。

作品中描写了几个忠实的、令人敬佩的人物，有成为忠诚的丈夫的管家、照看许多孩子的妇女运动参加者、思想方式大胆的女教师和已经过世而不为人知的亲爱的外祖父等。

小说的情节一开始是相当生动的，但是越到后来，特别是当讲述者走到前台讲述她的爱情和不幸时，小说就变得愈加软弱无力了，仿佛随着家族的真正的动力、吸引人的女主人公保利娜的"熄火"，就再也没有生气了。

《野兽们的城市》①是一部以南美亚马孙热带丛林为舞台的幻想小说，讲述一个 15 岁的美国男孩阿莱克桑德尔·科尔德的故事。他母亲利莎·科尔德身患癌症，需要父亲全力以赴照顾，为此父母决定把他送到纽约他祖母卡特·科尔德那里住一段时间。最初，小主人公不愿意离开父母，但得知祖母将带他去亚马孙地区探险时，他不禁笑逐颜开。他祖母是《地理杂志》的记者，准备去亚马孙写一篇关于一系列神秘事件的报道。男孩到了纽约，不久祖孙二人便搭船前往亚马孙丛林，即将见到那个陌生而神奇的世界。男孩本是个备受溺爱、性情胆怯的孩子，如今已变成一个充满青春朝气的少年。他和祖母到达亚马孙地区的马纳奥斯港后，认识了陪他们旅行的探险队员——巴西向导塞萨尔和他 12 岁的女儿纳迪亚、阿里奥斯托上尉、女医生奥迈拉、人类学家托尼、印第安人卡拉卡维、摄影师贡萨莱斯和布鲁塞。在去亚马孙丛林前，探险的赞助人毛罗请大家参观了他的豪宅。在乘船前往亚马孙的途中，他们受到印第安人的袭击，一个士兵被打死。上岸后摄影师贡萨莱斯被毒蛇咬伤。几天后，阿莱克桑德尔和纳迪亚被印第安人绑架，但是两个孩子很快就成了印第安人的朋友，因为纳迪亚认识部落的酋长瓦利马尔。不久，酋长带着他们前往被视为印第安的半神人的野兽的城市多拉多。纳迪亚在那里弄到了三个可以挽救印第安人生命玻璃管，男孩则得到了可以抢救患病母

---

① 此作和《金龙王国》《小矮人的森林》构成作者的一个三部曲。

亲生命的永葆青春的泉水。他们在丛林中见到一种新奇的动物，它能发出一种既刺鼻又使人麻痹的气味。他们见过一个通晓传统药物的印第安人，到过一个能够隐身的印第安部落。丛林历险使小主人公增长了见识，开阔了眼界，他不仅亲身感受到了大自然的神奇、美妙，而且耳闻目睹了大自然对人类带来的危害。故事情节引人入胜，描述的事物古怪离奇，不乏魔幻现实主义色彩。小说构思巧妙，对人物所处的氛围和人物的举止描写得既准确又简洁。作者写此作采用的是南美的西班牙语，但是并不费解。

《金龙王国》是以《野兽的城市》开始的三部曲第二部，故事发生在喜马拉雅山谷，那里有一个神秘的金龙王国。《国家地理》杂志主编派女记者卡特·科尔德去那里写一篇报道。女记者并非独行，而是由她的孙子阿莱克桑德尔和他的一位女友纳迪亚相伴。当三个人在喜马拉雅谷地开始工作的时候，两个黑手党成员正计划窃取金龙雕像。这座雕像不仅价值连城，而且具有占卜功能。登西格和尚对这一切漠不关心，只把时间花在给他的年轻弟子传授他所知道的关于军事、哲学和天然药物的知识，因为他的弟子年满20岁后将当上新的国王。以这样的情节为基础，《金龙王国》描述了一系列吸引各年龄段的读者的生动冒险事件，正如作者伊莎贝尔指出的，此作是她为不同年龄的读者特别是她的孙子们和其他孩子写的一本书，小说故事具有令孩子们着迷的神奇色彩，是小读者们喜闻乐见的有趣读物。

《小矮人的森林》的故事发生在非洲，主要人物还是三部曲前两部作品中的阿莱克桑德尔、他的祖母和他的女朋友纳迪亚。为了观看一个大象狩猎队的工作，他们来到非洲的小矮人村。他们经历了一系列冒险和旅行的困顿，年迈的祖母感到筋疲力尽，她实在不希望再遇到什么麻烦，再为孩子们操心。但是事与愿违，神秘的大自然的色彩、气味和混杂的文化仍然使孩子们困惑不解，令他们不得不面对。此外，他们还看到一些人生活贫困，贪得无厌，为非作歹，以及一些只能依靠信念和巫术魔法进行斗争的事情。在他们看来，那是一个和南美的亚马孙、亚洲的喜马拉雅山谷一样神秘、奇特、让人困惑又让人着迷的地方。特别是那些小矮人，他们的个子那么矮，看似滑稽可笑，可是他们和正常人一样有喜怒哀乐，有七情六欲。

和伊莎贝尔以往的小说一样，这部作品也提出了关于人类和谐相处及其同周围环境的关系等重要问题。因此，凡是读到这本小说的人，不仅愉悦了身心，而且能够明白人生的价值和人性的善恶。小说有力地表现了战争、和平、保护大自然、勇敢无畏、休戚相关、反对压迫等主题。

《我心中的伊内斯》讲述一位名叫伊内斯·苏亚雷斯的勇敢女性的传奇人生。1507 年她生于西班牙埃克斯特拉马杜拉，时值 16 世纪西班牙征服美洲之初。她家境贫寒，靠当裁缝维持生计。有一天她丈夫胡安·马拉加决定去美洲寻找黄金之国，以图致富。由于不见丈夫归来，她便离开在家乡的寡居郁闷的生活，前往新世界去找他，辗转到了秘鲁后，得知丈夫已在一次战役中阵亡。后来，她加入了准备前往智利的一支西班牙远征军，在队伍里她认识了军中的重要人物佩德罗·巴尔迪维亚——一位勇武的战斗英雄和西班牙征服者皮萨罗手下的将军，开始了激情洋溢的热恋，其关系保持了 10 年之久。但巴尔迪维亚有家室，其妻在欧洲。按照当地的宗教习俗，他不能和伊内斯结合，只好和她分手，让她和他的朋友罗德里戈·德·基罗加结婚（二人白头偕老），而把自己的妻子带到了智利。在那 10 年间，伊内斯曾和巴尔迪维亚并肩战斗，一起征服智利，创建了圣地亚哥。

从时代背景和思想来看，可以说这是一部纯粹的历史小说。为了写这部作品，伊莎贝尔进行了 4 年大量而细致的文献查阅工作，然后以历史事件为基础，运用其想象力和逻辑推理，合理地安排情节，终于构筑了这部既忠实于事件的真实性又具有浪漫主义色彩的力作。小说人物颇多，除了上述三四个主要人物外，还有伊莎贝尔·波图加尔、胡安·德·马拉加、马里纳·奥尔蒂斯·德·加埃特、胡安·戈多斯和他的妻子塞西利亚、伊内斯的好朋友印第安女佣卡塔利娜、巴尔迪维亚的仆人费利佩·劳塔罗等。

《海底岛》的故事发生在18世纪初的圣多明各。故事的主人公萨里特是一个来自几内亚的女奴，她是个黑白混血儿，其母是貌美的"非洲女皇"，其父是谁无人确知。她出生没几个月就差一点被母亲弄死，幸好被一位法国人救下，遂被当作礼物送给了这个法国人的太太。她自幼和一个年长的奴隶在一起学跳舞。萨里特在法国人那里生活到9岁，她又是听音乐，又是跳舞，天真无邪。不料被从事皮肉生意的维奥莱特看中，然后她又转手把她卖给了岛上的甘蔗种植园主图卢兹·瓦尔莫兰。瓦尔特兰让她侍奉他的妻子和儿子，还和她生了一儿一女，并干一切家务活儿。在后来的岁月里，萨里特没有想过能否重获自由，但她从未感到绝望。天无绝人之路，奴隶起义爆发，她挺身而出救了主人，逃亡时主人终于给她写了一纸还其自由的文书。他们躲避着起义的追兵，逃到古巴和新奥尔良。主人重振家业，由于其妻早已病死，他又娶一位妻子，并创办了新的甘蔗种植园。多年后，萨里特终于获得了自由，并独立谋生，和一个黑人结婚，过上了幸福的生活。

在讲述萨里特的故事的同时，小说提到若干历史事件，比如欧洲发生的法国革命及其在殖民地引起的反响；圣多明各爆发的声势浩大的奴隶起义和争取独立与自由的斗争。这些事件反映当时世界风云的变幻。

在小说中，妇女扮演着重要角色。不仅女主人公萨里特，而且在她生命的各个时期她周围的一切妇女，都是这样，其中有保卫她的娄拉，有美丽的维奥莱特·希瓦西埃，有那个以卖身为生、自由的混血女人，有一位医生的情妇阿德利纳（她和他生了好几个孩子，他却不敢承认），有在官方的药品未到的情况下敢于给人治病的巫医坦特·罗丝、有庄园的厨娘玛蒂尔德等。作者通过这些女性，把读者带进了一个幽灵作祟，舞蹈和音乐流行，像海底岛那样的梦幻之地的世界。而海底岛是个幻想出来的地方，神灵和人类自由地生活在那里，小说中的一切人物都渴望自由，那是一个宁静、自由而快乐的人间天堂。正如小说里描述的："跳吧，跳吧，萨里特，跳舞的奴隶是自由的……"萨里特就一直这样跳舞。她终于获得了自由。

小说在叙述形式上也有特点。整部作品以非洲鼓的擂击声和热烈的舞蹈开篇，给人以耳目一新之感。其后故事的叙述大多采用第三人称的叙事方式，其间不时插入女主人公的第一人称自述，给人以生动、活泼、不拘一格的感觉，显示了伊莎贝尔灵活多变、不落窠臼的叙事风格。

《玛雅的笔记本》和伊莎贝尔以往的小说不同，是一部以现今社会为背景的小说。小说集中描述一个 19 岁的女孩的故事，女孩叫玛雅，她以第一人称讲述她祖父波波去世后她陷入毒品和犯罪世界的情景。关于自己的身世，女孩说："我叫玛雅·比塔尔，19岁，女，单身，没有恋人，因为没有机会，并非因为我挑三捡四。我在加利福尼亚伯克利出生，持美国护照，暂时逃亡在世界南方的一个岛上。父母为我起名叫玛雅，因为我的祖母尼尼喜欢印度，我父母又想不起别的名字，尽管他们想了 9 个月。玛雅在印度语里是'巫术、幻想、梦幻'的意思，和我的性格毫无关系。在出生很久以前我的历史就和我的祖母尼尼一起在智利开始了，因为如果她不移民，就不会爱上我的祖父波波，也不会在加利福尼亚定居，我父亲也不会认识我母亲，我也不会是我，而是一个很不同的智利女孩。"

这个女孩具有一种非凡的力量，陷入黑暗的世界后，她必须面对自己的人生，必须面对她的过去和她的恐惧，以图改变她的生活，向前看。小说生动地刻画了一个具有叛逆精神的勇敢的女孩形象。伊莎贝尔说："玛雅是许多女性的概括，采用了她的一个孙女的高大而有力的身材和另一个孙女的多愁善感的、内向性格。"她还说，她自己年轻时也有叛逆行为，有一段时间曾离家出走。不过她觉得自己更像尼尼，那位智利祖母很活跃，像个嬉皮士，极力保护她的孙女。不过，她更喜欢小说中的祖父，他是一个敏感而亲切的天文学家，和她自己的祖父——一个"严厉"但是很善良、是她一生中很重要的人——没有多少联系。

小说深切地表现了人类的各种关系：无条件的友谊、可以感触的爱情、少年时代的爱情和永恒的爱情等。作品反映的是现今的世界，涉及的是种族主义、妇女的自由、人际关系的闭塞和伊莎贝尔小说中不可或缺的因素，如烹调法、天文学、魔法和旅行。小说跳动的节奏展示了女主人公的过去和现在经历的事件，同时将拉斯维加斯的城市氛围和智利奇洛埃岛的乡村环境做了有趣的对照。

第十一节　费尔南多·巴列霍·伦敦

费尔南多·巴列霍·伦敦（Fernando Vallejo Rendon），哥伦比亚作家和电影工作者，1942 年 10 月 24 日生于麦德林，2007 年加入墨西哥国籍。他早年酷爱音乐，青年时代成为一位杰出的钢琴家，对莫扎特、肖邦、斯特劳斯喜爱有加。在哥伦比亚国立大学哲学与文学系学习一年后转入哈维里亚大学生物学系，毕业获硕士学位。后赴意大利，进电影实验学校学习电影专业。1971 年 2 月移居墨西哥城，在那里创作了他的全部文学作品，再也不曾回哥伦比亚。2009 年 9 月，哥伦比亚国立大学人类科学系授予他名誉博士学位。

巴列霍是一位多才多艺的作家。其创作包括自传、传记、小说、文论、随笔等，迄今已出版 20 余部。其自传《时光之河》是个五部曲，第一部《蓝色岁月》（1985）写的是作者在祖父母的庄园里和麦德林的波士顿区度过的童年的故事；第二部《秘密之火》（1987）表现少年时代他对毒品和同性恋的认识和了解；第三部《罗马之路》（1988）和第四部《赦免的岁月》（1989）讲述他在欧洲特别是在罗马以及在纽约的经历；第五部《在幽灵中间》（1993）描述他在墨西哥城居住的那些岁月。他写的传记有两部，即记述哥伦比亚诗人波菲里奥·巴尔巴·哈科夫生平的《传者》（1991）和记述另一位哥伦比亚诗人亚松森·西尔瓦生平的《孤魂，黑蝴蝶》（1995）。1994 年他出版长篇小说《刺客们的处女》，内容是描写麦德林市因贩卖毒品而发生的暴行。作为电影工作者，他在墨西哥创作和导演了两部电影，即《红色纪事》（1977）和《暴风雨》（1980），都是表现哥伦比亚暴力的。

进入 21 世纪后，巴列霍在长篇小说方面取得了丰硕的成果，到 2013 年为止，已出版 5 部，即《悬崖峭壁》（2001）、《平行的雨水沟》（2002）、《我的村长兄弟》（2004）、《人生的美好》（2010）和《漂亮的白房子》（2013）。

《悬崖峭壁》被认为是当今拉美文学中一部不因循守旧、具有讽喻性、没有节制的作品，是对死亡的一种隐喻，是近几十年来拉美文坛涌现的最优美的小说之一，作者由于这部杰作而荣获 2003 年度（第 8 届）委内瑞拉"罗慕洛·加列戈斯"国际长篇小说奖。小说全部用第一人称叙述，读者很容易把叙述者误认为作者本人。小说描述了麦德林一个家庭衰落和解体的情景。叙述者费尔南多是 9 兄弟中的老大，在墨西哥生活了若干年后回到他麦德林的家，探望他患癌症病危的弟弟达里奥和患有疾病的父亲。他虽然有一定的医药知识，想方设法挽救他们的生命，但是两个亲人在忍受了多日的痛苦之后还是命归西天。不过，他和亲人们的重逢及长时间的交谈，对于找回他和两位亲人一起生活的美好岁月十分有益，比如他在父亲身边度过的童年时光，青年时代他和达里奥一起进行的冒险活动（兄弟二人都是同性恋者，干过不少伤风败俗的事情）。

费尔南多把家庭的一切问题和不幸统统归罪于他的母亲，他管他母亲叫"疯子"，"这个疯子用她那双制造麻烦的双手、她那种混乱的精神和她那种邪恶的头脑，扼杀着我们的一切意图"。她从来不干活，却强迫她丈夫养活一个人口众多的家庭（孩子们睡在临时收拾的房间里，竭力满足她的种种癖好）。费尔南多指责的矛头还指向他最小的弟弟（野心勃勃的"克里托洛科"）、指向几乎无一例外的哥伦比亚政治家，尤其指向保罗二世教皇。在所有的亲人中，他只爱他父亲、他弟弟达里奥和他的祖母。

自然，作者的意图是向读者介绍这个家庭，在他看来，这个家庭不过是整个国家的一种隐喻，而这个国家似乎正在走向悬崖峭壁，无论政治家、教会，还是家庭的父母，都无能为力，甚至连最年轻的一代都拯救不了。既然前途悲观之极，批评的严厉程度达到了无以复加的地步，巴列霍最大的文学功绩也许就是通过叙述者的语言改变这一切。

小说的另一个特点是它的自传性质。主人公费尔南多就是作家本人（他也出版过一部题为《时光之河》的大部头自传）；同样，达里奥是他的亲兄弟的名字，5年前死于癌症，死时的情景和小说里描述的一模一样。面对他80岁的母亲所做的说明和辟谣，他曾声明："对我来说，小说是谎言的同义词，我憎恨谎言。"其实，这种声明并不必要，因为凡是读过巴列霍的作品的人都知道，巴列霍的小说属于从《萨提利孔》[①] 到《家长的没落》[②] 的文学传统：故事曲折起伏，人物形象鲜明生动，风格幽默夸张但不失真实，其小说恰恰是哥伦比亚社会现实的真实写照。

---

① 《萨提利孔》，古罗马作家佩特罗尼乌斯（？—66）的流浪汉小说。

② 《家长的没落》，哥伦比亚作家加西亚·马尔克斯（1927— ）的长篇小说。

值得注意的还有：小说中无论是人物对白、口头用语，还是哥伦比亚方言，都运用得十分娴熟，恰如其分地插入故事情节中。此外还不时借用拉丁词语，以加强嘲讽的效果。

《平行的雨水沟》没有典型的故事情节，没有读者比较熟悉的某种变化，除了唯一的主人公也没有其他人物。主人公是一位住在墨西哥城孔德莎移民区的哥伦比亚老作家，作为大会工作者他被邀请参加在西班牙巴塞罗那举行的一次图书博览会。由于过度饮酒而没有条理也无顺序地回忆起一种几乎毫无意义的生活。虽然他住在墨西哥，却回忆起他在哥伦比亚圣阿尼塔度过的童年和青少年时代、他祖母拉克尔的大宅子和他那只死去的母狗"巫婆"。由于失眠、饮酒、心脏跳动的古怪节奏、回忆往事所受的打击，致使他的头脑懵懵懂懂，幻觉重重，分不清时间和时代——他就像一个活的尸首，一个行尸走肉，为了恢复只有在记忆中存在的东西，他陷入了绝望，时而觉得自己在炎热的巴塞罗那，时而在麦德林，时而在墨西哥。对巴列霍来说，不存在时间和空间的法则，过去和现在可以在死亡的未来融合在一起。

《我的村长兄弟》不是一部纯粹的长篇小说，而是一部具有小说特点的纪实作品，由于不加掩饰地描写了拉美大陆显然不可克服的弊病和问题及所谓的民主而有价值。在此作中，巴列霍把读者带到麦德林市附近的哥伦比亚小镇塔梅内斯，讲述他的兄弟卡洛斯——一位有名的律师和外交官的政治"冒险"。在炎热的热带环境中，卡洛斯决定作为候选人参加竞选村长的活动。小说集中描述了南美洲的民间选举仪式，笔调诙谐、幽默而欢快——竞选者的难以兑现的保证、花钱购买的选票、幽灵似的选举人、利用干亲关系、暗中的交易等。卡洛斯最终在选举中获胜，当了村长。他进行的活动虽然充满了经济和法律问题，但还是一个巨大的进步。

作品通过对真实的人物（他弟弟当了三年村长）和事件的描

写，以及对某些细节的夸张描述，塔梅西斯变得酷似加西亚·马尔克斯笔下的马孔多的小镇——死人爬起来投票，当局人士被人们抬着游遍镇子，穷人在河里打捞暴力的受害者的尸体。最有意思的是故事的叙述者即巴列霍本人的阴郁而悲观的目光同村长的乐观主义和朝气形成鲜明对照——"卡洛斯喜欢穷人，我不；卡洛斯乐善好施，我不；卡洛斯对生活充满信心，我不"。这样，当叙述者一再表示自己是个已死的人时，卡洛斯和他周围的人却生活在五彩缤纷、久久不散的节日气氛中，享受着爱情的快乐。这种对照还准确地表现在一系列细节中，比如那群鹦鹉，一面飞舞一面咒骂毒品贩子；再如叙述者对那些想涉足政治的人提出的那几条可笑的行为准则。

巴列霍以优美的笔触描绘了几乎处在现代城市边缘的天然的乡村景色、居民的生活方式和选举村长的情景。实际上，这是展现在我们眼前的一幅广阔而美丽的风俗画。

《人生的美好》是巴列霍根据自己的一个记事本的内容和记事本的主人公（即其所有者和撰写者）同另一位交谈者进行的议论写成的。记事本记录着他在自己的生活中"亲眼"看见的、已经死去的那些人的名字。书题《人生的美好》具有讽刺意味。因为从叙述者的角度看，章节中的人物实际上都是被死神超度过的。在一份由亲属、同主人公比较亲近的朋友、国内和国际人士构成的名单上，记录着数百个名字。主人公和那个陌生人（后来知道他是死神）在麦德林市的玻利瓦尔公园的长椅上进行了交谈。他们的某些议论涉及附近的大主教教堂。教堂是麦德林市的象征之一。而在书中，麦德林是个死城。作品是为一次学科间的检查而写的，而且是从死亡这个主题的多个角度写的。而死亡是作者、也是主人公的作品的中心内容。

小说在很大程度上是对当局特别是对政治和宗教高层人士，比如哥伦比亚总统和罗马教皇的一种抨击，同时也是对科学和文学方面广为人知、备受赞赏的人士，比如爱因斯坦、博尔赫斯、加西亚·洛尔卡、莎士比亚、加西亚·马尔克斯和甘地等人的严厉批评和攻击。

小说用第一人称叙述，描述了两个人物进行的长谈，即作者巴列霍和死神之间关于死亡、死亡的逼迫、老年、人类的残暴、灾难、对宗教的憎恨、对一系列名人的抨击等内容的谈话。巴列霍管死神叫"老兄"，死神管巴列霍叫"老师"。他们的谈话表现了巴列霍对人生和世事的悲观主义，特别是他对生活的绝对蔑视——他认为生活非常糟糕，残酷无情，当它变得模糊不清、变成一场坏梦或一场噩梦时，便什么也达不到。在他看来，生活就是一场灾难。对于死亡，他更是悲观之极，他曾说："我唯一感兴趣的是我的死亡。我不相信我活得很好，因为一个人过一会儿就会死去。这也许是革新文学的唯一形式。胡安·鲁尔福在《佩德罗·帕拉莫》中谈到了死人。在哥伦比亚，这方面比墨西哥走得更远：死亡的作家也在写作。我就是一个半死不活的作家。""人生的美好"是一个具有讽刺意味的书名，因为生活是一场灾难，一种负担。

《漂亮的白房子》以第一人称这种亲切的叙述方式讲述了作者的个人生活经历和他家的一幢老房子的历史。不只讲述了他那幢位于麦德林市月桂树区的房子的历史，同时也讲述了他心灵中的那幢房子的历史。那幢房子也是通过生活建造的。白房子，不像摩洛哥的卡萨布兰卡①是一座城市，而是一幢房子，它有咖啡色的门窗，在房前的花园中央有一棵椰枣树。过去是这样，永远是这样，它不曾变化，也不会变化。椰枣树的树冠在风声的伴奏下摇来摇去，从左到右，从右到左，就像人说"不"时那样摇头。然而并非如此，因为椰枣说的是"是"，它是在回答。"如果一个人

———————

①　意为白房子。

的女人这样多么好！可是我没有，小时没有，年轻时没有，老了还是没有，死了也不会有。"

小说由许多片断和短章节构成。作者像巡视一幢破败的老房子一样描述着：管道爆裂了，屋顶塌架了，工人们不及时来修理，规章制度妨碍办理简单的手续。他不由得想起他住过的房子：那栋老房子总让人回忆起往事；那栋在圣阿尼塔的房子他曾幸福地住过，但是塌了；名叫卡萨洛卡的房子充满回忆，他父兄在那里过世。而现在，这幢白房子在一块块地垮掉，正在设法修补。此外，还有那些邻居的房子，因为哥伦比亚是个人口过多的国家，像其他国家一样，这是一个大问题。小说中描写了各种各样的人物：半哑的出租汽车司机、在世的和去世的亲人、工人、广场上的商人，以及厌世的叙述者最好的朋友——老哥。

作者编织了一个无情的故事，讲述一个人同可恶的塌陷进行的战斗：那种塌陷不仅毁了一幢白房子，同时也压垮了修建房子的人。实际上，这幢成为废墟的白房子是不祥的命运的象征，一切从事某种事业的人都必须面对它。

这也是一个表现失败的故事。生活是痛苦的、悲惨的、令人焦虑的。在作者看来，人类的一切伟大事业最后总要垮台和被遗忘。这部作品就是这样的隐喻——你想成就什么而做的努力都会被风吹走，什么痕迹也留不下。金字塔将被风沙一扫光。

作者声称："哥伦比亚人一生都梦想有一幢房子，他们梦中的房子。但这是国家的梦想。如果房子塌了，梦也就破了。"《漂亮的白房子》试图表达的就是这样的一个梦，即将破碎但应竭力复原的梦。

第十二节　塞尔希奥·拉米雷斯

塞尔希奥·拉米雷斯（SergioRamírez），生于尼加拉瓜马萨特佩镇，曾攻读法律，担任尼加拉瓜反索摩查学生运动主席，同索摩查独裁政权进行过殊死的斗争，1975 年参加桑地诺全国解放阵线。革命胜利后任全国重建政府成员，1984 年被选为尼加拉瓜共和国副总统。1995 年离开桑地诺解放阵线，没有再担任公职。

拉米雷斯 20 世纪 70 年代开始文学生涯，1970 年出版长篇小说《光辉的时代》，1971 年以短篇小说集《人群与暴行》获加拉加斯《形象》杂志举办的短篇小说奖。1977 年出版重要长篇《你怕血吗？》，1988 年出版长篇力作《神的惩罚》。之后出版的另一部长篇《化装舞会》获 1998 年度法国洛尔·巴塔荣优秀外国作品奖。1998 年出版长篇名著《玛格丽塔，大海多美丽》，和古巴作家埃利塞奥·阿尔贝托分享当年西班牙阿尔法瓜拉长篇小说奖。

拉米雷斯是一位多产作家，其著述涉及文学、文化、社会、政治、思想等许多领域。文学方面又涉猎长篇、短篇、文论、随笔等多种体裁。迄今已出版各类作品近 30 部。

对文学创作，拉米雷斯有其独特的思考或倾向，他喜欢回顾过去，就像提着一盏灯默默地进入一个黑暗地区，看看那里发生过什么事情。他曾说，"我之所以回溯过去，是因为在一定程度上我害怕现在"，"由于我的政治立场，更确切地说，由于政治所起的作用，我总是害怕牵扯到现在，害怕讲述正在发生的事情。我一向拒绝把文学用作宣传某些思想的武器。那样做从来也没有什么好的结果。也许《卡萨布兰卡》是个例外，它是第二次世界大战期间同盟国的宣传品"。

他已出版的文学作品，其内容几乎都是表现尼加拉瓜的历史，尼加拉瓜发生过的政治事件和社会问题，尼加拉瓜人民进行过的斗争，尼加拉瓜过去的奇闻逸事……仿佛一幅幅多姿多彩的历史画卷。

《你怕血吗？》由五个故事构成，它们互相交叉编织在一起，像一幅精巧的镶嵌画，反映尼加拉瓜桑地诺人民反对索摩查及其帮凶的斗争。

《神的惩罚》讲述遥远的 20 世纪 20 年代发生在尼加拉瓜莱翁城的罪恶故事，表现独裁政权建立前夕尼加拉瓜的社会面貌。尼加拉瓜的历史变迁和人民的生活习俗贯穿着整部作品。印证了作者对本国的历史和过去情有独钟。

《玛格丽塔，大海多美丽》是一部历史小说，故事背景也是莱翁城（一些场景和人物选自该城）。全书故事通过两条线索展开，两条线索的时间考察长达半个世纪。

第一条线索集中描写尼加拉瓜著名现代主义诗人、神秘人物鲁文·达里奥。1907 年，达里奥从西班牙回到阔别 18 年之久的祖国，回到他受过教育的故乡。这时，他已经是举世闻名的一代诗圣，但是嗜酒成瘾，健康状况越来越坏。不止于此，他那些难办的经济问题、生活问题和家庭问题接踵而至，把他完全打垮了。但是，他的才华依然过人，他甚至能够即兴赋诗，出口成章。小说的题目就是这位天才诗人的一行诗。这行诗是鲁文·达里奥在归国途中在一个小女孩的扇面上题写的。作者之所以写这个人物，是想让世人看看这位名诗人究竟是个怎样的人。

第二条线索主要写几个人物和 50 年前发生的事件的关系。那些事件，最远的发生在诗人达里奥生前最后几年（达里奥卒于1916 年），最近的发生在 1956 年——这一年 9 月，独裁者索摩查被洛佩斯·佩雷斯刺死，但佩雷斯也当场遇难。在这条线索中，前一条线索的某些人物重新出现，譬如鲁文·达里奥，描述了他令人震惊的死亡和尸体解剖的情景。人物的重现，使时间构成了一个圆环，象征着尼加拉瓜的完整历史。

小说讲述了两个彼此有别，却十分有趣的故事。两个故事并非互不相干，它们通过若干巧妙的悬念有机地联系在一起，构成一部独特的历史小说。小说将历史和虚构、文化和习俗、严肃和幽默、讽刺和悲剧、现实和传统、政治和诗意熔为一炉，将真实的描述和纯粹的幻想交织在一起。作者既不囿于传统的现实主义，也不追求新闻纪实的准确性，从而创造了一个想象的却又是真实的世界。

在 21 世纪开始后的 10 余年间，拉米雷斯出版了 4 部长篇小说，即《不过是影子》（2003）、《一千零一次死亡》（2004）、《上天为我哭泣》（2008）和《女逃亡者》（2011）。

《不过是影子》把读者带到 1979 年 7 月尼加拉瓜历史上那个打倒反动派人民得解放的日子——桑地诺瓦族解放阵线势如破竹，一举摧垮了索摩查独裁政权。小说的主人公阿利里奥·马蒂尼卡是独裁者索摩查的私人秘书，也是索摩查麾下的一个无所不能的人物。由于某种原因，他被逐出政坛，蛰居在他的朋友、桑地诺武装部队的少校伊格纳西奥·科拉尔的一幢远离首都的豪宅里。索摩查倒台时他想从海上逃走，被桑地诺运动的年轻战士们抓住，随后受到人民的审判，被指控直接或间接地参与了反动当局策划的血腥罪恶行动。在露天群众大会上，人民高呼自由万岁，打倒万恶的反动派。作者用铁的事实证明，人民的力量，革命的力量，势不可当，反动派坏事做尽，难逃法网。小说表现了作者一贯喜爱的主题——对政权的思考。书题中的"影子"就是指政权，即索摩查反动政权。它存在过，但是如今垮台了，像影子一样消失了，寿终正寝了。马蒂尼卡曾经狗仗人势，助纣为虐，但是最后还是变成了狗屎堆，退出了政坛。作品的真实性毋庸置疑，在小说的题为《关于有助于此书的文献》的结语中，作者指出了小说的非虚构特征。他所参考的文献的历史真实性压倒了小说的虚构性。

《一千零一次死亡》写的是 19 世纪一位尼加拉瓜摄影师的故事。摄影师叫卡斯特利翁，其父是莱翁市一位杰出的政治家，其母是一个混血女人、为了商业利益由英王朝扶植的米斯基托斯国王的公主。这个神秘的主人公只有姓没有名。拿破仑三世按照同他父亲签订的协议，资助他于 1870 年从美洲到了欧洲，进巴黎索邦大学攻读医学，后因拿破仑三世倒台而未能完成学业，之后当了摄影师，时值欧洲战争和尼加拉瓜和平时期，他在本国和欧洲拍了许多图片。他到过巴黎、华沙、马德里、马略卡、中美洲的热带丛林，最后面对灭绝性的集中营的恐怖景象死去。小说借助这个人物的摄影镜头、耳闻目睹、回忆和讲述，展示了尼加拉瓜建国时的矛盾冲突、自由党和保守党之间的政治斗争、国内战争带来的种种社会问题、始终未能实现的开挖洋际运河的计划、加勒比海岸和尼加拉瓜太平洋地区之间的社会与文化差异、拉美本土的社会制度的落后状况、欧洲的战争、拿破仑三世的倒台等，同时涉及众多著名作家和历史人物，如乔治·桑、福楼拜、屠格涅夫、鲁文·达里奥、小拿破仑、路易斯·萨尔瓦多大公、维克多利亚王后、莫斯科国王等。小说在叙述形式上采用了多声部，是一部复调小说。第一部分开始是一篇署名达里奥的关于陪伴萨尔瓦多大公的古怪随从活动的报道，随后在这一部分和第二部分之间插入了主人公的回忆和作者讲述的声音；第二部分开始是巴尔加斯·比利亚写的关于达里奥和主人公在马略卡醉酒趣闻的报道，接着是主人公和作者交替讲述的声音。这种由许多不同的声音构成的叙事模式体现了陀思妥耶夫斯基小说的基本特征和巴赫金复调小说的理论，不同于传统小说，是一种全新的小说类型。

《上天为我哭泣》是一部侦探小说，故事发生在 20 世纪 90 年代。国家公安部毒品调查局的两位侦探需要查明似乎和贩毒有关系的一起杀人案。小说从公安部部长英拉莱斯写起，他设法和布卢菲尔兹情报局局长狄克逊取得联系，得知在尼加拉瓜加勒比海边的佩尔拉斯湖上有一条被遗弃的游艇，游艇上有一件汗衫和几块木板，两样东西上都有血迹，还有一本烧焦的书、一只装有 10 万美元的手提箱和一件新娘礼服。后来还在一条河中发现一具浮尸。侦探们根据这些线索开始寻找犯罪嫌疑人。但是由于又发现了几具尸体，案情变得复杂起来。在这种情况下，侦探们召开会议，分析案情，增加警力，其中包括能干的女警安娜·索菲亚。会议认为，当务之急是让墨西哥、尼加拉瓜和哥伦比亚的贩毒分子举行的一次广告会议失败，同时抓捕哥伦比亚卡利市的广告制作商的侄子曼塞沃。公安部部长的办公室设在太阳广场三楼，大部分侦查工作在南方公路、北方公路、丰塔纳镇和雷西斯登西亚高速路等处进行。小说情节像一个个电影镜头陆续映现：英拉莱斯部长和狄克逊局长从办公大楼前往圣多旺学画廊约见嫌疑人卡乌波利坎；女警索娅在马萨亚公路旁一家娱乐场工作；狄克逊局长乘飞机从布卢菲尔兹去首都马那瓜等。在炎热而混乱的马那瓜，主人公们不但要勇敢地应对卡利市和西纳洛亚州的强大广告宣传，而且还要对付那些背叛其理想的老同事。小说情节紧张、刺激，展示了一个暴力肆虐、毒贩横行的社会，那是一个充斥着毒品、凶杀、腐败、欺诈、滥用职权的世界。这不是作者骇人听闻的想象，而是无比真实的、可见的现实。

《女逃亡者》写的是几个能够掌握自己命运的女性的故事。故事背景是 1930—1940 年的哥斯达繁加，三个女人聚在一起谈论她们的最后一位女友阿曼达·索拉诺的生活。索拉诺是一位女作家，是作者的哥斯达繁加的女作家约兰达哥斯达繁加奥雷亚姆诺——因被社会排斥而逃亡墨西哥的一个前卫女性——为原型而塑造的人物。索拉诺像她的原型约兰达一样天生丽质，聪慧、可爱而勇敢，是她那个时代的封闭、保守的社会的叛逆者，但是她为她的反叛付出了沉重的代价，她的爱情和家庭生活遭受到挫折，她作为作家也不被人理解，故事具有一定的悲剧色彩。三个女人讲述一个不幸女人的遭遇，三个声音的三种方式讲述一个女人的戏剧性的生活、友谊和爱情。三个声音把读者带回 20 世纪前半叶，于是我们发现一个貌美、聪慧、奋力争取自由、无比干练的女性。那是一个动荡不安的时代，女人没有选择自己的生活道路的权利，索拉诺除了逃亡外国没有别的出路。在那个时代，在那样的社会，做个美丽、聪明、叛逆的女人只能为自己带来麻烦，要生活下去必须有足够的勇气，否则就得出走甚至流亡。

第十三节　拉斐尔·拉米雷斯·埃雷迪亚

拉非尔·拉米雷斯·埃雷迪亚（Rafael Ramirge Heredia），墨西哥作家、戏剧家、新闻工作者、文学教授和斗牛评论家，1942年1月9日生于墨西哥城（他自己喜欢说生于塔毛利帕斯坦比科城），2006年10月24日患淋巴癌卒于墨西哥城。其父是一名非常勇敢的工团主义者，祖父因创办墨西哥乡村学校和文化考察团而成为墨西哥教育界的标志性人物。

拉米雷斯·埃雷迪亚自幼便生活在浓厚的文学环境中，但这只是他童年生活的一种补充。他曾说："我每时每刻都要阅读，不过我从来也不是一个乳臭小儿，我是街头特别勇敢的斗士。"青年时代他曾在国立综合技术学院高级会计与管理学校学习会计，但这并非出于爱好，而是因为他是美洲足球队的队员，他的队友们纷纷学会计，他也跟着去学。毕业后他干了2年会计工作，发现自己喜欢文学，于是决定"从计算数字变为讲述故事"。

他的文学才能果然立竿见影，1984年他的短篇小说《马科伊的闪电》获巴黎有关单位主办的"胡安·鲁尔福"奖，还曾获西班牙"胡安·鲁伊斯·德·阿拉尔孔"奖，1993年的全部作品获墨西哥作家协会授予的"国际文学奖"，同年获"拉斐尔·贝尔纳尔"优秀侦探小说奖，1997年的《我和玛丽莲·梦露在一起》获新莱翁国家文学奖，2000年获墨美边境大学授予的文学成就奖，2005年的长篇小说《蚁群》获西班牙吉洪市"达希尔·哈米特"奖，2003年获国家作者著作权学院作者成就大勋章。

作为新闻工作者，他曾担任驻荷兰、希腊、土耳其、意大利、英国和爱尔兰等国记者。

他有许多爱好：养有若干品种不一的宠物狗，喜欢斗牛、斗鸡，赌 21 点……喜欢寂静的教学楼和图书馆。

他还是一位不知疲倦的旅行者。他到过"那么多国家，有时都分不清了"——他曾在美国北方的衣阿华、苏联莫斯科、西班牙马德里、葡萄牙里斯本、法国巴黎、美洲南方、智利阿雷纳斯角、巴拉圭、阿根廷和巴西交界处的福兹杜伊瓜苏等地居住或逗留。

拉米雷斯·埃雷迪亚虽然涉足多种文体，但是他对长篇小说情有独钟。自 1967 年出版首部小说《日落》起，陆续出版《卡曼杜拉》（1970）、《不论钟卢的时间》（1972）、《在事件发生的地方》（1976）、《金属的陷阱》（1979）、《英雄们的地位》（1983）、《公路上的死亡》（1985）、《上帝的牢笼》（1989）、《在坎佩切的保护下》（1992）、《和梦露在一起》（1997）。进入 21 世纪后，出版了 2 部小说——《蚁群》（2004）和《红眼睛街角》（2006）。他的作品已被译成德文、法文、英文、俄文和匈牙利文，在美国、英国、德国、俄罗斯等许多国家出版。

《蚁群》的故事背景是墨西哥和危地马拉交界处的苏奇亚特河两岸一个名叫"边区"的地区。20 世纪 80 年代初，一群为数众多的萨尔瓦多移民为躲避萨尔瓦多血腥的内战而逃往美国洛杉矶。其中一些年轻移民组成了名叫"蚁群"的团伙，这个"蚁群"分为两支：一支叫"萨尔瓦多蚁群"，另一支叫"18 号蚁群"。随着岁月的推移，来自尼加拉瓜、洪都拉斯、厄瓜多尔、秘鲁、墨西哥等国的移民也陆续加入了这种蚁群团伙。"蚁群"这个词来自"造成灾害的蚂蚁"，这类蚂蚁无孔不入，吞噬遇到的一切。"蚁群"的成员都是 12—35 岁的青少年。他们的手臂、胸部、背部和脸上均有文身，以区别他们所属的团伙。墨西哥和危地马拉边境为他们提供了犯罪后逍遥法外的地方。他们建立了恐怖帝国，骚扰其他移民和边境的村庄。危地马拉的特孔·乌马城和墨西哥的伊达尔戈城是他们活动的中心。他们带着匕首、砍刀和其他锐器，拦路抢劫移民的钱财和衣物。

小说的故事背景就是上述两个城市。"蚁群"在这两个城市里袭击试图去墨西哥和美国的中美洲国家的移民。作者以多种多样的画面，展现那个地区的文化、印第安人的神奇信仰和宗教活动。小说人物给读者留下深刻印象，但是不可能提及每个人物，因为每一章都是一个独立的画面，都有一个经作者以严谨的艺术笔触调制的声音，不过有一些人物比较突出，比其他人物更具有象征意义。其中一个关键人物是塔塔·阿尼奥维，他是一个普通的撑筏人，每天把过河的人从国界这边运到国界那边，他和河流的关系十分密切，熟悉它的每一个标志。他属于这条河，他热爱它，了解它。从他和父亲来到这里后，他曾千百次地撑筏渡河，所以他熟知它在宁静的黄昏的景象、它的脾气和河水的涨落。没有人能够把它独占，尽管有不少人想霸占它。他向过河的人收取运费。但是后来他野蛮地奸污并杀死了他的女儿，他死去的女儿成为他崇拜的偶像，他给她取名"河的神圣女孩"，他自己则当了神父和布道者，同时他也成为"蚁群"的主要敌人。他敢于向"蚁群"挑战，由此而引发了一系列以悲剧告终的事件。另一个关键人物是邪恶的希梅努斯·菲达尔戈，小说以他的演说开篇和结束。此人有远见，懂神谕，是个巫师，神秘莫测，他属双子座，知道丛林演算的生活、河水的流动。他为这条名叫苏奇亚特的河重新命名，叫它萨塔纳奇亚河。他知道"蚁群"何时进行袭击，何时旅行顺利，他知道旅途上会发生什么事情，因为他有远见。

作者曾在那个移民成群、"蚁群"作祟的边境地区生活过一段时间，耳闻目睹那里时常发生如谋杀等犯罪行为，那里的妓女、淫媒、巫师、走私者、警察、算命先生、毒品贩卖者、武器贩运者、扒手、强盗等各色人等，通过小说再现了边境地区混乱的社会生活，特别是那些年轻的"蚁群"成员们无恶不作、为非作歹、横行不法、肆无忌惮的犯罪活动，反映了那个地区的社会、政治和地理现实，从而创作了一部具有丰富的思想内容的边界小说。

《红眼睛街角》的故事发生在墨西哥城的特皮托、梅尔塞德、拉古尼亚、内萨瓦尔科约特尔等城区，主要是特皮托区。在特皮托区有一个街角叫"红眼睛街角"，因为那里的每一个居民都有一对红眼睛。小说首先描述了一个年轻的刺客被杀害、其情人被强暴的事件，在描述这一事件的过程中插入了许多别的故事，其中有青年男女间的不严肃的恋爱、警方的行动、刺客乘摩托作案、宗教游行、警察上层人士的黑暗交易、政治手腕、媒体的影响、夜晚的游行和祈祷、受害者的报复行为和垃圾场上的不理智的犯罪，以及居民们对死亡的迷信等。小说展示了一个无人不知却又无人能接受的、由逍遥法外的人统治的世界。那是一个无情的世界、邪恶的世界、恶棍的世界、杀人犯和刺客的世界。小说以城市里贫困又危险的城区为背景，讲述了在那里生活的各种人的历史和他们为了生存而必须做的事情，以及人们为了一点钱或者为了在一个桀骜不驯的城区获得一点名气而进行的冒险。特别是在特皮托区，居民们全副武装，伸张正义，连警察也进不去。这个城区是小说的主要角色之一，在故事的每一个时刻都起着重要作用。在该城区的任何地方都设有死神坛，刺客、扒手、毒品贩、法官、酒鬼、工人、商人等都为纪念自己死去的亲人而在红眼睛街角树立了十字架，并借十字架保护和维护自己。总之，红眼睛街角无所不有：那里有暴力（一刺客和他的未婚妻被杀害），有报复（刺客的未婚妻的母亲受到迫害），有毒品（对一些人来说是生意，对另一些人来说是灾难），有正常的生活（普通人上班下班，过着远离堕落行为的生活），有爱情（意想不到的、与己无关的），特别是有死神（用它的罩袍庇护着居民区）。"所有的人都把自己托付给了死神，因为他们确知，自己早晚会死去；所以对它说：等一等，你先别把人带走。"反映了居民的愚昧无知和盲目的迷信思想。

拉米雷斯·埃雷迪亚笔下的人物大多是街头巷尾的普通人，没有任何特别之处，男人和女人都在街角，或是出入地铁、上下公共汽车，和在林荫道上散心的人混杂在一起。他们或者面无表情，沉默不语，或者有事在身，行色匆匆。这些人物构成了作者的小说世界，构成了一个由普通百姓组成的小社会。

拉米雷斯·埃雷迪亚的小说不仅获得多种奖项，而且被译成了德语、法语、英语、俄语和保加利亚语，在欧美许多国家流行。

第十四节　奥斯卡尔·科亚索斯

奥斯卡尔·科亚索斯（Óscar Collazos），哥伦比亚作家、新闻工作者、随笔作家和文学批评家，1942年生于索拉诺小海湾，在太平洋岸边的这个小镇度过童年，在考卡省的布埃纳本图拉市度过少年时代。从14岁起他经常出入该市的公共图书馆。在阅读的过程中产生了对文学的爱好。20世纪60年代初前往波哥大，进哥伦比亚国立自治大学攻读社会学。在波哥大开始接触当时的名作家和知识分子赫尔曼·巴尔加斯、马尔塔·特拉瓦、赫尔曼·埃斯皮诺萨、圣地亚哥·加西亚、恩里克·布埃纳本图拉等人。1964年移居卡利，在那里和布埃纳本图拉领导的戏剧学校建立了联系。在这个时期出版了他早期写的短篇小说，由于运用了各种新鲜的表现手法而受到批评界的好评。他同时在《回声》和《国家文学》等文学期刊上发表访谈、随笔和作品简介。1968年离开哥伦比亚，先后旅居巴黎、哈瓦那、斯德哥尔摩、柏林和巴塞罗那。他是一位具有革命思想的作家，和那年5月爆发的学潮一拍即合。1990年回国，不久应古巴美洲之家邀请，前往哈瓦那担任短篇小说评奖委员会委员，在那里他结识了卡彭铁尔、科塔萨尔、贝内德蒂、加莱亚诺、科伊蒂索洛等名作家。后来他在巴塞罗那同西班牙诗人希尔·德·比埃德马和小说家胡安·马尔塞建立了友谊。再次回国后,为《观察系》等报刊撰稿。后来又在《时代》《万花筒》等多家报刊上发表专栏文章。

奥斯卡尔·科亚索斯是一位多产的作家,从 20 世纪 20 年代中期开始到 20 世纪末,陆续出版长篇小说《记死去的时光》(1975)、《忍耐的日子》(1976)、《共享的记忆》(1978)、《一切或虚无》(1979)、《年轻人,可怜的情人们》(1983)、《就像愚蠢的火》(1986)、《轻瞬即逝》(1988)、《流亡的骗局》(1992)、《永别了,处女》(1994)、《和爸爸一起死》(1997)、《搁浅的鲸鱼》(1997)、《被杀害的女模特》(1999)12 部长篇小说,还有《夏天也会淋湿后背》(1966)、《世界的这个早晨》(1969)、《打击》(1974)和《别了欧洲,别了》(2000)等短篇小说集。

进入 21 世纪后,科亚索斯出版 5 部长篇小说:《流亡与罪过》(2002)、《阴阜上的战斗》(2004)、《怨恨》(2006)、《影子先生》(2009)、《在最深的小湖中》(2011)。

《流亡与罪过》的故事背景是 20 世纪 70 年代初,主人公哈科夫·韦斯曼是一位流亡西班牙的智利教授,在一位从业人员(小说的叙述者)的帮助下寻求摆脱当时智利正经历的独裁当局制造的白色恐怖的途径。韦斯曼是一个精神病人,大脑中充满在他的梦中反复出现的景象,从早到晚焦虑不安,不能够掌控自己的时间。韦斯曼最大的焦虑是寻找苏莎娜·哈拉,一个比他小 20 岁的女孩,攻读心理学的学生。他在智利时跟她有一段罗曼史。她跟许多智利人一样,自从皮诺切特发动军事政变后,她就消失了。在小说中,苏莎娜·哈拉是个经常让读者回想的女孩,但是始终不曾在小说中出现。作者这样描述韦斯曼寻找苏莎娜·哈拉的情景:他一个人跑遍了一幢楼,看到了恐怖的血迹,堆在一起的尸体,一位警察着迷地翻阅一份黄色杂志。"我看到了一些陌生的东西,解剖台铁钩绳子水桶电钳子钢丝镣铐生锈的大锤匕首带粗皮条和卡子的铁椅子。"叙述者在列举这些东西时未加标点，因为他认为"当你看东西的时候是不用标点符号的"。叙述者又写道：

"你在找什么人吗？"有人问我。

"是的，我在找一个人"，我说。"但是我想，我认错了楼房了，我要找一个 22 岁的女孩，她叫苏莎娜·哈拉。"

当那个戴风帽的人回答我时，说话像个机器人似的：

"不可能弄清这些遇难者的名字。尸体是用卡车运来的，没人交出写着人名和身份的清单。有一些人还活着呢。"

皮诺切特独裁当局杀人不眨眼，滥杀无辜，草菅人命，制造白色恐怖。后来，哈科夫·韦斯曼在巴塞罗那遇见了流亡的苏莎娜·哈拉的母亲贝蒂娜·哈拉和苏莎娜·哈拉的恋人吉多·索里亚诺，但是没有找到苏莎娜·哈拉。

小说通过韦斯曼寻找苏莎娜的经历，将智利的无辜百姓遭受的痛苦、失踪、流亡和死亡的情景一一展现在读者面前，这是对皮诺切特独裁当局所犯罪行的血泪控诉、谴责和抨击。此作是献给已故的智利作家何塞·多诺索和马乌里西奥·华克斯的，而另一些作家——安东尼奥·斯卡梅塔和阿里埃尔·多夫曼——出现在小说中则是对那些以其创作对带来死亡、失踪和沉默的独裁者进行抗议的作家表示的敬意。

《阴阜上的战斗》的故事发生在 20 世纪 80 年代末的波哥大，当时的哥伦比亚社会由于贩毒集团制造的恐怖主义而动荡不安，由于拜金主义而使社会风气每况愈下。主人公是一位母亲和她的美丽女儿。母亲毫无顾忌地教诲年少的女儿说："男人们的软弱是你的堡垒。"女孩就这样在对美貌的痴迷和对奢侈品及财富的沉迷中成长着。在这两个女人的生活中，一切都笼罩着幻想色彩。对她们来说，一切手段都是为目的服务，无论性还是姿色都成了获取权势的工具。如果说男人们的智慧被用于骗取女人的芳心，以玩世不恭的态度对待女性，那么女人的才智就是针锋相对，守住自己的贞洁，绝不能让男人轻易攻破自己的性堡垒。但是在作者的笔下，两个女人毕竟以卖淫为生，只不过她们凭着自己的姿色卖得贵一点而已。这似乎是一种不同的卖淫，其交易方式不言自明，但不管怎样，她们终究是出卖肉体的人，而且绝非出于自愿。在资本主义社会，女人无论被迫还是自愿卖身，无疑都是莫大的不幸。这正是作者所暴露和抨击的资本主义社会的流弊之一。所谓"阴阜上的战斗"，就是女人为高价卖身、男人为争夺女性而进行的斗争，亦即围绕性所进行的争斗。这样的女性都有向上爬的欲望，都刻不容缓地需要取得社会地位、财富和安全。而这样的男人则一般都有权、有势、有地位。这样的交易或斗争必然导致弱肉强食的悲剧。这在资本主义社会特别是哥伦比亚这样暴力横行的国度是不可避免的。

《怨恨》描写哥伦比亚一个高墙之城卡塔赫纳的一个年轻女孩的生活。她叫凯拉，是一个因哥伦比亚荒唐的战争而离乡背井的家庭的女儿。她母亲是一位劳动妇女，由于战争而失去了两个儿子。她父亲，一个贫穷的私生子，性格粗暴，酗酒成瘾。她的两个兄弟文迪·巴内萨和罗宾逊还很小。她父亲叫什么已不重要，自从凯拉开始发育，他就摸她，让她坐在他的腿上，只有他自己知道有多少肮脏的东西出自他的头脑。有一天，她父亲想强暴她，但是被她的小兄弟罗宾逊阻止了。凯拉幸免一劫。她父亲的荒唐理由是，她的生活中已经有一个男人了，这就是他，他不容许她和居民区的一个坏小子在一起。那个坏小子叫费尔乔，凯拉深深地爱着他。费尔乔虽然充满了女人气，但他还是很爱凯拉。其实，凯拉 11 岁的时候就被父亲奸污了，14 岁沦为了娼妓，直到 16 岁爱上费尔乔。她自然是小说的主人公，她的故事从她逃离乌拉瓦后开始讲述。在不受法律约束的游击队的帮助下，她们一家人逃到哥伦比亚加勒比岸边的卡塔赫纳，落户在该市的内尔松·曼德拉区。她、她的两个小兄弟和她父母遭受了离乡背井的种种痛苦——饥饿、失业、社会歧视、身心疲惫等，她个人的经历更是苦不堪言：受到父亲的强暴，目睹费尔乔等重要的人被害。她虽然年纪很轻，却担起了家庭的重任：侍候患病的母亲，照着年幼的弟弟，处处为她喜欢和钟爱的人着想，表现了一个善于爱和善于保护亲人们的女孩的美好心灵，同时她也憎恨那些为她的生活带来不幸和痛苦的人们。在小说中，凯拉在狱中以第一人称对记者讲述故事，她之所以入狱，是因为她对一个警察开枪，她要向扼杀她的爱情的人报仇，此外，入狱三个月后她的孩子死在狱中。

小说以生动而感人的笔触描述了哥伦比亚平民百姓毫无幸福可言的生活和当今哥伦比亚存在的多种多样的、悲苦的、残忍的社会现实，包括许多哥伦比亚青少年遭受的悲惨处境。正如哥伦比亚女记者兼吉塔作家玛丽亚·希梅娜·杜桑评论此作时所说："小说描述的故事令人心碎肠断，它展现在我们面前的，不仅是我们不曾见过的、血泪和贫困遍及全市的卡塔赫纳，而且还有一个女孩 16 岁就变成一个老妇人的可怖现实。"

《影子先生》的故事发生在当时来说还是未来的 2014 年。"在一张铺得完全无缺的床上，躺着一个男人的尸体，他衣着十分考究，那是一身准军人长官的制服，仿佛是在午休。在他的周围，像撒玫瑰花瓣似的撒着当准军人时期的一些照片，不同的照片代表着他生活的不同阶段。在绰号叫'影子先生'的'大企业家'、前准军人罗伯特·普拉多的尸首前，女检察官和小说的叙述者安德烈亚·杜亚尔特在她的记事本上写道：'他的死亡就像戏剧表演一样。'"

这是科亚索斯的这部近 400 页的小说的开篇。小说的故事背景是内战烽火连绵不断的今日的哥伦比亚，暴力事件不断发生，死人的现象自然习以为常。作者从文学的角度思考近几十年间的哥伦比亚暴力。"当哥伦比亚的战争题材开始吸引我时，暴力的形式也开始让我着迷：在哥伦比亚，杀人到底是怎么回事？"

　　为了讲述这个故事，科亚索斯借助有经验的女检察官安德烈亚·杜亚尔特，让她参加和平进程，这使她得以将许多准军事组织的小头目转业回家。但是她也为此付出了血的代价，她亲自承受了 20 世纪 80 年代哥伦比亚暴力的后果——她父亲被恐怖分子杀害。

　　安德烈亚·杜亚尔特在她的有能力的合作者贝尔塔·萨姆迪奥、拉米罗·鲁伊斯和检察官安图内斯的协助下调查此案。检察官们废寝忘食地工作，但是却遭到了一位粗暴的复员准军人、一位昏头昏脑的参议员和一位搞阴谋的退休将军的反对。杜亚尔特排除了他们的干扰，千方百计寻找线索，终于查明了普拉多死亡的真正原因。罗伯托·普拉多是一位绰号叫"影子先生"的前准军人头目，是一家"大企业"的元老，他跟参议员伊图尔维德（现实生活中的乌里维参议员）、拉法埃尔·奥古斯托·布伊特拉戈将军（现实生活中的里托·阿莱霍·德尔·里约）的同伙卡洛斯·阿本达尼奥（现实中的卡洛斯·卡斯塔尼奥）和塔里科·曼弗雷迪（现实中的萨尔瓦多雷·曼库索）有政治关系。虽然近年来他的表现还算不坏，不乏重建国家的思想和行动，但是他在 25 年间是一家"大企业"的最可怕的老板之一。他曾下令大开杀戒，在他家当佣人的农家姑娘苏姗娜虽然幸存下来，她的父母却在"影子先生"发动的杀戮行动中死于非命。杀死"影子先生"的人也许是为了让人们记住他是一个什么样的人，当然更可能是为了进行某种惯常的复仇。

　　为了写这部小说，科亚索斯花了数年的时间搜集报刊资料和法律文件，悉心地进行了有关调查。因为他发现，由于过去了许多年，已经没有人再去谈论受害者，他们的面孔和人生经历早已被淹没在关于准军人们所犯的恐怖事件连篇累牍的记述里，必须加以挖掘和整理。在调查中他看到，近 60 年来，特别是最近 20 年间，无数次残忍的屠杀事件遍布哥伦比亚，到处流淌着无辜百姓和进步人士的鲜血，一系列惨绝人寰的罪行令人发指，种种暴行惨不忍睹。有评论家称，这部小说包含着当今哥伦比亚发生的暴力冲突最典型的表现，是继《被杀害的女模特》（1999）之后科亚索斯出版的第二部黑色小说。

《在最深的小湖中》写一位名叫玛玛门丘的老奶奶经常在一棵树下回忆她死去的丈夫，直到那个美丽而幸福的王国变成恐怖的王国，因为人们在树下找到了 5 个被掩埋的男孩子的尸体。

一个警惕性很高的农民带着他的狗在树下发现了某种奇怪的东西，结果就挖出了那些被屠杀的孩子的赤裸裸的尸首。科亚索斯在小说中虚构了一个人物，在她身上编织了各种各样的事件。女主人公曾是一个喜爱词典的嬉皮士，不幸患了健忘症，从最微不足道的东西开始忘记，比如不知眼镜和鞋子放在哪儿了，直至遗忘她生活中最重要的事情，把人们的名字、地点和人都分不清了。

哥伦比亚的悲剧搅乱了老奶奶的思想。有消息说，在国家的另一端发现了被埋葬在公墓里的另一些男孩的尸体。多可怕！多无情！她天真地说："魔鬼放荡不羁。它们被放出来，现在谁也不想也不能够捆住它们。"有人对她说，用兰花可以把邪恶的幽灵驱散。但是她说："邪恶的幽灵不在田野里，而在我的身体里。"老奶奶的古怪言行于是开始：她伸出舌头嘲弄别人，向陌生人打招呼并与之拥抱，签一张数额巨大的支票以偿还 10 年前就到期的抵押，把克林顿混为肯尼迪，把弗吉尼亚混为阿苏塞娜，把玛格诺利娅混为罗莎，人们还看见她在一个商业中心给鸽子喂食。她开始没入健忘的小湖里，渐渐沉浸和消失，最后沉入湖底。但是当她照镜子的时候，另一个场景发生了——她大叫："快把我脸上的皱纹去掉。"她周围的人最初认为她没事，因为她并没有抱怨谁。年迈不是病，但是沉默会从内部毁了她。幸运的是，她有一个 12 岁的孙女，名叫亚历顿德拉，她们之间保持着一份深切的、不平常的、温馨的爱。这是一个关于祖母与孙女之间彼此关爱的故事，但也是一个痛苦、不幸的故事，因为祖母丧失了记忆。自从祖母出现了遗忘的症状，亚历顿德拉就陪伴着她，她发现祖母记忆力越来越差，便竭力帮助祖母恢复记忆。小说中孙女亚历顿德拉以第一人称叙述，风格朴实，感情真挚，故事并非沿着清晰的直线前进，而是迂回曲折，甚至有所跳跃和倒叙。

第十五节　何塞·巴勃罗·费因曼

何塞·巴勃罗·费因曼（José Pablo Fein-mann），1943 年 3 月 10 日生于布宜诺斯艾利斯，阿根廷作家、教育家、哲学家、随笔作家、电影剧本作家和电视导演。20 世纪 70 年代初任大学哲学教师，1973 年在布宜诺斯艾利斯大学哲学系创建拉丁美洲思想研究中心，后为《12 页》报等多种新闻媒体撰稿。20 世纪 70 年代是庇隆主义青年团的积极成员，他认为庇隆主义是一种真正的革命群众运动。他一向反对使用以政治为目的的暴力，特别是古巴革命胜利后在某种庇隆主义左派派别中盛行的格瓦拉主义。他终于在梅内姆执政时期的 20 世纪 90 年代背弃了庇隆主义。他对庇隆主义的研究无人不知，在其他历史学家中间引起了强烈反响。

巴勃罗·费因曼的著述颇为丰富，有论著《哲学与民族》（1982）、《庇隆主义与政治优先》（1974）、《庇隆主义论文集》（1983）、《永远失败的神话》（1985）、《洛佩斯·雷加，庇隆的黑面孔》（1987）等，有小说《狡猾的理由》（1940）、《受害者最后的日子》（1979）、《并非最后的枪声》（1982）、《灰色的军队》（1986）、《不可能的尸首》（1992）、《凡·高的罪行》（1994）、《命令》（2000）、《武器的批评》（2003）、《海德格尔的影子》（2005）、《蒂莫特》（2009）、《卡特在纽约》（2009）和《卡特在越南》（2009），还有《埃娃·庇隆》等多部电影剧本和《血流》等多部散文集。

在费因曼于 21 世纪开始前出版的 6 部小说中，第一部小说

《受害者最后的日子》和随后出版的《并非最后的一枪》及《不可能的尸首》都属于侦探小说。《凡·高的罪行》也可以归入侦探小说，尽管这部小说具有戏谑的倾向，而且其锋芒是批评20世纪90年代的阿根廷政治，这使作品稍微偏离了侦探小说的标准。《灰色的军队》的风格完全不同，其描述很有节制，其内容涉及阿根廷的历史，贯穿着既幽默又具悲剧色彩的氛围。《狡猾的理由》则比较复杂，但很有趣，因为其中穿插着一些演说，演说闪耀着费因曼思想的光辉。

《命令》是费因曼在21世纪开始的第一年出版的小说。写此作的想法是1982年产生的，它源于一篇发表在《超级幽默》杂志上的同名小说，这篇小说后来被诺曼·迪·乔万尼收入一部小说选。《命令》的故事安排在20世纪阿根廷历史上的一个重要事件发生前的数月间。这个事件就是乌鲁布鲁将军的军队被自由党军队打败，伊里戈因总统的民主政府随之倒台，从此，民主制度被踩在脚下，在阿根廷后来的历史上产生了严重后果。小说故事在这种背景下展开：主人公佩德罗·格拉埃弗和莱安德罗·格拉埃弗父子是一个名叫金鹿的镇子上有钱有势的人，特别是佩德罗·格拉埃弗，他是族长，就像鲁尔福的小说《佩德罗·帕拉莫》中的恶霸佩德罗·帕拉莫，专断独行，风流倜傥。他本是外国移民，在20世纪末的阿根廷发家致富。他想把家业传给儿子，但是有一个条件，就是必须给他生一个孙子。儿子刚刚和一个年轻、漂亮、身材苗条、留着长发的姑娘结婚。但是由于他无能，和妻子没能生下孩子。父亲对儿子说，他希望有一个孙子，因为他出生后，他的母亲再也不能生育了，不能再生儿子了。"这全是你的错"，所以他至少得给父亲生一个孙子。就在这时，村里来了一个年轻的小伙子，在他家的大商店里工作，并成了他们家的好朋友。莱安德罗想求他帮助，使妻子怀孕，于是他去跟妻子谈，说他没有别的办法，她必须同意。她同意了，因为她很喜欢这个年轻的小伙子。于是她和他睡了觉，当然她就怀孕了。莱安德罗的父亲并不知道此事。但是一件可怕事情发生了——他父亲不幸去世，莱安德罗几乎疯了。他质问妻子，那天夜里的情况怎样，并且动手打了她，把她也折磨疯了。这是一个悲剧，小说结尾是悲凉的——他妻子怀着身孕离开村子去了布宜诺斯艾利斯。

故事发生在 20 世纪 30 年代末，时值阿根廷国力衰竭的时期。格拉埃弗家族的败落其实是当时阿根廷国情的缩影。国家衰败不堪，没有能力生产什么，正如小说中的一个名叫缪勒的军人在乌鲁布鲁将军被胡斯托将军和解放革命①打败后对佩罗·格拉埃弗说的："这个国家是臭狗屎，这个国家没有能力。现在——我们这些民族主义者失败后——这个国家将投靠英国，因为这个国家如果不被人接纳，就什么也不能生产。""这个国家需要从外面来一个强国传入复苏。"格拉埃弗家族自己不能续香火，只能求助别的男人，这恰恰是阿根廷当时国情的折射，是家族的和国家的双重悲剧。

《武器的批评》是作者本人认为写得最成功的小说之一。主人公叫巴勒罗·爱泼斯坦，他到老人疗养院去探望他的母亲，他在那里待了一个下午，气呼呼地跟母亲算账，发泄对过去的事情的不满。那是 2001 年 10 月 21 日，是母亲节。巴勃罗·爱泼斯坦已做了毫不留情的决定：杀死他母亲。然而，与此同时，另一个故事以倒叙形式展开：阿根廷军事独裁开始，巴勃罗·爱泼斯坦体内查出了一个恶性肿瘤。他跟自己的疾病进行的斗争，超越了所受的军事压迫。在那些残酷的岁月，每天的细枝末节变得不可捉摸，当日常的东西和习以为常的恐惧或猜测交织在一起时，它会变成什么呢？夜晚，巴勃罗·爱泼斯坦心中充满恐惧，在房间里惶惶不安地等待电梯停在他的楼层。他已经精神错乱，解释他为

---

① 解放革命，推翻庇隆总统而建立的军事独裁的自称。

什么要教哲学、为什么要写革命文章，激起了绑架的欲望：在似疯非疯的状态下，他的解释包含着些许理智的成分。显然，祖国和生母是引起人物关于军事独裁时期的人生和当前现实的思考的原因。而小说则集中表现了一个人在选择其命运所做的不安的思索。作品的结构十分独特，不是采用神经机能症患者常有的那种无序的讲述，而是人物的独白，整个下午的独白，贯穿全书的独白，既是面对母亲的独白，也是对自己的长时间的思考。小说充分表现了多个主题：主人公跟他的父亲、他的兄弟塞尔希奥和他的妻子特雷莎的关系，发泄了等待警察来抓他的焦虑，同时描述了社会上的其他人的态度：冷漠、恐惧和普遍赞同控诉独裁当局的罪行等。

《海德格尔的影子》是一部具有充分的历史真实性的小说。全书由两部分构成。第一部分是一封信，是哲学家迪特尔·米勒1948年留给他儿子马丁·米勒的遗书，目的是解释和试图说明他在纳粹德国经历的混乱局面，他为什么被归入德国国家社会党和纳粹冲锋队的队伍，以及面对纳粹武装力量在德国、奥地利和欧洲其他国家犯下的惨无人道的罪行他为什么没有反对。通过生动的讲述，他让儿子知道了他在弗莱堡时在20世纪最伟大的哲学家的理论指导下从事研究的详情和纳粹冲锋队不可避免的强化。他作为见证人，自远处观察到整个德国怎样卷入了恩斯特·罗姆①的冲锋队所代表的仇恨和暴力浪潮。除了讲述他在那个混乱的时期的经历外，还谈到他陷入了从20世纪初的概念危机中产生的哲学浪潮，当时海德格尔正在对笛卡儿的西方哲学进行革命。他证明了缘在②的诞生和他在为自己的存在寻找一种意义时的混乱变化，他具体地谈到了德国人民的表现和他同纳粹学说的一致，他研究了身处民族主义的仇恨浪潮的海德格尔及其作为一种哲学的先驱

---

① 恩斯特·罗姆，1931—1934年任纳粹冲锋队参谋长。

② 缘在，即此在，是海德格尔的《时间与存在》（1927）中的重要概念之一。

对纳粹主义的重要性，他以娴熟的技巧讲述了纳粹分子们不再是完全的民族主义者而成为街角上的寻衅打架的人的原因，讲述了帝国把犹太人当作牺牲品和攻击罗森堡办事处，以及其残忍的和武断的政策的理由。

在第一部分，全书最长的部分，对读者的好恶来说最重要的一部分中，作者通过叙述者的叙述方式说明，这不是一部情景小说，而是一种编织哲学小说的尝试，尽管他随即声明他试图赋予这部小说以历史内容。但在这部小说中，既没有英雄和平民，也没有具体的人物，只有被抛在时空中具有缘在——"此在"和能够在历史的长河中激起力量大得足以推动历史事件的东西。

第二部分是迪特尔的儿子马丁·米勒的讲述，他把我们带进了一场单方面的论争，这个德国小伙子是发言人，海德格尔只是听他阐述。马丁像他父亲赋予一种像卢格尔手枪那么简单的东西以历史性一样，马丁希望让他也赋予他父亲以遗训的方式留给他的信以历史性。在这场谈话中，马丁谈到了第三帝国和南美洲的独裁制度之间的若干类似之处，谈到了海德格尔担任弗莱堡大学校长和国家社会主义思想维护者的角色，以及南美洲的思想家为了对付 20 世纪中期破坏新大陆的军事委员会而扮演的角色。

在第二部分，历史性偏弱的部分，马丁面对海德格尔的教育工作，指责他对人道主义不够关心，他在《存在与时间》中提出多种族存在的问题时不够谨慎，他轻视世俗的需求。通过对以极富个性的形式叙述的哲学史和对受海德格尔影响的主要哲学家及诗人的简介的浏览，马丁终于找到了他仅为了解这位大哲学家的沉默所需要的答案。总之，正如萨特在《恶心》一书中说的："明天，布维尔将下雨。"

全书以马丁讲述他在 20 世纪 60 年代对海德格尔的一次访问做结束。小说中包含着大段论述的章节，试图再现纳粹主义最初几年知识界的论争和那时的污浊气氛。在虚构与准确的资料之间，插入了一些意想不到的影射内容和引文，如电影《夜总会》和《纽伦堡的审判》，以及恩里克·桑托斯·迪塞波洛和保尔·塞兰的文章。

"海德格尔的影子"，是指海德格尔的胆怯的弟子迪特尔·米勒，他是海德格尔出类拔萃的学生，但同时他也深知自己和导师相差甚远。

小说试图在海德格尔的著作特别是《存在与时间》中找到和纳粹主义有联系的因素。当然，此书写于1927年，当时他根本没有同纳粹主义联系在一起的想法。但是最后几个章节，即论述"普遍的此在"的那些章节，却是海德格尔为适应纳粹主义而写的。

《蒂莫特》是一部虚构的历史小说，故事发生在1970年5月29日，一支由马里奥·菲梅尼赫、卡洛斯·拉姆斯和阿巴尔·梅迪纳组成的游击敢死队避开警察岗哨和危险的道路，向蒂莫特行进。蒂莫特是位于联邦区首府420公里处的一个小村子。佩德罗·欧亨尼奥·阿朗布鲁将军躲在车厢里一捆干草后跟火车旅行。敢死队员到他家里去找他，大白天从首府北区把他抓来，以人民的名义逮捕了他，他是1956年梅希何塞·莱翁·苏亚雷斯的最高负责人之一，如今他是同庇隆当局谈判的头脑。在拉姆斯一家他经常出入的一个街角的地下室里，他受到了革命的审判，第四天被处决。这部小说讲述的便是在那里发生的一切。以组织的名义担任审判和处决自由党首脑的是阿巴尔·梅迪纳。阿巴尔23岁，他知道干这种极端的事情是要冒生命危险的，这将把他载入阿根廷的政治史。在持续4天的审判中，阿朗布鲁将军和游击队的年轻创建者进行了交谈，试图达到彼此理解，试图在他们作为主角的某些行动中找到一种公正的解决途径。作为实际存在的武装力量，游击队员们觉得身受战争法规的制约并应这样来指导其行为。阿朗布鲁将军却警告他们，把他处死带来的后果将是十分严重。

阿巴尔知道这一点，但这是一种为崇高事业服务的行为。最后他用一把 9 毫米口径的手枪面对面把 67 岁的将军杀死了。据游击队说，他犯下了 108 项叛国罪，杀害了 27 个阿根廷人。

这是一部介于散文和小说之间的作品，既不是沃尔什[①]的《屠杀行动》式的调查报告，也不是萨因斯[②]的《杀死阿尔方辛的那天》式的虚构故事，而是一部内容丰富、反响强烈、妙趣横生的小说。小说中的人物有血有肉，既伟大又低贱，都有自身的矛盾和问题，个个优柔寡断。但把某些人物写得宽厚、仁慈、通情达理却引起了争议，如阿朗布鲁将军，他本是一个粗暴野蛮、充满仇恨的军人，却把他写成一个善良的老人，为过去的罪行感到悔恨，愿意和年轻的游击队员谈话、合作。另一个人物阿巴尔·梅迪纳在决定某些事情时善于思考，但态度粗暴，他既是一位天生的首领，知道自己的使命是什么，又是一个遇事犹豫不决的人。

《卡特在纽约》和《卡特在越南》都属于侦探小说，其主人公都是乔·卡特，他是一位美国私家侦探，反共分子，种族主义者，同性恋和残忍的杀人犯。他在一系列充满大众文化信息的小说中扮演主人公。在这类小说中，黑色幽默、暴力和性同政治交织在一起，构成了一幅反映美国保守主义的讽刺画。在《卡特在纽约》中，已经成熟的侦探卡特是个冷酷无情的，甚至狂热的美国人，也是一个缺乏耐心、不讲求方式方法的私人侦探。他和他在中央情报局、联邦调查局，甚至五角大楼的朋友们过往甚密，在程度上，他是一个经常签约杀害各种人的真正的杀人犯。但是他的杀戮往往不限于此，他曾不止一次按照自己的意愿、思想和勇气杀人。从 2001 年 9 月 11 日双子塔惨案发生后，只要去纽约，

---

① 沃尔什，即鲁道夫·沃尔什（1927），阿根廷作家。其《屠杀行动》（1957）是一部非虚构小说。

② 萨因斯，即达尔米罗·萨因斯（1926），阿根廷作家。其《杀死阿尔方辛的那天》（1985）是一部虚构的政治小说。

他就去参观双子塔废墟,那处疮痍总是对卡特这样的爱国者裸露着尖尖的巨齿,他感受到了双子塔像挨了一记傲慢的重拳,并绞尽脑汁寻找报复的方式。他,什么也不怕,他杀过越南人和各种共产党人。但他不曾了解伊斯兰教,也认不清那些害怕真主的狂热信徒是什么样的恐怖分子。不过,他买了一本袖珍《古兰经》,他相信钥匙就在其中。

与此同时,他竭力维护道德,接受纽约的黑手党头目吉诺马斯托拉蒂托他办的案件,此人的妻子、容貌端正的伊丽莎白·安德森与超级明星塞西利亚·格申森有染。卡特的侦查选取了一个不可预见的方向。他悄悄地住进一个偏执病患者的帝国,冒着暴露他的最可怕面目的危险。

作者以绝对异乎寻常的一个人物和一种语言令读者眼花缭乱。《卡特在纽约》是一部既深刻又精美的作品,它又是那般怪诞和有趣,即使最可怕的事情也令人感到可笑和不寒而栗。作者通过卡特所做的侦查、卡特的不平常的人格,体现其性格的、在政治上总是错误的思考和他的信念推动他进行冒险而遭受的意外波折,都证明巴勃罗·菲因曼是一位大胆而天才的作家。

《卡特在越南》的非凡主人公卡特在西贡,他厌恶捉摸不定的黄种人,同时对战争进行了令人钦佩的思考,见多识广的中尉奥斯丁·桑德斯称战争为"对真正的人类的不疲倦的练习"。桑德斯说:"你如果不杀无辜的人,他们便不会真正怕你。"对他来说,从2001年9月11日起,反对国际恐怖主义的战争是美国最终将进行的反对其本身的战争。在前往黑暗的心脏的旅行中,卡特陪同威拉德上尉到那些因过度饮烈酒和吸可卡因而神志迷乱的人、跳交际舞的美丽少女和花花公子们中间去寻找库尔茨少校。作者描写了卡特前往越南旅行时的冒险经历,以嘲讽、粗俗和放纵的方式表现了北美帝国的本性、种族主义的本质和对同性恋的鄙视。

《卡特在越南》像《卡特在纽约》一样，以绝对异乎寻常的人物和语言令读者眼花缭乱，并且以令人不寒而栗的嘲弄使读者不禁开怀大笑。这是一部富有戏剧性的小说。作者通过卡特进行的侦查、卡特这个人物的不寻常的人格，体现其性格的、在政治方面总是错误的思考和他的信念推动他从事冒险而遭受的意外波折，证明巴勃罗·菲因曼是一位大胆而天才的作家。

第十六节　何塞·阿古斯丁·拉米雷斯·戈麦斯

何塞·阿古斯丁·拉米雷斯·戈麦斯（Xosé Agustín Ramireg Gómeg），墨西哥小说家、剧作家和新闻工作者，简称何塞·阿古斯丁，1944 年 8 月 19 日生于格雷罗州阿卡普尔科，曾在墨西哥国立自治大学哲学与文学系攻读古典文学，在电影制片厂大学中心学习导演，在国立艺术学院和国家演员联合会学习戏剧创作。

何塞·阿古斯丁少年时代即在多家报刊上发表作品，青年时代曾在丹佛大学任客座教授，曾担任电台和电视台的文化节目导演和制作人。他是《改革》报的创办人之一，摇滚杂志《苍蝇》的专栏作家，《宇宙报》文化副刊《策划者》和《工作日》杂志的撰稿人。

在文学创作上，何塞·阿古斯丁属于 20 世纪 60 年代流行的墨西哥波派。据马尔戈·格兰茨说，这个派别的成员有古斯塔沃·赛因斯、帕梅尼德斯·加西亚·萨尔达尼亚和雷内·阿维莱斯·法维拉。而据卡洛斯·蒙西瓦伊斯讲，波派作家们受美国"垮掉的一代"作家爱伦·金斯伯格和威廉姆·伯勒斯或"后垮掉的一代"作家亨特·汤姆森的影响，主张同传统文学决裂，以直率的语言表现越战、毒品、性和摇滚等现代题材，抨击当局的政策，被认为是一种反文化的倾向。

何塞·阿古斯丁最初在湖安·何塞·阿雷奥拉文学工作室学

习写作，大约 20 岁时开始发表作品，从此便置身在新一代作家的前列，最终成为一位涉猎小说、戏剧、历史、传记、新闻、电影等各种文体的多产作家。有长篇小说《坟墓》（1964）、《侧影》（1966）、《天时已晚》（1973）、《国王来到他的寺庙》（1977）、《荒芜的城市》（1982）、《靠近大火》（1986）、《特波斯特克的肚子》（1992）、《有阳光的两个小时》（1994）；短篇小说集《没有检查》（1988）；文集《内部的光》（1989）、《外部的光》（1990）、《逆流而上》（1991）、《流淌的蜜》（1992）；戏剧《废除所有权》（1969）、《普雷帕 6 号的美好黄昏》（1970 年上演）和《不完美的圆》（1974 年上演）；题为《墨西哥的悲喜剧》的三卷墨西哥新历史；自传《狱中的摇滚》（1984）和《队员的日记》（1961）。

进入 21 世纪后，何塞·阿古斯丁出版两部长篇小说《和我的孀妻在一起的生活》（2004）和《阿尔玛布兰卡》（2006），两本短篇小说集《短篇小说全集》（2001）和《从深谷上面飞过》（2008），还有一本关于摇滚等的文集《初升的太阳之家》（2006），等等。

《和我的孀妻在一起的生活》的故事颇为奇特。男主人公奥内利奥·德·拉·西埃拉是一位功成名就却十分好色的电影工作者。有一天下班时，他看见一个男人从一辆轻型载客汽车上下来，这个人看上去站立很困难。奥内利奥走过去想扶住他，但是他却倒在他的怀里死去。奥内利奥发现他和自己很像，就像被复制的一样。于是他毫不犹豫地决定跟死者交换身份，他把公文包放在那人手里，这样他就成了那个死者，成了另一个人，一个需要辨认的人。他这样做的目的是想看看他被亲人认出后，知道他死了，他的家中会发生什么事情，他的工作又会怎样。他妻子是奥阿萨卡的一个懂巫术的印第安妇女的孙女。让他想象不到的是，他接受了那个人的身份，同时也必须履行那个人的可怕的责任。此人是一个和某个势力强大的集团有联系的可疑的人士，他叫莱翁·卡普林斯基。这就是这部小说的基本内容。

小说的叙述线索颇多，表现的主题也丰富多样，有死亡、爱情、性、激情、夫妻关系、家庭、罪行和政治等。这是一部并非纯粹虚构的小说，其中有若干片断是真实的，比如存在一个有权有势的男人帮，它由企业家、政治家和高级教士构成，他们举止诡秘，肆无忌惮，玷污、强暴，甚至杀害妇女，杀害儿童。

小说的故事叙述得倒很流畅，但是缺乏一种应有声音。读者希望了解作者本人的语调和叙述方式。但是在这个方面，仿佛小说是由一位尚不成熟的作家写的——写得很好，不过缺乏自己的特点。而最重要和能够决定这一特点的是人物的声音。几乎在一切时间里人物的对话都千篇一律，读来如同嚼蜡，各个人物的谈吐方式没有任何不同。

《阿尔玛布兰卡》讲述的是阿尔玛布兰卡餐厅的主人迪奥尼西奥和特兰科斯的故事。一个是尤卡坦州的博莱罗歌手，由于具有杰出厨师的手艺而受到赞赏；另一个是在律师界努力攀登的律师兼某行政机构的长官的秘书。他们的餐厅是上流社会和政界人士聚会的场所。那一年恰好是1968年8月学生运动影响各方面的社会生活的时期。在举办婚礼那天，名叫卡门的女孩离开她未婚夫迪奥尼西奥，后来却要求他帮助她的名叫何塞·科尔德罗的新婚丈夫，此人是一位著名作家，他参加了1968年的学生运动，由于帮助学生而受到当局的追捕，卡门请求迪奥尼西奥把她丈夫藏起来。卡门性格倔强，童年时代曾受到当过女杀手的拉曼查的照管和抚养，拉曼查是玩刀子的好手，她在去世前把她那把刻着名字的匕首送给了卡门，卡门总是把它藏在胸前以防不测，她离开迪奥尼西奥后，迪奥尼西奥很痛苦，常常和母亲待在餐厅厨房里，因为厨房里听不见外面的嘈杂声，他可以安静地施展他的厨艺，做早餐和晚餐，做得味美可口，人们都喜欢来吃。

　　小说揭示了重大社会事件与个人的关系。正是在席卷欧美许多国家的"68 学潮"中，包括小说人物在内的无数正直、进步、不乏血气的青年和革命志士受到了迫害——或遭到逮捕、或受到追杀，或关入牢房，或逃亡，或发疯，有的甚至自杀……小说是作者献给 1968 年学潮中积极支持和帮助学生运动的杰出左派作家何塞·雷布埃尔塔的，他曾受到迫害。小说中的作家何塞·科尔德罗的原型就是何塞·雷布埃尔塔。

　　这部小说与《和我的孀妻在一起的生活》与后来出版的另一部小说《公路的钥匙》构成了作者的一个长篇小说三部曲。这三部小说有一个共同点，就是它们的中心人物都是女性，十分强势却都以悲剧告终的女性。

第十七节　门波·希亚尔迪内利

　　门波·希亚尔迪内利（Mempo Giardinelli），阿根廷作家，1947年 8 月 2 日生于阿根廷北部查科省雷西斯滕西亚城，1969 年迁居布宜诺斯艾利斯，从事文学活动，同时为拉美多家电视电台媒体工作，后又为阿根廷、西班牙和智利众多报刊撰稿，并在欧美百余所大学授课、办研究院、开写作班、举办讲座，经常应邀参加文学奖评选工作。1976 年阿根廷最后一届军事独裁政权上台后，他被迫逃往墨西哥，不久成为《美洲杂志》和《至上报》的撰稿人。1977 年和 1983 年先后担任《扩张》商业杂志和《市场》贸易杂志的主编和编辑部主任。1980 年出版首部长篇小说《自行车上的革命》，1 年后又出版《有手的天空》，1983 年出版第 3 部小说《炎热的月亮》，获墨西哥国家小说奖。1983 年阿根廷恢复民主，第二年他即回国，创办《纯粹短篇小说》杂志。1985 年出版长篇小说《死去多么孤独》。1990 年回查科省定居。继续致力写作和大学教学工作。1991 年出版长篇小说《记忆的宗教裁判所》，获 1993 年度委内瑞拉罗莱洛·加列戈斯小说奖。后来又出版《第十层地狱》（1997）和《不可能的平衡》（1995）。1996 年为建立查科一家基金会，他捐赠了个人的一万本图书，供人们阅读和从事研究工作。

进入 21 世纪后，门波出版了《小说在巴塔戈尼亚结束》（2000）、《内部问题》（2003）、《过了钟点的探望》（2004）三部长篇小说。

此外，他还写有《希夸的人》（2005）、《科格兰车站》（2006）、《梦幻》（2008）和《九篇爱情故事》（2009）。

《小说在巴塔戈尼亚结束》的故事以巴塔戈尼亚为背景，主要人物还是他以前的小说《不可能的平衡》的主人公克莱利亚和维克托里奥，他们演绎了一段发疯的、激动人心的爱情故事，小说进行了社会和生态批评。主人公们的旅行结束，小说故事也结束，小说在巴塔戈尼亚成功收尾。

2000 年，门波由一位西班牙朋友、定居美国的文学与历史教授费尔南多·奥佩雷陪同，前往阿根廷南部的巴塔戈尼亚地区旅行。他们带着一台便携式计算机、几本书、旅行用品，并怀着青少年的热情。两个可敬的学者在那里跑遍了阿根廷南方广袤的大地，那个曾经滋养过各类作家的文学的巴塔戈尼亚地区，那块国际游人向往的旅游胜地。这次旅行促成了门波这部有趣的作品的写作，旅行的故事中包含着意想不到的东西，这便是在旅途上和旅行中认识的人和地方引起的思考和印象。但是还有创作一个故事的过程：一部在作者旅行动身前开始写的、未及出版的小说。

这是一部多姿多彩的小说，不仅因为各条线索有分有合，而且因为小说由若干不相干的片断构成，中间不时插入一些文学见解、简短的故事、回忆、有趣的梦境、政治和社会方面的思考、克莱利亚和维克托里奥的简短故事、《佩德罗·帕拉莫》的作者胡安·鲁尔福的杰出简介，还有 18 世纪胡利奥·伊格纳西奥·戈麦斯·德·奥罗——萨亚维德拉写的《学法与行为》一书的优美引文。引文中有不少是警句格言，譬如："当一个聪明人说一句蠢话时，那是因为他心在焉；当他在一次交谈中说两句蠢话时，那是因为他不可逆转地进入了老年；但是当他时时刻刻地说蠢话，却不像是老了，那么毫无疑问，他是恋爱了。"

在旅行过程中，门波遇到过各种各样的人：一位女教师为了教育巴尔德斯半岛（有名的生态旅游中心）的孩子而付出了非凡的努力；一位水手离开故土几乎半个世纪后才回到家乡，一名像堂吉诃德那么瘦弱的英国自行车运动员在世界各地骑行了 11 年……门波遇到的人仿佛不会受到严酷的大自然、孤独和永不停息的大风的伤害。他们那种坚强、刚毅、勇敢无畏的精神令人敬佩。

《内部问题》以一种几乎是卓别林式的场景开始：一个名叫胡安的汉子在一座国际机构的卫生间里，不知为什么突然对着旁边小便的人的面孔狠狠击了一拳，对方顿时倒地而死。之后，小说穿插了胡安对过去的生活的回忆，以及他面对他的律师的场面：律师面带惊异的表情，一遍一遍地对他说，这样下去是没有结果的。但是小说又往下讲，讲的是胡安开始相信克里斯蒂娜。克里斯蒂娜是他真正开始生活的第一个精神支柱。于是他列数道：克里斯蒂娜，他的情人；米尔克，他的朋友；他自己 30 年前在大学里，蹲过监狱；克里斯蒂娜，他最爱的妻子。接下去讲莫姆皮的历史，那是一只他朋友达里奥的自杀的猫。但是胡安的绰号也叫莫姆皮。胡安不停地问自己：既然他母亲已经自杀，他为什么还活着。据胡安的律师讲，胡安可能被判终身监禁。

这部小说可以被称为一条文学变色龙：它时而采用华尔斯的《杀戮行动》[①] 的形式，时而采用科塔萨尔的《跳房子》的形式，时而采用普伊格的《红红的小嘴巴》的形式，时而采用卡夫卡的

---

① 华尔斯（罗道尔弗·华尔斯，1927—1977），阿根廷作家，其小说《屠杀行动》（1957）揭露了 6 名起义者被杀害的内幕。

《审判》的形式。在采用《审判》的形式时，发生了一种变化，就是说，是一种外部的力量（主人公被无辜地关入牢房，不知犯了何罪）把他带到法官面前。而在《内部问题》中，起作用的不是外部力量，而是内部力量，是主人公主动把人打死而受到审理的。等待他的将是一种不能肯定的命运，一种判决，一种漫长的监禁。

《过了钟点的探望》的主要人物是一个躺在一家医院病床的患者，从小说开始到结束，所有的人物都围着此人活动。这个奄奄一息的病人曾经挺吸引女人，但是他很自私、吝啬，女人气十足。他有妻子和 4 个女儿：弗洛拉、拉克尔、瓜塔卢佩和玛丽基塔。此外，他还有不少情妇。由于经济犯罪而尝过三年铁窗之苦。他妻子为了另一个男人而离开了他，一年后她回来和他离了婚。但是在此之前，夫妻二人和女儿们在黑暗的年代被迫流亡墨西哥。小女儿玛丽基塔在那里因车祸而丧生，女儿的死在父亲心中留下了一个永远不能愈合的伤口。过了一段时间后，他和大女儿弗洛拉回到布宜诺斯艾利斯。他的妻子和一个美国企业家去了纽约，在那里和其他两个女儿一起生活。导管和输入的生理盐水把他仅剩的生命和世界联结在一起。他那丧失知觉的身体成为天天坐在床边的女儿弗洛拉的自言自语的混然的对话者。她对这个给了她生命的亲人倾吐着她的爱和痛苦。当每个夜晚离开医院回到家后，她就翻阅父亲的资料、笔记和信件，试图了解父亲的一生。小说由弗洛拉的独白、父亲的老情妇的情书、妻子和女儿们从美国寄来的信和日记以及大女儿报告父亲病情的电话构成。这一切都表明，他们还是一家人，但是彼此已经陌生或不怎么了解。种种问题表露无遗：家庭成员间的分歧、痛苦的回忆、埋在心中的怨恨、难言的羞愧、难以形容的贫困和从美好愿望到斥责、从严厉到柔情等的复杂情绪或情感的流露。小说描述了每个人物的境况和心态：母亲的不稳定感情、唯一有工作的拉克尔和懒散的瓜达卢佩之间的妒忌，两姐妹的相互咒骂，还有她们和已经濒临死亡的父亲的矛盾。门波的小说有一个共同特点，这便是细致分析人物的心理，这部小说尤其如此。作者将其笔触伸进每个女人的肌肤和内心，揭示各个女人独特的精神世界。对这些总是和同一个男人（丈夫和父亲）有关系的、有其不同的经历的女人的生活和迷宫般的内心的展示，生动而又可信。其行为和感情的表达，都表明她们都是活灵活现的人物。作者描写她们所用的语言也是真实而可信的。小说表明，门波是女人天性的洞察者和表现者。而作为作家，他不仅善于描写人物，而且善于创造人物。

门波坦承，在小说创作上，他属于受卡彭铁尔、富恩特斯、科塔萨尔、加西亚·马尔克斯和巴尔加斯·略萨的作品影响的一代，即文学"爆炸"后的一代。

第十八节　路易斯·塞普尔维达

路易斯·塞普尔维达（Luis Sepulveda），智利小说家，1949年生于奥瓦列城，在祖父母身边度过童年和青少年时代，先是在圣地亚哥一所学校读书，后来进入国立大学学习戏剧创作。他祖母是共青团团员和学生运动领袖，一度被囚禁和流放。塞普尔维达从年轻时代起就不断出国旅行：从阿雷斯角到奥斯陆，从巴塞罗那到基多，还游览亚马孙丛林和撒哈拉沙漠。在皮诺切特独裁统治时期曾因介入政治而受到监禁，之后流亡欧洲，在那里发表了他的大部分长篇小说和短篇小说，由于不想回国而一度受到各方面批评。但他有自己的社会与政治理想，关心全球发展的不平衡和人类的命运。他曾一度领导法国联盟剧团，参加西蒙·博利尼亚纵队，其后前往德国当新闻记者。

他祖母是一位编写故事的能手，他经常读祖母写的故事，从祖母那里继承了从事文学创作的热情和才艺。他崇拜凡尔纳、康拉德、曼努埃尔·罗哈斯、巴勃罗·德·罗卡和卡洛斯·德罗克特等名作家。他于 1992 年出版的中篇小说《一位读爱情小说的老人》使他崭露头角，博得作家名气。此作描述了一系列以厄瓜多尔丛林为背景的冒险故事，故事都发生在印第安人部落，作品为他赢得胡安·查瓦斯中篇小说奖和蒂格雷·胡安奖。其后他陆续出版表现日本企业非法猎捕鲸鱼的小说《世界尽头的世界》（1994）、他的第一部黑色小说《斗牛士的名字》（1994）、旅游图书《巴塔戈尼亚快车》（1995）、长篇故事《海鸥和教它飞行的猫的历史》（1996）、短篇小说集《分手》（1997）和《边缘故事集》（2000）。进入 21 世纪后，他已出版三部作品：长篇小说《热线》（2002）和《我是大家的影子》（2009），及短篇小说集《格里姆兄弟》（2004，与马里奥·德尔加多·阿帕拉因合作）。

《热线》是一部黑色小说，主人公是一位名叫乔治·华盛顿·考卡曼的马普切印第安人侦探，他在农村工作部工作，因为那地方是他唯一能被分派去的地方，而在智利的城市里，一个马普切印第安人就像美国亚拉巴马州的黑人一样受歧视，所以最好还是留在巴塔戈尼亚。后来，由于他被卷入了和国家一位非常有权势的将军的儿子的冲突，他被派往圣地亚哥性犯罪治理部门。到了圣地亚哥后，考卡曼开始尝到被歧视的滋味，置身于城市灰蒙蒙的街道上受压抑的环境，发现自己被高楼大厦、川流不息的人群和汽车包围，还有嘈杂的声音，不由得想到，他不会在这种地方待很久的，因为他没有任何理由过这样的生活，特别是他把这种生活同他在广阔的巴塔戈尼亚地面上所过的当侦探抓盗马贼的生活做比较后。但是他仍然忠于职守，开始在性犯罪治理部工作，他接手了一对由于皮诺切特独裁而流亡后归国的夫妻举报的案例。但因为他们利用热线进行举报而受到恐吓，这种恐吓危及他们的生命，他们不得不准备再次离开祖国。但是侦探考卡曼没有犹豫，毅然决然地把调查工作进行到底。

后来，考卡曼又被作者安排进另一部作品里当主角，去调查1932年发生在巴塔戈尼亚最后几块飞地上的屠杀案。在那里的一座墓地里发现了200具印第安人的尸首，那是来到那片土地上的德国人和克罗地亚人杀害的。

小说故事源于巴塔戈尼亚市埃森峡湾的一座森林。有一次作者去南方那个地区看望几个好朋友，他一面在一个十字路口等待前来接他的车，一面和一个能说会道的人攀谈。这个人身材匀称，让他想起了塞万提斯笔下的桑乔·潘萨。他显然是个马普切印第安人，两个人从多变的天气谈到各自的具体工作。都很坦率，一个说自己是作家，另一个说自己是反牲口盗窃斗争机构的警察、侦探。他的名字很长，很像小说主人公的名字，他的嗅觉非常敏锐。交谈中他突然扬起头，注视着远方丘岭间的某个地方，用鼻子闻着。"糟糕，森林失火了！"他说。作家也朝那个方向看，但怎样也看不见失火冒的烟，也闻不到烧焦的木头味，只见晴空万里，空气纯净无比，只闻到千百种青草的香味。他又说："是一片红厚壳桂林在着火，太糟糕了！"后来作家在朋友家提到这件事，谁也不知道森林失火的事。三天后，他从200公里外的一片几公顷的丛林边经过，看见丛林已被大火洗劫，一些丛林消防队员还在扑灭余火。烧的树木是红厚壳桂树。马布切人的判断之准确和嗅觉之灵敏都被证实了。

后来，这个马普切印第安警察就成了作者塞普尔维达创作这部小说的主人公原型。

《我是大家的影子》的故事发生在圣地亚哥。在圣地亚哥一个平民区的一间车库里，三个60岁的老人在等一个人，他们是卡乔·萨利那斯、洛洛·加门迪亚和卢乔·阿伦西维亚，三个早就退伍的军人，他们在反对皮诺切特政变的战斗中遭到失败，被判流放，离乡背井。35年后他们回来了，他们由老同志佩德罗·塔拉斯科召集在一起，等待他的安排，准备从事一项勇敢的革命行动。但是当佩德罗去召集他们在仓库里会合的时候，却在路上荒唐地死去——一对夫妻发生激烈的争吵，将一台留声机扔到了窗外，正巧砸在他头上。

领头人佩德罗·诺拉斯科一死，他们的行动计划似乎泡汤了，但是另一位老同志加门迪亚站了出来，他来领导大家干。他想起了死去的老同志的话，就对大家说："怎么，我们能把行动当儿戏吗？"

第四个人纳拉斯科是整个故事的关键，这是一个神秘的人物，自称"影子"，在反对独裁统治斗争的关键时刻，他总站在革命的同志们一边，立场一向坚定不移。就像神话一样，很多人看见他出现在慈善的行动中，比如抢劫面包车，把面包分给人民吃。他就是智利的罗宾汉，他搜集的信息是深刻了解智利独裁政权的反动本质的关键，他说："我是大家的影子，只要有光线，我们就存在。"

造成佩德罗死亡的那对夫妻是科科·阿拉维纳和孔恰，两人发生了争吵，把留声机等东西向窗外扔，他们曾经流亡，已经没有了爱情。调查"影子"死亡事件的侦探之一是女侦探阿德利塔·博瓦迪利亚，她生于 1973 年，她为自己以其纯洁的双手推动国家事业的发展而感到骄傲。另一位侦探是检察官克雷斯波，他了解智利的历史和智利社会的过去。

小说反映了智利军事政变后一批老战士为了东山再起而进行的努力，准备进行一次新的、最后的斗争。他们怀着斗争的决心和胜利的希望，秘密聚会，决计再次举起战斗的旗帜，同皮诺切特的黑暗统治决一死战。

小说具有自传成分，其中既有作者个人的回忆，也有朋友们的回忆。作者曾是一个热血青年，勇敢地反对过皮诺切特的独裁专制，结果被迫流亡拉丁美洲和欧洲的一些国家。

第三章　爆裂派作家步入新千年

第一节　概述

爆裂派（Crack）是 20 世纪末墨西哥文学界兴起的一种文学运动。其意图是和 20 世纪七八十年代的拉美"后爆炸"文学决裂，回归"爆炸"文学，恢复"爆炸"文学最优秀的东西。

爆裂派源于 1996 年出版的 5 部长篇小说和作者们发表的关于爆裂派的共同宣言。5 部小说是：安赫尔·帕洛乌的《岁月的记忆》、埃洛伊·乌罗斯的《鲫鱼村》、查维斯·卡斯塔涅达的《愚蠢的密谋》、帕迪亚的《如果陛下归来》和豪尔赫·鲍尔皮的《忧伤的性格》。宣言由上述 5 位作者各自写的 5 篇文章构成，宣言在伊达尔戈洲的一家小杂志上发表，每位作者阐述了自己对爆裂派小说的观点，即何谓决裂派小说。他们试图打破不久前的文学传统，抹刀形香蕉文学，使文学回到他们认为的优秀文学，即"爆炸"文学上去。爆裂派文学的特点是重新采用"爆炸"文学的艺术手法。在小说创作上，他们交换手稿，彼此切磋，严格要求自己，主张创作一种复杂的，在形式、结构和文化方面比"后爆炸"文学更为严格的文学。一般而言，它是一种在时空上错位的文学，是一种采用大胆的语言写作、具有多个叙述声音、且非直线发展的小说类型。在写作的内容上，他们不再表现墨西哥革命，不再描写人们已习惯的幻想、搞阴谋的军阀或边境问题，而是想写什么就写什么，不顾忌是否特别引人关注。因为他们认为，在 20 世纪末的今天，艺术自由成为可能，一切探索和道路都是有价值的。每个人都可以写他想写的东西。

爆裂派作家在宣言中说，这个文学运动的诞生，不是因为想写爆裂派小说，而是因为他们在重谈他们所写的小说时发现它们存在着某些巧合，即都在寻找一种形式，一种复杂结构，一种具有多个声音和人物的结构，一种多重的视角。

"爆裂"一词，反映了人们面对世纪末所产生的忧虑和烦恼，但它也暗指价值的破裂，现代性的破裂，意识形态的破裂等。

在 20 世纪末，爆裂派文学在墨西哥甚至拉丁美洲文坛曾引起强烈反响，它撼动了墨西哥文坛的基础，使墨西哥甚至拉美文学受到很大的冲击。

这个流派的成员最初是 5 位，后来又增加了一位，他们是：伊格纳西奥·帕迪利亚、豪尔赫·鲍尔皮、埃洛伊·乌罗斯、佩德罗·安赫尔·帕洛乌、里卡多·查维斯·卡斯塔涅达和维森特·埃拉斯蒂，他们出生在 1961—1968 年，当时他们的年龄都不足 40 岁，年富力强，充满创作活力。"他们用宣言击倒了墨西哥文学，他们年轻气盛，认为过去的东西不算什么，作家是臭狗屎，必须扫除他们，唯一的未来在爆裂派，它是一条缝隙，一块打碎的骨头，一块打碎的玻璃，一根掉落的树枝：爆裂派所做的就是这些。随着岁月的推移，这些年轻人变得无私了，把被击倒的人扶起来，给他们包扎好双脚，在眉骨上敷上药物，给他们的文学祖父萨尔瓦多·埃利松多、加西亚·蓬塞、塞尔希奥·皮塔尔、费尔南多·德尔·帕索一个有力的拥抱……"[1]

---

[1] 见墨西哥女作家艾莱娜·波尼亚托夫斯卡的评论《拳击与爆裂派文学》（一），《工作日》杂志，2003 年 6 月 26 日。

爆裂派成员们信誓旦旦："他们发誓要创作雄心勃勃的小说，全面的小说，在读者中创造一个自治世界的小说，重写现实的小说，一种真正想说点什么的小说。"①

卡洛斯·富恩特斯也肯定地说："爆裂派是文学爆炸后墨西哥出现的第一个文学流派。它正确地建立了一个空间，不是为了否定一种传统，而是为了让我们看到有了一种新创造。"② 富恩特斯非常看好爆裂派，正如鲍尔皮在《回忆富恩特斯》一文中说的："富恩特斯经常谈，爆裂派文学是他唯一喜欢的墨西哥文学，他多次在访谈、随笔和报刊文章中赞扬爆裂派作家。"③

在 2001 年，即在宣言发表 5 年后，爆裂派成员们相继出现在西班牙国家报、宇宙报和信使报的文化版上，他们售出了数千本书，四处做报告，搞讲座，仿佛一声钟声震撼了挣扎在印第安传统、北方邻国的影响和帕斯、富恩特斯及鲁尔福这些世界性的墨西哥作家的长长的阴影之间的墨西哥文化界的心灵。

也是在 2001 年，豪尔赫·鲍尔皮的抨击纳粹主义的小说《寻找克林格索尔》获西班牙简明图书奖，在西班牙人们开始谈论爆裂派——文学爆炸后拉美反响最大的文学现象。第二年，伊格纳西奥·帕迪利亚以《安菲特律翁》获西班牙小说之春奖。西班牙新闻界不禁要问：他们是谁？为什么又一个墨西哥青年作家获得一项重要文学奖，他们竟然都属于同一个新奇的文学派别。

在漫长的岁月里，他们始终坚持爆裂派的文学主张，创作了包括长短篇小说、儿童小说、杂文和作品集在内的 70 多部作品，获得无数项文学奖和荣誉，作品被译成多种外国文字。他们还以智利作家罗伯托·博拉尼奥为师，创作以外国为背景的小说，比如爆

---

① 见墨西哥女作家艾莱娜·波尼亚托夫斯卡的评论《拳击与爆裂派文学》（一），《工作日》杂志，2003 年 6 月 26 日。

② 2009 年 7 月在贝拉克鲁斯大学富恩特斯讲坛开课仪式上的讲话。

③ 《回忆富恩特斯》，《面孔》杂志 2012 年 5 月 15 日。

裂派的两部标志性小说：鲍尔皮的《寻找克林克索尔》（1999）和帕迪利亚的《安菲特里翁》（2000），两部小说均以欧洲为背景，故事发生在第一次世界大战和第二次世界大战期间，中心主题是纳粹，从各个角度予以揭露：德国科学家把知识用于杀人，纳粹分子改变身份逃避历史审判或逃往他外以求苟生等。小说将历史、科学、虚构、友谊、爱情交织在一起。进入 21 世纪后，爆裂派的每个成员都不遗余力，热心写作，推出了许多颇有分量的作品，如帕劳乌的悲剧英雄三部曲：《萨帕塔》（2006）、《莫雷洛斯》（2007）和《夸乌特莫克》（2008），乌罗斯的《我身后的一个世纪》（2004）和《磨擦》（2008）等。

第二节　里卡多·查维斯·卡斯塔涅达

里卡多·查维斯·卡斯塔涅达（Ricardo Cháveg Castañeda），墨西哥小说家、文论作家，1961 年生于墨西哥城，22 岁进入墨西哥国立自治大学攻读心理学，毕业后进入文学创作班学习写作，后又进入墨西哥作家总会作家学校学习创作，之后又在新墨西哥大学学习，获得教师资格证书。他以写作短篇小说开始文学创作，从 1988 年到 1994 年先后 5 次获得短篇小说奖，1993 年出版首部长篇小说《涂油胎的人们》，小说形式像一部词典。之后陆续出版《为了电影上一个黑人受害者的变化》（1994）、《孤僻的人的日子》（1997）、《羞愧的季节》（1999）等长篇小说。进入 21 世纪后，他相继推出《云团的结局》（2001）、《寂静的书》（2006）、《噩梦的迷宫》（2007）、《最后一场笑的流行病》（2011）、《塞维里亚娜》（2010）等长篇小说。

《云团的结局》写一位母亲去学校接她的女儿，但是女儿神秘失踪了。是被绑架了，被人杀害了，还是活着被藏在什么地方？女儿始终下落不明，致使母亲精神失常。女儿失踪 7 年后，母亲依然痛苦不安，总想把女儿找回来。其实，在这座城市里，孩子失踪的事件经常发生，谁也不知真正的原因是什么。优秀的女警阿哈娜、录制忏悔者罪孽的神父布劳利奥、具有参加1968年屠杀案前科的富有的金融咨询师加夫列尔·雷维斯的工作都和这位绝望的母亲的遭遇联系在一起，共同寻找各个社会阶层不断发生的孩童失踪案背后的原因。但是，糟糕的是，所有的人都成了嫌疑分子，一时间难以澄清事实。此作具有黑色小说性质，准确地再现了一个严酷的现实：绑架、逍遥法外、人体器官买卖、人口贩卖和遗传实验等问题的存在。在小说中，被遗弃的墨西哥城的街道、一个农艺实验室、一座看似正式的教堂和一条现代的诺亚方舟，构成了小说人物活动的舞台。小说人物众多，故事扑朔迷离，多起事件交织在一起，像一团乱麻难以理清，也像一团云不知飘向何方。

《沉默的书》描写一个爱斯基摩人小村庄里亚戈埃的遭遇。小村庄坐落在白令海岛上一片冰冷的沙漠中。那里住着170个居民，他们是数千年前穿越白令海峡来到那里的人的后代。加拿大政府试图说服他们离开那片极地，搬到更温暖的土地上去，并用贮存的粮食和药品帮助他们。最后把他们的儿女带走了，而没有管那些固执的成年人，因为和那些无所需求的人讲道理是很困难的。但是政府官员并不知道在里亚戈埃的下面燃烧着一团无名的火，会以火焰的形式从没有雪的土地下喷出来，把居民们烧死。他们也不知道里亚戈埃讲的语言跟任何别的语言毫无关系。女语言学家贾娜·克伦克莎尔有一次把张开的手放在雪上，然后指着雪上的手印说："这是痕迹。"一个和她在一起的因纽特[①]女人也把手掌放在雪上，留下数百个手印，形成了一张白手印地毯，并为每个手印起了不同的名字。贾娜留在了那个遥远的地方，试图证明

---

① 那里的土著居民，即爱斯基摩人。

正在使那村庄消亡的不是火，而是语言。语言就跟火一样，它正在毁掉那个已经没有孩子，也没有未来的小村庄。如果能够抢救下他们的语言，他们的村庄也就能得救了。

小说的结构颇为独特，虽是一本书，却可以作为几本书来，就像阿根廷作家胡利奥·科塔萨尔的《跳房子》，作家设置了几种谈话，从任何一章读起，都是一本新书。此作亦然，就像不同的人走路的方式，男人、女人、青年人和老人，走路方式是不同的，小说可以从任何一页读起，这样，读者可以从中获得不同的乐趣。

《最后一场笑的流行病》表现的题材十分罕见：人的笑像流行病一样有传染的可能性。作者说，写这部小说的想法来自一则不重要的消息，消息说一所学校爆发出一阵笑声，女孩子们把她们的笑传染给了母亲，母亲又传染给了父亲，然后传染给了全村的人，甚至传染给了方圆几十里的若干村庄。于是作者心中产生了灵感，想把这种幸福的流行病推向极端，就写了这部小说，小说讲述一种笑的传染病在一个想象的国家从南方流行到北方，快乐地传染给了一切人、一切组织、一切文化单位、一切文明的礼仪和习俗。

小说的主要人物有 4 个。其中有两个人认为这种笑的传染病代表改变他们的不幸命运的唯一可能性。他患有一种病，这种病使他体会不到人类的任何感情，他从来也不知道何谓痛苦、何谓快乐、何谓思念、何谓爱情、何谓忧虑，什么感受都没有；她是一个鼻泪管堵塞的女人，所以她总是不住地哭泣。于是两个人从各自的村庄出发，奋力去追赶像爆竹声一样向全国推进的笑声。第三个人是一位狂犬病专家，见狗就杀，他相信在笑的流行病中看到了这种病的一个新的病毒性的新品种。在村庄的保护者的不理智的传统内，这个杀狗的人也在全国游说，建立了一支大军，这些不爱笑的传染，也不爱哭的传染。于是这个杀狗的人便想率领他的大军抢在把各村的人裹挟起来的哈哈大笑的浪潮前头，比大笑的浪潮先到达北方边境，阻止它向整个大陆漫延。第四个人实际上是小说故事的讲述者，他迄今什么也没有写，因为他等待世界上发生一件从没有发生过的事件。对他来说，这种笑的传染病便是那件既新颖又奇特的事件，所以他为了讲述这个故事，渐渐丧失了理智。总之，《最后一场笑的传染病》表现的是世界的悲剧观念和快乐观念之间的一种对应。

《塞维里亚纳》描述的是发生在一座名叫塞维里亚纳岛上的怪事：孩子们开始神秘失踪，没有留下一点痕迹。只有他们是受害者，敌人不给解决这个神秘问题的警察留下任何线索。由于气氛紧张，又不知道敌人在哪里，感到绝望的、希望得到保护的父母们经要求关闭学校，关闭公园和剧院，实施宵禁，禁止聚会，监听电话，不许自己的孩子独自出门，监督孩子们做的任何事情，希望不再有任何一个孩子成为所谓吸血鬼的牺牲品。致使孩子们之间不敢联系彼此。父母们千方百计保护孩子，老师们面对悲剧不知所措，警察也不知道如何行动和面对，全世界都竭力设法保护孩子。但是谁也不明白到底是怎么回事。难道是魔鬼作祟？谁也不清楚。

在这种恐怖的形势面前，学校的气氛十分紧张，连父母们都怀疑起老师们来，恐惧笼罩着每间教室。家长们要求学校关门，校门关闭了，孩子们只好待在家里。没有了消遣，没有了娱乐，大人和孩子渐渐感到厌倦了，于是人们觉得不能再坐以待毙，决定开始寻找根除危害他们的灾祸的办法，调查神秘失踪事件背后的真相。一群朋友终于发现秘密之所在：孩子的劫持者住在书本里，住在语言的缝隙里，当孩子们在阅读中感到惊讶时，劫持者就会俘获他们，直到把他们大卸八块。小说的封面就画着一只魔爪从一本立着的书页间伸出来，意为只要你翻阅这本书，就会被抓住。

故事讲道，有 8 个朋友，其中一个失踪，但是他留下一部作品，其他人发现，如果大家同时读这篇作品，就会一起进入一个想象的世界，在那里通过阅读联系在一起和交往。于是他们开始读这本书，这样他们就在作品的情节里在一起了。

作者在解释他的写作题材时说："我的作品表现的题材有自杀、离异、死亡、劫持和毒品等，这都是大家司空见惯的，没有任何让大家感到可怕的意思，因为它们都是事实。当然最好把坏事讲得不要那么可怖，应该把文学变成一种防疫工具。"

里卡多·查维斯是爆裂派的积极倡导者和实践者。他在他那篇题为《形式的冒险，爆裂派小说的结构》的宣言中说，这类小说的特征和标志只能在作品中寻找："爆裂派小说本质上都具有冒险性和严格的要求……拒绝任何流行的或验证的模式。"关于这类小说的结构，他说，其目的是"在重大的和复杂的题材方面最大限度地发挥小说文体的作用"。他还说："爆裂派小说并非诞生于一切失败的创作之母'确信'，而是诞生于知识的大姐'怀疑'，它没有年龄，不是乐观主义小说、玫瑰小说或爱情小说……它不寻求一种美好的世界，它相信乌托邦，它不是建设性的而是破坏性的。"

第三节　佩德罗·安赫尔·帕洛乌

佩德罗·安赫尔·帕洛乌（pedro Angel Palou），墨西哥作家，1966 年生于普埃布拉州，8 岁开始谈诗和喜欢文学。早年曾博览萨尔加利、凡尔纳、狄更斯等作家的小说。青年时代一度任普埃布拉州文化秘书，和父亲一样酷爱足球。上大学时攻读语言和西班牙文学。后来曾任美洲大学校长、大学教授、政府官员、研究员、杂志主编、专栏作家等。

帕洛乌以写作短篇小说开始文学创作，他的创作涉及多种文体，有长篇小说、文学随笔、编年史、短篇小说集、专栏文章等，其各类作品有 30 余部。在数量上长篇小说居首位，主要有《在世界的卧室里》（1992）、《哈维尔·比利亚鲁蒂亚的一生》、《岁月的记忆》（1996）、《受重伤的人们》《说影子的人》《拳头下的死亡》（2002）、《玛格诺丽亚的家》（2004）、《魔鬼的长沙发》（2005）、悲剧英雄三部曲 [《萨帕塔》（2006）、《莫雷洛斯：死亡不算什么》（2007）和《夸乌特莫克：保卫第五个太阳》（2008）]、《魔鬼的金钱》（2009）、《皮肤的深处》（2010）、《我不幸的祖国》（2010）、《格托的情人》（2013）。

帕洛乌坦承，他的小说创作深受乔伊斯、鲁尔福、富恩特斯、奥内蒂、亨利·詹姆士、加西亚·蓬塞等欧美作家的影响。至今他仍然是福克纳等作家的热心读者。他的小说语言流畅，题材多样，虚构与现实交织在一起。

帕洛乌是爆裂派的重要成员，1996 年他和伊格纳西奥·帕迪利亚、豪尔赫·鲍尔皮等 5 位朋友各自发表了一份宣言，一致主张抛弃"香蕉"文学，回到拉美"爆炸"文学的源头上去："恢复拉美文学那个神话般的时刻产生的早期作品对聪明的读者的尊重，为僵化的西班牙语文坛带来一股新鲜空气。"帕洛乌在自己的宣言的末尾写道："以后出现的小说也许是反爆裂派的。"从此他便说："爆裂派与其说是一个文学团体，不如说是兴趣的一种会合。"那个时候，他们的友谊十分深厚："互相寄书稿，进行严厉的互相批评，一起看写的东西。"

在他于 21 世纪创作的小说中，《洋玉兰的家》是一部爱情小说，讲述的是玛伊亚和安德里亚娜·瑶加托斯这两个女性的故事。一个夏天，她们在希腊的一个岛上相遇，二人的相识对她们后来的生活具有决定性的意义。玛伊亚年轻、不成熟，却不顾一切爱着安德里亚娜。而安德里亚娜只想减轻不可抑制的痛苦，通过死亡忘记一切。她们的爱恋关系变成了一种心酸的寓言：这样的爱情只会为她们带来痛苦。两个女性可以说是一枚硬币的两面：一个女性看到自己距离生命的终点越来越近了，另一个女性却刚刚通过爱情尝到了人生的滋味。作者通过小说揭示了女人面对爱情表现出来的复杂心理和人格特征。帕劳乌说，这部小说是她献给女儿露西娅的，因为女儿的诞生使他接近了一个不同的世界和另一种观察与理解世界的方式：女人的世界是怎么回事。"当你有了两个儿子后又有了一个女儿时，那种感觉是难以置信的，不可形容的，它改变了我对女性的概念，于是我决定必须写一部小说，这就是《洋玉兰的家》。"其实，他写这部作品是源于一个形象："我看见一个从战火中逃生的美丽女人，她提着一只手提箱，手提箱里装着她的儿子的尸首。于是我就想写点关于这个形象的东西。故事就渐渐出现了。"小说的许多篇幅充满了诗意：不但有诗的语言，而且有不少抒情诗，读来既是一部小说，也是一本诗集，读每一页都觉得是读诗，都是一种享受。

悲剧英雄三部曲是帕洛乌最具代表性的作品。三部曲的主人公分别是墨西哥革命时期的政治家、革命者和起义军领袖埃米利亚诺·萨帕塔、独立战争的斗士和政治家何塞·玛丽亚·英雷洛斯及阿兹特克帝国末代皇帝、反对西班牙殖民者的僧侣起义军的领袖夸乌特莫克。三个主人公虽然属于墨西哥历史的不同时代，却有共同的特点："都是从来不追求权力的理想主义者。""他们领导革命斗争，是因为他们麾下的众人选择了他们，决定了他们的命运。"帕洛乌说，他写这三部历史小说，是从历史的真实出发的，"我相信我没有瞎写，因为我仔细研究了文献，以事实为据，我相信在墨西哥当下历史小说家的作用是把可信这个词还给读者"。于是他发现夸乌特莫克、萨帕塔和莫雷洛斯都不谋求权力，是被挑选出来的。在这种责任面前，他们只能捍卫一种理想；在这个意义上说，"他们是深刻的理想主义者"。

《萨帕塔》从文学的角度再现了萨帕塔战斗的一生、平凡的一生。讲述了他的英雄业绩，他的赫赫战功和他的疑虑。经过艰苦卓绝的奋战，他率领大军拿下了一个个城镇，一直攻入墨西哥城，政权几乎唾手可得，但是他认为政治不属于农民。于是他放弃了宝座，没有在那把总统椅上坐一分钟。因为他只想匡复正义，使法律得以实施。他从没有在议会担任任何职务，也不曾接受马德罗总统的任何任命。在作者笔下，萨帕塔毫无个人野心，他只希望把土地还给农民，只想回乡种西瓜。在墨西哥历史上，无论军事方面，还是个人性格和心理方面，他都是一个复杂人物，也是一个平常的人，而不是一位英雄，作者的意图之一就是还其普通人的真面目，让这位"英雄"重新站在大地上。

小说描述了众多事件，但主要是这三件：一是萨帕塔被委任为其家乡的代表，政府把属于农民的土地的证书交给他；二是建立了一个短命的乌托邦；三是萨帕塔的被出卖和谋杀。三个事件构成了小说的开始、高潮和结束。

整部小说分两大部分："铁蹄的风暴"（1909—1914）和"沉重的命运之夜"（1914—1919）。每部分由分章构成，每章又由许多片断组成，没有巨大的场景。整个作品或者说萨帕塔的全部斗争，贯穿着无数的科仑多民歌。

《莫雷洛斯：死亡不算什么》讲述的是独立战争首领莫雷洛斯的一生。莫雷洛斯自称"民族的仆人"。他的全名是何塞·玛丽亚·莫雷洛斯。他的生平和命运由他的女人赫罗尼玛讲述。教会强迫她悔罪，她利用忏悔这种方式，让她的女儿了解她父亲的真实历史。女儿的父亲就是莫雷洛斯。赫罗尼玛是个有文化有教养的女人，并非修女，但没有受过正式教育，只是她的叔父教过她识字，所以她会写字和阅读，她掌握着莫雷洛斯的许多文件。她没有记录所发生事件（某些战斗，莫雷洛斯在埃卡特佩克被枪杀），因为她不在现场。但她记录了许多真人真事，而这一切都是历史文献上有记载的。除了赫罗尼玛，莫雷洛斯还有几个女人：布里希达·阿尔蒙特、佛兰西莎·帕基塔·奥尔蒂斯等。人们了解莫雷洛斯的军事战略和他参加独主战争的过程，对他的爱情、婚姻、他的双重生活和成为独立斗争的战士之前的情况却所知甚少，小说详尽地展现了这一切。作品不仅展示了莫雷洛斯的形象和他的爱情，而且忠实地描写了他的黑人和印第安人军队，这支大军狠狠地打击了西班牙殖民军将领卡列哈·德尔·雷耶的卡洛斯派军队。作品借助历史讲述了一个既悲惨又感人的故事，可以说这是一面忠实反映墨西哥曾经经历的伟大民族独立斗争的镜子。

《夸乌特莫克：保卫第五个太阳》讲述的是阿兹特克末代帝王夸乌特莫克的故事。他是墨西哥历史上最复杂也最不幸的人物，因为他的死代表着一个文明时代的结束。作者在小说中通过叙述者、主人公的贴身仆人奥库林讲述了夸乌特莫克的思想和他抗拒西班牙殖民军入侵、捍卫其民族的英雄业绩。正如作者在书中讲述的那样："伟大的特诺夸蒂特兰成了废墟，城市荒寂。夸乌特莫克不能接受被俘的命运，他要设法避免迫近人民的悲剧，所以他试图进行最后一场战斗。但是徒劳。"小说叙述了一个动人的故事。战争结束后，夸乌特莫克的仆人奥库林忠实地讲述了墨西哥被西班牙殖民军征服时的那些昏暗岁月夸乌特莫克遭受的失败。但是这并不意味着雄鹰的跌落，而是意味着曙光就在前头，第二天太阳将重新升起。这就是阿兹特克人的第五个太阳：一个循环的宇宙，世界并没有结束，而是重生。伟大的历史英雄夸乌特莫克失败了，但是他在广阔的阿兹特克土地上为反对西班牙殖民者的入侵进行了可歌可泣的斗争，他的光辉业绩被载入了史册。小说再现了一个伟人夸乌特莫克的命运和一个强大帝国特诺哥特兰的灭亡。

《我不幸的祖国》是帕洛乌的第一部重要作品。小说以第一人称叙述了墨西哥独裁者波菲里奥·迪亚斯从流亡欧洲到死亡的一生。无疑这是一部有趣的小说，因为它展示了一个少数人才了解的迪亚斯，讲述了他离开墨西哥的那些时刻：他十分爱他的国家，他花了许多年治理他的国家。他的确是个独裁者，他必须采取强有力的决定和措施。但是那时的墨西哥处在一个好时代，没有犯罪，只有进步，有良好的教育体制。可是人们还是斥责他用来对付强盗的铁腕，国家有那么多穷人，大约 30 年间未经审理而被处死的墨西哥人有数百人。小说表现了墨西哥民众对迪亚斯的不满及其总想复仇的念头，同时也表现了迪亚斯离开祖国、流亡求生的本能，描述了他对童年和青年时代的回忆，介绍了当时的若干重要人物：贝尼托·华雷斯、莱尔多·德·特哈达和马德罗等。小说中的迪亚斯已 80 岁高龄，当他知道华雷斯和他的戎马生涯、他的伟大功绩、他在 4 月 2 日的战役和农拉诺里亚的起事时，自己还是个孩子。小说以大量的篇幅描述了迪亚斯在欧洲的回忆：他的功业——反对美国和法国的干涉、独立百年盛典、实行贸易对外开放等。在作者笔下，迪亚斯是一个复杂而有争议的人物，无疑他犯了许多错误，其一便是他视人民为白痴，说人民不知道何谓民主，这自然激怒了民众。作者认为迪亚斯是墨西哥最爱国的人，直到寿终正寝他都看到墨西哥在流血。在其生命的最后 4 年间，他深深地怀念祖国，他称之为"我不幸的祖国"。

为了写这部小说，帕洛乌查阅了大量历史资料，包括有关回忆录和信件，从而树立了迪亚斯的另一种形象，把他放在了应有的历史位置。他认为，迪亚斯不是一个自我崇拜的人，不是一个傲慢的人和疯狂追求权力的人。

小说充分运用内心独白，有力地揭示了人物的内心世界。比如小说开篇就是迪亚斯的独白："我们终于上岸。那是我们像土匪一样离开墨西哥城后度过的地狱般的日子。当你在位时，朋友、拥抱、礼品、奉承多得是，当你离任时才意识到你所树的一切敌人。在几乎 40 年间，我无人敢碰，无所不能。今天我却不得不乘一艘德国船出逃，因为我害怕背部被我的某一位同胞捅一刀，就像捅一位罗马皇帝那样……我只想独处，就像我从不存在一样……我不能留在墨西哥城，我会有危险，我的每个细胞都知道。自从签订了华雷斯条约后我就知道我的命运是逃走，逃出国家……"

帕洛乌的其他几部小说简介：

《拳头下的死亡》讲述拳击手巴比·西富恩特斯从穷困到耻辱，然后又到荣耀和垮台的故事。小说由回合构成：一个回合接着一个回合，一共 15 个回合，回合长短不一。在第 5 个回合中，巴比的战斗（生活）受到暴风雨的袭击，这是一种向人类贫穷的深处的自由降落。最后，有一个女人对巴比正为自己建立的富足和闪光的世界进行了破坏。小说一个场景接着一个场景，反映着主人公命运的变化。小说以巴比遭受的意外报复结束。小说主人公的原型是作者在其故乡见到的一位名叫亚伯拉罕·马丁内斯的人，他满是伤疤，耳朵像菜花，是墨西哥为数不多的重量级拳击冠军之一。他对他的身世和经历进行了一年多的调查，对拳击界也有了了解，并研究了有关拳击运动的用语。其后他用 18 天就写成了这部小说。

《魔鬼的长沙发》写一个旅行者的故事。他叫克劳迪奥·罗梅罗，他在旅途中来到一个村庄，想找一个过夜的地方，村民们给他指了一个人家，那是"矮人之家"，他没有反对，便去了那里。那里没有时间概念，人们在那里阅读、想象、忏悔、回忆……按照教会的时间表用餐。直到年迈也没有人知道快乐或痛苦有多么强烈。那些人自愿与外部世界隔绝。罗梅罗也和他们一样想消除折磨他的恐惧，但在那里他遇到另一种恐惧，那种恐惧不是萨特笔下的那种一些人折磨另一些人的地狱的恐惧①，而是一个人本身产生的地狱般的恐惧。也不是但丁的地狱之旅感到的恐惧，因为但丁的恐惧比他感受的恐惧强烈千百倍。总之他毕竟置身在一个

----

① 见法国作家萨特的哲理剧《禁闭》（1944）。

可怕、危险而孤立无助的地方。他追悔莫及地说："我在那里不只一次由于炎热和失眠而咒骂我敲'矮人之家'的大门的那一刻。我旅行了很久，当时我需要的是吃一口热饭、有一张可以解除困乏的床。在车站上有人给了我那个地方的地址，却没有告诉我那个村中无人不晓的去处的名字。"

《格托的情妇》写的是第二次世界大战后发生在巴黎的故事。人们知道第二次世界大战中纳粹德国对犹太人犯下的可怖罪行，了解纳粹集中营关押和杀害了多少人，却不怎么知晓战争结束后一批幸存的犹太人所肩负的责任：他们决心对那些残害犹太人的德国人进行报复，这批人自称"诺克民"，意为复仇者。《格托的情妇》的女主人公索菲亚·诺瓦克就是其中的一员。她曾是华沙的格托夜总会的女歌手，奥斯威辛集中营的幸存者，"诺克民"团体的积极分子。她被派去收拾在集中营里作恶的德国人。但是她觉得必须离开这个犹太团体，亲手去报复那个把她弄到手的德国高级军官阿尔贝托·克卢贝特。她在当歌手的时候成了克卢贝特的情妇，后来他把她、她母亲及她的孪生妹妹带到乡下，母亲和妹妹在那里死去。后来索菲亚被解救，克鲁贝特怕被逮捕而逃走。1947年2月，索菲亚在巴黎尼迪奥尔时装商举办的时装周上当了模特。就在那时她被征集参加了"诺克瓦"团体。这个团体的任务是猎杀幸存的纳粹军官，即那些在纽伦堡未被判罪的军官。后来她奉命去柏林杀死6名德国军官。但是她更希望亲手杀死为她带来痛苦的情夫克卢贝特。不幸的是，她却被克卢贝特杀害。

在谈及创作的过程时，帕劳乌说："我必须十分细心地寻找那些在1939年纳粹侵占华沙时积极参加抵抗运动的妇女之间的联系。小说人物活动的空间的构建也是一个艰巨的任务。"

《皮肤的深处》写一位退休的音乐家，他不再演出，而是改编乐曲，他去拜访一位女画家，她曾是他的恋人，而现在仅仅是他的"长脖子女友"。见面时，她只是对他讲述关于她同"漂泊世界的一位画家"的关系的一些细节。她不仅跟那位画家学习艺术，而且从他那里学会了爱情和分手。这期间，二人迷上了最古老的爱情故事，即一位古时的日本皇帝和他的宠妃的爱情逸事。小说以三个部分描述了一个女人的两次爱情：第一次和恋人分了手，第二次爱情中她的好男友一生都默默地爱着她。所以，她并非不幸，不幸的是她的男友，因为他不得不扶持她、照顾她、陪伴她，甚至感到强烈的妒忌时也必须保持沉默。可以说，这个男人表现了对爱情的执着和无私，因为爱得越深的人，要求就越少。全书反映了一种只爱而不占有的东方的爱情观。然而，小说也反映了爱情的残酷、无奈、痛苦和失望。人物的独白充分说明了这一点："我是一个空洞，一个空白，一条干涸的小溪……我没有感觉，像一只失明的、逐渐失去角的鹿，最后被永远掩埋在森林的树下。"小说通过对放弃爱情、靠回忆往事生活的主人公的描写，揭示了人的内心感受和失望的心情。

《魔鬼的金钱》的核心内容是描述梵蒂冈在纳粹屠杀犹太人漫天罪行中所起的恶劣作用和十二世教皇欧金尼奥·帕切利在纳粹横行欧洲时所进行的罪恶活动。正是这些活动使他登上了十二世皮奥教皇的宝座。帕切利本是梵蒂冈的国务秘书，一位红衣主教，他毒死了年迈多病的皮奥十一世教皇。是他威逼十一世教皇阿吉利·拉蒂同墨索里尼政府和德国纳粹签协议，其目的是为空虚的梵蒂冈国库吸纳金钱。按照协议，意大利政府给梵蒂冈九千万美元的贷款和大量教皇个人开销的费用。德国政府则答应解决在梵蒂冈的所有德国天主教教徒薪金的 90%。十一世教皇拉蒂到死都后悔允许帕切利同德意政府签订协议。小说揭露了梵蒂冈的腐败、无能和反动，抨击了十二世教皇帕切利不仅对纳粹当局屠杀犹太人的罪行保持沉默，而且对希特勒的上台起了重要作用，因而被称为"希特勒的教皇"。

和上述情节并列的另一个情节讲述发生在 2007—2008 年的故

事：主人公是一名逃亡到约旦从事人道主义工作的耶稣会教徒和一位神秘的以色列女法医，二人负责破解梵蒂冈一系列杀人案之谜，包括十一世教皇谋杀案。

为了写这部小说，帕洛乌参阅了许多历史文献，其中有意大利著名记者安德烈亚·托尔涅利的《皮奥十二世》和亚历山德罗·杜塞的《梵蒂冈和希伯来国（1933—1945）》等。

第四节　维森特·埃拉斯蒂

维森特·埃拉斯蒂（Vicente Herrasti），墨西哥小说家、散文作家和翻译家，1967年生于墨西哥城，曾在墨西哥国立自治大学攻读法律和哲学，一度任哈佛大学和蒙特雷商等研究技术学院教授、墨西哥国家文化艺术委员会出版总局局长等职。他自称是"一个悲观主义作家、有文化知识的作家、强制自己着魔的作家"，因为他非常注重语言的正确运用。他对拉美"爆炸文学"风格持批评态度，20世纪90年代参加被称为反对爆炸文学的爆裂派作家团体。在爆裂派作家们发表宣言时，他并没有签名，后来经鲍尔皮邀请他才加入的。他同意爆裂派宣言的原则。于是他成为爆裂派的第六位成员。

埃拉斯蒂19岁开始写哲理杂文，这是他最早发表的东西。后来，一位朋友鼓励他写小说。但他觉得把握不大。直到有一天他读了妥斯托耶夫斯基的《白痴》，小说中有一个人物在爬旋梯时癫痫病发作。于是他决定从事写作。但是他最终成为作家却是由于同爆裂派作家们的友谊。从读大学法律系起，他就和鲍尔皮认识。他记得，后来鲍尔皮在办杂志时邀请他撰稿，他写了一篇30页的论文，由于太长而没有发表。从此他们就成了朋友。他跟帕迪利亚是在不久后的一次茶会上认识的。此外他还结识了佩德罗·安赫尔·帕洛乌、埃洛伊·乌罗斯和理查多·查维斯·卡斯塔涅达。

埃拉斯蒂的创作寥寥无几，1995 年出版首部长篇小说《动物标本剥制术》，几年后又出版另一部小说《西洋景》（1998）。进入 21 世纪后，他只出版了一部小说《哲学家之死》（2004）。

《西洋景》是埃拉斯蒂早期的代表作，讲述主人公圣地亚哥爱上了他最好的朋友的妹妹欧多拉，欧多拉为人好奇，生活中渐渐对神秘主义发生了兴趣，后来她遭遇到一桩不愉快的事件，致其死亡，这个事件也使圣地亚哥在苏格兰的土地上经历了另一些事件。小说被称为一种"真正的蜜炸果"。但作者不厌其烦，使其文字优美至极，比喻和描写却比比皆是，读来令人感到厌倦。不可思议的是，作者又将些许妙趣横生的机智的细节呈现给读者，只可惜这类妙笔少了点，最终还是稍嫌不尽如人意。尽管如此，小说结束前的景物描写还是让人感到赏心悦目。

《哲学家之死》的故事发生在公元前 320 年前后由伊阿宋暴君统治的古希腊斐瑞斯城，在伊阿宋的宠臣中有一位名叫戈尔吉亚斯的思想家、论辩家和哲学家（公元前 487—前 376）。小说讲述的就是他最后的时刻和随后发生的事件。一天清晨，戈尔吉亚斯因患一种无名的疾病而寿终正寝。面对他的尸首，他的仆人玛科尔纳偷得了 30 个金币和一部这位学者刚写完的手稿——《谨慎的委托书》。从这一刻起，由于城市严肃的法律，这个仆人的生命便处在危险之中。他把金币藏在一只盛着水的木桶里，等时机合适的时候再将金币取走，并把手稿藏在他的衣服里。然后遵照宫中的领班的吩咐去干活。他干的活儿就是在举办葬礼时用扇子扇香炉。阿科尔纳不知道的是，在哲学家死后，斐瑞斯城中发生了一场革命，伊阿宋被他的情妇阿格劳拉用轫刀杀死，领班的生命也危在旦夕，城市的秩序遭到破坏，四面八方一片混乱。小说从革命起义写到起义受到维护政权的反动派的镇压，从包括阿科尔纳在内的地下牢房的囚犯的猪狗不如的生活写到所有的囚犯被赦免和释放，最后又写了仆人为收复他那被埋葬的财宝和哲学家戈尔吉亚斯的尸首所做的努力。

埃拉斯蒂是在读威廉·基恩·钱伯斯·格思里①的《希腊哲学史》时知道科尔吉斯 109 岁在斐瑞斯的暴君伊阿宋的宫中死去，由此他萌生了描述这位善写西西里花体字的、死时口中已无牙齿的语言大师最后一个夜晚的想法。随后他进行了长达 4 年的调查研究。他发现关于科尔吉斯，只幸存下来他的作品的若干片断，唯一的两篇完整的《赞艾莱娜》和《帕拉梅德斯的辩护》都不过15 页。对埃拉斯蒂来说，最大的障碍莫过于克服"古代是一段衰老的枯竭的时间"这个概念，人们满脑子是科学技术的进步，过去的一切似乎都老了，但是古希腊罗马却是永恒的。他阅读和分析了一切可能看到的史料：从阿里斯托劳一直到马克西姆·普拉努德斯，还有戈尔吉斯那两篇文章，然后他进行了综合的和语义的分析。他不懂古希腊文，但有很好的译本，有的译本是双语的。在那个时期他发现，戈尔吉亚斯喜欢使用很熟悉的修辞手段。这一切，为他塑造戈尔吉亚斯的形象提供了巨大帮助。其实，从 14岁起，埃拉斯蒂就开始读古希腊经典作家特别是荷马的作品，这份热情长期地保持着，后来他又读了埃斯库罗斯、索福克勒斯、欧里庇得斯、柏拉图、亚里斯士德等至少 26 人的作品。尽管他没有读尽一切古希腊经典，但这已成为他酷爱的世界。这为他写《哲学家之死》提供了知识基础。

第五节　埃洛伊·乌罗斯

埃洛伊·乌罗斯（Eloy Urroy），墨西哥小说家、诗人和散文家，1967 年生于纽约，分别在墨西哥国立自治大学和加利福尼亚大学获西班牙语言与文学硕士学位和博士学位。博士论文是论述

---

① 苏格兰哲学家（1906—1981）。

他的朋友的《沉默的异端：形式与反乌托邦》，后来作为一本书出版。目前他在弗吉尼亚州詹姆士·马迪森大学任西班牙与拉美文学教授。

乌罗斯 8 岁时就开始读文学作品。那时他认识了墨西哥布埃夫拉州帕拉福夏纳图书馆的女馆长，他从她那知道了读文学作品的秘密，此后他便开始谈博尔赫斯和一切当代作家的作品。他在那个时期几乎不理解所读的东西。但那是一种跟文学的一种亲密接触。受到阅读的启发，他开始写诗而不是小说，那是在他十一二岁的时候。14 岁时他进入米格尔·多诺索·帕雷哈的神秘的文学讲习所。胡安·比约罗等许多作家在那里学习。多诺索让他懂得了文学作品和艺术作品之间的区别微乎其微，写作是一种训练，要求严格，是一种执着的职业。

乌罗斯开始写小说时采用的是 19 世纪的笔调。1993 年出版首部长篇小说《爱情选择的法则》，被认为是另一个时代的小说，表现的题材和采用的手法效法英国小说家戴维·赫伯特·劳伦斯的《恋爱中的女人》的模式，十分注重风格，各种各样的人物在通篇小说中谈论他们的生活、爱情和感受。正如豪尔赫·鲍尔皮所说，小说像一首爱情诗："爱情充满每一页，无论在人物无休止的议论中还是在纯洁和严肃的诗篇中。"

乌罗斯的另一部小说《鲫鱼村》（1996）的创作意在向拉美"爆炸"文学致意，也是为了纪念《堂吉诃德》和《雾》。① 鲫鱼村是美国加利福尼亚的一个虚构的村庄，如同加西亚·马尔克斯的马孔多、胡安·鲁尔福的科马拉和卡洛斯·奥内蒂的圣玛丽亚。小说的若干叙述将现实与想象交织在一起，像一种镜子游戏扑朔迷离。小说写的是：墨西哥城的少年理查德在写一部以一个名叫鲫鱼村的小镇为背景的小说，小说中的人物都是通过想象创造的。

---

① 《雾》，西班牙小说家乌纳穆诺的名著。

而故事的主人公埃利亚斯又创造了理查德的故事。两个人在一个现实与想象界限不清的地方相遇。但是理查德几乎不认识他故事中的埃利亚斯和其他古怪的人物：奥古斯托·罗尔丹神父和妓院的女主人伊内斯，这些人都不能预卜恶化他们的人生命运。小说的每一页都令人不安地引向一种离奇的旅行、一种堂吉诃德式的冒险。作者和他的作品中的人在一种摆动在想象与现实之间的氛围中交融在一起。气氛的混乱、事件的迅速发展和即将到来的冒险，在写的故事和人物的经历之间彼此交织。小说结构具有新意，故事情节出人意料，把读者引入镜子迷宫和一个不真实的世界，证明乌罗斯是爆裂派小说的重要作家之一。而《鲫鱼村》正是开创爆裂派风格的多部长篇小说之一。

他在世纪之交出版的《沮丧的心灵》（2000）的主人公是年轻历史学家特奥多罗·贝内本多，他在小说故事叙述的全部时间里由于和爱人分手而处在不能自拔的沮丧情绪中，他凭借能够想到的一切手段来摆脱这种情绪：宗教信仰、性爱、回忆往事、药物、心理分析、给他的一个不存在的女儿写信等。而他的朋友、一个怀疑论者、滑稽可笑的人拉蒙·乌罗斯特吉不时讲述讽刺性的故事，嘲笑特奥多罗的痛苦及其绝望的心情，同时通过主观思索，深入了解他朋友的生活状态：他的沮丧情绪、他同加夸的爱情的破裂、他试图与马乌拉和解的强烈愿望等是怎样产生的。作为一部揭示人物精神世界的小说，《沮丧的心灵》每一岁都在走向生与死之间的进退两难的选择。小说表现的是对人生的勇敢探索：痛苦是怎样产生的，怎样面对人生？死亡有意义吗？小说深刻揭示了男人和女人在其相爱与失恋关系中的心理矛盾和情感冲突。作者的意图在于引导读者关注人生的基本问题：自由、爱情、痛苦、死亡、恋人的分手、夫妻关系，等等。

进入 21 世纪后，乌罗斯出版了三部小说：《我身后的一个世纪》（2004）、《磨擦》（2008）和《中断的家庭》（2011）。

《我身后的一个世纪》描写的是整个 20 世纪一个家庭三代人的故事，故事的讲述者是一位女性，她属于第三代。她讲述的是她祖父母的历史（某些细节闪回到 19 世纪）、她父母的历史和她本人的历史。全部故事从 20 世纪初延续到 2001 年，讲述者西尔瓦娜·福恩斯·纳卡斯这一年 35 岁，她在科罗拉多写完了几个月前在墨西哥监狱里开始写的回忆录。

西尔瓦娜的祖父母内斯托尔和费利西达德是墨西哥人。二人相识时，内斯托尔是一名不得不逃往美国的奥夫雷贡会①会员，费利西达德是在洛杉矶学习的切洛②琴手，他们结婚几年后回到墨西哥。西尔瓦娜的外公外婆亚伯拉罕和维拉是叙利亚阿勒顿的犹太人，二人冒着生命危险迁居墨西哥。这两家人在墨西哥的会聚促成了西尔瓦娜的父母塞巴斯蒂多和雷维卡 1963 年在墨西哥的相遇。为了工作，这一对年轻夫妻移居到科罗拉多，在那里生了西尔瓦娜，然后去弗吉尼亚谋生，直到 1977 年回墨西哥居住。这些人和两个家庭的许多其他成员——仅母亲一方，西尔瓦娜就有 6 个姨妈和一个舅父——形成了一幅如同加西亚·马尼克斯的《百年孤独》所写的人丁兴旺的世系图。

无疑，西尔瓦娜是小说的中心人物。当她出生的时候，周围的一切都促使她成为一个像她父亲那么可怕的女孩，一个好挑剔的、厉害的、有问题的、反叛的、激进的西尔瓦娜。她学习医药，但没有毕业，又去攻读历史硕士。她和医生马塞洛结婚，但由于丈夫酗酒并成为性虐狂而离婚。后来进一所学校当老师，爱上了一个只有 13 岁的男孩，两个人偷偷地相爱，但最终被发现，她被指控腐蚀少年儿童，结果锒铛入狱，遭受了 4 个月的铁窗之苦。她发现自己怀了孕，却不知道孩子的父亲是谁。她之所以叫西尔

---

①   奥夫雷贡会，1565 年创立的慈善团体。
②   一种类似小提琴的乐器。

瓦娜，是为了纪念西尔瓦娜·曼加诺。[①] 西尔瓦娜也是能人的名字。而她，连自己的身份都不明确："你是谁？一个阿拉伯人？一个德国人？一个流落到中东、墨西哥和美国的以色列人？一个无依无靠的人？一个讲英语的墨西哥人？一个讲西班牙语的美国人？一个法国孤女的重孙？一个来自黑丛林的水神？一个卡塔卢尼亚人或不过是一个出生在科罗拉多州诺·纳梅村的奇兰加人？"[②] 西尔瓦娜很善于给自己起绰号："莫非你是诺·纳梅？你是军团？你是所有的名字？或简单地说，你就叫诺·纳梅？是的，西尔瓦娜，从现在起你就叫诺·纳梅，或确切说，叫西班牙文的诺纳梅，叫这个名字听起来很有趣。"

小说采用的是一种和这个大家庭的几代人的生平经历相一致的线型结构，一种包括这个家庭的成员之间一系列关系和矛盾冲突的结构，而多位长子和他们的后代之间的冲突是最基本的。与此同时，小说系统地描述了这个家庭从形成到解体的全过程。全书包括 8 个章节，在女主人公西尔瓦娜讲述大家庭的历史的同时，也讲述她个人的历史。主人公兼讲述者在小说中无拘换束，天马行空，如数家珍，非常娴熟。

《磨擦》的故事安排在美国加利福尼亚州一个想象的村镇鲫鱼村，讲述者是欧塞维奥·卡多索，此人是米勒德·菲尔莫尔大学的教师，小说一开始是对作为小说人物的读者讲述。卡多索吩咐画家班图罗·索托为攻读政治科学的学生、读者的妻子玛蒂尔德画一幅像。索托同意为她画像，目的是诱惑她。然而，玛蒂尔德的来访也怀有自己的目的：她想亲近画家索托，为的是从他那里获得关于画家的父亲、失踪的墨西哥政治家罗伯托·索托·加里戈列蒂的情况，以便写她的论文。罗伯托·索托·加里戈列蒂是墨西哥自然与本常的创建者，最后他成了苏格拉底派哲学家思佩

---

① 意大利电影明星（1930—1989）。

② 生活在墨西哥谷的墨西哥人。

多索勒斯的再世。而加多索一面继续上革命小说课，一面和他的第二个女人生活在一起。但是他的第二个女人是他的前妻的孪生妹妹。两个家庭不可避免地发生冲撞。加多索的不忠，最终粉碎了他另娶新欢的美梦。最后，加多索决定去寻找"读者"，开始了前往加利福尼亚的旅行。

在西班牙皇家语言词典里，磨擦一词有两个含义，第一个含义是指两个物体相接触来回磨磨蹭蹭，第二个含义是指两个人或两个集体之间发生对立冲突。在小说中，总是存在两个含义之间的磨擦，所有的人物经常发生碰撞、斗争，直到疲惫不堪。两个故事不相干地平行发展，到第一部分结束时交叉在一起。在第二部开始时，一切都乱而无序，各个人物和事物交织在一起，难分难解，甚至连真实的历史人物如墨西哥革命时期的起义军首领攸潘乔·比利亚、当代的拉美作家塞尔希奥·皮托尔和何塞·多诺索、奥地利哲学家卡尔·波普尔、南非作家约·马库切、法国作家拉伯雷笔下的巨人卡冈都亚的孙女、莫泊桑笔下的人物羊脂球等都进入了小说，因为据作者说："生活就是各种人的磨擦、欲望、友情、背叛、妒忌、梦想等的一种混杂状态。"

《中断的家庭》主要写两个人物，一个是西班牙诗人路易斯·塞尔努达，另一个是住在纽约的墨西电影人路易斯·萨莱诺·因苏斯蒂。小说从一件可怕的逸事写起。路易斯·塞尔努达刚刚离开西班牙、在英国开始痛苦的流亡生活，他就接受了别人委托的去访问一个儿童营地的任务，那里几乎有 4000 名避难的西班牙巴斯科儿童，他们乘坐哈瓦那号经过南安普顿港来到英国。在一次访问中，诗人被其中一个叫何塞·伊尼亚基·索夫里诺的 15 岁的孤儿认出。这孩子是一名阵亡的共和派战士的儿子，一个毕尔博鄂围困战的幸存者，却不幸患了白血病。在听了诗人的诗歌朗诵后，这个孩子郑重其事地央求诗人说："现在请你不要走，不过我要回到墙边去，免得你看到我死去。"过了一会儿，就像他说的，他回到他那张床上，死去了。这个令人心碎的事件促使塞尔努达写下了同样令人心碎的诗——《一个死去的孩子》。这个事件也促使了乌罗斯写了这部小说。小说包括两个情节：第一个是路易斯·塞尔努达在英国的自传性的经历，第二个是名叫路易斯·萨莱诺·因苏斯蒂的故事。他和塞尔努达有许多共同点，他也是流亡国外的，不同的是他自愿流亡去了冷酷无情的纽约市；他和塞尔努达同洛尔卡一样，有一个童年时代的朋友哈辛托，彼此分担人生的问题；他也和塞尔努达一样，公开承认自己是同性恋者；也和塞尔努达一样，他几乎亲眼看见一个孩子的死亡，只不过这个孩子是他姐姐马塞拉的儿子；还有，他和塞尔努达一样，也经受过人生中的种种问题：父亲的责任、流亡、同性恋、离散、家庭角色的变化等。

埃洛斯·乌罗斯之所以写这部小说，主要是因为他对路易斯·塞尔努达特别热爱，这种感情推动他去研究关于他的人生的各种文献和关于1938年2月的佛朗哥统治下的西班牙。他为躲避佛朗哥当局的迫害而流亡到英国，在那里找到了一份工作，但这使他陷入了更深的痛苦。他必须关照那时被英国女王收留的3800名巴斯克儿童。而名叫何塞·索夫里诺的孩子的不幸死亡，既使诗人感到心痛，也使作者不能平静。

埃洛伊·乌罗斯是爆裂派的成员之一，"我和这个派别结缘多亏1988年度狄安娜·诺维达德斯奖评委卡洛斯·蒙特马约尔，他的作品《在一个世界的卧室里》入围该奖的决赛。蒙特马约尔不认识我，只知道我的小说。两年后蒙特马约尔认识了蒙尔赫·鲍尔皮，当时鲍尔皮在写一部小说，这就是后来出版的《尽管是阴暗的寂静》。经蒙特马约尔引荐，鲍尔皮在布埃夫拉找到我。我最终和他们一起参加了题为《小于30岁的30位作家作品选》的编选工作，后来他们又邀请我参加写三个中篇小说的工作。后来，我和鲍尔皮等人又写了5部小说。事先并没有考虑它们的任何类

似之处，但是结果它们十分相似。这时便产生了我们怎样称呼我
们的想法。其实，爆裂派并不是一种文学运动，也不是一个团体。
事实上，我们的宣言也没有提'爆裂的一代'，对广大读者的接受
来说，这是最可怕的事情。宣言只是说'爆裂小说'，是指在一个
墨西哥小说贫乏的时代在总体、语言和夺回聪明的读者方面具有
相似的意图的那 5 部小说。我把爆裂看作一个文学玩笑，尤其看
作一种多年来建立的友谊。幸运的是我们仍然具有很大的艺术相
似处，尽管也有许多分歧"。

第六节　伊格纳西奥·帕迪利亚

伊格纳西奥·帕迪利亚（lgnacio Padilla），当代墨西哥杰出小
说家，1968 年生于墨西哥城，曾在墨西哥、南非和苏格兰攻读通
信及文学，在爱丁堡大学任英国文学教师，在萨拉曼卡大学获西
班牙与拉美文学博士，20 世纪 90 年代中期任《花花公子》杂志
编辑部主任，并在《星期六》副刊上办《尸首匣子》专栏。在
1994 年举办的艺术文学评选中获得三项奖：以《瓶中的大海风
景》获胡安·德·卡瓦达儿童故事奖；以《溺水者们的大教堂》
获胡安·客尔福首部长篇小说奖；以《落落寡欢的橘黄马》获马
尔科姆·苏里文论奖。同年发表描写 1985 年墨西哥城地震后躲在
地铁里的人们的故事《围墙中的猫年》，并获卡尔帕科幻小说奖。
1999 年他获得两项国家奖：以《石鸿的葬礼：魔幻现实主义的虚
假历史》获何塞·雷布埃尔格斯文论奖，以《对跖》和《世纪》
两故事获希伯尔托·奥文短篇小说奖。2000 年以《安菲特律翁》
获得由西班牙埃斯帕萨－卡尔佩出版社授予的长篇小说之春奖；
2001—2003 年任墨西哥驻英国大使馆文化参赞，其间发表题为
《非洲纪事》的一系列文章。2012 年被选为墨西哥语言学院院士。
他的小说已被译成至少 15 种外国文字，在许多国家流传。进入 21

世纪后，他出版 4 部长篇小说：《安菲特律翁》（2000）、《大炮的螺旋线》（2003）、《托斯卡纳人的岩洞》（2006）和《伤害不是在昨天》（2011）。

《安菲特律翁》是帕迪利亚在萨拉曼卡大学读博士时写成的，获第 4 届长篇小说之春奖，小说成功地实践了《决裂派》关于创作一种自主的、世界性的、接近"多样化的、批评性的和无明确指向的"小说理想的叙事文学的理论（富恩德斯 1969 年对拉美文学传统提出的要求）。《安菲特律翁》由各自独立成篇的 4 个章节构成，其实就是 4 个故事串连在一起而形成的一部小说。小说故事发生在 20 世纪上半叶，围绕欧洲和两次世界大战展开。有的情节延伸到布宜诺斯艾利斯。小说人物都是自己的疯癫和无形的命运之手的受害者。他们不断变换着自己的身份，以便像幽灵一样在欧洲中部到处是尸体的可怖大地上游荡。有两个历史事件被取作小说的故事背景：一个是对纳粹头目阿道夫·艾希曼（1906—1962）的审判，另一个是由赫尔曼·戈林（1893—1946）主持的所谓"安菲特律翁计划"，此计划是由纳粹当局构思的，目的是建立一支人数不多的替身队伍，来保护第三帝国的高级军事与政治官员，1943 年开始实施。

小说故事以两个在开往前线的军车上认识的陌生人之间的一盘象棋比赛开始：一个人叫维克多·克雷奇巴尔，是参加过第一次世界大战的士兵；另一个人叫塔德乌斯·德赖尔，是慕尼黑——萨尔茨堡铁路线上的扳道员。如果塔德乌斯赢了，维克多就替他上前线，如果他输了，他就开枪自杀。与此同时，他们交谈着彼此的生活。小说由此开始讲述一系列替身的故事，他们在一些特别危险的公众活动中伪装成纳粹当局的政治和军事领导人，包括希特勒，保护了这些人的安全。小说特别提到阿道夫·艾希曼，他是第三帝国的上校，第三帝国垮台后他化名马丁·博曼逃往布宜诺斯艾利斯隐居，1960 年被以色列特警抓捕回国，1962 年经过短暂的审判后在特拉维夫被处决。

小说的故事告诉人们，反动派倒行逆施，违历史潮流而动，必然被历史所唾弃。希特勒及其帝国无论采用什么手段、什么计划，都不能逃脱覆灭的下场，最终不可避免地受到历史的审判。

小说题名取自希腊关于安菲特律翁的神话故事：安菲特律翁是底比斯王，为了把阿尔克墨涅弄到手，将自己的体貌变成了宙斯，因为宙斯是主神，他威力无边，是诸神和人类的主宰，阿尔克墨涅自然不敢不从。历代有不少作家以安匪特律翁神话为题材编织故事，如古罗马喜剧作家普托图斯的剧作《安菲特律翁》、法国作家让·季洛杜的剧本《安菲特律翁38》等，多达30余部。

《大炮的螺旋线》的故事发生在苏联基地，主人公是一个吸毒的不幸年轻医生，由他自己讲述富有戏剧性的故事。他是一个告密者，为一个共产党国家的警方服务。但不料被捉，关于一个工事，该工事最初让人以为是牢房，而在这个国家的制度改变时，才知道那是一家疗养院。年轻医生被绑着手脚，他想逃脱，但他越挣扎，捆得就越紧。由于个人和集体的原因，再加上生活中的一些倒霉的事情，最终身败名裂。他曾编织一个骗局，却自食其果。故事的发生地点是一个名叫马洛姆布罗萨的港口，但不清楚这个港口在何地。而地点的模糊正是作者全部作品一大特点。正如他自己所说："我的全部作品都离我的视野、我的国家、我的个人生活和社会与政治思想很远。我相信，文学舞台的错位和不确定能引起有益于艺术的惊奇感。远离期待的东西能引起兴趣和不安……"

小说还描写了库尔斯克号潜水艇在巴伦哥海域沉没的情景。正是这悲剧事件留给他的抹不去的印象驱使他写这部小说的。潜水艇的官兵们给他们的妻儿留下了诀别信，等待了4天盼望获救，但是很不幸，他们壮烈地牺牲了。

《托斯卡纳人的岩洞》描述一队西方冒险家的故事。该岩洞位于喜马拉雅山近处，在岩洞口有一些令人费解的文字。由赖森-米莱托上尉率领的一支探险队最先发现了这个岩洞。但是只有精通多种语言的奇人、尼泊尔的土著居民舍巴人帕桑格·努鲁能够破译那些奇特的文字。当舍巴人一开始翻译，上尉就惊讶地说，年轻的向导翻译的竟然是《神曲》第三歌。难道这个位于地球最高处的岩洞是地狱的入口吗？

帕桑格·努鲁面对一位女记者的录音机，开始讲述他作为岩洞探险队的向导所经历的一切。作为许多探险家的向导，这个年轻的舍巴人并不理解这些探险家征服的热情和渴望。深入但丁笔下的地狱，意味着穿过许多个关口，这简直是发疯，进入这个人迹罕至的洞穴又何尝不是。这个尼泊尔舍巴人帕桑格·努鲁却目睹了这出人间喜剧，他看到络绎不绝的西方人相继到来，到那里寻找一种梦，一种命运，他们相信在那里能够找到每个人活在世间的理由。但是由于无情的谎言、同伴们的牺牲和勒勃路的造成的估计的错误，还有对上帝的不理智的恐惧，七次对岩洞的黑暗深处的探察都失败了。在小说的后三分之一部分，作者让英国记者伊迪·哈斯金斯用第一人称讲述。他对读者讲述了他在BBC①的同事、被派往喜马拉雅山采访帕桑格·努鲁的记者米蒂纳·吉丁斯和谢默斯·林登的经历。

在历史上，有许多英雄坠入深水沟或从山坡上滑入深谷，导致其冒险失败。对于这类英雄的失败，帕迪利亚既关注，又迷惑。他说："当一种巨大的失败成为英雄主义的极点时，便吸引我。"但他并不十分明白一些登喜马拉雅山的人为什么有那么大的勇气。在写这部作品时，他想寻找一个答案，在许多意义上他想探察伟大的业绩的荒唐性。"既然存在着许多死亡的可能性，为什么仍有人决定攀登珠穆朗玛峰？"问题依然悬而未决。"但是我们写作，

---

①　BBC，英国广播公司的缩写。

就是为了想问题。"也许正是为了这一点，帕迪利亚才在小说开头时借用了探险家加斯顿·雷布法特①的一句话："拉切纳尔②说得对，既然必定失掉手指，为了什么还要征服山峰呢？"

富恩特斯这样评论这部小说："《在托斯卡诺岩洞》中，帕迪利亚把我们引到喜马拉雅一个岩洞，在岩洞最深的、神秘而不可进入的地方可能就是但丁的地狱，就是说，在那里可以找到一种文学现实的物质空间。怀有幻想的信徒，军队，托斯卡诺岩洞的探险家相继离去，他们都失败了，但是都对岩洞做出了正式解释，都说了谎，但也都说了真话，因为岩洞是想象的，是一个传说，只有阅读时才能明白，既看不见也难测深浅……"③

谈到这部小说的写作时，帕迪利亚回忆说："我从童年时代起就熟悉地狱，不是所有的地狱，而是但丁的地狱，这推动我在萨拉曼卡大学写了一篇关于魔鬼的博士论文。后来我总想写一部关于地狱的小说，于是就产生了写《托斯卡纳人的岩洞》的想法。"

《伤害不是在昨天》的故事从一位记者到达一个破败的村子讲起，讲述一条勇敢的狗的历史。在他的调查过程中，听到了两兄弟的不幸：当发现他们的狗住在其中一个人的头脑时，简直疯了。此外，他还遇到一个要在那里切除小拇指的出租汽车司机。记者原是一名退伍士兵，之后做了记者，他要去那个村子调查一个迷信招魂术的女人的死亡，于是他知道了一些事情：例如那对巨人兄弟的情况和他们的狗的消失，还有一位老军人，他爱上了一位女神秘学者，这位女学者制造了一种机器，这种机器的功能是人的肉体死后可以保存其灵魂。小说还提到了一位失败的神父，就是这位神父对记者讲述了拉蒙兄弟和他的那条大黑狗的遭遇，他们不幸在沙漠上被一车辆吞噬，汽车也被沙漠淹埋。

① 加斯·顿雷布法特（1921—1985），生于巴黎。
② 拉切纳尔（1921—1955），法国登山运动员。
③ 2009 年 7 月在贝拉克鲁斯大学的讲话。

作者帕迪利亚写这部小说意在表现一些特殊的人是怎样面对生存的。他们自认为能够解释不明白的事情，但是现实的复杂性使得他们无法改变人和事的命运。

小说故事多枝多蔓，纠缠在一起，有点杂乱无章，令读者感到茫然。伤口还将神秘因素、西部片、招魂术、大量的幽然交织其中，形成一种文学戏作，不乏博尔赫斯和塞万提斯的影子。

据帕迪利亚说，此作几乎和他的一切随笔和剧作一样，是对短篇小说着迷的产物。他说，"我是一个短篇小说作者，在两篇短篇写作之间休息的时候才写长篇小说，我写的长篇小说是内容装不下的短篇小说。这部小说来自一篇作为短篇小说我不喜欢的短篇小说"，"当人物长得很高很大的时候，短篇小说也在成长，长篇小说就产生了"。

伊格纳西奥·帕迪利亚是爆裂派的杰出成员之一。1996 年他和他的朋友豪尔赫·鲍尔皮及埃洛伊·乌罗斯等签署了"爆裂派"宣言。"爆裂派"的宗旨是拯救上一代（爆炸后一代）作家笔下那种轻而易举的文学，根除他们那种抄袭的陋习。爆裂就是将前一辈作家的传统爆开一个裂口。帕迪利亚说，"爆裂是一种更认真地对待文学和读者的态度"，"反对拉美文学中的轻浮和对爆炸一代作家的模仿"。

第七节　豪尔赫·鲍尔皮

豪尔赫·鲍尔皮（Jorge Voepi）1968 年生于墨西哥城，曾攻读法律、文学和哲学，并获哲学博士学位，一度在大学任教，写有多篇论文。他以写短篇小说开始文学生涯，1991 年出版第一部作品、短篇小说集《供笛子、双簧管和竖琴演奏的奏鸣曲式的作品》。1993 年出版首部长篇小说《尽管是阴暗的寂静》。随后连续出版长篇小说《墓地的和平》（1995）、《忧伤的性格》（1996）、中篇小说《愤怒的日子》（1994）、《医治你痛苦的肌肤》（1997）和《启示录的游戏》（2000），1999 年起出版三部曲《寻找克林格索尔》（1999）、《发疯的结局》（2003）和《将不是土地》（2006）。2011 年出版长篇小说《阴暗的阴暗森林》。其作品已被译成近 30 种外国文字，在国内外获得十余项文学奖。

鲍尔皮是 20 世纪末墨西哥产生的文学运动"爆裂派"的主要成员，他采用一种新的写作方式，即打破一般创作模式，不受条条框框限制，将随笔、新闻、报刊文章、科技语言融为一体，成为当今西班牙语文学最具代表性的杰出作家之一。

作为"爆裂派"的成员，他主张"把刚刚过去的文学传统①撕开一条裂缝，这不仅是一种需要，因为那一代本身已经衰落，而且我们想同它实行一点决裂，回到'爆炸'文学上去"。

《寻找克林格索尔》是鲍尔皮三部曲的第一部。此作获当年西班牙巴拉尔出版社主办的简明图书奖，这使作者名声大振。小说由三部分和一个序言构成，像瓦格纳的歌剧《帕西法尔》（书题即取自此剧）。为了写这部小说，作者从搜集材料，到构思和创作，前后花了五个春秋。故事发生在第二次世界大战期间。当时，为了制造核弹，美国和德国在原子物理领域展开了竞争。核弹的巨大威力无疑有助于首先研制成功的国家赢得胜利。

1989 年年底，在柏林墙拆毁前不久，莱比锡大学教授、数学家古斯塔夫·林克在精神病院里回忆起导致他被关入精神病院的若干"罪行"。其中最重要的是他曾于 1947 年帮助年轻的美国上尉弗朗西斯·P. 巴孔。巴孔时任美国驻德部队的军事顾问，他接受了寻找克林格索尔的任务。此人在第二次世界大战中是希特勒的科学顾问，他控制着第三帝国的原子物理研究工作。

1964 年，巴孔来到纽伦堡，当时才开始对纳粹战犯进行审判。

---

① 指 20 世纪七八十年代的"爆炸后"文学。

他的寻找和调查工作涉及马克斯·普朗克、沃纳·海森伯格、欧文·施罗丁格和尼尔斯·博尔的经历和表现。这些人是德国量子物理研究领域的精英，第二次世界大战中各奔东西，只有少数人与纳粹政权合作。在帮助他的林克看来，20世纪的物理学发展更像是一部策划阴谋的历史，所有的杰出物理学家都是犯罪嫌疑人。任何人都可能是克林格索尔。这使巴孔的调查陷入了迷宫，摆在他面前的问题像无数种扑朔迷离的智力游戏。他虽然进行了大量工作，访问了许多老科学家，但是克林格索尔的下落始终是一个不解之谜。其实正如作者所说："在历史小说和间谍小说的框架下，我真正感兴趣的是描写科学和政治权力的关系，以及战争时期困难的道德选择。"

作者在小说中阐述了若干让读者不必绞尽脑汁便可理解的数学问题，同时把读者带进了20世纪许多大科学家如爱因斯坦、普朗克、博尔等人的生活和工作中，使之了解了杀人武器原子弹制造的秘密等重要问题。古巴著名作家卡夫列拉·因方特在该书的环衬上写道："此书是科学——聚变艺术的典范，因为它将科学同历史、政治、文学结合在一起，形成了我们所说的文化。"

鲍尔皮三部曲的第二部《发疯的结局》的时代背景是风云巨变的当代世界，即从1968年5月巴黎知识界爆发的左派思想运动到1989年柏林墙倒塌引起的幻灭情绪这一历史时期。

故事发生在法国、墨西哥、智利和古巴。主人公叫阿尼巴尔·克维多，是一位革命的心理分析医生，但也是一个疯子，一个革命的游侠骑士。他于1968年5月从墨西哥到巴黎，在那里生活了20多年。在巴黎他曾深入相信革命就要爆发的大学生群体中，和那些青年学生一起从事学生运动，但是和克莱尔一道参加了一次抗议活动后（克莱尔永远是个女革命者，她始终不接受克维多对她的爱），他开始认为那些大学生"没有任何希望，也许因此他们代表着可能有的唯一希望。我渐渐地、不知不觉地开始加深了对他们的同情"。这是克维多政治态度的开始，这推动他从巴黎的街垒回到萨利纳斯上台的、新自由主义获胜的墨西哥，去会见恰帕斯的游击队员。他在那里认识了拉斐尔·红廉，此人后来成了马尔科斯副司令手下的要人，他曾受到权力的诱惑，并陷入一桩丑闻，从而加速了他的疯癫的结束，后来他参加了无数次冒险活动，这些活动使他同法国思想界的一些重要人士（雅克·拉廉、路易斯·阿尔都塞、罗兰·巴尔泰斯、米切尔·傅柯）建立了联系，促使他去古巴接受游击队的训练，对卡斯特罗进行心理分析，为他治疗失眠，并和他一起去智利会见阿连德。最终他成为一位艺术批评者的杂文家。但是生前他陷入一系列腐败丑闻，作为知识分子和政客名誉扫地，1989 年自杀身亡。

小说还写了另一个人物，即墨西哥一位名叫何塞菲娜的女性，她在巴黎和主人公克维多同居一室，既是他的仆人，也是他的秘书，也许还是他的情人。此人是他生活方面的得力助手。

总之，所谓疯狂的结束，是指革命的结束。那样的革命不但已成为过去的事情，而且总是包含着疯狂。全书最后一句话意味深长："克莱尔拒绝革命的疯狂。"书评家认为，无论怎么说，这不是对后现代主义的批评，恰恰相反，是对革命幻想的后现代的批评。世界末日的话语是后现代主义特有的：历史的结束，革命的结束，现代的结束，乌托邦的结束，政治的结束，民族的结束，艺术的结束，比喻的结束，工作的结束。革命结束的思想并不新颖，它是后现代主义的世界末日话语的组成部分。

作品的书题取自《堂吉诃德》中的一个段落，在那一段中，堂吉诃德似乎恢复了理智。作者以此象征性地结束了克维多的疯狂行为。小说对当时盛行的左派乌托邦及其过火行为进行了批评，是对革命思想日趋衰退的一种嘲讽，不乏黑色幽默因素。

鲍尔皮三部曲的第三部《将不是土地》以冷战结束后的世界格局为背景，讲述了三个女人的命运，她们的命运既相关联又交叉在一起：一个女人叫伊丽娜·尼科拉耶夫娜，是俄罗斯生物学家，也是一位在苏联细菌武器研究单位工作的科学家的妻子，她不仅目睹了苏联的解体，而且看到了过去的一切东西的结束。在家庭中，她得面对自己年少的女儿奥克莎娜的叛逆。第二个女人在世界的另一端，名叫詹尼弗·穆尔，国际货币基金会的高官，新俄罗斯经济调整项目的负责人，她既反对她的野心勃勃的丈夫，也反对她的妹妹阿利森，她还是反对全球化的积极分子和巴勒斯避难者的卫护者。第三个女人叫伊娃·霍瓦斯，是一位信息学专家，她顽强地致力于对智慧的秘密的探索工作，却又总是受着自己的精神变化和多位妒嫉心重的情人的折磨。小说展示了20世纪最后若干年的成就和贫困、对科技的热情和战争冲突、对自由市场的赌注和对不平等的遗忘。同时借助女性的视角讲述了这个历史时期的伟大革命之一：妇女的作用逐渐和男性平等。让人们看到，在这些以男性为主角的重大历史事件中，妇女们是怎样生活、表现和参与的。小说还讲述了柏林墙的倒塌、反对戈尔巴乔夫的政变、叶利钦的上台、细菌战、人类基因研究和切尔诺比尔核灾难等重要事件。小说涉及的其他人物还有伊丽娜的丈夫、苏联时代的囚犯、叶利钦的无所不能的顾问阿卡迪·伊万诺维奇·格拉宁，伊丽娜的女儿、逃亡到符拉迪沃斯托克（海参崴）的摇滚诗人奥克苏娜，致力揭示人类基因神秘和生物工程的杰克·韦尔斯，小说家和社会活动家、伊娃的最后一位伴侣、可疑杀人犯尤里·切尼舍夫斯基等。

《将不是土地》被称为作者最雄心勃勃的作品，具有明显的全面小说特点，是20世纪的小说百科全书，是作者的"爆裂派"文学概念的体现。

《阴暗的阴暗森林》是一部奇特的诗体小说，中心内容还是与第二次世界大战有关的问题：一个营的德国公民参加屠杀数千犹太人的事件。关于这部小说的产生，作者说："我第一次读到这个事件是在 10 年前我为写《寻找克林格索尔》进行调查的时候，从那时起这种想法就刻在我的脑海里：普通的人，我们的任何人，怎么会变成杀害别的人的刽子手。《阴暗的阴暗森林》的故事发生在一个不存在的地方，人物是虚构的，因为我想赋予事件的普遍意义，就是说，它不仅发生在纳粹德国，也可能发生在柬埔寨、卢旺达、达尔福尔或南斯拉夫。"鲍尔皮之所以对第二次世界大战感兴趣，是因为"那里集中着人性最恶的东西，尤其是在试图确立纳粹主义的种种理由方面，无论谁看到毫无理由地屠杀那么多无辜的人，都会认为那是发疯和灭绝人性"。事件发生在 1945 年，500 个致力于和平活动的普通人——老人、面包师、缝纫工、手工业者，被征集去组成了预备役警 303 营，这个营被分派去彻底解决最古老的雅利安民族问题。当他们被迫去追捕和杀害他们自己的犹太邻居的时候，其中的一些人进入一座黑暗凶险的森林，那里既是神话故事的发生地，也有关于杀人的残忍记忆。

小说写道："一个面包师，一个木工，一个码头工，一个玩具制作者，都是年迈的人，由于战争危机而突然变成了警察和杀人犯。"当初他们是纯朴的人，后来都渐渐丧失了他们的顾忌，和他们的其他 496 个同伴一起变成了杀害孩子们的罪犯。

具有讽刺意味的是，小说中描述了格林兄弟的故事，但是这些神话故事最终却变成了恐怖故事：汉泽尔和格雷特尔被巫婆吞噬，卡佩鲁西塔·罗哈被狼吞噬，灰姑娘不仅失去了母亲，也失去了教母仙子。这个故事和前一个故事交织在一起，令人信服地说明，在一个被暴力和仇恨玷污的社会，不会有幻想和伸张正义的余地。

鲍尔皮写这部小说从一个真实的事件取得灵感：1942 年 7 月，1800 个犹太人在波兰一个村庄被 101 警察营（由征集来的年迈的德国人组成）在 SS 纳粹组织的命令下杀害。虽然事件是真实的，但小说中并没有指明具体的地点，也没有交代杀人者是纳粹分子、被杀者是犹太人。作者的意图显然是让读者自己随意确定事件发生的时间和地点，并且让读者联想到悲剧可能再次发生，因为人类永远不能避免反动派倒行逆施和与无辜的人民为敌。

由于小说创作上取得的杰出成就，鲍尔皮受到名家的高度赞扬。墨西哥作家卡洛斯·富恩特斯在一篇文章中说："豪尔赫·鲍尔皮生于 1968 年，他将成为 21 世纪西班牙语文坛上的一颗明星。在我 70 岁的高龄，走过漫长的文学道路后，看到他登上西班牙语文学舞台，我感到特别高兴和骄傲。"

第四章　麦康多派作家在 21 世纪

第一节　概述

在 20 世纪八九十年代，许多拉美作家在拉美大陆域外出版作品的意图屡屡受挫，不是因为他们的作品不好，而是因为美国和欧洲的出版者认为他们的作品不是地道的拉美作品。那里的出版市场偏爱的是以加西亚·马尔克斯和阿莱霍·卡彭铁尔为代表的魔幻现代主义作家和巴尔加斯·略萨等人的作品。智利作家福格特曾抱怨说，他的小说遭到了美国出版社的拒绝，出版社建议他"在作品中加一点民间的、热带的和难的置信的东西，然后再把作品拿过来"。他认为，魔幻现实主义作家们赋予小说的幻想成分和难以置信的东西只是为满足美国和欧洲读者的口味。对他们来说："拉丁美洲的东西就只是戴草帽，用砍刀和观看小姐们跳瓜拉恰舞。"而在 20 世纪八九十年代拉美社会和政治的变化，城市出现的高度繁荣，甚至对贫困的社会阶层也发生影响的全球化和科技的发展，这一切是魔幻现实主义所不能也不曾表现的。于是，"麦康多"便应运而生。

"麦康多"（Mcondo）作为一种文学派别，其基本特征是描写现实主义场景，不扩大也不强调所谓奇异的东西和拉丁美洲色彩，着重表现现代拉丁美洲的城市气氛、城市文化和日常生活。"麦康多"具有个人主义和不问政治的倾向。实际上，它是对 20 世纪 60 年代的魔幻现实主义的反动。它对魔幻现实主义又关上了大门，为新鲜的变革空气打开了窗口。这个派别的作家一般出生在 1959—1962 年。其中不少作家受过世界性的教育，年轻时一度在国外成长或生活。虽然"麦康多"被认为是一种拉丁美洲的文学现象，但也有少数成员是西班牙作家，如何塞·安赫尔·马尼亚斯和雷·洛里加。

"麦康多"这个术语是智利作家阿尔贝托·福戈特提出的，他试图用它来同《百年孤独》的故事背景马孔多相对抗，主张表现真正的南美日常氛围，对女人飞天和传说的炼金术之类的描写不感兴趣，他笔下的事物更为世俗，越来越多地充斥着"麦当劳""电脑苹果"和"公寓套间"，深受全球化和美国文化的影响。作为一个文学流派，一般认为它形成于 1996 年塞尔希奥·戈麦斯和阿尔贝特·福戈特在智利圣地亚哥出版短篇小说集《麦康多》之后。小说由来自 10 个国家、小于 35 岁的 18 位作家的作品构成。此书的发行仪式在智利一家麦当劳餐厅举行。

随后招来的批评认为，这些作家太肤浅，是失败主义者和雅皮士，他们不了解拉美的文学传统。但是卡洛斯·富恩特斯等作家却肯定他们所做的贡献，认为他们更接近拉丁美洲的新现实。这些作家在 30 岁前都取得了一定成就，在国内曾引起强烈反响，但在国外鲜为人知。和马孔多相比，麦康多的版图更大，范围更广，拥有的东西更现代，它有高速公路、地铁、电视、电脑、麦当劳、五星级饭店和极具商业气息的现代城市。在麦康多，如果有人飞天的话，那不是披着床单，而是坐飞机。

麦康多派作家在 20 世纪八九十年代出版过一些长篇小说。进入 21 世纪后，他们仍然按照他们的方针进行创作，都有优秀作品问世。

麦康多派的成员有 20 多个，具有代表性的是：智利的阿尔卑托·福格特，玻利维亚的埃德蒙多·帕斯·索尔丹，哥伦比亚的豪尔赫·佛朗哥·拉莫斯、马里奥·门多萨和圣地亚哥·甘博亚，阿根廷的塞尔希奥·戈麦斯、罗德里戈·弗雷桑和胡安·福尔恩，厄瓜多尔的莱奥纳多·巴伦西亚，秘鲁的海梅·拜利和圣地亚哥·隆卡格利奥洛，乌拉圭的古斯塔沃·埃斯卡尼亚尔·帕特罗内，哥斯达黎加的罗德里戈·索托，古巴的佩德罗·胡安·古铁雷斯和墨西哥的豪尔赫·索莱尔等。

第二节　佩德罗·胡安·古铁雷斯

佩德罗·胡安·古铁雷斯（Pedro Juan Gutierrez），1950 年生于马坦萨斯，1978 年在哈瓦那大学获得新闻硕士学位，此后 20 余年在广播媒体、电视台和《流浪》杂志担任记者。20 世纪 80 年代撰写了纪念名作家卡夫卡和科塔萨尔的文章《雄师们的忧伤》。1998 年，巴塞罗那阿纳格拉马出版社出版了他的《哈瓦那污秽三部曲》，此后到 2003 年，他又相继出版《哈瓦那国王》（1999）、《热带动物》（2000）、《狗肉》（2003）、《我们的格林在哈瓦那》（2004）和《蛇窝，一个冷饮店主的儿子的回忆》（2006）。

在谈到他的文学修养时，他曾说："我在家里读西班牙女作家科林·特亚多的小说，13 岁发现了保尔·萨特、恩格斯、马克思、古马《起源》一代、埃利塞奥·迪埃戈、法亚德·詹姆斯、辛蒂奥·比铁尔、费南德斯·雷塔马尔。17 岁发现了罗伯特·刘易斯·斯蒂文森，直至美国 20 世纪小说……福克纳的小说《八月之光》《喧哗与骚动》和《在我弥留之际》对我具有决定意义。我读海明威和多斯·帕索斯的所有作品。当我发现杜鲁门·卡波特和他的小说《在法蒂尼的早餐》时叫道：'妈的！这还是我想写的！'"

《哈瓦纳污秽三部曲》是三本短篇小说集，即《在无主的土地上停泊》《无事可做》和《我自己的味道》的合集，因故事发生地是和人物相同而构成一部没有开始也没有结尾的长篇小说，而多数故事的作者和角色是作家本人。故事发生在 20 世纪 60 年代那些革命的英雄岁月，展示的是哈瓦那处境最差的阶层的生活。作品风格率直，死板，无所顾忌，几乎总是采用第一人称，从作品中可以看到大多数古巴人为得到一点食物、一份工作、一点爱情和一点亲情而经受的波折。小说中有对政治和社会的批评，但是是间接的。由于充分运用了嘲讽手法，读来并不乏味。题材几乎没有变化：自传成分、污秽的生活、无感情的性爱、大众主义、人的忧伤。主要人物是佩德罗·胡安，他善于思考，但缺乏远见，为人善良而不自负。从人物到内容都体现了作者的污秽现实主义风格。

《热带动物》包括几个相似的故事，但主要是关于一个精神上受折磨的男人的故事，他叫佩德罗·胡安，是作者的三部曲《哈瓦那污秽三部曲》中的人物，这次重现，他已 50 岁，他想写一本小说。但他还是那个无所顾忌、有着特殊的道德观念的流浪汉。他和两个不同的女子相爱——一个是 40 岁的瑞典人，另一个是 30 岁的混血女人。故事节奏紧凑，令人目不暇接，叙述的笔触强劲有力。此作确定了今日古巴文坛这位勤奋的作家日趋上升的地位。

《我们的格林在哈瓦那》的故事发生在 1955 年 7 月的哈瓦那，正值冷战时期，那里既有联邦调查局的特务，也有纽约的秘密犯罪集团，这些集团在巴蒂斯塔的允诺下试图把一座天堂卖给美国的游客。一位犯罪集团成员对英国作家格林说："这里的一切都是完美的，格林先生。古巴人总是对生活微笑，因为这是一个天堂。"一切都由于误会开始，一位名叫格林的英国游客在旅馆里被误认为《沉静的美国人》的作者格雷厄姆·格林。一位正在看格林的小说的服务员请他签名，他出去吃饭时一位酒吧侍者带他去上海剧场看表演，他看到一个黑人大力士赤身裸体表演超人。真正的格林后来现身，他在警察和间谍中间周旋。小说提到了一个鲜为人知的文件，即美国中央情报局局长阿伦·杜勒斯致巴蒂斯塔的信，建议他同美国军方在技术上密切合作，以对抗国际共产主义势力侵入古巴。格林19岁加入共产党，美国人一直不放过他，也没忘记他，强迫他躲到欧洲的某个角落里去，但他还是选择来到古巴，这样他可以更方便地观察犯罪集团的秘密活动。犯罪集团成员杀人成性，格林曾目睹一起杀人案。他受到猎杀纳粹分子的革命者的欢迎，要求他写一部赞扬他们的活动的作品。但格林更感兴趣的是看看有混血女人、妓院、夜总会的哈瓦那之夜，以便克服小说结束时产生的沮丧心情。此作生动地描述了一个外国人在哈瓦那的经历及其耳闻目睹的事件，反映了哈瓦那革命前夕混乱的社会生活和美国情报人员及犯罪集团的为非作歹，再现了一个已经糜烂的城市的现实。

《蛇窝》的主人公佩德罗·胡安是一人介于15岁和20岁之间的男孩，他生活在20世纪60年代的马坦萨斯城，他是一个无所顾忌、骄横无礼、有点不理智的青年，他处境绝望，心情抑郁，不知道怎样生活下去。实际上，这是作者本人的一段人生写照。小说人物有十余个，大多是女人。小说展现了一个特别混乱、放荡的时代。作者笔下的女性有年迈的妓女迪诺拉、海地人格拉迪斯、军事委员会的"同志"塞利亚、乞丐梅乔、萨德式的色情受虐狂女老师格雷特尔、农村小学的少女海梅等，各种各样。例如对年迈的妓女迪诺拉的描写："在我对面的长凳上坐着一位妇女，一个老年妇女，她大约40岁出头，但看上去有60岁。她在伤心地哭泣，上衣残破，裸着双肩，显然是一个妓女。她长得还算秀气，但很憔悴，被生活折磨坏了……"令人信服地展示了古巴20世纪60年代在科马·安德拉德总统统治下社会底层的妇女的悲惨命运。

佩德罗·胡安的小说创作具有污秽现实主义倾向。污秽现实主义是 20 世纪七八十年代流行于美国的一种文学运动。在其语言运用上，主张在描写一切事物时要简单、准确、极其节制。无论写人、写景、写东西，都要以最简洁的方式。动词和形容词越少越好。主要人物应是过着传统生活的普通人，题材多为农村生活或社会下层的生活。其代表作家是约翰·范特（1909—1983）、查尔斯·布科夫斯基（1920—1994）、雷蒙德·卡弗（1938—1988）、理查德·福特（1944）、托拜厄斯·沃尔夫（1945）和查科·帕拉约克（1962）。拉丁美洲的污秽现实主义常常被归属于这一运动，其特征也大同小异。其代表作家为古巴的佩德罗·胡安·古铁雷斯（1950）、厄瓜多尔的巴勃罗·帕拉西奥（1906—1947）、委内瑞拉的拉阿赫尼斯·罗德里格斯（1935—2002）等。

佩德罗·胡安·古铁雷斯的绝大部分作品都属于污秽现实主义，比如《狗肉》《哈瓦那国王》。

《狗肉》是一本教人如何描写现实而不美化它的优秀教科书，书中具有对痛苦、混乱、沮丧、疯狂和性爱的大量描写。有一位 60 岁的老妪，不堪忍受古巴农村的贫苦生活，跑到城市里卖身，成为一位名妓。但 1960 年菲德尔下令关闭一切妓院，她的命运再次改变——被迫去收割甘蔗。

《哈瓦那国王》写的是 20 世纪 90 年代一个浪迹哈瓦那街头的男孩子的故事，根据真人真事写成。行文粗犷，笔触率直，没有修饰，人物都是最贫穷、最边缘的下层小人物——乞丐、妓女、无赖、醉鬼、街头小贩、破房子里的居民，以及身无分文、衣不蔽体、食不果腹、争扎在死亡线上的人。这些人必须每天就地寻找一点吃的，他们没有时间和精力做任何事情。他们的唯一目的就是活下去，不管采取什么办法。连他们自己也不知道为什么。他们就这样坚持活了一天又一天。但是，尽管如此，爱情、温存依然是他们生活中不会缺少的内容，他们也仍然怀着希望。

第三节　塞尔希奥·戈麦斯

塞尔希奥·戈麦斯（Sergio Gómez），智利作家，1962 年生于特木科城，曾进入孔塞普西翁大学攻读文学和法律。30 岁左右开始文学创作，主要写小说，有长篇小说《模范生活》（1994）、《下嘴唇》（1998）、《警察和女人》（2000）、《马里奥·巴尔迪尼的文学作品》（2002）和《塔纳卡先生的难以置信的能力》（2002），少年儿童小说《侦探基克·阿切》（1999）、《基切·阿切和幽灵马》（2001）、《卡洛斯的真理》（2000）；短篇小说《别了，马克思，我们天上见》（1992）、《身体上不可触摸的部分》（1997）、《大家晚上好！》（2000）、《和沃克曼在一起的故事》（1993）和《麦康多》等。

《卡洛斯的真理》是戈麦在 20 世纪和 21 世纪之交出版的儿童小说代表作。卡洛斯是一只狗的名字，它是一只丧家狗，流浪街头，住在垃圾箱里。有一天他决定离开它那个窝，去找一个更舒适的住处。一座庄园的主人——一位患病的老人收留了它。但是没过多久，老人去世了。卡洛斯只好离开老人的家。之后，它经历了一系列冒险，有的痛苦，有的快乐。可它不愿过这种居无定所的日子，便决定重新返回那位善良的老人留下的家里。小说的故事情节很简单，人物也不过两个。但故事不乏教益，那位老人即使身患重病，依然富有爱心，看到到处流浪、食不果腹的狗便毫不犹豫地收留了它。一颗美丽的心灵放射出了美丽的光彩，令人赞叹。

《警察和女人》具有侦探小说风格。故事发生在智利南方的巴克达诺小镇。有男女两个主人公：女主人公叫西尔维亚·奇布伊斯，她一生都梦想当电视明星。几年前她被丈夫杀死，她的丈夫在监狱里认罪后死去。西尔维亚的丈夫给达诺小镇政府的官员写信，讲述了他的痛苦和无辜。她是在 1991 年 3 月 3 日被杀的，死时的样子惨不忍睹：尸体是警方找到的，血已流干，被丈夫用剪刀扎得满身是洞。她丈夫叫胡安·科利马，是镇上的理发师，警察发现他昏倒在他家的楼梯下，已不省人事。男主人公叫普利尼奥·豪雷基，是圣地亚哥的一名记者，为离家很远的《法庭日报》工作。事件发生 5 天后，他前往巴克达诺调查，通过信件、对话和证明材料了解了西尔维亚生前的情况。西尔维亚是一个漂亮女人，一个发育良好的黑白混血女性，目光甜美、诱人，白天纯真，夜晚撩人。妇女们都说她很善良，是一名饱受生活之苦却不乏浪漫的女性。

故事贯穿于整个 20 世纪 90 年代，看似和当下没有什么关系，因为社会环境酷似 20 世纪 50 年代或更早的时候，但题材是典型的智利题材——爱情的痛苦、意外的怀孕、报复、妒忌、监狱、死亡、贫困和警方或军方的介入。作者回忆这部小说的由来时说："智利政变发生后的 1973 年夏，我前往巴克达诺镇，我在那里听了一些传闻。镇上的居民谁也不想提死的人是谁和由于背叛而引发的杀人案，谁也不愿意讲这件事，因为丈夫挨棍棒是一件丢人的事。我本想写一篇新闻报道，但我发现可以写一部小说。于是我新写了《警察和女人》。"

《马里奥·巴尔迪尼的文学作品》的故事背景是智利一个令人感到压抑的镇子，讲述的是一位教授的故事：他执着地研究并书写关于马里奥·巴尔迪尼的作品的著作，巴尔迪尼是一位外省的作家，在以其首部小说赢得一定的威望和声誉后决定返回智利南方一个镇子生活，最后在那里离世。这位大学教授前往这个镇子了解巴尔迪尼晚年的重要情况。巴尔迪尼是由于异乎寻常的悲惨命运而退隐和放弃文学创作的。教授想把巴尔迪尼的唯一的著名小说从人们的遗忘中抢救出来，公诸于世。但是他的调查工作突然扩大范围，开始牵连他自己。他不明白的是，作家的那些老朋友回忆他这个人时为什么那么无精打采？作家到底怎么死的？那个以性爱要求来干扰调查的少女是何许人？这些问题引起他的思考，但是他百思不得其解。小说描述笔触简洁，生动灵活，并且不乏一定的哲理："对别人人生的全调查实际上也是对自己的并非坦诚的调查，文学和生活的关系是一个无解的奥妙。今天的人病了，这种病与现代社会人们强烈渴望忘记和否定其昔日最阴暗的事情不无关系。"①

　　小说中，现实与虚构之间的界限十分模糊，以至于使人对被调查的那位作家是否真的存在产生怀疑。然而这又是一部引人入胜的作品，构思精巧，语言运用恰如其分，一旦开卷，必想知道结局。此外，作者娴熟地将刑侦小说和所谓的校园小说融合在一起，是一部关于文学和人类的命运的思考的作品。

　　《塔纳卡先生的难以置信的能力》的故事以灵巧熟练、节奏分明的方式和高度的艺术性讲述一个富有吸引力的中心人物、神秘而真诚的塔纳卡先生的人生经历。塔纳卡是一个日本人，他来到一个小港口生活，为人极为谨慎，寡言少语，但他具有预知天气和某些有关的灾难性意外事件的本领。故事绵延 30 余年，以第一人称讲述。在漫长的岁月里，塔纳卡先生必须演练一些时间游戏，手法十分熟练。主人公塔纳卡以他的行为和沉默决定着叙述的节奏，以其悲剧、损失、痛苦和忧伤引起读者的同情，以可信的故事感动读者。并以时间的有趣跳跃把故事编织起来。叙述流畅，语言得当，主人公的人生经历同历史事件交织在一起，通过塔纳卡这个非常有趣的人物再现儿时的生活。无论人物还是题材，都不乏吸引力。从一个个场景的流畅描绘，不难看出作者的训练有素。总之，这是一部既有魅力又体现出作者叙事功底的好作品。

---

① 　西班牙特拉波小说语言奖 2002 年（第 8 届）评委会评语。

第四节 豪尔赫·佛朗哥·拉莫斯

豪尔赫·佛朗哥·拉莫斯（Jvrge Franco Ramos），哥伦比亚作家，1962 年生于麦德林市，曾进哈维里亚纳大学攻读文学，在伦敦国际电影学院攻读电影导演。曾是名作家曼努埃尔·梅希亚·巴列霍领导的麦德林公共图馆的文学创作室的成员。1996 年以短篇小说集《该死的爱情》第一次获文学竞赛奖。随后出版两部长篇小说《不祥的夜晚》（1997）和《罗莎里奥·蒂赫拉斯》（1999）。后者讲述麦德林臭名昭著的毒品泛滥时期一名女刺客的故事，为作者在哥伦比亚和拉美文坛名声大振，并被译成多种文字，还成功地搬上银幕，获得西班牙希洪国际长篇小说奖。对所有的哥伦比亚人来说，早餐、午餐和晚餐时欣赏表现暴力和毒品问题的电影和小说是非常倒胃口的。但是豪尔赫·佛朗哥和为数不多的作家（费尔南多·巴列霍、阿隆索·萨拉萨尔·哈拉米略）一起，以娴熟的技巧和智慧创作出同类题材的作品，受到广大公众的欢迎。

从 21 世纪伊始，他陆续推出《天堂之旅》（2002）、《音乐剧》（2006）、《神圣的命运》（2010）和《外面的世界》（2014）。

《天堂之旅》讲述的是罗伦比亚移民或者说"没有证件者"的故事，描写这些人为到达朝思暮想的纽约而经历的千辛万苦和意外事件。像许多文学名著或电影一样，小说故事采用倒叙手法，即先讲结局再讲故事。小说详细地讲述主人公马尔龙和雷伊娜如何私奔，他如何为她发疯，她又如何发疯地逃出祖国，偷越墨西哥边境前往她并不了解的美国纽约的。在雷伊娜眼中，纽约就像历史上才有的黄金国，是一块福地，是天堂；而在马尔龙眼中，纽约不过是一个他和他的恋人一起生活和相爱的地方。但是刚到纽约城，他们就被警察莫名其妙的追捕分开了，雷伊娜的踪迹随之消失。从此刻起，小说就开始描述马尔龙不知疲倦地寻找雷伊娜的过程。两个人，你找我，我找你，在两千万人的大城市里，相互寻找了一年之久。这两个哥伦比亚人，本来是合法的公民，到了异国他乡就变成了两个没有证件的黑人，漂泊在一个陌生的世界上，还受到警方的追查，疲于奔命，甚至一贫如洗，忍饥挨饿。一个人想实现他的梦，经受了多大的痛苦。他面临的问题首先是必须活下去，其他都无关紧要。随着时间的推移，由于找不到雷伊娜，由于期望的事情还化为泡影，焦虑和思念愈来愈强烈地支配着他。在这种情况，他不禁诅天咒地，克制不住地叫道："你不愿意留在这儿，但也不愿意回国！"

小说讲述的是一个关于青年男女追求爱情的故事，但也是讲述丧失一切的故事，主人公们为了实现一个难以实现的梦，把什么都失去了。这是一部让人落泪的故事，主人公们的遭遇异乎寻常，委实令人同情。论其风格，应当说，作者采用的是一种严酷的现实主义。

《音乐剧》的主人公比达尔是一个英俊的哥伦比亚青年，他邀请他的女同胞佩尔拉离开哥伦比亚去巴黎找他。比达尔有一个计划：她要让佩尔拉和他的朋友与庇护者、年迈的塚夫伯爵阿道夫·德·格雷塞结婚，而佩尔拉是个缺乏教养，性格叛逆，不太适合一位贵族的女孩。但是倘若她和他结了婚，伯爵就能履行他对前妻许下的诺言：把比达尔定为他们的合法继承人，而比达尔懂点医术，能够治疗她的久治不愈的病痛。在比达尔的调教下，佩尔拉终于占据了她在伯爵身边的位置。计划似乎成功了。但是一年后，伯爵突然死去时，他那个阴险的外甥克莱门蒂提出了问题，他决定不能把遗产留给外来的继承人。但是这时，比达尔已病入膏肓，没有能力进行斗争，只能由佩尔拉在她忠实的老佣人阿纳维尔的陪伴下据理力争，因为她能够对付这个难题。

《神圣的命运》讲述的是三姐妹的故事，她们各有自己的性格特点：大姐詹尼弗性格外向，有吸引力，是个有毅力有进取心的女人，却是个十足的色情受虐狂，并且冷酷无情；二姐阿曼达爱幻想，天真纯朴，总爱坐着，相貌略有些丑，身材也有些肥胖，年岁也显得偏老，总坐在电话机旁等待梦中的王子来电话，但总等不来；三妹莱蒂西亚比大姐二姐显得更为年轻漂亮，也更为叛逆，从小时候起就很清楚自己不喜欢什么：不喜欢住在哥伦比亚小村庄的那种狭窄的小房子里，因为她总把目光投向麦德林那个大城市。对她来说，有某种野心、纯粹的性感和青春的诱惑力是打开城市生活大门的钥匙。

　　三个哥伦比亚姐妹，三种灰色的人生经历，她们过着大同小异的生活：似乎没有变化，似乎很幸福，似乎很富足，似乎有人爱，似乎掌握着自己的命运。但当她们做什么决定的时候，却显得笨拙，命运就变了样子。每个人都有其软弱之处和脆弱的地方。詹尼弗是个有色情受虐狂的女人，从年轻的时候起就常挨打、受伤，被逼着去街头"工作"，她学会了勾引男人的手段、手势和表情，变成了偷偷地到某些地方依靠别人生活的行家里手。还不止于此，她还和杀死她儿子的人结了婚，生了一对双胞胎。阿曼达也是个色情受虐狂，她闭门不出，给一个她钟爱的男人写信，却不寄给他。但在第八次约时那个男人离开了她，说第二天给她打电话，似乎她总是坐在电话机旁等他的电话。莱蒂西亚活泼可爱，天生丽质，渴望了解外面的世界，她常和几个男人在一起，最后和他们发生了矛盾，不欢而散。

　　关于这部小说创作的灵感，佛朗哥说，是来自他看到哥伦比亚一份报纸上的消息：一个女人竟然和一个杀死她儿子的男人结了婚。这引起了他的注意。后来他又看到了另一个女人的故事：她患了一种不治之症，一个儿子也患了同样的病。这样他就有了两个女主人公的原型。他把她们变成亲人，成了姐妹。但是还缺一个，他只好开动脑筋，想象了一个，这就是阿曼达。

　　佛朗哥对女人和女性世界十分了解，这和他的家庭密切相关。家中有他的母亲，两个女佣人，还有他的三个姐妹，她们每天都带一两个女友到他家里来。也许因此他才能在小说中描述关于女性的那么多细节，甚至他能够使每个女性感到自己总有希望。自然他也十分关注女性的命运，他认为她们的命运是神圣的，她们应该有美好的命运，幸福的生活，而不应该受苦，受累，患病，没有人关爱。

　　《外面的世界》的故事发生在 20 世纪 60 年代末的麦德林市，在树木茂密的郊外有一座城堡，一个黄发小姑娘从城堡的门里跑出来，一双眼睛着迷地望了一会儿那副异乎寻常的景象，然后消失在树林里。五六年前，这个小女孩的父亲堂迪埃戈——一位亲德的瓦格纳歌剧迷，和离开纳粹的柏林去哥伦比亚居住的女人迪塔结婚，生了女儿伊索尔达，父亲把这个黄发小姑娘关在上述城堡里，免得受外界的污染，丧失其纯洁。城堡四周有密林保护，小女孩给常跑出来和那些顽皮的小动物玩耍。但是她从没有注意一帮歹徒的头头"猴子"的目光，他爱上了小女孩，在树后虎视眈眈地望着她，一心想把她弄到手，并试图捞到百万赎金，于是决定绑架她父亲堂迪埃戈。

　　小说以一个仙女般的故事开篇，有一个城堡和一位小公主，颇具诗情画意，结尾则像塔伦蒂诺①的电影故事。

　　作者说，多年来他一直想写这部小说，写作时受到他童年时代许多事情的启发。那座城堡确实存在，他就是城堡的邻居。小说是以真实的事情为基础写的，但他进行了大胆的想象。关于那个女孩，有许多传说，有的说伊索尔达在城堡里被父亲涂了防腐油。

　　在现实生活中，堂迪埃戈确有其人，他叫迪埃戈·埃切瓦里亚，作者以其为邻，他住在一座其风格交织着哥特和中世纪的城

---

　　①　昆汀·塔伦蒂诺（1963—　　），美国著名的魁才导演。

堡里，经常驾汽车旅行。他有一个仆人似的随从。其生活方式总和时代潮流相反。孩子们看见他驾车经过，或在花园里喝茶，觉得很稀罕。突然他遭到了绑架，看到这么熟悉的被绑架，全城的人都感到不安。在现实生活中，堂迪埃戈是个很受人爱戴的人物，他致力于文化，推动社会事业发展，看到他被绑架，都愤愤不平。

第五节　罗德里戈·索托

罗德里戈·索托（Rodrigo Soto），哥斯达黎作家，1962 年生于圣约瑟，在危地马拉和哥斯达黎加度过童年，在圣约瑟的拉萨列学校上中学，但毕业于一所夜校，正值桑地诺革命者推翻索摩查独裁统治的那一年。后来进哥斯达黎加大学攻读哲学和语言学，没毕业便离开学校。他曾酷爱建筑，但不久便被戏剧和文学的吸引。70 年代末成为卡尔帕等剧团的成员。80 年代初他进入他哥哥卡洛斯领导的戏剧工作室。80 年代末，他和一些朋友成立了星期一诗歌团体，参加这个团体的有奥斯瓦尔多·萨乌马等五六位诗人，每个周一一起谈论诗、吃饭和喝酒，还讨论艺术和政治，通宵达旦。从此时起，他出版了许多不同体裁的作品，其中有短篇小说集《和天使那样飞》（1980）、《说谎癖》（1983）、《都说我们这些猫很幸福》（1995）和《花开花谢》（2006），有长篇小说《蜘蛛的战略》（1985）、《纯净》（1992）和中篇小说《废弃的钟楼》（1994）。进入 21 世纪后，他又出版长篇小说《结》（2004）、《镜中的形象》（2010）和《利桑德罗的影子》（2011）。此外，还出版诗集《死神戴着眼镜》（1992）、《达摩克利斯和其他诗篇》（2003）和《燃烧的迷宫》（2010）。

《结》的故事主要发生在 20 世纪最后 30 年间，以圣约瑟为背景，通过由时间的变化构成的万花筒幻景，展现了一群人 20 年的生活经历和沉浮。他们从童年时代起就共享着友情和快乐。随着对这些人物的人生阅历的描述，和他们的内心世界展示，他们的失意、渴望和最深切的痛苦一一呈现在读者眼前。在作者的描写下，圣约瑟这个国都像容纳一切的空间一样出现在读者面前，车水马龙的街道，喧闹嘈杂的人群，一副现代城市的景象，仿佛一座什么都有、也什么都可能发生的迷宫：什么暴力、个人的失败、人的孤独和与世隔绝，等等。《结》不仅展示了中产阶级的生活，同时也召唤着读者进行一次最广泛的旅行，在旅行中你会看到人们行为和结果像 X 光检查一样展现出来。小说中的各种人物像走钢丝的杂技演员一样在他们生活的钢丝上漫步、摇摆和飘动，在哥斯达黎加的社会环境中面对自己的命运生活着。

　　小说的叙述者是"我"或"我们"，他是一个友好的、和蔼可亲的、有礼貌的叙述者。主要人物是三个名叫约翰尼、海梅和路易斯的孩子，在 80 年代他们结伴去巴拿马海滩旅行，进行人生中的冒险。在准备回家的时候，他们在海上发现几包可卡因，那是一条船为了躲追捕的警察丢到海里的。这个几乎并不重要的偶然事件导致三个伙伴陷入了一种充满犯罪的不幸的生活，有了乞讨，有的犯罪。路易斯由于毒品变成了上层社会的贩毒者，被推上了法庭，最后死于小说开篇所描述的车祸；海梅吸毒成瘾，在街头流浪；约翰尼实现了抢劫银行、当贩毒集团头目的发财梦，这对他来说，不过是一场罪恶的犯罪的噩梦。叙述者——作者就这样讲述了这些年轻人的充满厄运的失败人生，似乎他们的人生早已注定，早就被不幸的力量的锁定，他们怎么做也不可能改变了。社会的环境和他们人性恶决定了他们的人生之路。他们一出世似乎就是为了在寻找他们那种所谓幸福的时候遭到不可避免的失败，因为他们的计划完全为了经济利益，为了在社会上出人头地，为了享受浮华生活，他们缺乏符合社会道义的理想，贪得无厌，只为自己，不为别人。所以他们的人生就像任凭风吹雨打的玩具，没有一定方向，必然遭到失败，精神贫困，孤独无助，到头来只能一无所有一场空。

书题《结》具有三方面的含义。一是表示人物之间的密切关系，是他们的友谊把他们联结在一起；二是说明人物遇到的必须解决的困难或问题，比如他们偶然发现几个毒品包后该怎么办，这是使他们感到纠结的事情；三是比喻渔民们的三重刺网捕鱼法，这种鱼网不但能捕鱼，而且会纠缠人，比如路易斯的一只脚就被渔民的三重刺网缠住过。

《镜中的形象》由 4 章构成，它们是《石雕》《镜中的形象》《希娜》和《面对火圈的虎》。

《石雕》：托尼、安娜、奥斯瓦尔多、卡科、米莲娜和圭乔是反映在他们童年的镜子里的人物。没有发生什么重大事件，他们过着日常的生活。但是存在着家庭问题、争吵、父亲的醉酒、分离、肉体惩罚，还有在城区学校的生活和学习。他们都是童年时代的人生大镜里的小人物。成年人则聚集在峡谷和石头及石雕在一起，那里保存着旧世界的珍宝。生命和死亡象征着童年时代的结束和少年时代的开始，象征着印第安世界的毁灭和现代公路诞生，象征着奥斯瓦尔多同名叫佩特拉的法德女人的分手。小说尾声和开始相呼应，形成一种圆形结构。传统的叙述者的旧模式消失，取而代之的是一种新的叙述手段：由人物自己讲述他们自己的经历，多个人物的讲述声构成了一场多声部的美丽的交响音乐会，把所有人物的生活播送出来。

《镜中的形象》：一对青年男女阿里埃尔和希娜在家接待马塞拉和她的朋友和情人奥斯瓦尔多，他们之间进行了一场无关紧要的交谈，同时喝着酒，然后吃晚饭。最后客人道别，马塞拉约她的朋友和情人第二天晚外出。整个场景几乎像戏剧演出。通过这种非正式的聚会，反映了日常生活的现实。这些人物不过是反映在镜子里的相似的形象，他们没有任何计划，不知道想干什么。他们属于有钱有势的中产阶级的虚浮的世界，如同一片片随风飘荡、不知落在何处的树叶。

《希娜》曾作为独立的中篇小说发表。这一章是一篇自传，由名叫希娜的女人叙述，叙述希娜自幼面对的特殊处境，同时讲述了她自己和她周围的人如她父亲和她前夫遭受的意外。此外，还讲述了她和米格尔的相遇和她跟米格尔的暴力关系。希娜属于中产阶级，干过关于人类学的职业。但由于种种原因，从很年轻就生活在受过创作的、不和谐的环境中，不能实现她个人的计划，由于她本人的实际情况，无论如何也无法将她的计划落实。这个问题发生童年时代同一些男孩子相遇后，那些孩子引诱她堕入了混乱的性生活。名叫米格尔的那个男孩强暴了她，从肉体和精神上摧残了她。同阿里埃尔的第一次婚姻生了两个女孩，这成了实现她的职业追求、政治渴望和公开的、自由的生活方式的头一个障碍。对全面实现她的愿望来说，传统的婚姻是不合理的。她是个要强的、有意志的女性，她必须和她的丈夫分开，去寻求一种冒险性的、几乎是靠运气的生活。她必须设法找一幢住的房子，买一辆二手车。这样，她便带着两个女儿去了比埃霍港，在那里认识了黑人米格尔，米格尔也和妻子离了婚，有两个男孩子。二人组成了一个家庭，夫妻关系很牢固。最后，她带着她的女儿和米格尔的两个儿子回到圣约翰，希望过上幸福的生活。

《面对火圈的虎》：和前两章一样，中心人物还是奥斯瓦尔多。奥斯瓦尔多是一个不相信爱情这个词的人，但是他拒绝接受他的未来是孤独者的说法。他绝不卷入那种紧张的、瞬息万变的、毫无愉快的、最终会破裂的关系。他是个不顾脸面、闲散而肤浅的人。他发现防备外界伤害的武器应该是锐利的，甚至在他一成熟时就明白这一点。这个隐喻是有趣的：杂技团的考虑跳过一个火圈，然后落在另一个火圈前，它必须再跳过。这样，尽管过去遭到过多次失败，卡萨诺瓦仍然不能抗拒再一次跳到每一次挑战面前。

第一章中的人物对话稍嫌长了点，而且不止一次重复，其他各章也有类似情况。小说的故事还算有趣，但作者有时从道德上评判人物的品质，这不免有碍读者对人物认识。

《利桑德罗的影子》凭借对普通的幸福的性约会的描写，加上由于政治迫害而造成的移民现象，把读者引向了对父子关系的思考。小时描述少年和儿童面对父爱的缺乏或完全不知道父亲的情况下产生的各种不同的反应。有一些孩子对比不以为然，有的孩子则千方百计进行报复，也有的甚至遭到了不幸。例如阿尔弗雷多，命运就把他引向了悲剧。

小说的主人公叫利桑德罗·西尔瓦，是智利演员、戏剧作家、文学家。为了躲避皮诺切特独裁当局的迫害，70 年代中期他流亡到哥斯达黎加。在圣约瑟，他不知道也想不到的昔日的影子在那里等着他。那些活生生的影子向他走来，要跟他算账。

小说描述了利桑罗同几个姑娘的关系和生活经历。几乎在 5 年前，在一个雨夜，他在莫拉桑公寓和一位有一对明亮的绿眼睛的女孩睡了觉。如今他对那个女孩几乎没有什么印象了。他几乎连她的全名都不记得了。他只记得她的头发的香味和那个向她乞求他把她和她的流浪狗带到墨西哥时所用的语气。他以为她是开玩笑，但是艾莱娜的坚持使他觉得她是认真的。他只得回答说这不可能。她也只好罢休。

利桑德罗想起他躲进哥斯达黎加驻智利使馆后的那些可怕的日子，他等待办理旅行护照。他对本国的印象已模糊不清，只记得植物的深绿色、暴力和夜间的瓢泼大雨。他还记得他和马尔科·普罗蒂认识时他那种醉醺醺的样子。他还想到，和他快乐一夜的艾莱娜可能怀孕了。那些年，他写了几本书，赢得了一些名声。1961 年他和亚杉森·赫斯结婚。但经过几次分居后，终于离异。他们唯一的儿子安德烈斯陪着他。他妻子躲进了德意志民主共和国大使馆。此后他便紧张地从事他的政治、戏剧和文学活动。

第六节　罗德里戈·弗雷桑

　　罗德里戈·弗雷桑（Rodrigo Fresan），阿根廷作家，1963 年生于布宜诺斯艾利斯，童年岁月不爱外出，闭门读书，通过阅读想象外面的世界。从 1984 年起，为许多媒体撰写关于烹调、音乐、文学批评和电影的文章以谋生计。他是一位无所不写、无所不看、无所不听、无所不读的作家：电影、小说、传记、文献、流行歌曲等。1991 年出版首部作品、长篇小说和短篇故事会合集《阿根廷历史》，被认为是"内容上违背常规，形式上有实验性"的作品，此作受电影、电视和英国文学影响，对阿根廷文学具有启示意义。不久又出版第二部小说选《圣人的生活》（1993），其中的作品均为短篇，短篇中都有一个受排斥的、默默无闻的人物，直到最后一篇作品里才为人所知。1995 年出版首部长篇小说《世界语》，三年后出版其最具标志性的长篇小说《事物的速度》，两部作品中有一个共同的中心人物和共同的地点贯穿始终。地点就是悲歌小镇，镇上发生过许多神奇事件，可以视为新一代拉美小说家的马孔多，那里既有魔幻现实，也有流行文化。

　　进入 21 世纪后，弗雷桑出版 3 部长篇小说，即《曼特拉》（2001）、《肯辛顿花园》（2003）和《太空深处》（2009）。

　　《曼特拉》分为三部分，即《墨西哥朋友》《岁月的死者》和《颤抖》。第一部分的故事发生在联邦区，主要人物是一个墨西哥男孩曼拉拉，在上学的第一天他拿着一把手枪在他的新同学们面前玩俄罗斯轮盘赌，[①] 这是关于一个发疯的危险的坏孩子老故事。这部分后来写到叙述者同这个墨西哥人马丁·曼特拉的相遇，曼特拉是两个去拉美旅行的电视剧演员的儿子，他想拍一部完美的

---

　　① 一种用手枪做赌具的玩命游戏。

电视剧——一部完美的电影，他自己的家庭生活在剧中，连神像和废墟都拍摄了，那是新特诺奇芬特兰地震中"美丽的小天堂"宅第的废墟，家中的人都死了。这部电视剧表现的是一个家庭悲剧，可以称为"墨西哥的悲哀"，这个新的家庭悲剧史，名叫曼特拉或墨西哥的家族的悲剧史。小说的第二部分是关于墨西哥城的一种生僻词典，小说是一种宽厚的文体，什么东西都可以写进去。词典中的任何词语都是墨西哥城的老生常谈，陈词滥调。第三部分是一篇戏作，具有《佩德罗·帕拉莫》[1] 的黑色幽默，描述叙述者像胡安·普雷西亚多[2]回村寻父一样回来寻找马丁·曼特拉，最后遇到了一堆石头，那是一堆废墟的石头，他对着遥远的星斗射出了他手枪的最后一粒子弹。

　　小说叙事流畅，娴熟，是一部有着新奇的故事的好小说，但是结构极为零碎，时序混乱，视角太多，并且彼此矛盾。第一部分和第三部分的结构有条不紊，但第二部分比其他部分都冗长，像一幅纠缠在一起的拼贴画。

　　《肯辛顿花园》则像一幅新奇而流利的维克多里亚挂毯和一种迷人的哥特式工艺品，同时也是关于童年的死亡、关于记忆和时间的既脆弱又强大的特点、关于活人重新描写死者和死者纠正活人的方式和关于过去的书籍最终造就其读者的未来和改变其作者的现在的不可预见的方法等的独特研究。小说里写道，在一个漫漫长夜，彼得·胡克（以临时的旅行者吉姆·扬为主人公的青少年小说的遭囚禁的名作家）讲述詹姆斯·马修·巴里的奇特人生：他是彼得·潘的创造者，相信永恒的童年观念是信仰和艺术的形式。但是这并不是全部，小说在回忆维克多利亚的伦敦和巴里同卢埃林·戴维的英式关系的基础上，还探索了彼得·胡克私人私密：他所回忆的事情和决定忘掉的事情，斯温金·西克斯铁斯时

---

① 　墨西哥胡安·鲁尔福的小说。
② 　上述小说的主人公。

代他父母的传奇，在以永恒的恐怖为标志的新世界的最初岁月他的往事的突然和最终的恢复。书评家说："《肯辛顿花园》是一部强有力的、令人不能平静的小说，是关于人类的本性的值得铭记的评论。罗德里戈·弗雷桑以《肯辛顿花园》证明，他是西班牙语文学最主要的作家之一。"（西班牙《世界报》，迭戈·东塞尔）

《在太空深处》源自作者记事本里的一句话："女人像海啸一样把三个男人卷走，爱情故事，悲惨!!"许多年后，这句话结出了丰硕的果实，有评论说，"这是一部爱情小说——其神秘成分多于性爱——，很少或根本就不是传统的爱情小说。"由于小说的重要叙述者之一是一个外星人，有书评认为此作是一部科幻小说，但作者在小说最后几页，"他写的不是科幻小说，而是具有科幻内容的小说。"

小说故事从两个犹太表兄弟伊萨克·戈德曼和埃兹拉·利文撒尔讲起。二人住在纽约，像其他青少年一样，他们也对科幻小说着迷。那个时代，这类小说相当走红（作者没说明是何时代，但显然就是 20 世纪 50 年代）。伊萨克和埃兹拉不清楚在那些岁月科幻小说多么流行（"科幻小说已经变成热门出版物，出版的速度像平地百米赛。写家重视的不是写得好坏，而是写得比别人快。想象不应该冷静思考，而应无所顾忌"）（作者语）。他们组成了一个二人小组，取名"远方人"，远方人结识了阴险的杰斐逊·华盛顿·达林斯基尔，三个人认识了"她"，并爱上了她。她是一位稀奇的少女，并有几分神秘："她的面孔……是照亮一切、熔化一切的光焰。"但是他们的情感持续短暂，由于产生了矛盾，埃兹拉离开了他们，去从事他所喜欢的科学研究事业。伊萨克留下来，继续他的幻想。其实，他们之间的爱是肤浅的，他们的情感更像是比爱情更深切和永恒的友谊。对他们而言，她成了 2001 年的神圣独石碑；①《太空

---

① 在月亮上发现的奇石，被认为是外星人文明的证明和象征。

的奥德修斯》。①作者运用了科幻小说的写作手法，但是他不像一般科幻小说作家习惯做的那样把故事放在未来，而是放在过去。其实，从整个小说的叙述看，仿佛未来已经发生。这一点在第二部分中更为明显。这一部分中讲述了另一种爱情故事：住在厄克 24 号（作者在他的其他幻想小说中写过的一颗行星，是他虚构的城市悲歌市的另一种说法）上的外星人的爱情：对人类的爱。这个既陌生又有力的声音讲述的是"一次特别悲壮的失败的故事……这样的故事从没有在这个星球和别的星球上发生过"。外星人可能驾着"不祥的华丽大飞船"侵入过地球。不过他们没有在地球上着陆，因为他们看到人类在地球上东奔西走，感到迷惑不解："我们非常喜欢观看他们"，"永远不会忘记他们，我的孩子们。他们不认识我，但是永远不会不爱他们。"他们看到雪也很激动。在观看地球的过程中，他们患疾病而死，只剩下一个人，就是故事讲述者，他怀恋地观望着他的星球上的最后的黄昏。小说最后一部分是由那个小姑娘讲述的。从她的讲述中可以知道，她在外星人和地球之间起着桥梁作用，她被挑选去将一个世界的景象带给另一个世界。

　　作为一种科幻小说（具有科幻内容的小说），《太空深处》既源自作者对菲利普·K. 迪克和库尔特·冯内古特的科幻小说的阅读，也源自其故乡一直存在的幻想传统和对科幻小说界限的打破。无论文是不是科幻小说，还是仅具有科幻情节的科幻小说，它都是对当今拉美这个云雾迷漫的文学领域做出的令人惊奇又异乎寻常的贡献，它还作为一部优秀爱情小说流行一时。

第七节　豪尔迪·索莱尔

　　豪尔迪·索莱尔（Jordi Soler），墨西哥作家，1963 年生于韦

---

① 《太空的奥德修斯》，美国人斯坦利·库布里克导演的科幻电影，1968 年上映。

拉克鲁斯城延加附近的拉·波尔图格萨咖啡种植园，12 岁离开咖啡园所在的丛林，移居墨西哥城。他曾任墨西哥驻都柏林大使馆的文化参赞，当过电影制片人、电台广播员和电台台长。他从事小说创作，同时为《工作日》《改革》《国家》、自由文学杂志等报刊写专栏文章。在文坛上他属于胡安·加夫列尔·巴斯克斯、伊格纳西奥·马丁内斯·德·皮松和佩德罗·萨拉卢基等作家组成的文学团体。他也是芬尼根团体的成员。

索莱尔于 20 世纪 90 年代初登上文坛。先是写诗，出版了《心脏是从窗口扔出的一只狗》（1993）、《消失的浪》（2000）和《日本兵的未婚妻》（2001）。几乎同时写小说，先后出版《松弛的嘴巴》（1994）、《女海盗》（1996）等。进入 21 世纪后又陆续出版《有一双丑脚的女人》（2001）、《海外的赤色分子》（2004）、《最后一天的最后一点钟》（2007）和《熊的节目》（2009）。

自出版《松弛的嘴巴》后，索莱尔便成为同代作家最重要的声音之一。柏林的"世界文化之家"曾编辑一份关于他的作品介绍，称索莱尔比他同代的任何一位作家都更具有个人的风格，无论其散文还诗作，都具有高度的视觉效果。

《有一双丑脚的女人》的男主人公是一位电影制片人，当他认识一个有一双丑脚的女人华莎时，牺牲了他的嗜好，他的爱好，他的吉祥物，他的友谊和他那种多种多样的、令其愉快的性生活。为了她，他感到有一种被生活束住手脚需要。他总是觉得自己像一只老虎，但是他同时又感到自己变成了一只家猫。作者以强烈的幽默感和辛辣的讽刺笔调，以及令人目眩的节奏讲述故事。但是他找到了讲述几乎微不足道的细节的空间。《有一双丑脚的女人》将个人的天堂和集体的炼狱融合在一起；丰富的想象力不经意间变成了让读者必须选择和必须参与其中的具体现实。

《海外的赤色分子》写的是他祖父的故事。他祖父是西班牙共和国时期的流亡者，他在墨西哥的丛林里建立了一个移民区，他曾参加反对西班牙独裁者佛朗哥的阴谋活动。其个性让人捉摸不定。他把自己的往事回忆给孙子听。但是当得知人生经历在一家报纸上被公开的时候，他恼羞成怒，三个月后便告别人世，恰恰在此作出版前夕。作者在这本书中描述了西班牙内战和西班牙共和党人流亡墨西哥的情景。索莱尔回忆他的祖父说："我敬佩我的祖父，但也同样恨他。渐渐地，他变成了一个在西班牙进行斗争的人。可惜最后去望弥撒了！不过，当我了解了他的历史后就开始懂他了：他所受的精神创伤是能够以各种方式左右人的。他闭门不出，在家里竭力维持某些习惯，从来不提战争，似乎决计不再回西班牙了。但是他仍然和一些流亡的同志计划如何谋杀佛朗哥。到了 60 年代中，他们仍然对被逃出西班牙感到气愤，对西班牙发生的事却印象不深了。对他们来说，情况还是 1939 年那个时候的样子。他们认为，回去的唯一方式是杀死独裁者。"

　　小说从作者最后一次"调查"其祖父阿卡迪写起。在孙子的坚持下，祖父把他到达韦拉克鲁斯后不久写的回忆录书稿交给了他。他祖父在回忆录中回忆了当年的情况：1939 年有 50 万西班牙人被迫离开祖国，不得不在法国缴纳过路费，拥挤在难民营里，忍受着"战俘"的待遇。而留下来的人，也深受内战之苦，江山破碎。直到 1978 年，阿卡迪才回到巴塞罗那，心情很激动，因为他看到巴塞罗那和 40 年前他离开时完全不同了。作者在调查中发现，他祖父曾在 60 年代参加一次国际左派力量策划的杀死佛朗哥的阴谋，但计划最后失败了，因为支持这项计划的拉美左派非常混乱。小说主人公阿卡迪去世时，对孙子在做什么一无所知。作者认为，这样也许更好，因为他祖父把回忆录交给他时，他女儿即作者的母亲根本不知道回忆录的存在，而他祖父是把回忆录献给他女儿的。

　　索莱尔坦承，这部小说是他"在真实和大胆的想象之间进行的一种尝试"，因为在故事中写了他的母亲、他的弟兄、他的祖父等亲人，而他祖父是小说的真正主人公和"拉·波图格萨"公社的创建者，那里有一座位于韦拉克鲁斯丛林的咖啡种植园，共和党人在那里过着一种完全讲加泰罗尼亚话的人的墨西哥式的生活。小说充满幽然和回忆往事的忧伤，将现实和虚构融为一体，其尝试是成功的。

《最后一天的最后一点钟》以第一人称讲述了作者本人在"拉·波图格萨"的经历。那是一座位于墨西哥丛林深处的咖啡种植园，西班牙内战后他的父母和其他四个家庭流亡到那里，他们都具有共和派思想，讲一口很标准的加泰罗尼亚方言。通过他个人的回忆和别人对他讲述的历史，使读者了解了他在丛林生活期间那个流亡者群体的混乱生活。

小说以作者的自传为基础，描述了西班牙内战后逃亡的一群加泰罗尼亚共和派人员的生活。他们在韦拉克鲁斯丛林中开发了一座咖啡园，维持生计。那时他和父母一起生活在那里，那里的生活给他留下深刻的记忆。那座丛林不时闯入他的梦境，那座丛林总是像一种触角一样抓着他。他12岁时离开那座丛林，移居墨西哥城，后来去多伦多学习英语。成年后出人头地，当了墨西哥驻都柏林大使馆文化参赞。小说还讲述他重返"拉·波阁格萨"种植园的情形。此行他有两个目的：一是和那些年迈的加泰罗尼亚共和派人士中的最后一位幸存者巴赫斯交谈，二是找一位巫婆，给他治疗眼病，他曾在巴塞罗那治疗，但没有治愈。

《熊的节目》讲述的是那些加泰罗尼亚共和派人士的命运。他们像作者的祖父母一样，被迫舍弃一切，在内战的最后的枪声中，离开祖国，穿越比利牛斯山区逃往法国。小说第31页上有一句话可以认为是引导小说故事的题旨："能够对付遗忘的东西很少。但是又必须去做。"于是，小说中发生的一切就有了调查的特征，有了对那个年轻人即作者的祖父的弟弟奥里奥所真正发生的事情的了解：在逃亡路上，他翻越高山，受了重伤，从1939年起，他的所有亲人一一死去。小说像上演了一幕比利牛斯山大戏，仿佛一开始就记述一部无名的英雄史诗，为同情作者、回忆历史做着努力，但是这都是表象。在一个偶然的机会，小说叙述者收到 2007 年去法国南方做一次报告的邀请信，致使他面对一个改变了他一切的事件：一个老太婆交给他一位九十岁老人的一张照片和一封信。这让他怀疑那位老人可能是他祖父的弟弟奥里奥尔，这个老人也许仍然活在边境地区，自流亡墨西哥以来的这些年间一直在那里生活着。在索莱尔的笔下，其家族的秘密和新的联系就这样继续着，使读者一桩桩一件件饶有兴致读下去，不忍掩卷罢手。努力发现一切，面对真相，他认为这是他的责任。朴实、简洁、直截了当、脚踏实地是他创作此作采用的风格。随着一页一页的阅读，你会明白他的技巧何在：他不仅将重要题材掌握在手，而且善于以一种巧妙的方式表现它。小说尾声虽然稍嫌冗长，却不乏悬念和张力。

第八节　马里奥·门多萨·桑布拉诺

马里奥·门多萨·桑布拉诺（Mario Mendoza Sambrano）哥伦比亚作家，新闻工作者，1964 年生于波哥大，曾进大学攻读拉美文学，获该文学硕士学位，随后进波哥大哈维里亚纳主教大学执教，工作 10 余年，其间经常为各种报刊撰稿。1980 年开始文学创作，将写作和文学教学结合在一起，同时为多家文化媒体写稿。1992 年出版首部长篇小说《有门槛的城市》，两年后以另一部长篇小说《有眼力者的穿越》获哥伦比亚国家文学奖。2002 年又以长篇小说《魔王》获著名塞伊克斯·巴拉尔出版简明丛书奖。此前还出版一部百分之八十五为自传内容的长篇小说《一个杀人犯的故事》，小说写一个青年从城市北部移居南部求学的情景。后来又出版《报仇雪恨》（2004）、《无形的人》（2007）、《蓝色的菩萨》（2009）和《启示录》（2011）等长篇小说。

在文学创作上，门多萨深受墨西哥帕科·伊纳西奥·泰博第二和埃尔梅尔·门多萨、巴西鲁文·丰塞卡和哥伦比亚安东尼奥·卡瓦列罗等人的影响。后者的《没有办法》使他受益匪浅，他认为这部小说第一次表现了波哥大的整个规模和全部活力。还有奥斯卡·科亚索斯、罗伯托·鲁比亚诺·巴尔加斯，这些作家是哥伦比亚城市文学的先驱，对他后来的波哥大为舞台的小说创作起了决定作用。

《魔王》以真实的历史事件为基础，描述了一个骇人听闻的故事：主人公坎波·埃利亚斯是一名大学教师，一个有学识、情趣高雅的人，但是 1986 年 12 月 4 日他却在波哥大波塞多餐厅杀害了 29 个人，并使十五六个人受伤，然后自杀。作者在小说中调查了杀人案的病理学根源，他相信，在这桩不可理解的暴力事件后面，"有一个严重的精神病背景，可以称为杀人狂综合征。对此，西班牙的精神病专家进行过研究，其病因是我们的神经系统承受着内部和外部的巨大压力，在某些时候，就会出现萎缩、不协调的现象"。在谈到《魔王》时，作者指出："坎波·埃利亚斯是我的朋友，在惨案发生前几天，我给他写论文的参考书，当时他在准备写关于《杰基尔博士与海德先生》的论文，书上写着我的名字，我必须向法官们声明。其时，我意识到，我必须讲述一个故事，尽管直到 15 年后我才做到。"这是一个痛苦的故事，因为作者确信，"我经历过一段和坎波志同道合、互相帮助的岁月。此外，在事件发生后，在大学里我被人指着说我是'杀人犯的朋友'，好在我得到一笔奖学金去了西班牙。写这本书像治好病一样使我感到欣慰。"

作者在小说中描写了众多人物：貌美的玛丽亚试图躲避所遭受的凌辱，竭力引诱行政官，以便从他们身上捞取金钱。奇怪的是她本是一个处女，在一次可怕强暴中失去了贞洁。她回到神甫埃斯托身边，得到安慰，还得到一位同龄女孩的喜爱。安德烈斯是一位画家，一种神秘的力量为他的肖像画带来了好运，但他也经历了一次复杂而不幸的爱情。而最有分量的人物是那个中邪的姑娘、那个学习现代语言的大学生和埃内斯托神甫。小说最成功之处是纯粹的叙事和政治与社会文献所具有的深刻的道德与象征意义，人物之间有着密切的联系，而且主要人物都是现实中确实存在的人，作者说："玛丽亚是我在一座监狱里认识的，画家是一个和我比较接近的人，神甫是我在大学的老同学。"由于写了这些真实的人物及其故事，作品就仿佛一部纪实小说。

《报仇雪恨》的背景是波哥大，和门多萨的第一部小说《有门槛的城市》一样，写了波哥大的街道、居民、恐怖分子的罪行、报复行动和酷刑，还有一般人的爱情与仇恨，勇敢与恐惧、冷漠与亲情、公正与复仇、自由与正义、秩序与进步等。小说写的是萨姆埃尔·索托马约尔的故事，他是游击队成员，他小时候看见父母被拉美国家无处不在、无孔不入的暴力的枪弹杀死。他必须报仇，讨还血债。但在这样做的时候，他明白这并没有多大意义，这不仅不能使他的心情平静反而可能丢掉生命，并且牵连他的一些朋友。于是他也变得麻木起来，冷漠起来。在那些国家，尖锐的社会矛盾、捍卫自由和正义的斗争，把人们推向集体性的疯狂，无辜的受害者不计其数，主张武装斗争的人的初衷以失败告终。小说具有象征意义：它是哥伦比亚社会心理学的一面镜子，因为书中的人物萨姆埃尔、孔斯坦莎、罗莎里奥、拉贝斯蒂亚，脑袋有病，心脏有病，记忆有病，因为他们没有感情，冷若冰霜，麻木不仁。可以说，《报仇雪恨》是一部波哥大内战史，波哥大是主张绝对自由的思想集团之间的对抗的舞台，他们被他们那种受无节制的暴力毒害的思想所支配，用各种下流手段（拷打、凌辱、谋杀）对付人的灵魂，以根绝人们的任何思想选择。作者笔下的暴力，是制度本身的暴力，是对每个人、每个社会底层的人，每个较小的人的威胁。在这个关于主人公个人的故事中，可以看到整个集体遭到不幸，在人物下地狱时，作者陪着他忍受人类道德的灾难，通过他，可以看整个民族的命运。小说故事其实是近几十年哥伦比亚社会每况愈下的象征，是对整个国家存在的政治和社会暴力的每个黑暗角落的一次扫视，一次曝光。

《无形的人》讲述的是赫拉尔多·蒙特内格罗的故事：他是一位年轻的职业演员，工作辛苦，屡遭不幸，先是妻子不忠并离他而去，后又相继失去母亲和父亲，在经过一段自卑、消沉和迷茫之后，决定改变他那种碌碌无为、毫无意义的生活，从零开始，即致力于寻觅一个神秘部落"无形的人"的踪迹，那是一些还没有接触现代文明的美洲最后的印第安人，他们深藏在哥伦比亚南部的热带丛林里，对此，16 世纪的西班牙征服者洛佩·德·阿基雷曾在他的远征记述中提到。于是，他以画家保尔·高更为榜样，消失在丛林里，经历过一些古怪的小事故后，找到了通向爱情和兄弟友谊的路径。在小说中，作者描述了一个引人入胜的冒险故事，几个人物都在为寻求自己的自由而旅行，共同的目的是渴求找到"无形的人"，那个隐藏在丛林深处的土著部落，那些人和平地出没在丛林间，友好地帮助旅行的人。

门多萨抛开他以往的小说的城市舞台，在美洲的热带大自然中构建了一个充满热带风光和原始自然气息的故事。据作者讲，他写这部小说的灵感来自两方面：一是他曾看见一些土著男人和女人经常走出丛林来抽香烟，那些土著人总是使他着迷，由此他找到了创作这部奇特的作品的素材；二是作者到科亚蒂岛多年后的 1988 年，看到美洲最后的印第安部族"努卡克·马古"哥伦比亚人第一次出现在报纸上。小说表现了门多萨娴熟的叙述才能，被认为是他的一部具有独特风格、读者所需要的作品。

《蓝色的菩萨》分为 3 章，每章包括两封信，两个朋友在信中讲述个人的遭遇，他们是维森特和塞巴斯蒂安，二人总在两个地方，他们像孪生兄弟，彼此心灵相通，自从维森特的叔父埃斯特维斯死后他们就保持联系。根据维森特的说法，我们知道这个神秘的人物是一个被社会遗弃的人，一个不可理解的知识分子，一个需要图书的贪婪的读者，一个有一点儿食物就可以活下去的人，他瞧不起一切循规蹈矩乱世生活的人，他们和他称为"东西"①的概念联系在一起，这个名称是同后现代社会的霸权制度相联系的一切因素的象征。埃斯特维斯不是主要人物，他是发现"东西"存在的人，他不但选择远离它，而且选择和它斗争和破坏它。

第一章是最吸引人的。无疑，作者想写一个不寻常的故事。在这一章中，我们认识了埃斯特维斯和他在波哥大社会底层做的一切事情。他埋头在书堆里，发疯地看书达 20 余年，这期间他开始研究一种名叫无政府原始主义的思潮，这是一种当代罕见的思潮，是他一直为之着迷的题目，他贪婪地读名家的著作，也把自己列入这个有趣的、但也是荒谬的潮流中。他每日只靠金枪鱼和沙丁鱼罐头活命，一天忽然在租住的房子里死去。

从两个朋友的通信中读者知道，无政府原始主义运动的创始人是一个名叫尤纳邦伯的美国老恐怖分子，已经被捕，他是一名数学老师，他隐居在蒙塔纳一座庄园里时被抓获。无政府原始主义者反对资本主义制度，手持垒球棒面对这个制度，他们认为社会没有进步，不是向前进，而是在退向史前。他们发起过一个向不同的机构寄信的活动，试图让有关人员知道社会如果由于当下的科学技术而在畸形发展。

作者试图从某种社会主张出发，将东方哲学和一种音乐作品结合在一起，从而取了《蓝色的菩萨》这个书名。但是，和佛教的内容相比，音乐的内容很少。书名并没有综合小说的全部内容。佛教哲学的内容集中在第二、三章中，这类内容以情节剧的调门

---

①　"东西"，指警察。

面对社会灾难。书中有一段话可以概括全书的精神："创立一种信仰，放弃'我'，在久久的音乐怀抱里把我们同别人联合在一起，就像在布鲁斯舞曲、摇摆舞、打击乐和萨尔萨舞曲中一样，一起歌唱强大的、有抵抗力的我们的快乐"（《布鲁斯菩萨》，第 274 页）。这正是作者写这部小说的良苦用心：抛开个人的忧虑，以天下之忧为忧，以天下之乐为乐，做人要有一颗菩萨心，做个心肠慈善的人。

《启示录》写一个名叫马科斯的男孩子的故事。可以说，他一直过着正常的生活：他上学读书，看冒险小说，拥有一群朋友，父亲在小区里开着一家小店，他不时地去帮忙，并和朋友们去那里吃饭。但在他出生时母亲便去世，后来父亲也自杀。从此，他的少年时代结束了，他不得不承担起难以想象的责任。他变成了成人，自谋生计。然而，他发现在他那病态的头脑中生活着一个一直没有消息的兄弟，这永远改变了他的生活。从此，各种事件便不断发生，而且都很神秘。在事件的发生过程中，一种很古老的被禁止的仪式的出现，使故事彻底转向，马科斯进入了人类心灵最隐秘的角落。《启示录》是对人类最深切的激情的一种解剖，是对人的肉体和精神的陡峭崎岖之处的一次旅行，是对人活着这件事的激动的思考。《启示录》是门多萨的第十部小说，这部作品的出版结束了作者十五六年前以《有门槛的城市》开始的传说系列。

第九节　圣地亚哥·甘博亚

圣地亚哥·甘博亚（Santiago Gamboa），哥伦比亚作家，1965 年生于波哥大。曾在波哥大哈维里亚纳大学攻读文学。成年后前往欧洲游学：先后在马德里孔普卢登西亚大学攻读西班牙哲学硕士学位，在巴黎索邦大学攻读古巴文学，同时为法国国际广播电台拉美部当记者，负责报道文学与文化信息。1993 年被委任为波哥大《时代报》驻巴黎记者，兼任《万花筒》杂志专栏作家。还曾任哥伦比亚驻印度文化参赞。

甘博 18 岁开始写作，19 岁去马德里时手提箱曾装着一部 65 页的小说和三四篇故事的手稿。1995 年出版首部长篇小说《回归的篇章》，批评界认为"这是一部突破了近期哥伦比亚文学使用的创作方法的小说"，表现了作家的革新精神。1997 年出版另一部小说《遗失是方法问题》，在拉丁美洲和西班牙获得好评，已被译成至少 15 种外国文字，2005 年还拍成电影，在 37 个国家上映。1999 年出版中篇小说《机场上一个男子的爱情悲剧》，被意大利一位独立制片人搬上银幕。2000 年出版第二部中篇小说《一个叫埃斯特万的青年的幸福生活》，被收入拉美、法国、德国和南斯拉夫多种作品选。2001 年 10 月出版游记《北京的十月》。2003 年出版长篇小说《冒名者》，被译成 16 种语言。此后又出版短篇小说集《波哥大之围》（2004）、长篇小说《尤利西斯的综合征》（2005，法文版获梅迪斯优秀外国小说奖）、中篇小说《北京饭店》（2008）、长篇小说《墓地》（2009，诺尔玛出版社彼岸长篇小说奖）和《晚祷》（2012）。

《冒名者》是甘博亚新世纪出版的第一部小说，书的封面上印着一幅写着寿字的中国板画。这证明了小说头几页的一个细节：住在巴黎的哥伦比亚记者苏亚雷斯·萨尔塞多——无疑就是甘博亚本人——被派到北京去写一篇报道。动身前他提到不少西方作家和旅行家如马可·波罗、博尔赫斯等人都写过历史悠久的中国文化。但《说谎者》既不是游记，也不是风俗志，而是一部具有侦探情节的小说。小说中的几个人物几乎都无意中加入了寻找一部手稿的行列：那是一本关于一个秘密社团即义和团的教义的书。自从该社团的头领们和成员们遭到八国联军围剿后，其活动便转入了地下。小说将秘鲁作家、在美国执教的教授乔饮·奥塔洛拉的故事和一位也在寻找那部手稿的德国教授希尔贝特·克劳斯的故事交织在一起。手稿夹在一个名叫王米安的人写的书里，书名是《远方的透明天空》，这本书掌握在一位躲在一座棚屋的法国僧人手中。这位僧人必须把书交给一位哥伦比亚记者，让他带出中国。这是小说的大概情节。这个情节和其他次要的逸事或故事交叉在一起，比如秘鲁人和他的中国祖父的故事，记者及其同一位古巴直肠病医生热恋的故事，德国哲学家和他热爱文学胜于现实生活的故事。在讲述这些次要的故事时，作者还一次又一次解释中心情节的一些细节，唯恐脱离了它。书中提到了一些间谍机关、没有解决的误会和并非吸引人的事件。还有许多对话、录音和诗歌。小说所说的冒名者有三个，即苏亚雷斯·萨尔塞多、希尔贝特·克劳斯和乔乌饮·奥塔洛拉，他们渴望成为和现在不同的人，即当作家。三个人不约而同地去了北京，临时充当侦探寻找那份中国 18 世纪的手稿，手稿对于了解秘密组织义和团十分重要。他们谁也不是真正的侦探，都梦想成为跟自己的身份不一样的人：实干家、成功的作家、对生活有深刻了解的人。却都冒这样的人的名义行动。

这是一部侦探小说或黑色小说，因为它几乎具有这类小说的一切特征：陌生的人士、神秘的神甫、刺客、枪击事件、追捕、死亡、疯狂的赛车和豪华的饭店等。但它也是一部关于文学的小说，一部涉及旅行的小说，一部关于爱情、友谊、同陌生人的关系的小说。

甘博亚以前的小说故事都发生在哥伦比亚，这部小说却把故事舞台搬到遥远的中国。作者说，这是他在格林·格里厄姆影响下写的一部侦探小说戏作。

《尤利西斯的综合征》表现的是一个哥伦比亚青年的梦想和不幸：他在一家东方餐馆刷盘子，以便挣些钱缴纳上文学课的费用。这和作者住在巴黎时的经历类似。同时穿插描写了法国人、非洲人和东方人为过上更好的生活所做的努力。但是并非所有的移民都一律平等：合法的身份像一道鸿沟一样把有证件和没证件的分开来。这个哥伦比亚青年叫埃斯特万，他白天在大学上几个小时的课，然后再去教别的学生学西班牙语，最后才能回去和同在巴黎的同胞一起吃住。对外国人来说，生活是艰苦的，谋生的需要把他们变成了流浪的劳动者，他们必须找到一份尽可能有尊严的工作。在异国他乡为生存的奔波中，主人公认识了一些由于不同的原因流亡巴黎的人，甚至发生了和某个女人不正当的性关系。保拉，也是哥伦比亚人，她认识了主人公，双双经过几次肌肉之欢后，她变成了他的保护人和知己。主人公经常去她那里，对她诉说他的渴望和犹豫不决："不知道是继续忍受他已厌倦的妻子还是和在当地认识的一个姑娘纠缠在一起。书题取自一种精神病，这种病殃及离他的故乡遥远的人们，它使患者精神紧张而沮丧。"这里的"尤利西斯"不是乔伊斯描写的那个城市的具有冒险精神的男子，而是另一种人，"他试图敲开发达国家的门"（作者语）。

　　小说有其现实生活的基础。作者在一次访谈中说："我在西班牙报刊上读到一篇关于非法移民患的一种病的文章，文章说，他们害怕被警察抓住和被遣送回国，恐惧像针扎一样不停地刺疼。如果恐惧的情绪持续十余天，其神经系统就会受到伤害，这就是尤利西斯综合征：他开始颤抖，肚子疼，头晕目眩，倒在地上。肉体虽然正常，但是恐惧的针头要在体内停留 24 小时。我觉得这个名字作为小说的题目能够引人注意。"这个书题恰如其分地反映了巴黎的外国移民的处境。

　　《墓地》由若干个故事构成，故事分别发生在美国南方、欧洲中部和中东，每个人物讲述自己的历史和关于同一事件的说法。主要人物是一位哥伦比亚作家，他住在罗马，刚刚摆脱长期折磨他的肺病。退出作家生活已经两年。就在他打算恢复一点写作生活的时候，他收到请他去耶路撒冷参加一次传记作家代表大会的邀请函。当时城外的战火正旺,城市几乎陷落。出席代表大会的作家们那种陌生而紧张的生活使这个非常的文学活动的主人公感到惶惑。在大会的参加者中有法国书商和传记作家埃德加·米雷·絮佩维埃尔、意大利色情电影女演员莎维娜·韦多韦利、哥伦比亚企业家莫伊塞斯·卡普兰,特别是何塞·马图拉纳——一位前牧师、曾被流放的囚犯和吸毒者,他用最肮脏的街头的丰富词语讲述他的救世主(迈阿密的一位具有神授能力的拉丁摩西)的旅行。离开会议大厅几个小时后,马图拉纳死在饭店他的房间里。一切表明他是自杀,尽管有人持怀疑态度。

甘博亚在谈到创作这部小说的意图时说:"我的意图是想证明,在死亡和遗忘面前,写小说,讲故事,也是一种选择,是想写一部现代版的《十月谈》。"就像薄伽丘在这部作品里写的那样,《墓地》中的人物也都是孤立的,但是他们由于脆弱和试图创造一种不同的生活而团结在一起,即使冒着生命的危险也要讲述自己的历史。

"墓地",是指耶路撒冷,是当今的耶路撒冷,由于战争、恐怖、灾难和死亡,它成了多灾多难、像墓地一样死寂的城市的象征。它的凄凉,它的破败,也和墓地无别。正是在这个被战争的硝烟弥漫得阴暗的城市里,代表们在不远的炮火之中聚在一起,讲述各自的历史,令人信服地证明了代表们的执着、勇敢、团结和友谊。

《晚祷》的时代背景是2002—2010年阿尔瓦罗·乌里维统治哥伦比亚时期。主人公是一位攻读哲学的哥伦比亚青年名叫曼努埃尔,被指控贩卖毒品,在曼谷被捕入狱。他十分担心,不仅被宣布有罪,而且可能被判处死刑。但是他更担心的是找到他那个几年前在哥伦比亚失踪的妹妹。这件事惊动了哥伦比亚驻新德里领事,领事急忙前往泰国首都去帮助他,帮他寻找妹妹,以便兄妹二人团聚。小说以大部分篇幅讲述曼努埃尔的故事:他离开在波哥大的家，去寻找他妹妹胡安娜，胡安娜两年前出走，其最新消息是有人在日本见过她。曼努埃尔为了找到他这个唯一的亲人而跑遍了半个世界，但始终难觅其踪。后来，领事找到了她。她是为寻找一种新的未来而远走天涯的。兄妹二人的童年和少年时代是在国内度过的，兄妹关系亲密，几乎形影不离，但长大后却不幸别离，一个遭到囚禁，一个浪迹天涯，流离失所，天各一方，只在梦中才能骨肉团聚，二人的遭遇令人同情，也令人伤感。作者甘博亚说："我想借助两兄妹的经历讲述一个很接近我这个离开祖国的人的故事。"他还说："我想让两兄妹的少年时代在那个时代度过，因为在那个时代我更深刻地感受到了暴力，不是枪弹和绑架那种暴力，而是人与人之间那种无形的紧张的暴力，一分为二的家庭的暴力，把门一甩永远离去的朋友的暴力。从来也不像那个时期那样，政治生活以一种那么暴烈的形式进入人们的私人生活。"没有这种暴力，兄妹就不会分离。作者以这个令人不快的故事有力地抨击了一直遍及哥伦比亚、为国家和人民带来灾难的暴力。

第十节　海梅·拜利

梅梅·拜利（Jaime Bayly），1965 年 2 月生于利马，曾在多所小学和中学读书。15 岁时因和父母产生深刻矛盾而去外祖父母家居住，直到 1980 年。在此期间，他听从母亲的劝告，进利马新闻报社当助理，在那里同秘鲁记者费德里戈·萨拉萨尔建立了特殊联系。1981 年进秘鲁天主教大学攻读法律，后又离开大学致力新闻工作，长期担任电视节目编导和主持。29 岁那年，他在巴尔加斯·略萨的指导下开始文学创作，随后离开电视台，不久出版首部长篇小说《你别把此事告诉任何人》（1994），引起强烈反响。其后又相继出版《是在昨天，我已不记得》（1995）、《夜晚是处女》（1997，获埃拉尔德小说奖）、《我爱我妈咪》（1999）、《我失去的朋友们》（2000）和《在新闻报的最后日子》（1996）。

其中，《你别把此事告诉任何人》写一个名叫华金·卡米诺的男孩的故事，他在 80 年代的利马特殊的贵族生活圈里成长，忍受着脾气古怪的父母的压迫。父亲是富有的企业家，专断独行，却女人气十足。母亲是一个冷酷而虚伪的女人，热心履行宗教戒律，只希望儿子当一个神甫。小说中所写的人物内心独白表现了作者本人对秘鲁资产阶级的独特观点，他把一个曾给他许多好处的快乐小世界展现在读者面前。小说所描述的感情世界十分丰富，其中有朋友间的友谊，有失去朋友的孤独，有一系列日常生活中的感受，被认为是作者的一部最富有人情味的作品。

拜利的这些小说，总的特点是：其内容多为表现同性恋、性行为，以及爱情和人的其他感情或感受，反映资产阶级生活，具有自传成分。在风格上，常采用幽默、讽刺手法，创作上不拘一格，不为清规戒律所限，被誉为拉丁美洲新小说无可争辩的代表作家之一。

进入 21 世纪后，拜利一连出版了 5 部小说和一个三部曲，即《我哥的女人》（2002）、《飓风取你的名字》（2004）、《突然，一位天使》（2005）、《多愁善感的无耻之徒》（2008）、《跛子和疯子》（2009）和三部曲《你将明天死去》、《阿尔玛·罗西的奥秘》（2011）和《人们在我的坟上吐痰》（2011）。

《我哥的女人》围绕三个人物的关系展开。卡米诺自幼就觉得自己与众不同，上中学时意识到自己是同性恋，这使他必须严肃而谨慎地对待利马那种保守而虚伪的社会。为了找到自己的位置，他进行了艰苦的思想斗争和努力，但还是跌进了毒品泛滥、人际关系复杂的泥坑。小说风格朴实，结构简约，讲述了一个青年的痛苦而失败的人生经历，虽然有些段落显得繁杂琐细，但总的说来还是一部耐读的作品。

《夜晚是处女》的主人公叫加夫列尔·巴里奥斯，他住在可怕的利马，有时去迈阿密小住，在那里狂热地购买一些贵重的衣物后回国。他是一个出身资产阶级家庭的坏儿子，迷恋电视的男孩，唯一敢骂总统是疯子的青年。他很喜欢寻欢作乐，漂亮的姑娘们对他也不冷淡。利马的夜晚即漫长又富有刺激，到处迷漫着大麻的甜蜜烟雾，摇摆舞的音乐声四处可闻。在一个夜晚，加夫列尔在《天堂舞厅》认识了一个乐队的队长马里亚诺，队员们穿着黑色的紧身皮裤唱歌，加夫列尔心想，在利马过这样的生活也许很快乐、很幸福……但是他胸无大志，终日无所事事，以为吃喝玩乐就是幸福。小说生动地反映了秘鲁年轻一代心中的苦闷和无奈，只能借所谓快乐的生活来排解。作者以幽默讽刺的笔调无情地暴露利马的社会现实，运用种种行话、俚语和丰富而出人意料的西班牙语汇塑造主人公的形象，创作了一部从巴尔加斯·略萨到布里塞·埃切尼克的当代优秀秘鲁文学中的杰作。作者也因此而成为今日拉丁美洲文坛最具吸引力的年轻小说家之一。

《我失去的朋友们》是一部书信体小说，书信共有五封，每封信讲述一个故事，五个故事互有联系，讲述的节奏快慢适中，人物在不慌不忙的自言自语中表达感情，而不是克制不住地发泄。五封信都是主人公（叙述者）写给他的朋友们的，在一定程度上说，就是作者本人写给他的几个朋友的。此作最初发表在因特网上，有人认为是他的前几部小说的梗概。作者以书信文体作为支撑，从第一章开始就成功地采用了故事发展所需要的倾诉表情的语调。作品集中展示了拜利借助嘲讽描述人物对话的才能。伊格纳西奥和索艾 9 年前结婚，一直没有孩子，夫妻生活缺乏激情，相当单调。伊格纳西奥和贡萨洛是兄弟，关系冷淡、疏远。伊格纳西奥嫉妒贡萨洛那种自由自在、无忧无虑的生活。索艾和贡萨洛年龄相同，彼此吸引，相处和谐。中心故事是：伊格纳西奥怀疑妻子和他的弟弟有染，其表现是妻子脾气很坏，总是躲着他。

但是这些情况并不是妻子的不忠所致，而是夫妻关系的单调乏味在索艾身上引起的反映。伊格纳西奥不了解这一点，所以总是想到妻子和弟弟的关系不正常而折磨自己。索艾对伊格纳西奥的关系并非无所谓，她意识到，她跟丈夫的生活是稳定的，只是缺少一点东西，即结婚初期那份快乐和热情，夫妻间的性生活只是表面显得关系正常。她相信，伊格纳西奥已经不爱她了。

后来，伊格纳西奥偶然从电话上听到索艾和贡萨洛之间的谈话。他们在交谈中以嘲讽的口吻提到了伊格纳西奥。到了晚上，在索艾睡觉的时候，伊格纳西奥怒气冲冲地把索艾给贡萨洛买的一幅画扔进了泳池里。第二天早晨，索艾又气愤又痛苦地去见贡萨洛，在那里得到了贡萨洛的安慰和同情。

几天后，伊格纳西奥打电话要求贡萨洛说明事实真相，贡萨洛不屑一顾。伊格纳西奥和弟弟和解，弟弟却无动于衷。对弟弟的这种态度，伊格纳西奥感到气愤，便又打电话骂他，恐吓她。贡萨洛的回答是打电话给索艾，邀请她到他的住处谈一谈伊格纳西奥，谈话间少不了打情骂俏。对索艾来说，她跟伊格纳西奥的关系已危在旦夕，不知对丈夫的爱还有多少。从此以后，索艾便挣扎在留去之间：她最后的选择是不顾一切，投入贡萨洛的怀抱。

一天下午，索艾和贡萨洛睡过觉后，二人谈到她和伊格纳西奥的关系为什么会破裂。贡萨洛透露给索艾一个让她震惊的秘密：伊格纳西奥是同性恋。经反复考虑，她给丈夫写了封信，说她爱上了另一个男人。后来，她发现自己怀孕。小说以孩子出生结束。伊格纳西奥给贡萨洛发了一封电子邮件，说他和索艾终于当了父母。贡萨洛在小说尾声中说："伊格纳西奥这个傻瓜竟然认为孩子是自己的。"小说展示了三个人物的感情纠葛、报复和秘密。索艾在感情中沉浮挣扎，令读者感到深深的悲哀。

《飓风取你的名字》讲述的是一个名叫加夫列尔·巴里奥斯的男人的故事，他被困在性问题的迷宫中。为了得到他渴望的平静生活，他不得不面对种种困难。他遇到一个名叫索菲亚的女人，她表示无限地爱他，并决定不惜一切帮助他找到幸福。加夫列尔是电视台的播音员，厌倦了国内的生活，拼命地想离开这个充满谎言的世界，以图完全致力于文学写作。但是要想开始一种新生活，他却面临许多问题，比如他不能忘记他的过去。

小说长达 462 页，表现的依然是作者传统的主题：性、同性恋、反常的三角恋爱：同性恋者加夫列尔同他男友玩腻了，最后分手，在滕森发动政变那年他和索菲亚离开祖国。他爱她，跟她在一起才觉得自己是男人。小说具有自传成分，主人公加夫列尔实际上就是作者本人，拜利也是电视台的播音员。小说被认为是拜利的一部雄心勃勃的作品，此作他酝酿了 10 年之久，他觉得这是一种冒险和挑战。但是他成功了。

《突然，一位天使》以第一人称讲述一位不成功的青年作家胡利安·贝尔特兰的故事，他在利马上流社会长大。为了留住他的恋人安德烈娅，他雇了一个女佣人打扫房间。这便是从天而降的天使梅塞德斯，一个 10 岁时被多子女的母亲卖掉的女孩，后来成为一个年迈的纯朴的女人。这个女人在胡利安身上激发了很少有的同情心。于是年轻的作家觉得有必要寻找梅塞德斯的母亲。他在一个村庄找到了她的母亲。但是在寻找的过程中，但不知不觉地回忆起了他的童年和少年以及他的父亲，他不得不面对导致父子分离 10 年之久的所有不愉快的矛盾。他的寻找既充满了痛苦，同时也引发了一些可笑的插曲。这是一部富有人情味、表现家庭问题的小说。故事情节一点儿也不复杂，也并不是一部非凡之作，但是小说的温馨主题和作者的幽然笔触，使作品成为海迈从一开始就抓住读者心灵的优秀作品之一。

小说具有明显的自传成分：女佣人梅塞德斯是为作者照看孩子的保姆，年轻作家就是作者本人，安德烈娅则是作者最好的阿根廷女朋友，在布宜诺斯艾利斯一家漂亮的书店工作。另外，小说内容不像拜利的其他作品那样涉及性、毒品。但是充满了精神失常的人、谵妄者和丑陋可笑的人，反映了秘鲁社会生活在一定程度上的不正常。

《多情善感的无耻之徒》无疑是海梅·拜利的优秀作品之一。小说采用第一人称，讲述一个约 40 岁的男人海米托的故事，即他过去和现在的生活。此人独自在迈阿密生活，录制他的电视节目。他的前妻索菲亚带着他们的两个女儿卡米拉和洛拉住在利马。他的同性恋男友马丁住在布宜诺斯艾利斯；海米托不断前往这三个城市处理他生活中的各种问题。但是他既非常仇恨又非常热爱电视工作……尽管电视工作为他带来许多问题。他喜欢独自生活，但不善料理生活，满地上丢着袜子……他总觉得身上冷，那种冷似乎没有尽头，所以他穿着六双袜子，四件毛衣，毛衣总是黄色的和红色的。他经常说瞎话，连他自己也不知道哪句话是真的。他和前妻关系密切，他无条件地宠爱他的两个女儿，不远万里去看她们，只要看到她们幸福，世界上任何好东西他都给她们买。他的同性恋男友对他的女儿很好，但对他的前妻不好。因为她写了一本书，讲述了她和前夫的关系，所以马丁不原谅她。在作者的笔下，小说的主人公海米托是一充满矛盾的人物，他既聪明、风趣、慈善、讲求实际，又可笑、放荡、厚颜无耻，是一个臭名远扬的大男孩，一个喜欢自嘲的怪人。小说有不少篇幅写得十分出色，充满幽默，不失为一部优秀之作。

《跛子和疯子》写的是一个跛子和一个疯子的遭遇：跛子叫博比，自从小时候成了跛子后他的命运似乎就悲惨了：父母为他感到耻辱，把他送到外地读书。在他乘的船上，他受到船员们的欺侮。受到羞辱后，他决心永远不再成为受害者，而要成为害人者。他爱上了摩托车和火器，不再是个老实人。他回到利马，准备为他的不幸命运复仇。疯子叫潘乔，为人粗俗、丑陋、污秽、结巴，此外还特别淫荡。当他在远方一座庄园里准备有所作为时，农业改革迫使他回到利马。但他不能适应资产阶级的生活习惯，便染上了吸大麻的恶习，变成了嬉皮士，烧掉他的文件，离开他的家庭，逃到了山上，寻求与世无争的和平生活。这两个人都是父母的残酷无情和欺凌的牺牲品，父母把他们变成了两个肆无忌惮、敢于把路上遇到的一切炸毁的人。这两个人本来很正常，只是由于身有残疾或家庭和社会的迫害，他们才走上了邪路。

三部曲《明天你将死去》写一个有成就的作家的故事：此人叫哈维尔·加尔塞斯，医生诊断他患了脑瘤，他的生命只剩下 6 个月了。于是他决定杀死他一生中最恨的那些人。最初他杀的是他的同胞，后来扩大到杀智利人和阿根廷人。三部曲第一部《作家出去杀人》，哈维尔·加尔塞斯出于仇恨和乐趣，杀死了许多人；他杀的第一个人是伊波利托·卢那，一位凶恶地撕毁了他的作品的文学批评家；第二个是阿里斯托布洛·佩雷斯，他使加尔塞斯失掉了国家小说奖，却把这个奖给了一位乳房大、屁股大的女作家，并想摸她的大屁股；第三个是普罗费托·塞尔帕，他撤销了加尔塞斯在报纸上的专栏；第四个是豪尔赫·埃切维里亚，他是一家出版社的所有者，他不经许可出版了他的书，连补偿都没有给他；第五个是阿尔玛·罗西，她是他的同事、朋友和情人，后来背叛了他，跟埃切维里亚好了。不过他没有杀死她，可能为了爱情而在最后一刻放过了她：当时二人在加尔塞斯的家中，他得到了一个消息，说他的诊断有误，他没有患癌症。她离开了他，带着他的两百万美元和一把手枪，开着他的车去了智利。

三部曲第二部《阿尔玛·罗西的秘密》描写加尔塞斯在智利杀人的情景。他跟踪神秘的罗西去了智利，他要杀死她和其他不可信任的人：佩德罗·比达尔和埃尔内斯托·拉拉因，两个电视台的主持人曾用两个节目暗示他；一位叫塞萨尔·温杜拉加的傲慢自负的作家；一位叫佩佩·莫雷尔的搞同性恋的作家；一位叫胡利奥·科克斯的整形外科助理、百万富翁。小说同时描述了为阿尔玛·罗西带来痛苦的事件：她曾和父亲进行过多次性爱游戏，父亲在圣诞的一天自杀身亡；她的一位男同学把一只老鼠塞进她的阴道；她自己曾引诱母亲自杀，终于决定制造一起车祸把母亲杀死，她这样继承了一大笔金钱和母亲在世界各地的几处房产。她离开加尔塞斯，逃到萨帕亚斯她男友马里奥·圣菲·克鲁斯（一位权贵和艺术品收藏家）的家中，致力于绘画。加尔塞斯则在雷尼亚卡定居，从事写作。他在那里不慎给一位女摄影师打电话，此人后来把他的地址告诉了圣克斯，圣克鲁斯来到他家，想杀了他，但是没来得及犯罪便被卡车轧死了。加尔塞斯随后赶到萨帕亚斯，开枪杀死了罗西，然后去了布宜诺斯艾利斯。

三部曲第三部《有人在我的坟上吐痰》的故事主要发生在布宜诺斯艾利斯，加尔塞斯在那里又杀了一些人：雷克莱塔区一家书店的为人自负的老板、电台和电视台的一位著名记者，一家豪华餐厅的衣冠楚楚的老板、一个老处女、一个用各种声音打扰他的讨厌的邻居和一位寻欢作乐、吸食可卡因的男演员。

三部作品篇幅都不长，都充满了杀人、性爱、吸毒、仇恨、怒火、下流的激情等。在接受记者采访时，海梅·拜利说："我写这部小说和杀死我那些想象的敌人时我觉得非常可笑。因为我不会说谎，他们每个人都是以某个真实的人为依据的。"毋庸置疑，作者通过三部曲塑造了一个头脑发昏、精神失常、心理变态、杀人成性的狂人形象。无论什么人，只要伤害过他，或损害了他的利益，他就记恨在心，必杀之，除之。

第十一节　何塞·埃德蒙多·帕斯·索尔丹

何塞·埃德蒙多·帕斯·索尔丹（José Edmundo Paz Soldán），玻利维亚作家，1967 年生于科查班巴城，在故乡的堂博斯科学校读书，后来在阿拉巴马大学攻读政治学，1991 年获硕士学位，

1997 年以关于阿尔西德斯·阿格斯的生平与创作的论文由伯克利大学授予西班牙语言与文学博士学位。19 岁前往布宜诺斯艾利斯攻读国际关系，目前在美国科尔内尔大学任教，教授拉美文学，同时为《国家》《纽约时报》和《时代》等报刊写专栏文章。

帕斯·索尔丹童年时代即显露写作的才能。9 岁开始写故事。少年时代模仿名家进行创作，19 岁正式开始写作，23 岁出版首部短篇小说集《虚无的面具》，后来又出版三本小说集《消失》（1994）、《不完美的爱情》（1997）和《斯蒂佩》（2010）。帕斯·索尔丹1992 年出版第一部长篇小说《纸日子》，其后一系列长篇小说相继问世：《钟楼周围》（1997）、《逃走的河》（1998）和《数字的梦》（2000）。进入 21 世纪后，每隔 3 年他即出版一部长篇小说：《渴望的东西》（2001）、《图灵的谵妄》（2003）、《克马达宫殿》（2007）、《生者与死者》（2009）、《北方》（2011）和《伊里斯》（2014）。此外，他还写有《阿尔西德斯·阿格达斯与病态民族的小说》等其他著作。他曾获得玻利维亚国家长篇小说奖（2002）和墨西哥胡安·鲁尔福短篇小说奖（1997）等众多奖项。他的作品已被译成多种文字，被收入欧美一些国家的作品集。

在文学派别上，帕斯·索尔丹属于 20 世纪末拉丁美洲文学界产生的"麦康多派"作家群体。正如他自己说的，"大约在那个时期，我参加了麦康多作品选，那是由智利作家阿尔贝托·福格特和塞尔希奥·戈麦斯选编并出版的，意图是提供一个关于拉丁美洲新小说的证明：城市的、超越现实的、反对魔幻现实主义的，和北美的通俗文化和正在美洲大陆上出现的新技术非常一致的小说。"

《渴望的东西》写一位大学教师和女学生的故事。佩德罗·萨瓦拉加是纽约州一所大学的一位政治教师，一个好色之徒，他和他的女学生阿什利的丑闻无人不知。为了躲避此事，他借口写一部关于其父亲的小说而回到本国玻利维亚。他父亲佩德罗·雷伊西格是玻利维亚是一个神秘而复杂的人物，一方面，他被认为是从事反对玻利维亚军事独裁斗争的英雄和先烈，传说在其故乡里约福希蒂沃的公园里有一座他的塑像，他是在政府军设下的一次针对他领导的游击队组织社会主义运动中央委员会的埋伏中壮烈牺牲。而埋伏的策划者是叛徒、中央委员的原成员雷内·梅里达。另一方面，他又被认为是玻利维亚文学史上的大作家，因为他写了一部题为《伯克利》的长篇小说，这是一部充满象征和密码的作品，许多人认为它是一部关于社会主义革命斗争的寓言。

女主人公阿什利比男主人公小 10 岁，头发红似火，眼睛绿似水，是纽约州一所大学的年轻女博士生，大约 24 岁，当她决定和她的老师结为性伙伴时，他将和一位荷兰博士后大学生结婚。但她不指望找到什么幸福，因为她认为"做个幸福的人并不好"，原因是她认为"幸福是一种很简单的感受"。她喜欢的是冒险，所以她一连几个小时坐在互联网前买卖股票。据她说，她感兴趣的不是钱，而是在证券交易所的活动。她之所以被她的老师吸引，并非因为爱情，而是她那不可抗拒的性欲。

除了主人公外，小说还描述了次要人物：阿什利的未婚夫、吹萨克斯的帕特里科，革命的叛徒、狡诈的雷内·梅里达，男主人公的前未婚妻、热情的卡洛利娜，男主人公的叔叔、叛徒设的埋伏的幸存者大卫等。

小说故事结束前，提及佩德罗在里约福希蒂沃的未婚妻交给他一个鞋盒子，里面放着一些信和照片，这些东西证明了大卫叔叔跟他哥哥佩德罗·雷伊西格的妻子的密切关系。就是说，它们告诉佩德罗，佩德罗·雷伊希格可能不是他父亲，他父亲可能是他叔叔大卫：因为雷伊西格曾跟弟弟的妻子同床，而几年前，大卫也曾和哥哥的妻子同床。

在这部小说的创作上，作者遵循着"麦康多"派的创作思想。即远离几十年前拉美小说所具有的典型农村氛围，创造了城市特有的生活环境，谁也别想在小说中找到土著人，也别想找到关于拉帕斯贫民区的描写，更别想找到关于令人恐怖的大自然的描绘，因为作者笔下的人物生活在城市里，驾摩托车出行，看博尔赫斯们的书，听尼尔瓦那们①的音乐。这和加西亚·马尔克斯描写的热带小镇马孔多的环境截然不同。因此，作者被文学批评家归入"城市现实主义流派"。

《图灵的谵妄》的背景是玻利维亚总统执政时期。故事发生在里约福希蒂沃，那是一个在拉丁美洲安第斯山地区司空见惯的那类城市，那里有一群黑客在进行反对全球化的斗争，同时致力于揭露总是无所不在的国家安全部所犯的罪行，包括对持不同政见者的迫害。这些专家属于名叫"暗箱"的国家安全机关，这个机关负责破译反对派的密码信息。小说有 7 个主要人物：一位别号叫图灵的最受人尊敬的破译密码专家米格尔·赛因斯，他明白，是他的两上司拉米雷斯·格雷厄姆和"暗箱"的创建者艾伯特利用他去监禁和判决无辜的人士，他怀疑自己的工作并非无辜。与其同时，赛因斯的女儿、计算机专家弗拉维娅跟拉米雷斯合作，寻找神秘的黑客团体首领康丁斯基，一个通过互联网指挥抗议活动和策划骚乱事件的人员。另外两个人物是米格尔的妻子露丝和复仇天使卡尔多纳法官。这 7 个人物的故事在这部结构精当的小说的 45 个章节中轮番讲述，叙述虽然有跳跃，但始终不失阅读的趣味性。此外，小说还不断改变视角，运用隐秘的材料、倒叙手法、设问法，和为使故事继续和流畅而使用的多种多样的手段。在语言方面，作者也下足了功夫，尽管修辞有失累赘。在资料方面，则充分运用了密写的历史文献和最现代的黑客技术。

小说尽管有不足之处，似不失为一部好作品，它将作者置于了拉丁美洲最有价值的小说家之列。这部小说使他获得 2002 年度

---

①　美国著名摇滚乐队。

国家小说奖。

《克马达宫殿》讲述的是拉美的知识分子同政权的关系，即一位作家致力于书写他从 18 岁知道的一位独裁者的演说。他认为，拉美的知识分子依然有一种很强的道德尊严和对自己的道德意识的十分独特的自我审视。小说是作为主人公的作家奥斯卡的精细的肖像画：从其模棱两可的道德观看，奥斯卡是个吸引人的复杂角色：他是一位生活在政权阴影中缺乏自信的作家，也是一个面对大多数穷人享受特权的中产阶级的成员，他摇摆在把笔出租给出价最高的人的自我陶醉的个人主义和诚实的社会责任感之间。而另一方面，他那个有着无情而羞怯的秘密的家庭和他关于文字在政治游戏中的价值及他充当政府官员和群众间的沟通桥梁角色的思考，都是小说情节的中心动脉。奥斯卡最初是作为有学识的人出场的，他深信文字对获取权力和掌控权力的功能。从年轻时候起他就把他的才能用来为一切渴求高高低低的公共职位的人效劳，无论大学的校长还是共和国的总统。当他得到他平生最好的工作：成为最不受人民欢迎的卡内多·德·拉·塔皮亚政府的职员时，他那种暗中向往克马多宫殿的灰色作家的心情达到了万分激动的程度。不过，他的任务相当困难：他必须待在宫殿里协助总统对付反政府的风潮，因为绝大多数土著人不满他的私有化的举措。奥斯卡的兴趣不是坚持真理，而是进行劝说，用言语平息人民的反抗，他不关心人民的权宜。但是当政府遇到麻烦，街头爆发暴力冲突时，他知道，对恢复国民的秩序来说，语言是无用的。这种认识似乎驱使他开始怀疑他和文字的关系和作为作家的才能。

小说再现了当今玻利维亚的几个重要政治事件：贡萨洛·桑切斯·德·洛萨达总统的新自由主义制度的垮台和埃沃·莫拉莱斯的上台。小说可以作为对美洲大陆一个重要的政治时刻的文献研究资料来读，只是它比新闻和历史更具有文学性和戏剧性。克马多宫殿既是一幢楼房，也是一个象征，一切历史事件都在那里发生，用奥斯卡的话说，"宫殿充满历史，但也很简单，对我这个曾是孩子的人来说，那里是我父亲工作过的地方，也是 30 年前我兄弟费利佩饮弹自杀的地方。"

除了奥斯卡，其他人物也不乏典范性：卡内多总统操着美国佬的口音，他盲目地相信民意测验，而他的心腹部长科约特是总统的死党，在驾驭警察部队方面手段毒辣。副总统门多萨在足球和电影方面知识渊博。还有奥斯卡的叔父维森，虽是次要人物，却不可忽略，他是一位严肃的作家，奥斯卡经常请他出主意，很重视他的教诲，但也经常拿他开心。

《生者与死者》是作家根据一些真人真事写成的，那些事情发生在他所居住的纽约州伊萨卡市附近的德赖登镇，那是他的故乡。据此，他描述了若干和他有所相似的美国男孩死于非命的故事。故事发生在美国麦迪逊小城，由于作者曾长期在美国居住，所以他写起来特别得心应手。在他的描述下，一个个孩子死去：一开始是学校的优秀少年孪生兄弟蒂姆和杰姆死于车祸，接着是朗达、克里斯蒂纳，汉纳、扬迪拉意外死亡，一场场悲剧相继发生，把镇上的和谐平静的气氛化为了悲惨和不安。小说让读者沿着一条不能返回的路走向人生最黑暗的彼岸。在这部 200 页的小说里，暴力几乎无所不在，有几个孩子就是被人杀害的。在作者的不少作品里都涉及暴力，但这部小说有一点不同：它是作者第一部与本国无关的作品，即在本国的法律和警察的权限之外，作者来自拉丁美洲，暴力发生在美国。这恰恰是今日美国社会几乎天天可见的现实。小说的叙事形式别具一格，即影片一样，所有的场景一幕一幕展现在读者面前，真实、生动而形象。此外，小说的叙述者不是一个而是多个，不同的叙述者讲述不同形式的死亡，构成了多声部式的叙事格局。

《北方》讲述的是三个人物的故事：赫苏斯 15 岁，和母亲及姐姐住在墨西哥城北部一个偏僻的社区，有一天他在墨西哥偷偷爬上火车，在美国下了车，闯进铁路旁一个人家，见人就杀，竟然杀了十几个人，成为墨美边境铁路线上的著名杀人犯。他是一个精神病患者，由于他在旅途上抛下的尸首而受到警方的追捕。同时他还贩卖偷来的车辆。他藏在火车上旅行，每个车站他都用一贯的手法杀许多女人，成为一系列杀人案凶手，最终被警方抓获，关于牢房，由于受到非正规的教育而变成一个狂人。第二个故事是，玻利维亚移民的女儿、女博士生米歇尔在大学里明白无论学术界还是得克萨斯的消费社会，都没有她的位置，于是她放弃攻读文学博士后学业，在迷茫之际找了个当服务员的工作，利用业余时间写故事，准备出版一本带插图的小说。有一天，米歇尔和她的老师法比安在系里重逢，他也在梦想写一本好小说。于是双双坠入了爱河，但好景不长，最后还是分手。第三个故事是：马丁是个贫苦的墨西哥农民，1925年移居美国，从事加利福尼亚的铁路建设工作。如今，美国经济陷入大萧条，谁也找不到工作，移民更别想。他一句英语也不会讲。贫穷、孤单、家里传来的不幸消息，终于使他精神崩溃。他的古怪的行为和不善交流，先是把他送进警察局，后来又进了精神病院。后来他逃出来，偶然对画火车和骑士着了迷，成了无师自通的画家，多年后他的作品受到了美国艺术批评家们的赞赏。

小说借助这三个故事表现了移居美国的墨西哥人的挫折、失落、孤独和绝望。他们没有一块土地和亲人相依靠，他们不懂英语，找不到可以谋生的路，方向不明，没有希望，没有人帮助，没有人爱，没有人理解，有的误入歧途，杀人犯罪，不务正业。这便是墨西哥移民的现状。

三个主要人物确有其人，是作者在美国侨居期间听人讲述或在报纸上读到的。他们都是浪迹美国的拉美人。三个人物彼此不同：有的跑到美国寻找更好的生活，有的定居在美国，甚至有的趁着铁路线的混乱秩序谋取利益。但他们有一个共同点：都是迷失在文化和人生十字路口的人，他们内心都有放不下的重负。

《伊里斯》是一部科幻小说，故事发生在不很远的未来，一个被不断的核试验破坏的地方。小说反映了作者所谓的"新的全球混乱"。那个被核污染的地方叫伊里斯，那里有一个名叫佩里梅特罗的移民区。有两个人住在那里，一个是哈维尔，是个士兵，他必须和一个打仗留下的伤口作斗争，另一个是雷诺兹上尉，他和他的连队面对由奥莱文指挥的伊里斯人的胜利感到懊丧，决定进行他的特殊战斗。佩里梅特马也是女护士雅姿的家庭所在地，她在那里寻找一种能治病的神草。但是战斗不仅在首都进行，也转移到马拉多和梅加拉。马拉多是一座百花盛开的山谷（伊里斯的传说这么讲），那里住着可怕的马拉科萨。而梅加拉则是一个采矿中心，也是关于魔鬼上帝埃克斯洛特的神话盛传的中心，为伊里斯的独立而进行的决战便是以这个上帝的名义展开的。

《伊里斯》是一部启示录式的小说，从第一页起就把读者带进了一个险恶的世界，它让读者服从它的安排，屈服于它的暴力，任凭它摆布。一个外地的企业在那里安营扎寨，开采伊里斯的矿产。一个想象的星球蒙罗的人类入侵伊里斯，从政治上控制它，伊里斯人发动了一场抵抗运动。伊里斯人是不幸的，早在 20 世纪中期的核试验就为伊里斯人带来了伤害，把那个地区变成一块有辐射的地方，从外地来到这里的人很少能活 20 年。

小说源自作者在《罗林·斯通》杂志上读到的一篇关于一些患精神病的士兵在阿富汗无缘无故捆绑当地居民的报道。最初并不是科幻小说，而是一个三部曲的结尾，三部曲表现的是美国双子塔被炸后发生的暴力。双子塔的被炸激发了作者的想象力，于是他想写一部科幻小说。他想象了一个名叫伊里斯的地方，那里的居民遭受着核攻击的后果。同样，他也想象伊里斯人是怎样的，他们在想什么，他们的上帝是谁，他们的家庭观念是怎样的。

第十二节　莱奥纳多·巴伦西亚

　　莱奥纳多·巴伦西亚（Leonardo Valencia），厄瓜多尔作家，生于1969年，毕业于西班牙巴塞罗那自治大学社会科学系，并以论文《中断的旅行路线：卡苏奥·伊西古罗的离题原则》获文学理论博士学位。1993年起定居利马，1998年起在巴塞罗那居住。从1990年初开始，他的文章在《回归》《西班牙美洲手册》《自由文字》《幻想》《女先知》和《国家》等新闻媒体上发表。他曾任简办的《旁边》杂志编辑部主任，2005—2009年任巴塞罗那自治大学创作项目主持人。

　　在文学方面，他12岁就开始读豪尔赫·安德拉德等诗人翻译的法国诗歌，童年时代开始写短篇小说和故事。写了许多东西，实际上已是一位未发表作品的作家，18岁时明白自己应该致力于写作。1995年，其短篇小说集《流浪的月亮》被收入《麦康多》《航线》《拉美短篇小说集1339》《当代厄瓜多尔短篇小说》等国际性的短篇小说选。2000年以长篇小说《流亡者》成为表现当今流亡题材的著名小说家。进入21世纪后，他出版两部长篇小说，一部是《凯特兰·多尔芬的漂浮的书》（2006），另一部是《卡斯维克》（2008）。前者被称为"优秀小说""一部探索元文学范畴的小说"；后者则被称为"一妙趣横生的杰作"。此外，他还出版一部题为《隼的综合征》的文集，辑入了关于文学和关于巴尔加斯·略萨、里维罗、恩里克·维拉——马塔斯等作家的作品的评论文章。在第39届波哥大节期间，他被选为拉美文学最杰出的39位作家之一。

　　《流亡者》描述的是20世纪头十年一个罗马家庭的三代人的故事。据作者讲，小说讲述的是"关于现实与想象之间的斗争的故事"，故事中的人物起着引导故事情节发展的作用，"人物的活动是整个小说的核心"，"小说的意图是为一个发展中没有表面联系的世界构建一种意义。"小说的主要人物是一个名叫内比奥洛·本托纳托的"老步兵"，一位老教师，他把扮演主要角色的达尔博诺氏一家联结在一起。小说的线索围绕在罗马肆虐的法西斯的活动发展。他流亡归来，他儿子奥兰多·达尔博诺在听他讲他流亡的故事中长大。这个绰号叫"老步兵"的人是村中的智者，在一个有点像竞技场的灵与肉的家庭中生活。他的流亡发生在罗马——基督的首都和人间的天堂。同时，由于"墨衫军"① 的胜利进军，它也成了小村庄和大地狱。作者以墨索里尼的法西斯统治初期的活动为背景，描述了意大利一个知识分子家庭几代人的遭遇。先是父亲被流放，吃尽了苦头，回来后给儿子讲述的流亡经历，听了父亲的故事后，儿子不由得对他那个世界的日常生活产生了怀疑，因为那个世界由于法西斯分子的活动而发生了变化。他虽然没有离开城市，但也成了一个流亡者，只是和父亲的流亡形式不同罢了。小说是对意大利黑暗的法西斯统治的控诉，它不但把国家和民族引向了歧途，而且改变了平民百姓的日常生活；不仅使社会动荡不安，而且使普通人民遭受了流离失所之苦。

《凯特兰·多尔芬漂浮的书》的主人公伊万·罗马诺是一个移居厄瓜多尔瓜亚基尔城的意大利犹太家庭的儿子。由他以第一人称讲述作家凯特兰·多尔芬的故事。他引用了这位作家的唯一作品《潮淹区》的一些片断，并解说了这些片断的内容。《潮淹区》是一本神秘的、由许多片断构成的书，谁读了这本书都会被它久久地吸引。

伊万·罗马诺把《潮淹区》的最后一册扔进意大利阿尔巴诺湖里，以便把它毁掉。在湖边用沙子垒城堡的一个小女孩发现后责备他，于是他决定把书捞出来。于是，一个既错综复杂又引人

---

① 墨衫军，墨索里尼组建的准法西斯军事组织。

入胜的故事便开始了。小说把读者带到了瓜亚基尔城，当时半个城区已被突如其来的洪水淹没，一些幸存的居民纷纷逃到郊外的山上避难。这就是凯特兰·多尔芬笔下的故事，就是活下来的法夫雷两兄弟伊格纳西奥和吉列尔莫的故事，这就是简称 V 的神秘女人的故事。这个女人似乎是唯一知道使所有的人摆脱其厄运的秘密的人。

《凯特兰·多尔芬漂浮的书》属于 20 世纪上半叶欧洲的一种奥地利诗人莱纳·马利亚·里尔克（1875—1926）、法国作家瓦莱里·拉尔博（1881—1975）和桑德拉尔·布莱斯（1887—1961）等人有密切关系的文学倾向。那是一种强调世界主义、用隐喻表现 20 世纪头十年人的意识危机、具有细致的美学追求的文学。在此作中，作者就特意写了一个名叫巴尔纳布思的次要人物，显然是暗指拉尔博的自传体小说《费尔米娜·马尔克斯》和《A. O. 巴尔纳布思的日记》。[①]

小说描写了瓜亚基尔城被洪水淹没的情况。作者把这部小说称为"具有他个人特点的书"，"因为我总是和水有联系，我的家就面对萨拉多潮淹区，在我的童年，城市被洪水淹，既让我着迷，又让我害怕"。

《卡斯维克》的主人公卡斯维克是一个侨居巴塞马那的厄瓜多尔人，他还在考虑写他的"伟大小说"，这时，移居厄瓜多尔的德国人皮尔先生交给他一个骆驼皮夹子，夹子里有几幅昆虫图画，并对他说，每一幅画需要配一段文字，以便出版一本小开本书。文字可以随便写，除了对图画的评论外，还可以把文字变成别的东西……皮尔先生坚持认为，不应该对画家提任何要求。所以必须像接受为读者解饿的食物一样接受艺术家的作品。皮尔先生还认为，当读者要求什么具体的东西、艺术家考虑读者希望的东西

---

①   法国作家瓦雷里·拉尔博（1881—1957）的两部作品，分别出版于 1911 年和 1913 年。

并创造出来满足读者时，艺术就死亡了。这就像送给他的一面镜子，他能照见自己的脸，却遮住了他的地平线。

卡斯维克浏览了每一幅画，寻思着：准确地说一本小开本书是怎么样的。第二天他回了巴塞罗那，把皮夹子放在一块隔板上，把皮尔先生交给他的图画忘在了脑后。

那些昆虫是 1996 年用点墨水画在白纸上的，皮尔先生是用圆珠笔画的。他管它们叫小动物，它们生活在火山的阴暗处，由于火山爆发而跑出来。他开始画它们，以便做成圣诞节贺卡送给一些朋友。后来不想送人的，就把图画放在一个夹子里，再后来交给了卡斯维克。

皮尔先生生于柏林，在德墨斯顿和巴黎的艺术学校受教育，1972 年移居厄瓜多尔这个火山之国。他学习学个国家的植物和动物，掌握了这个国家的文化因素。他创作了一些带颜色的动植物图画。许多追随者受到他的图画的吸引来到这个火山之国，但几天后就失望了，因为他的动物——鬣蜥、螃蟹、穿山甲和植物丛林、仙人掌、海红豆——没有图画的纯洁颜色和柔和的曲线。

九个月后，尽管卡斯维卡白天黑夜一次次试图写作，但是他那部伟大小说的页码总不见增加，因为他的主要人物达卡尔总是逃之夭夭。他意识到，他的写作计划失败了。但在收拾他的稿子时，发现了夹着皮尔先生的图画的皮夹子。他打开皮夹子看了看，心想，他不喜欢小动物这个字眼。他看到的是一些小怪物。他不仅问自己：这些图画需要他写什么话呢？

他考虑再三，还是给那些图画配了文字。有一幅画配的文字是这样的：

"你超出了书页。一定得忘记给你生命的画家的手、读者的目光和介绍你的滑溜肉体的这些文字吗？你必须坚持你那种不真实的属性吗？语言的虚假弄巧成拙，会导致另一种虚假。范围之外的东西也是虚构。绘画者和写作者的手永远画不出水平线……"

第十三节　阿尔贝托·福格特

阿尔贝托·福格特（Alberto Fuguet），智利小说家，1974 年 3 月 25 日生于圣地亚哥，不久后随父母移居美国，10 岁那年回到皮诺切特独裁统治下的智利。但他不会讲西班牙语，为学习这种新语言，他便拼命看书，他读的第一本西班牙文作品是马塞拉·帕斯的《废纸》，这对他后来塑造他的第一部长篇小说的主人公的形象起了直接而重要作用。在读了一年的社会学后，获得由智利大学授予的新闻记者资格。后来在音乐与电影批评，长篇小说和电影剧本创作等方面都有突出的表现。由于他带头反对拉丁美洲的魔幻现实主义和发誓创作一种更现实和更具城市特色的文学，对当代许多作家都有影响。对他来说，拉丁美洲不是"会说话的鹦鹉和会飞的祖母"（这是外国人对南美文学的印象），而是一种在他的作品中努力表现的强有力的现实。其证明就是他所选编的多位作家的短篇小说选《麦康多》和由此而产生的同名文学群体。《麦康多》由福格特和另一位智利作家塞尔希奥·戈麦斯合编，小说选的内容和风格与魔幻现实主义相抗衡，展现了一个充满高速公路、垃圾食品和新的科学技术的拉丁美洲。

1989 年，福格特的长篇小说《恶浪》轰动智利社会，成为拉美文学的一个里程碑。小说写的是一个圣地亚哥青年及其在皮诺切特专制统治下的智利的经历。作者说："这是一部表现少年的怒火、被开除、毒品和歇斯底里的作品"，是一本表现拉美青年的感受的书，他们不了解马孔多，但是了解麦当劳。对他们来说，唯一熟悉的革命是"巨型炸弹"：家庭影院。随后他又出版《红墨水》（1996）和《劳驾，请重新绕起来》（1998）两部长篇小说，人物都是圣地亚哥大城市的人。2003 年出版其内容一半为自传的长篇小说《我生命中的电影》，写一位地震工作者通过影片讲述他的人生经历。2007 年出版以《短篇集》的一个故事为基础写成的插图长篇小说《传奇之路》，这是由智利重要出版社阿尔法瓜拉出版的智利第一部插图小说。

从 1990 年年初开始福格特就已在智利新小说创作上崭露头角，1999 年被时代杂志等文化单位选为新千年拉丁美洲 50 位文坛领袖之一。他的长篇小说《红墨水》于 2000 年由秘鲁人佛朗西斯科·隆巴迪搬上银幕。而亲自导演一部电影一直是该作家的一个梦想，这个梦想终于在 2005 年实现，这就是《出租》。

福格特在 21 世纪还出版自传《我的躯体是一间牢房》（2008）、研究性著作《失踪者》（2009）和长篇小说《飞机场》（2010）。

《我生命中的电影》的故事分为两部分：第一部分发生在洛杉矶的英格尔伍德区和恩西诺区，第二部分发生在智利，讲述主人公在祖国度过的最初岁月。各个章节和年轻的主人公在其生命的各个时刻所看的电影相对应，电影起着贯穿故事的线索的作用。小说用追忆往事的形式讲述主人公贝尔特兰·索莱尔在洛杉矶和圣地亚哥度过的童年和少年时代。主人公的回忆从在洛杉矶的一次中途转机开始，那是一座没有名字的机场，他的旅行是为了去日本办事，在飞机上遇见一位移居美国的年轻女律师，二人间的交谈引起了主人公对往事的回忆。他放弃了去日本的旅行，致力于写作，在公路上的一家饭店里开始写评论，评论他在童年和少年时代看过的影片。主人公索莱尔 1964 年生于智利，但是童年的最初岁月在洛杉矶的恩西诺区度过，1974 年他 10 岁，和母亲及姐姐回到智利。当时他父亲已经去世。在他的记忆中，"最初，在 50 年代末的那些照片中，我父亲很像弗兰基·阿瓦隆"，他父亲的形象是：身穿黑上衣，戴着黑框眼镜。"随着时间推移，我父亲变成了史蒂夫·麦奎因，至少我记得他像史蒂夫·麦奎因：那副方框太阳镜，眼镜腿，那件条花汗衫。"对索莱尔来说，就像麦奎因认真地选择自己扮演的角色一样，他父亲也认真地选择了自己的人生舞台加利福尼亚，后来他再也没有离开那里。

主人公一生看过许多电影。比如他童年时代看过的史蒂夫·麦奎因主演的《布利特》，1995 年日本地震后他在神户再次观看，影片使他想起他的父亲。影片虽为日文，他还是比较容易地看懂了故事。主人公是个地震工作者，一个居无定所的"流浪者"，无论在日本、巴黎还是加利福尼亚、圣地亚哥，都司空见惯。青年时代他在巴黎工作时，看了影片《加利福尼亚人》。他在巴黎先是攻读地球物理学博士学位，然后作为助教工作了 12 年，当时住在库哈斯街，他记得"我那条小街上到处是好莱坞电影的电影艺术广告"。这类电影充满了他在加利福尼亚的童年，在一定程度上也都出现在他青年时代的巴黎。最有趣的是他在回智利前夕在美国看过的电影《当命运捉住我》，影片表现的是智利军政府统治下的智利发生的成千上万人失踪的情景，电影的政治意义显而易见，它揭露了皮诺切特独裁政权犯下的灭绝人性的罪行。天真的主人公贝尔特兰不懂这些，只是有所感觉，他问祖母："奶奶，这里不抓人，对吗？走路时不必担心失踪。"对主人公来说，他一生看过的电影伴随着他的成长，对他的影响很大，可以说是他人生旅程的纪实。

《飞机场》从一对少男少女写起，男孩叫阿尔瓦罗·塞利斯，女孩叫佛朗西斯卡·因方特，双双在外地学习归来，他们亲切交谈，最后发生关系，致使少女怀了孕。但小夫妻俩分居两地，孩子生下来后由母亲抚养，儿子叫巴勃罗，他长大后不断对父母提起他们年轻时犯的那种错误，并表现出仇恨父母、试图自杀的倾向。父母自己似乎毫无变化，父亲永远像个孩子，母亲看到儿子那么冷漠心中倍感痛苦，但还是尽一切可能为儿子做好吃的。显然，这个三口之家便出现了生活不和谐的局面，感情产生了裂痕，每个人都丧失了生活的方向，都成了永远的过客，完全不知道自己在家庭生活中的位置。父子见面时如同路人，彼此寡言少语，更多的是沉默无语，不愿意同对方交流，一家三口没有共同语言，每次谈话都以失败告终。他们这个家庭如同飞机场，成了个路过的地方，那里有重逢的快乐，也有分手的痛苦。在机场，所有的人都是过客。这就是小说表现的每个人物给读者的感觉。

在结构上，小说分为六章，每一章都以年份为题，即 1992，1998，2006，2008 和 2009，每一章"都是一个系列的每个时刻的关键故事"（作者语）。就是说，整个故事发生在六个时刻，在六个年份里进行叙述。

第十四节　圣地亚哥·龙卡格利奥洛

圣地亚哥·龙卡格利奥洛（Santiago Roncagliolo），秘鲁作家，1975 年生于米拉弗洛雷斯，在阿雷基帕度过一部分童年，曾进圣母玛丽亚教会学校读书，后在天主教大学获语言与文学硕士学位。2000 年移居西班牙，一度在那里为西班牙人打扫房子，以维持生计。后来为西班牙《国家报》和拉美国家的报纸撰稿。同时任电视剧编剧等职。在利马时出版过几本儿童作品，和一个题为《你们的朋友们永远不会伤害你》的剧本。

进入 21 世纪后，龙卡格利奥洛出版了多部长篇小说：《鳄鱼们的亲王》（2002）、《羞耻》（2004）、《红色的四月》（2006）、《一位夫人的回忆》（2009）、《乌拉圭情人》（2012）、《离生活那么近》（2010）、《奥斯卡和女人们》（2013）。

《鳄鱼们的亲王》《羞耻》和《红色的四月》是三部曲。三部曲的故事分别发生在秘鲁的三个地区：《鳄鱼们的亲王》的故事发生在丛林地区，《羞耻》的故事发生在海岸地区，《红色的四月》的故事发生在山区。《鳄鱼们的亲王》描述的是两个旅行者的冒险故事：一个旅行者叫米格尔，他从伊基托斯出发，沿着亚马孙河下行，希望到达迈阿密，以图取得成功，获得自由，了解现代化的世界，在遥远的故乡他就受到这一切的召唤；另一个旅行者是他的曾祖父塞巴斯蒂安则沿亚马孙河上行，存着征服的欲望，寻找橡胶和黄金，几十年他曾生活在西班牙埃斯特雷马杜拉地区，他的先辈是美洲征服者。祖孙二人虽然向不同的方向前进，但是都不过是乌托邦式的旅行，两个人的乌托邦希望注定要失败，一个迷失在海上，一个迷失在丛林里。米格尔最后到达了努埃瓦·佩瓦斯，那是古以色列人的居留地。在旅行中，米格尔遇到了一个和他的年龄不相上下的年轻人托马斯，这个年轻人想抢他的护身符，那是挂在他脖子上的半个美洲豹牙齿。米格尔顽强地保护它，因为它是他父亲留给他的唯一东西。后来他发现托马斯也戴着一个同样的护身符，托马斯说那也是他父亲留给他的。两个护身符恰好合成一个牙齿，这证明两个年轻人是两兄弟。在古代文明中，美洲豹被认为是一种把月亮的力量和大地的秘密联系在一起的生灵，它起着把人的灵魂引向阴间的作用。而完整的美洲豹牙齿则是把人的旅行引向不可抗拒的最后的目的地。米格尔的曾祖父在丛林里开辟道路，进入了丛林深处，在丛林中的所见所闻使他觉得人类比最危险的野兽还危险，他感到自由和死亡也许是一回事，那是一次真正的冒险，一次真正的危险旅行。

除了描写这位老人的冒险经历外，作者还描述了探险者们的许多真实故事，表现了作者丰富的想象力和独特的散文风格。龙卡格利奥洛说，在写这部小说时，他既采用了纯粹的旅行纪实，又运用了虚构手段。他在近几个世纪的探险家们写的 46 部关于亚马孙丛林的著作中读到了许多虚构的东西，比如河流是多么湍急，多么汹涌，动物是多么古怪，样子是多么令人难以置信等。

《羞耻》写一个看似正常的家庭里发生的故事。这个家庭位于当今利马一个中产阶级小区，小区叫圣费利佩。家庭由一对 30—40 岁之间的夫妻构成：丈夫叫阿尔弗雷多，他刚刚得知自己患了重病，其生命只剩下 6 个月了；妻子叫露西，她不断收到一位崇拜者的匿名性爱信。他们有一双儿女：儿子叫塞尔希奥，他总是想入非非；女儿叫玛丽亚娜，正值旺盛的青春期。此外还有一位年迈多病的祖父和一只猫。这些人物的故事由一位无所不知的叙述者讲述。他们的故事彼此交叉，轮番讲述，构成一个流畅而有趣的大故事。小说中的各个人物都有自己的问题，都感到极度的孤独。比如祖父，老伴儿去世后他总想再找到一个自己所爱的女人；那位丈夫总怀疑妻子不忠，并且时时刻刻为自己的病体担心，不止于此，他还惦着同一位其肉体毫不吸引人的女秘书能发生性爱关系；他妻子由于不断收到色情匿名信而心神不定，她还写一些性爱字条藏在她的皮夹里仿佛某个神秘的男人诱惑她，给她寄情书，最后在一条胡同里和一个陌生人发生了性关系；他们的大女儿的体态和身段不能和学校的女友们的苗条身材相比，她厌恶自己的身材，想有她的一位女友的身段，由于不能够，便和女友的恋人睡了觉；她在同龄的男孩子中间的吸引力也不如她们，他们的小儿子还是个孩子的时候就知道了性是怎么回事；还有那只猫，总热心和一只母猫交配，交配时散发出一股可以闻见的古怪气味。

小说似乎写得很轻松，展现了许多场景和人物的精神世界，触及每个人物的内心和阴暗面，所有的人物都通过家庭纽带联系在一起。小说故事令人想到某些表现家庭解体的电影，比如采用90 年代末的套路的美国电影：《美国美女人》（1998）、《冰冷的斯托姆》（1997）和《幸福》（1998）等。小说的某些段落中出现了沾着血的卫生皂、男人的松软无用的小生殖器、小巧而具有暗示性的内衣、腐尸、新鲜的尸体……所有的一切散发着自然主义气息，给人以不快和厌恶的感觉。

小说确实接受了电影的影响，作者不止一次这样说："是的，它有电影的影响，如辛普森和斯蒂芬·金的电话……小说中还采用了影视剧本、新闻和戏剧因素。"就像《堂吉诃德》采用了牧歌、谣曲、骑士小说一样。

《红色的四月》表现的是 20 世纪最后几十年间秘鲁的政治与社会暴力横行的情景，事件发生在 2000 年的封斋节初和主日之间。主人公是一位名叫费利克斯·查卡尔塔纳的检察官，他负责调查一系列杀人案。与此同时，小说描述了一支光辉道路游击队的活动，该游击队的力量虽然日趋衰退，但仍然存在。此外还描写了政治家滕森和对手竞选秘鲁总统的情景。

小说故事发生在 2000 年春天的阿亚库乔市，那是秘鲁的外省，那里经常发生暴力事件，光辉道路恐怖分子的活动非常猖獗。小说分为 9 章，故事从 2000 年 3 月 9 日讲起，即在秘鲁大选一个月前，一直讲到 5 月 3 日。大选是小说的政治背景，那次大选的重要标志是激烈的辩论、斗争和滕森政治的欺骗行为。第二轮选举由于当局的舞弊而被国际舆论视为无效。此轮选举发生在 5 月 28 日，比滕森还强大的候选人是阿莱杭德罗·托莱多，他在选择前夕退出了竞选。小说故事始于大选的最后几天，终于第一轮选举结束后和第二轮选举开始前。尽管大选的内容对小说故事的发展并不重要，但是作为社会背景却不可或缺。因为军方和政府的腐败在整个小说中代表了滕森政府的惯常表现，这种腐败现象受到了公共舆论的严厉抨击。

小说主人公查卡尔塔纳作为一名检察官，为人软弱，缺乏魄力，离婚后被派到他的故乡阿亚库乔。升迁的热情推动他去积极调查一起杀人事件，在调查中发现一条腐败和暴力犯罪的线索，这条线索就是"光辉道路"在继续活动，查卡尔塔纳的调查受到军方司法机关的干涉，上尉帕切科指责他说："我不想知道你有什么证据，也不想知道你和这个案件有什么关系。我们的大选在即，谁也不想听你谈论阿亚库乔的恐怖分子的活动。"查卡尔塔纳陷入了激烈的思想斗争：在继续调查一起可疑的杀人案和军官给他划出的雷池之间，他一时不知做何选择。但是，最后他还是决定继续进行调查。复杂的调查工作使他走访过的一切人卷入其中。曾积极参加政府在 80 年代发动的反对恐怖主义斗争的一名中尉遭到不测，未经验明正身便被火化。卡里翁上校为了维持现状和维护军事当局而导致许多人死亡。回到故乡阿亚库乔同"光辉道路"做斗争的卡塞雷斯中尉被"光辉道路"分子认出而遭到暗杀，在教区的火化炉里焚烧。在反恐斗争中死去的为数众多：有恐怖分子、军人，也有农民、妇女和神父。

一般认为，《红色的四月》是一部黑色小说，作者充分运用了电影技巧，以加强故事的紧张气氛。但是小说背景的选取并非徒劳，它包含着多方面的不乏社会与政治意义的内容：政府在其反恐斗争中进行的肮脏战争、军方在司法倾城里进行的争权夺利、教会和当局之间的勾结，特别是查卡尔塔纳这样的一些盲目为当局服务的官员的存在。其实，查卡尔塔纳本身就很不幸：很小时候母亲就在他造成的火灾中被烧死，父亲热心于暴力，自己的婚姻遭到失败，最后患了精神分裂症。小说对他的介绍十分简单，很不深刻，尽管他在小说的其他人物中间鹤立鸡群。

小说采用的是线型结构：故事以关于第一桩人命案的报告开始，此后讲述了检察官调查的多起案件，和检察官在同有关人员的谈话中得知的各种不同的历史事件。小说同时讲述了一些其他事件：施肥节等节日的庆祝活动、圣周的游行、恐怖分子把狗吊死的行为等。这些事件都在阿亚库乔确实发生的，并非虚构或想象。还有人物间的许多对话，实际是从"光辉道路"的文件或恐怖分子、秘鲁武装力量的官员和成员的供词中选取的。圣周的日期和圣周庆祝活动的描述也是真实的。但是所有的人物和绝大多数地点和方位却是虚构的。

《一位夫人的回忆》是作者的优秀小说之一。故事以第一人称叙述，主人公是一个年轻的秘鲁作家，他想在西班牙闯出一条路，但他没有合法证件，生活必需品困乏。此人没有名字，他讲述了

自己初到西班牙的生活。第一章讲述了他摆脱一切经济困境的机
会：腰缠万贯的老妇人狄安娜、米内蒂想写一部不俗的回忆录，
为此她找了一位作家当"枪手"。作家以老妇人提供的访谈录和文
献为基础写她的回忆。回忆录这样开篇："1930 年我出生在圣多
明各，即'公山羊'莱奥尼达斯·特鲁希略将军发动政变的那一
天。为了为我接生，接生婆不得不从政变士兵中间开路，穿过城
市，幸好一路平安。"据她讲，全副武装的军队聚集在独立广场
上，但是没有反对派，因为所有的军人都站在特鲁希略一边。他
们冲天放枪，告诉人们发生了政变。此后，小说以特鲁希略的多
米尼加共和国、巴蒂斯塔统治下的古巴、杜切统治下的意大利的
社会政治的乱象和美国中央情报局同中美洲国家建立的新关系为
背景，叙述了这个女人的家史：她父亲是一位企业家，受到过政
治迫害，是一个阴谋家，美国中央情报局的特工，黑手党人，独
裁者的同监者。狄安娜在巴黎出生，在古巴和多米厄加长大，为
了嫁给一位贵族而在他家里当佣人，从此她过上了荣华富贵的日
子。实际上，她不过是她丈夫的沙龙里的一件装饰品，那里是上
流社会吃喝玩乐的去处，由于古巴革命爆发，那个名叫"玻璃城
堡"的小世界消失了。

　　小说中的作家，其实就是作者龙卡格利奥洛本人的化身：他
承认，那个作家身上"有我糟糕的东西：不顾脸面，有野心，会
算计"，他本来一行字也不曾发表，都已经有文学代理人，总想
出版一本书名扬天下。他和那些作家一样，也曾去西班牙闯荡。
2000 年，他决定追求他的梦想，于是他离开利马，飞往西班牙，
希望像加西亚·马尔克斯、巴尔加斯·路萨和何塞·多诺等在欧
洲取得成功的作家那样功成名就，但是他明白，失败者比成功者
多得多。只是他们的经历没有流传开来，知道者不多。为了纪念
那些文学殉道者，他便决定写一位失败者的故事。《一位夫人的回
忆》就是关于这样的失败者的小说。

　　为了写这部小说，作者曾前往古巴和多米尼加共和国。他说他没有找到狄安娜的真正原型，但有不少女人很像她，都是不折不扣的百万富婆。她们跟狄安娜一样，除了为钱，没有为了爱情接近她。

　　由于描述了一位来自美洲而浪迹欧洲的一位一度潦倒的作家的境遇，此作被称为现代流浪汉小说的典范。

　　《离生活那么近》的故事发生在东京。双子座公司致力于完善几个机器人的制造工作，试图使它们的智能和有血有肉的真人难辨真假。公司老板克罗茨对他的员工之一马克斯说，他是这几个机器人制造方面的关键人物。但是主人公并不知道这是一个好差事还是一个不幸的预兆。不过他确实几天以来他就感到奇怪：那种高速飞行时引起的生理节奏的破坏对他产生的伤害对他料想的还严重，与过去发生的一次意外导致的一场场噩梦使他难以安眠，一系列模糊不清的回忆使他怀疑他活在世上是真实的还是虚假的。此外，他还觉得，尽管他拥有一切必要的手段，但是他都不能够和他周围的人包括他老婆交流。一天，他在他入住的饭店认识一位名叫玛伊的女服务员，那是一个很年轻的哑巴女子。奇怪的是，他和她一见如故，相处十分融洽，二人之间产生了一种十分特别的关系，肢体的接触表达了他们无法用语言说出的东西。性变成了他们交流的工具，于是他们明白，爱情不需要订立什么契约，只要有创造爱情的意愿就行。

　　《离生活那么近》是一部颇富特色的作品。作者编织了一部使人的心灵不安的小说，为什么马克斯对公司那么重要？为什么他总是在电梯里看见一个死去的女孩？他在夜间听到的那些声音意味着什么？是谁在问他："你喜欢我吗？"你在机器人中间为什么意识不到？"还有更糟糕的，他难道也是一个机器人吗？"

　　小说的成功之处是最后 50 页（全书 328 页），作者采用了一种有意思的、甚至令人目眩的节奏，似乎并不需要那么详尽的开场白。故事是引人入胜的。

但是此作并不被批评界看好，认为它虽然具有一部优秀小说的因素，但它并不是一部优秀作品。它不该像电影上那样涉及那么多无人不知的老生常谈，甚至是陈词滥调。毫无疑问，这不是作者最好的小说，倒是像作者的一部习作。

《乌拉圭情人》主要是讲述乌拉圭作家恩里克·阿莫里姆（1900—1960）跟西班牙诗人加西亚·洛尔卡（1898—1936）的关系。两个人的亲密关系是洛尔卡1934年去乌拉圭和阿根廷旅行期间和在马德里的一段时间通过书信建立的；二人书来信往，谈论那种十分下流的伴侣关系。人们不知道他们之间的密切关系是怎么回事，据说有许多人喜欢洛尔卡，但谁也不清楚阿莫里姆怎么单单爱上他。都相信，阿莫里姆一定认为他们的爱情非常深厚，他甚至确信洛尔卡被害是他的错误所致，是由于他们在街头的一次交谈被人发现，他们在谈话中发泄他们对政治的厌恶和对当局的不满。二人最初于30年代在布宜诺斯艾利斯相识，那时这个城市是世界重要的文化与戏剧中心之一。由于上演《血的婚姻》等剧目，洛尔卡已成为声名显赫的人物。当时阿莫里姆重新出现在戏剧界，是他引荐洛尔卡进入了那里的社会与文化交际圈，后来阿莫里姆曾怀着失去的爱情的忧伤描述了二人相处的那些日子。

自从1936年洛尔卡被长枪党杀害后，关于洛尔卡及其死亡的传说一直不断，至今不知道他的尸骨在何处。为此，小说作者进行了调查，调查从阿莫里姆是否确实偷走了洛尔卡的尸首开始，正如阿莫里姆自己说的，他于1953年在位于乌拉圭和阿根廷之间的一条河边的萨尔托市，当着数量可观的人群举行仪式，埋了一只神秘的白厘子（人们怀疑里面装的是洛尔卡的尸骨），并立了一个诗人的碑，碑上刻着马查多纪念洛尔卡的诗句。直到21世纪伊始，那个墓碑和白厘子的秘密依然原封未动。谁也不敢说白厘子里装的是不是洛尔卡的遗骨。但这件事使作者着迷，他觉得此事背后存在着一个小说人物。在他看来，阿莫里姆是一位富有诱惑力的作家，一个有家室的同性恋者，他既是乌拉圭人也是阿根廷人。但他是一位好作家，他写了 40 本书，他了解 20 世纪许多艺术家的秘密。他的一生是他最好的作品。他知道的事情很多，但他不能讲，因为在 50 年代不能谈洛尔卡或哈辛托·贝纳文特的同性恋，也不能谈他所参加的共产党使用的可疑的计谋。他是一位百万富翁，包括毕加索在内的所有艺术家都曾向他借钱。他留下了丰富的资料，供某人写他的传记，尽管他的一生充满了谜团。

此外，小说还以 1920—1960 年的艺术界为背景，肯定了一些事实：巴勃罗·聂鲁达是一个朋友多、敌人也多的人；阿拉贡十分熟悉法国的文化生活；基罗加饱受自身的痛苦折磨。同时也澄清了一些疑问：毕加索受到共产党的鄙视；卓别林受到了荒唐的迫害；博尔赫斯对足球一无所知。

《奥斯卡和女人们》的主人公奥斯卡·科利法托是一位其创作受到阻碍的电视剧本作者：他的未婚妻纳塔利亚离开了他，因为在恋爱期间他只关心写作。为了保全她的计划，新电视剧的制片人决定干预这件事，这使奥斯卡的生活变得一团糟。

奥斯卡住在迈阿密，那是一个受到全世界憎恶和蔑视的城市。他是一个意志消沉、不成熟、自私自利、具有怪癖、多疑病、容易被某种念头缠住的人，他穿着漆黑的衣服，戴着太阳镜，厌恶阳光、迈阿密喧闹的街道、动物和孩子。他不爱交际，与世隔绝，对外来的任何威胁都紧闭家门。然而他是最成功的、效益最好的电视剧本作者，特别是《令人厌恶的女人》和《你的爱情监狱》两个剧本，他还在这两个剧中扮演控制一切的小上帝，那种控制能力来自他的双手和现实生活。

但是他周围的许多人认为，"这个家伙没有什么用"，"他是一个爱情骗子"和"拉丁闹剧的巨人"，电视剧制片人马尔科·奥雷利奥就这么看。他必须写一个新剧本，以挽回他失去的名声。

但是由于一个小小的意外事件，和他同居了 6 年的未婚妻不辞而别，这影响了他的新剧本的创作。制片人不能再等待，决定干涉这件事：他雇用了一个妓女（一位爱情工作者，像她说的那样），来安抚剧本作者的失恋。

纳塔利亚不是把他的生活搞乱的唯一女人。当奥斯卡试图跟纳塔利亚和好的时候，另外几个女人出现了：一个叫贝亚特里斯，他的爆炸性的女邻居；另一个叫格雷塞·拉莫玛，她是一家俱乐部的拳击女斗士和新电视剧的女主角；第三个叫法维拉·图莎德，她是一个走下坡路的女演和制片人的妻子；第四个叫内雷伊娜，就是制片人雇用的那个妓女；第五个叫梅利莎，她是在一个鳄鱼养殖场工作的动物学家和一个 13 岁的孩子的母亲。

《奥斯卡和女人们》具有幽默和嘲讽的色调，是一部关于电视剧创作和生产过程的小说。小说中围绕电视剧本作者发生的事件和电视剧本身的制作并行展开，真实和虚构不止一次融合在一起。

第五章　享誉文坛的佼佼者

第一节　概述

在 20 世纪八九十年代，一批中青年作家登上拉美文坛。他们朝气蓬勃，锐意进取，在写作上打破传统，富有创造精神。他们采用的创作方法多种多样，有现实以下主义、世界主义现实主义、城市现实主义，等等。其共同特征是竭力背离传统的现实主义，多角度多层次地表现社会与历史事件，以细腻的笔触描写日常生活，深刻地揭示人物的内心世界，表现人类社会的真善美和假恶丑，刻画形形色色的人物形象。在写作上，不再运用传统的现实主义技巧和手法，而是采用现代派的讽喻、夸张、想象、虚构、荒诞与象征描写、意识流与蒙太奇、时空错位等。特别是现实以下主义，它包含着多种艺术与思想倾向：存在主义、空想主义、马克思主义、无政府主义、享乐主义、黑格尔学派、形而上学等。它没有章程，也没有行动准则。在现实以下主义者笔下，异常的事物天天发生，不可能的事情成为可能，所写的个人和社会斗争会导致人类生活变形，他们既爱也恨，既胆怯又勇敢，既欢笑又哭泣，既成功又失败，对善与恶的态度总处在矛盾中，他们喜欢冒险，认为作家职业是异想天开，试图靠艺术过舒适的生活……

总之，现实以下主义是一切文学流派中最复杂、最随意、最自由、最开放、最不循规蹈矩的文学派别，是一种由达达主义引发的文学反叛。他们自由地体现写作，而不用回头遥望古老的奥林匹斯山诸神。在文学主张上离经叛道，试图和主流文学界分庭抗礼，比如他们指责统治拉美文坛数十年的魔幻现实文学已经发臭，必须抛弃它，以现实以下主义取代它。现实以下主义产生于1975年年末至1976年年初，最初是一种由智利诗人罗伯托·马塔发起的一种诗歌运动，后来它又出现在墨西哥，受到一群墨西哥诗人和智利诗人如罗伯托·博拉尼奥等人的拥护。其口号是"把正统文化的脑壳炸飞"，试图以他们那种与众不同的、独树一帜的文化与文学占领文坛。

这一代的代表作家有：智利的罗伯特·博拉尼奥和罗伯托·昂普埃罗、乌拉圭的费尔南多·布塔索尼、哥伦比亚的威廉姆·奥斯皮纳、墨西哥的达涅尔·萨达、墨西哥的胡安·比约罗、秘鲁的阿隆索·奎托、古巴的阿维利奥·埃斯特维斯、委内瑞拉的阿尔贝托·巴雷拉·蒂斯卡、秘鲁的豪尔赫·爱德华多·贝纳维德斯和伊凡·萨埃斯、乌拉圭的豪尔赫·马赫福德、阿根廷的阿兰·保尔斯。

第二节　保罗·科埃略

保罗·科埃略（Paulo Coelho），巴西小说家兼新闻工作者，1947年8月24日生于里约热内卢一个中上层家庭，家庭深受天主教影响。7岁进耶稣会学校读书，对宗教活动他很早便发现自己具有文学才能，自幼对文学感兴趣，热心读博尔赫斯、亨利·米勒等作家的作品。违背父亲要他当工程师的愿望而致力于文学。不久后和一家剧团建立了联系并开始从事新闻工作。一度攻读法律，写歌词百余首。1972年参加反对资本主义思想、主张行为自由的

《选择协会》，独裁当局认为他是个危险，将其监禁一个时期，出狱后又遭到绑架。此前，他曾前往墨西哥、秘鲁、玻利维亚、智利、欧洲、北非旅行。1977 年移居伦敦，试图全力以赴从事文学创作，但是效果甚微。第二年回巴西担任 CBS 唱片公司的执行人。他还当过戏剧教师和电视剧编剧。

1986 年，科埃略按照他参加的名为拉姆的天主教组织的要求，从法国南方动身前往西班牙的圣地亚哥朝圣，历时三个月，徒步行走近 600 公里。他根据这次朝圣的经历，翌年出版了纪实小说《朝圣日记》，作品讲述了他在这次旅行中的种种体验和受到的启示，此作被视为他对世界叙事文学的首次突出贡献，使他一举成名。不久后，他又出版中篇小说《炼金术士》，此作描述一个牧童寻宝的故事：西班牙牧羊少年圣地亚当两次做了一个内容相同的梦，梦见他在埃及金字塔附件找到一批埋藏的珍宝。于是他横跨大海到了非洲，穿越一望无际的撒哈拉大沙漠，一路上奇遇不断，最后终于看见了金字塔，找到那批财宝的埋藏之处。小说仿佛一部追求美好梦想、实现人生理想的寓意，它告诫人们：要达到目的，既要有勇气、智慧和坚韧不拔的精神，也需要有承受考验、历经千难万险的实际行动。主人公圣地亚当就为人们树立了这样的榜样，无疑这是一个具有典型意义的文学形象。小说使科埃略成为世界上继加西亚·马尔克斯之后销售量最多的拉美作家，并使他荣获法国 1996 年度文学艺术勋章。

科埃略获得世界性好评的作品还有《笼头》，特别是《我坐在彼德拉河畔哭泣》。后者描写一对恋人分别了 11 年之后重逢，找回了遗于彼德拉河畔的那一吻。作品将爱情小说和旅游文学特有的因素融为一体，在著名的彼德拉修道院的无比浪漫的环境下，构建了一个美好的爱情故事。富于诗意的语言，优美的插画，生动的笔触，谱成一曲爱的朝圣之歌，让读者分享着作家的广阔精神世界。

科埃略的另一部作品《韦罗尼卡决定死去》（1998）也值得一提。主要人物是一个试图自杀而进入精神病院治疗的女子。她叫韦罗尼卡。尽管她的决定很坚决，但是她为什么要死，却并不清楚。医生试图让她相信，她将死于心脏病，她的生命只有一个星期了。但是，医生在欺骗她。韦罗尼卡在经受了无数次的治疗折磨和生与死的考验后，最终和心上人一起逃出了精神病院。对此作，外国媒体好评如潮：法国《费加罗报》称，科埃略的文笔像叶子上的露珠一样轻柔晶莹；英国《男士杂志》称，科埃略以一种不落俗套的同情描写疯狂。是倾诉，而非说教，产生的是那种人们在出神地偷听最沉痛的忏悔所得到的效果。此外，他的小说还有《孔波斯特拉的香客》（1988）、《沃丁神》（1992）、《第五座山》（1996）。

进入 21 世纪后，科埃略虽然年事已高，但其创作活力不减当年，仍然不断推出新作，有《魔鬼与普里姆小姐》（2000）、《十一分钟》（2003）、《扎伊尔》（2005）、《波托维利奥的巫婆》（2006）、《胜利者独自一人》（2009）和《在阿克拉找到的手稿》（2012）等。

《魔鬼与普里姆小姐》的故事发生在西班牙北部一个世人遗忘的村子比斯科斯，村民大多数都是上了些年纪的人，他们的儿子都移居到了大城市，他们住在村里已感到厌倦，坐等村子的末日到来。由于村民贪心、胆小和恐惧，村庄已四分五裂。一天，一个外国人来到村里，他是因为受到"痛苦的过去"这个幽灵的追逐而逃到这里来的。他在村里认识了年轻的服务员昌塔尔·普里姆小姐，这位小姐还在寻找幸福。外国人远道而来，需要找到一个折磨着他的问题答案：人在本质上是善良的还是丑恶的？在随后的七天里，外国人用一个狠毒的办法来考验村民：他在地下埋了 10 个金锭，要交给村子有一个条件。普里姆小姐对村民提出，在 7 天内得杀一个人。如果有某一个人被杀死，他就把金子交给村子。这就证明人在本质上是丑恶的。否则的话，他就把金子带走，说明人的本性是善良的。

于是，善与恶将展开一场决战，每个人必须决定自己属于那个阵营。村民们经过考虑后决定选村中年纪最大的贝尔塔老太太。她无可奈何，只好顺从。但是昌塔尔·普里姆阻止了惨剧的发生。外国人只好把金子交给昌塔尔，离开了村子。故事到此结束。作者体现了一个很主要的主题，即金钱的力量，它可以起好的作用，也可以起坏作用。它可以使村民生活改善，使村子富裕，但金钱不是万能的，它不能左右正直的人，不能指使其为非作歹。

《十一分钟》讲述的是巴西一个偏远村庄的一位年轻姑娘的生活。她叫玛丽亚。她在少年时代遭受过爱情的欺骗，从此便憎恨谈情说爱，直至决定前往里约热内卢，在那里认识一位老板，老板为她在日内瓦找了一份工作，她到瑞士碰运气。到了瑞士她发现，现实比她想象的严酷得多。在一家夜总会当了一个时期的桑巴舞演员后，她觉得这并不是她想干的。同经理进行了一番争论后，她离开了那里，去寻找当模特儿的工作，但多日寻找无果。这时她已身无分文，便和一个阿拉伯人过了一夜，挣了一千法郎。挣钱如此容易，她随后便走进贝恩街一家妓院。那是日内瓦的红灯区。她在那里交了个名叫尼亚的女友，她为提了一些从事这项"新职业"的建议，妓院老板教给她一些从业技巧。玛丽亚开始其皮肉生涯，把爱情关在了一切门外，一心一意卖身赚钱。不久她成了"名妓"，引得其他妓女咬牙切齿。但是自从认识了年轻的瑞士画家拉尔夫，她的想法便改变了：她对他一见钟情，开始体验真正的爱情。她沉浸在性幻想和拉尔夫的真爱之中。但她觉得二人并不属于同一个世界，便决定离开拉尔夫。但是离去之前，她又燃起了对拉尔夫的已经熄灭的爱情之火。

书题的十一分钟是指性爱持续的时间，在不利的环境下，性爱的时间总是很短的。小说再现了一个女人从纯洁的少女变成一个为金钱而失身、而放弃纯真爱情的过程。

《扎伊尔》的叙述者是一位生活在法国，享有很高的国际声誉，腰缠万贯的作家。他妻子埃斯特尔，已做了十年的战地记者，虽然战绩很突出，夫妻关系也颇融洽和自由，但是生存的危机依然默默地折磨着她。一天，她和她的男友米哈伊尔一起不见了，他也许并不是她的情夫。由于无线索可寻，警方便询问作家：埃斯特尔是被绑架了还是被杀害了，或是仅仅由于婚姻不满而离家而去。作家难以作答，心中只是焦虑不安，甚至怀疑自己没用。

然而，有一天，把埃斯特尔带走的米哈伊尔回来了，他答应带作家去他妻子所在的地方。他们上路了，从繁华迷人的巴黎前往米哈伊尔的故乡哈萨克斯坦，然后又去了克罗地亚和亚洲中部的美丽平原。目的地是何处，谁也不清楚。这是一个寻找某个地方的故事，想到达那个地方，而那个地方也许并不存在。

《扎伊尔》围绕科埃略喜爱的两个主题展开，一个是爱情的复杂性，另一个是要做个幸福的人是困难的。

书题《扎伊尔》（Zahir）借用阿根廷作家博尔赫斯的同名短篇小说的题目。在这个短篇中，扎伊尔的含义是阿根廷的 20 分的硬币。另外，在阿拉伯语中，它是"著名的""明显的"意思。在波斯语中，它是"星盘"的意思。

《波托维利奥的巫婆》的主人公谢琳·卡利，是个有天资的女孩，母亲是吉普赛人，从小被一个黎巴嫩妇女和贝鲁特一位富有的企业家收养，并改名阿西娜。本国的战争爆发后不久，她随全家迁居伦敦。在大学里，她认识了一个男生，跟他生了一个儿子，但是由于感情出了问题，婚姻很快便破裂。她和儿子相依为命，但作为一个母亲，她不能不想把她带到世界上来的那个女人。为了弄明白那个女人为什么抛弃她，她决定前往罗马尼亚了解其身世，寻找她的母亲。她在那里认识了另一位母亲，一位苏格兰女医生，她当了她的向导，起着精神母亲的作用。在此行中她还认识了一位记者，记者最终明白，他一生唯一重要的事情是认识阿西娜。小说故事颇为曲折，关于阿西娜的种种，均由她的丈夫、一位女演员、一位记者、一位餐厅老板，还有一位历史学家等人的访谈记录串连而成，她本人并未现身。小说将哲学、宗教奇迹和道德寓言融为一体，高度发挥了作者擅长的写作风格。作者在作品中深入探索了女性的世界，揭示了女性的恐惧及其精神世界，同时表达了她们寻求人生意义的必要。

《胜利者独自一人》以富有刺激性的时装与电影世界为背景，在戛纳电影节的 24 小时里，讲述了成功的俄罗斯企业家伊戈尔的故事。他不惧一切深入黑暗的去处，夺回他失去的爱人：他的前妻埃娃。他相信他在她身边的生活是上帝的安排，于是他对她说，只要能把她带回他的身边，他可以打碎整个世界。斗争在凶狠的个人力量和社会之间展开，正如小说所描述的，道德遭到破坏。在幕后，戛纳聚集着其真正的主角和演职员："超级"制片人、演员、策划者和模特，以及昔日的名角和讨厌的寄生虫。作者展示了著名戛纳国际电影节的演出活动，描写了一些人物的生活，揭示了名誉和金钱关系。野心、妒忌、怨恨、贪婪和放纵，是和爱情、成功的渴望、个人的拼搏和牺牲是分不开的。

此外，小说还描写了年轻而富有野心的女演员加夫列拉、流亡欧洲的卢旺达女模贾斯明内、有影响的腐败制片人贾维茨，以及从零开始、如今已登上荣誉宝座的文体家哈米德的一段坎坷人生。

《在阿克拉找到的手稿》的故事发生在 1099 年的耶路撒冷，当时该城正准备反抗十字军的入侵。就在那个时候，一个希腊人召集该城的男女老少开会。这个众人管他叫科普塔的神秘人物，不想以任何宗教的名义开会。但是他的记忆中保留着他听到的、能够传递未来几代人的一切。大家在广场上聚集在一起，等待敌人进攻。人们开始发问，问他有关真正的敌人、失败和孤独的问题，以及关于斗争、变化、美丽的东西和应走的道路等问题。最后人们还问他关于爱情、忠诚、命运、性、优雅、恐惧、渴望、智慧和未来的问题。小说由这些主要问题构成，显然是为了让今人重新思考和看待它们的价值。

保尔·科埃略的作品已销售至少 5600 万册，被译成了 80 多种外国文字，在 150 个国家流行。他不仅是世界上读者最多的作家之一，也是今日世界最有影响的作家之一。他于 2002 年被选为巴西文学院院士。

第三节　罗伯托·博拉尼奥

罗伯托·博拉尼奥（Roberto Bolaño，1953—2003），智利作家，生于圣地亚哥，1965 年全家移居墨西哥，1973 年他回到智利支持赢得大选胜利的阿连德左翼联盟，但不久皮诺切特发动军事政变，上台实行独裁统治。博拉尼奥一度被捕入狱 8 天，出狱后过了几个月回到墨西哥，和诗人马里奥·圣地亚哥一道开展现实以下主义诗歌运动，被称为"墨西哥的达达主义"，参加该运动的有 15 位诗人。1977 年博拉尼奥前往西班牙他母亲所居住的加泰罗尼亚地区巴塞罗那附近的布拉内斯小镇，曾在那里当葡萄采摘工、码头工、巡夜人、服务员、商店售货员等。

博拉尼奥的文学创作始于 1976 年，他先是和 7 位诗人出版作品集《热鸟》，同年独立出版长诗《再造爱情》。1979 年选编诗集《火彩虹下的赤裸男孩们》。从 1990 年后，他陆续出版小说《冰道》（1993）、《大象之路》（1993）、《美洲的纳粹文学》（1996）、《野蛮侦探》（1998）、《佩因先生》（1999）、《安特卫普》（2002）、《一部流氓无产者小说》（2002）、《第三帝国》（2010）、《遥远的星辰》（1996）、《智利小夜曲》（2000）和《2666》（2004），短篇小说集《电话》（1997）、《护身符》（1999）、《杀人的娼妇》（2001）、《不堪忍受的加乌乔》（2003），诗集《三个》（2000）、

《浪漫的狗》（2000）等。2003 年 7 月 14 日，因肝功能损坏，博拉尼奥在巴塞罗那去世，年仅 50 岁。

博拉尼奥生前曾说："我的名声在死后。"其实，在他去世前，他的作品就被陆续挖掘出版，获得高度评价，1999 年其巨著《荒野侦探》获委内瑞拉罗慕洛·加列戈斯国际长篇小说奖，2009 又荣获美国书评人协会小说奖，西班牙和拉美评论家称这部作品是"作者同代人中最伟大的墨西哥小说"，"是对文学爆炸大作历史和天才的终结，从此掀起了新千年文学新潮的环流"……对《2666》的评价更高，有的说"《2666》是小说中的长篇小说，无疑它是一座丰碑，是作者的最佳作品"，"只有博尔赫斯才能写出这样的小说"，它是一部"天才之作"，"一部里程碑式的小说"。被时代杂志评为 2008 年最佳图书，并荣获与普利策奖和国家图书奖齐名的美国全国书评人协会奖的小说奖。博拉尼奥随之成为大红大紫的国际文坛偶像，其名声不亚于当年的加西亚·马尔克斯和巴尔加斯·略萨。

博拉尼奥在文学主张上充满叛逆，试图与主流文学界分庭抗礼。他公开指责统治拉美文坛数十年的魔幻现实主义文学已经发臭，指责伊莎贝尔·阿连德根本不会写作。他的创作摆脱了1967 年《百年孤独》以来的魔幻现实主义传统，为当代拉美文学拓宽了道路。博拉尼奥为年轻的一代西班牙语作家留下一份珍贵的礼物：自由地去体验并写作，而无须回头遥望古老的奥林匹斯山诸神。

有位名作家说："作家不说普通人。"博拉尼奥就是一位经常让读者惊喜的作家。西方媒体这样评价他：他的天才不仅在于他的写作能力，还在于他从不遵循拉美作家的写作范式，他既不是魔幻现实主义，也不是巴洛克风格和民族主义者。没有一个标签可以容纳他，他的文字充满想象力，并且是超越国界的，像折射拉美土地的一面镜子。《野蛮的侦探》是博拉尼奥生前出版的最重要的作品。讲述 19 世纪 70 年代一群年轻的墨西哥诗人的生活。17 岁的孤儿胡安·加西亚·马德罗在墨西哥城上大学，由于迷恋诗歌而经常逃学和一伙自称"本能现实主义"的诗人混在一起。小说分为三部分，第一部分通过马德罗的日记介绍这些诗人的生活。本能现实主义团体的领袖是乌利塞斯·利马和阿图罗·贝拉二人。这个诗派中有位传说中的精神领袖——女诗人塞萨雷亚·蒂娜赫罗，几十年前她在墨西哥城北面的索诺拉沙漠里失踪。然而谁也没见她写过一首或只言片语。利马和贝拉诺却觉得女诗人还活在世上。于是一半为了心中的理想，一半出于被迫，他们决定开车一路北上，去追寻她的踪迹。同行的还有马德罗和妓女卢佩。

第二部分没有接着第一部分的故事继续讲述，而是通过数十位目击者得叙述，勾勒利马和贝拉诺在美国、西班牙、奥地利、以色列、巴黎等地的行踪。这个部分以蒙太奇手法拼接而成。由健美运动爱好者、疯狂的建筑师、战地记者和诗人帕斯的秘书等人连缀成的口述见闻串起，总共有 52 个见闻者。贝拉诺和利马没有出场，只存在其他人的回忆片段中。

第三部分再次回到马德罗的日记，描述他们出发后一路上发生的各种状况：利马和贝拉诺跳跃式的进出其他人的生活，这些人提供的消息说明他们过得并不好。他们贩毒，他们对人总是一副高高在上的傲慢态度，他们经常换工作。有人看见贝拉诺在法国佩皮尼昂！他在那里寻找一个失踪并想自杀的"朋友"，后来贝拉诺移居巴塞罗那，在餐厅里当洗碗工人，利马去了尼加拉瓜，两年后回到墨西哥，在墨西哥城市郊公园里游荡。

小说哀悼了诗歌或理想的衰落。华兹华斯有一句名诗说："诗人在青春岁月时满怀喜悦；然而到头来只剩下失望和疯狂。"虽然博拉尼奥说《荒野侦探》是献给他这一代人的情书，然而这部小说更像是一首写给某个再也回不来的世界的挽歌。小说让我们看到失落的青年人对浪漫主义的迷恋，本能现实主义诗人先驱蒂纳赫罗的朋友叹道："我们变老、死去，而一切美好的事物都从我们身上飞逝，真的很遗憾。"批评界一致认为《野蛮侦探》是拉丁美洲20世纪最重要的作品之一，它的重要性可以和《佩德罗·帕拉莫》《跳房子》和《百年孤独》相比。

《智利小夜曲》是博拉尼奥的世纪之交推出的作品，故事以第一人称叙述，主人公塞巴斯蒂安·乌鲁蒂亚·拉克鲁瓦是一位神父、文学批评家和主义会的成员，他的笔名是 H. 伊瓦卡切。他是威严却可敬的文学批评家和同性恋者法瑞维尔的学生。在2000年的一天，乌鲁蒂亚·拉克鲁瓦在病危中回首过去，几乎回想起了半个世纪智利的历史和他个人的人生。在博拉尼奥的笔下，主人公是个文学化的、虚构的人物。在小说的一个片段里，他被主义会派往欧洲，去报告如何维护教堂。他发现对教堂威胁最大的是鸽子屎，所有的欧洲教堂都用猎鹰对付这个问题。在小说的结尾，他成为血腥的皮诺切特政变中智利的文学机构妥协的典型象征。

整个小说都是乌鲁蒂亚·拉克鲁瓦的独白。他的独白从1950年他离开神学院时开始，一直持续到2000年。故事开始时，拉克鲁瓦患病发烧。他回忆自己的一生中某些最重要的时刻，也是智利历史上的重要时刻。随着他的独白，陆续出现了来自历史和作者想象的一系列人物，其中最有分量的当然是笔名叫 H. 伊瓦卡切、写他的文学批评的伊瓦卡切神父，和另一位文学批评界的圣人法瑞维尔。小说试图通过七八幅图画勾勒一个人的一生经历，每幅图画都是其生命的一个片段，都具有示范意义，并且都是独立的。所有的图画都用小版框连在一起。

《安特卫普》虽在2002年9月出版，但在20年前就已脱稿，只是无缘问世。作家坦言，它几乎不是一部长篇小说："把它作为短篇小说集来读，倒是读它的一种不错的方式。"但是出版者豪尔赫·埃拉尔德却认为："这是一件真正的瑰宝，博拉尼奥用优美的散文笔调写成，不是一部小作品。"写这本书时，作者处境艰难，忍饥挨饿，几乎身为分文，连稿纸都没有。但是他像救命稻草一样抓住它不放。博拉尼奥说："《安特卫普》是一部侦探小说，尽管看上去不太像，因为要赶到犯罪现场，警察感到体力不支，遇到一些困难；要找到被害人尸首也并非容易；要让嫌疑人受到审讯，困难更大。一切都在推测中发展。"

《安特卫普》的故事线索有两条：一条是写警察，他着手调查案件，在工作中得到一位自愿吃苦，不怕麻烦，"通过闪光感受现实"的叙述者的一些帮助。另一条是描述犯罪案件和杀人计划。小说具有侦探小说的一般特征：发生一起刑事案件，派专人去侦查、了解，由于案情复杂，调查者费尽心机。小说最后一章写一个人的祈祷：他已一无所有，他祈求圣犹太·塔尔代奥别让他投河。

博拉尼奥说："这是不为之感羞愧的唯一一部长篇小说"，"也许因为它依然是不可理解的"。书评家说："《安特卫普》无疑是博拉尼奥的标志性的作品，因为书中出现了这个明显的特征：在人们看来，拉丁美洲就像高度传染性的病毒，一种在世界上扩散的危险的瓦斯。"

《第三帝国》以日记形式写成，日记始于 8 月 20 日，止于 9 月 30 日。主人公叫乌多·贝格尔，一个 25 岁的德国青年，风华正茂，他最大的嗜好是玩作战游戏。他是德国全国作战游戏比赛的冠军，并在多家专业杂志上发表过文章。他经济上独立，结交了不少好友，比如他的游戏伙伴康拉德，还有他钟爱的女朋友英格博格。贝格尔带着他的女朋友前往布拉瓦海岸度假（11 年前他常和父母去那里避暑），住在海滨饭店，这是他们首次一块旅行，也许是二人未来共同生活的前奏。贝格尔在房间里放了一张大桌子，在桌子上摆放了他玩作战游戏的卡片和六角形。他对海滩和晒太阳毫无兴趣，宁肯为他的第三帝国游戏思考新战线和新战略。晚上他们去迪厅，在那里认识了另一对德国恋人查利和安娜。他们一起出入酒吧和餐厅，制订明后天的活动计划。查利是个永不厌倦的酒鬼，他结交了一些当地的怪人，有"狼""雄羊羔""被烧伤的人"等。那里的社会环境混乱不堪，暴力防不胜防。有一个深夜他们去海滩的时候，查利神秘地消失在海中，成为当地一个令人震惊的事件。

小说在避暑故事的平静外表下，展示了人物自毁的噩梦。故事梗概往往写得简单乏味，但小说本身远非如此：那对德国青年男女在海边度假一周。其间他们逐渐放弃了娱乐，忍受和失望伴随着所谓的第三帝国游戏。贝格尔不能输，因为他是享有国际声誉的德国冠军。他如果输了，就会成为第二次世界大战中失败的德国纳粹的象征。而伴随着他对作战游戏的迷恋，他难以逃脱第三帝国失败的结局，其生活也自然越来越走下坡路。一位朋友的死亡，其尸体的复杂处理，他的女朋友的离去，他对饭店老板的女人的迷恋，他同老板的病态关系，把他的生活引向了秋天般灰暗而毫无意义的地步，他头上那一轮德国冠军的光环完全丧失了光辉。

《2666》不失为博拉尼奥的石破天惊的鸿篇巨制，全书厚达1125 页，分为5 部分，每一部分都可称为一部长篇（作者就曾打算分为5 本书出版），各部分长短不一，通过贯穿它们的诸多线索和人物联系在一起，形成一个整体。他的全部作品也可以这么说。而从情节之复杂、部头之厚重和水平之高来说，《2666》无疑是首屈一指的。博拉尼奥编织故事的非凡才能在这部书中表现得淋漓尽致。

第一部分为"批评家"，这一部分最具文学性，因为它是关于虚构文学的文字：一种纯粹博尔赫斯式的练习。批评家共四位，三男一女：法国的佩尔蒂埃、西班牙的埃斯皮诺萨、意大利的莫里尼和英国离异的利兹·诺顿女士，他们在相继召开的代表大会上相遇，都热心研究名叫阿尔钦博尔迪的德国作家的作品，彼此志趣相投，观点一致，不仅成为挚友，而且碰撞出爱情的火花。为了寻找远离尘世，行踪诡秘的阿尔钦博尔迪，他们进行了漫长旅行，来到墨西哥边境小城圣特雷莎，在那里发现了智利教授阿玛尔菲塔诺，他认为流亡"是一种自然的运动"。第二部分题为"阿玛尔菲塔诺"，也围绕文学展开。其妻洛拉发疯地爱上了一位诗人，并去蒙德拉贡精神病院看望他。失意的阿玛尔菲塔诺带着17岁的女儿罗莎从西班牙来到圣特雷莎。在这座充满危险的小城里，阿玛尔菲塔诺精神恍惚，噩梦不断，总是听到父亲的灵魂在耳边说话，心中对女儿的命运充满忧虑。第三部分题为"法特"，讲述美国黑人记者昆西·威廉姆斯（菲特）刚办完母亲的葬礼即接受了前往圣特雷莎采访拳击比赛的任务，在那里得知长期以来许多妇女惨遭施暴和杀害，他试图报道墨西哥的现状和一系列骇人听闻的杀人案，但发现困难重重。最后他带着阿玛尔菲塔诺的女儿离开这个可怖的城市前往美国。第四部分题为"罪行"，是全书的高潮和中心，以三百多页的篇幅记述了从1993—1997年墨西哥北部的圣特雷莎数以百计的青少年女性和成年妇女被惨遭性暴力、拷打和杀害的罪行，一件件血案令人发指，触目惊心。第五部分题为"阿尔钦博尔迪"，描述这位德国神秘作家复杂而曲折的人生经历：他1920年出生，曾参加第二次世界大战，亲眼看见战争的可怕和纳粹的恐怖，手上沾着屠杀战俘和犹太人的鲜血。他从同盟国的战俘营里逃出，改名换姓，开始写小说，以表达其内疚、忏悔其罪行，其妻死后他过着清心寡欲、超凡脱俗的生活，致力于写作。最后他应妹妹的请求，前往圣特雷莎去营救她那因参与一系列少女谋杀案而锒铛入狱的儿子。这时他已年近八旬。

《2666》无疑是博拉尼奥全部作品中分量最重的一部，被认为是他最主要的代表作，一部全面小说，复调小说，它涉及生死、善恶、情爱、性爱、凶杀、战争等许多大主题，还有他一生着迷的虚构中的虚构游戏，年轻的边缘诗人，消失在以混乱的充满暴力的拉丁美洲为代表的没有回音的世界上的人物。它包含着许多文学形式：史诗，侦探小说，哲理小说，幻想小说，报告文学笔记等。它将作者的文学语言推向了极致，《2666》堪称一次文学革命，一次小说创作的革命。关于这部作品，任何定义、任何概括和抽象都是不够的。小说涉及的国家和地区十分广泛，有德国、法国、英国、西班牙、意大利、美国、墨西哥、智利、美洲、欧洲、非洲、拉丁美洲……涉及的职业和人员五行八作，有文学批评家、作家、记者、教授、出版人、军官、士兵、拳击手、神父、警察、乞丐、贫民、清洁工、妓女、毒贩……三教九流，无一不有。涉及的事件和问题数不胜数，有两次世界大战、苏联和东欧社会主义国家解体、移民潮、贩毒问题、社会治安、刑事犯罪……涉及的学科多种多样，有历史、哲学、文学、社会学、心理学、数学、海洋植物学、医学、建筑、绘画、电影……是一部名副其实的全景式小说。

读这样一部小说，使人不由得感到就像重读托尔斯泰、福楼拜、乔依斯、卡夫卡、三岛由纪夫、科塔萨尔、加西亚·马尔克斯等经典作家们的杰作，能够与之比肩的作品屈指可数。这是一部出自"鬼才"作家的怪异小说，故事写得精彩，具有纯文学作品少有的可读性，仿佛出自博尔赫斯之手。

小说的题目《2666》这个数字的含义是值得探讨的。据《初版附言》说："这个神秘的2666——实际上是个日期——表现一个高潮点，把作品的不同部分整合为一体。如果没有这个高潮点，整体性会失衡、无果、悬疑在虚空中。"《附言》下面又说："重读《护身符》可以看到2666这个日期给出的清晰线索。"《护身符》的女主人公奥西利奥描述了一天夜里跟踪阿图罗和埃内斯托去墨西哥城格雷罗大街，他们去找"嫖客王"。她是这样说的："我跟着他俩……他们走进了格雷罗大街……这时格雷罗大街特别

像墓地，但不像 1974 年的墓地，也不像 1968 年的墓地，也不像
1975 年的墓地，而像 2666 年的墓地，一个被遗忘在死人或未来之
人眼皮下的墓地……"也许这的确可能是小说的一种综合。或者，
这不仅是一种综合，也是一个形象：2666 仿佛拉丁美洲未来的墓
地，一个导向死亡和破坏的故事，或者，像弗雷桑①说的，"仿佛
一幅一半是博斯科②一半是迪埃戈·里维拉③的永不枯竭的壁画"。

第四节　费尔南多·布塔索尼

费尔南多·布塔索尼（Fernando Butazonni），乌拉圭作家，
1953 年生于蒙得维利亚一个贫苦的家庭，父母是莎莱斯会员，很
小就生活在有名的石头城中，在阿蒂加斯和圣伊西梦罗读完小学
和中学。上中学时就和乌拉圭戏剧运动发生联系，表演和创作短
小剧目，还把加西亚·洛尔卡遇害事件搬上舞台。那些年他取得
了最初的文学经验。1968 年在学潮的影响下，他投入了新兴的学
生运动，和同学们一起高举起了反抗帕切科·阿雷科独裁政府的
斗争。

1972 年，由于参加政治斗争而被迫流亡。首先在阿连德民主
政府领导的智利逗留，1973 年前往古巴定居，在那里的东方大学
攻读生物学，任中学教师，为电台创造节目。1979 年以第一本书、
短篇小说集《我们流血的日子》获美洲之家奖。由于参加尼加拉
瓜反对索摩查独裁统治的斗争，1979 年被派往前线担任桑地诺民
族解放阵线的炮兵军官，参加过攻战若干城阵的战役。在尼加拉
瓜期间他创作了诗集《夜晚与节日》。1981 年他开始在拉美和欧
洲的多家出版社当记者，并创作他的首部小说《敞开的夜晚》。一

---

① 弗雷桑（1963—　），阿根廷小说家。
② 博斯科（1450? —1516），荷兰画家。
③ 迪埃戈·里维拉（1886—1957），墨西哥画家。

度旅居欧洲，定居瑞典，去意大利旅行。

1985 年，乌拉圭民主政府重建，布塔索尼回国，参加《豁口》周刊的创办工作。1986 年担任共和国大学校刊《大学学报》的主编，同年出版第二部分小说《虎与雪》。1988 年加入《共和国日报》团队，任编辑部秘书。在后来的岁月里，他曾担任古巴美洲之家奖评委，创办和领导《大学图书目录》杂志，制订电台节目编写计划，参加创建国际知识界反战委员会，为拉美和欧洲多家刊物撰稿……同时进行文学创作。先后出版长篇小说《失意者的舞蹈》（1988）、《加德尔在我的卧室里哭泣的夜晚》（1996）、《死亡的亲王》（1992）等。进入 21 世纪后，又出版长篇小说《巫婆之书》（2001）、《不完美的预言家》（2002）和《一个遥远的地方》。他的作品还有《奥罗篷随笔集》（1992）、长篇散文《想象的王国赞》（2004）等。

他曾获委内瑞拉"罗慕洛·加列戈斯"国际长篇小说奖等多种重要奖项。

《巫婆之书》讲述一个新出道的巫婆的故事，讲述者是两个年迈的巫婆。故事发生在当今的拉普拉地河流域两个熟悉的地方：两个没有指明的城市，但是显然就是布宜诺斯艾利斯和蒙得维利亚。小说一开始，就让读者置身在一个庞大而古老的王国里，在那里一切都是可能的，什么东西也不是看上去的样子。这是一部具有冒险成分的，包含着可恶的科学内容的百科全书式的小说。小说的女主人公阿苏塞娜·卡马戈为了得到一本魔法书而当了巫婆。在小说中，地球不再转动，稀奇的事情不时发生。小说从深邃的宗教意识里探索理性的极限。小说是关于反映在日常生活的镜子中无形的事物的比喻：是对我们这些刚刚进入混乱的新世纪的人开的一个大玩笑。在小说中，一系列人物陆续登场，他们大多来自我们的日常生活，有的也来自腐败的政界，作者既讲述了优美的故事，又尖锐地抨击了现实社会的弊端。

从类型上讲，《巫婆之书》属于古老的神秘著作，这类著作不断变化，在漫长的世纪里不断有新东西加入：炼金术士的配方、巫术的费解之谜、符咒、祷文、传说等，都是行巫不可或缺的。所以小说便采用了这类著作的题材和结构。

《不完美的预言家》的主人公是尼古拉斯·奥东·埃斯特雷亚，银行的出纳员，一个像他居住的城市蒙得维的亚一样灰暗的人，他是纵横拼字谜的狂热爱好者和伏特加酒鬼。他千方百计不让人察觉他现身在什么地方。但是有一天他收到一道神符，一切都变了。上帝通过一个 50 寸的塑料屏幕交给他一项神圣的使命：建造一只预防第二场洪水的大船。此人身材短小，被其习惯压弯了腰。他声称"我是当今的预言家"。显然，他是一个完全精神错乱的人。在这种情况下，他开始策划，准备造一条对付洪水的船。主人公在重重幻觉和妄想之中穿过一个遍地是碎石乱瓦的地段，收拾出一片造船的场地，对他来说也是万事开头难。他必须抓紧工作，但是时间紧迫，意外就愈是相继发生，一群怪模怪样的人穿梭其间，似有意添乱。当尼古拉斯晃晃悠悠看见一个女人——他误认为是未来的伊甸园的仙女一样，故事的戏剧性变得强烈起来。在《不完美的预言家》中，作者运用了孤独、宗教、大众交流媒体和国家官员阶层这些东西作为造成一个不稳定的社会因素。在叙述中，作者采用了出路和讥讽等手段，收到了吸引读者的效果。

《一个遥远的地方》写的是著名摄影师胡利安·帕拉西奥斯的故事。正值他的事业红火的时候，他被诊断患了一种绝症。于是他开始考虑自己的生活，考虑自己做过的一切，甚至考虑他认为有待做的事情。但考虑的结果并不积极。从此刻起，一个形象，一张从未拍过的黑白照片，出现在他梦中，开始冲击他，并不时浮现在他眼前。他觉得那张照片在一个遥远的地方，在帕塔戈尼亚，① 那是

———————————

① 阿根廷南部的一个地区。

一个空旷的地方，那是有矿上用的斗状容器，有废弃的路轨，大块的铁矿石，车厢，大草原……他决定做一次长途旅行，到那里去。他刚到不惑之年，身心疲惫，忍受着自己的痛苦和孤独，并患不治之症吞噬着他的体力和精力，使他丧失了一切希望。但是他要实现他的梦想。他不顾旅行的劳顿，终于到了那个遥远的地方。他在那里找到了那张照片，还找到一个女人，同时也遇到一件奇怪的事情，并找回了希望，永远改变了他的生活。这是一个令人备感欣慰的故事：主人公本来因患绝症而感到绝望，不想他梦见一张照片，这给了他信心和生活下去的勇气，以至于他居然能不辞劳苦，远走他乡，竟然找到了那张照片，还找到一个女人，找回了希望，真是绝路逢生，柳暗花明。故事告诉我们，无论遇到多大的难处，多大的不幸，也不要失去信心，不要自暴自弃，心中只要有梦想，并敢于追求，去争取，去奋斗，总是有希望的，总能如愿以偿的。

第五节　达涅尔·萨达

　　达涅尔·萨达（Daniel Sada, 1953—2011）墨西哥作家，生于墨西哥下加利福尼亚半岛，在墨西哥北方名叫墨西卡利的小镇长大。那里的一位只喜欢经典作家的女教师教他学数学。他青少年时代的阅读"几乎不超过黄金世纪，几乎都是古希腊和拉丁作家，我相信《堂吉诃德》是最后一部长篇小说，这是一种在时间上消失的艺术。幸运的是我发现了当代作家"。他曾在卡洛斯·赛普蒂恩学校攻读新闻硕士，在墨西哥城和其他城市主持过几个诗歌和小说写作间，1994年参加全国艺术创作者协会。他最初写诗后来转向短篇小说和长篇小说。他的作品具有巴洛克风格和悲喜剧色彩。作家胡安·比约罗认为，萨达以其长篇小说《为什么从来不知道的真理好像是谎言》（1999）革新了墨西哥小说。已故智

利名作家罗伯特·博拉尼奥则说："无疑，达涅尔·萨达在创作我
们西班牙语最为雄心勃勃的作品，只有他可以和古巴作家莱萨马
比肩，尽管莱萨马的巴洛克以热带地区为舞台、提供了相当好的
巴洛克作品，而萨达的巴洛克发生在沙漠上。"用文学批评家多明
格斯·米切尔的话说，萨达"掌握着一种散文，这使她成为最独
特的语言叙述者"。2008 年萨达以小说《几乎从没有》获得埃拉
尔德长篇小说奖。

他的作品相当丰富，有长篇小说《叶尔玛进行审理》（1979）、
《闪光的人生》（1980）、《意愿》（1989）、《两个女人中的一个》
（1994）《人造光》（2002）《几乎从没有》（2008）《显而易见》
（2011）和《游戏的谎言》（2012），有短篇小说集《一会儿》（1985）、
《三个故事》（1991）、《一切和补偿》（2002）和《那种满足的方
式》（2010），还有诗作《地方》（1977）、《爱情是铜色的》（2005）
和《在这里》（2008）。

在写作上，萨达采用的是一种富有对话特点的语言，富思特
斯称之为"它是坎丁弗拉斯①和贡戈拉②的结合。"萨达解释说：
"这是北方的土语、新词语、语言的污染、对在墨西哥内地听到的
一点一点神奇消失的声音的颂扬。"萨达认为："语言越污染就越
生动，而对话形成就如形而上学那么复杂。"在谈到他的创作过程
时他说："我先想象一个地方，然后思考一个家庭的历史，再后来
就产生了一个故事，突然之间，又出现了另一些事情，一部小说
便应运而生。"

萨达在小说创造了大约 90 个形形色色的人物，让他们循环讲
述不同的故事。关于这些人物的类型，萨达是这样划分的：

悲剧人物：像莎士比亚剧中的角色，其悲惨遭遇不可挽回；

悲喜剧人物：多数属于此类，因为现代世界是悲喜剧式的，

---

① 坎丁弗拉斯（1911— ），墨西哥滑稽演员。
② 贡戈拉（1561—1627），西班牙诗人。

人们往往确定一个目标，一旦实现这一目标，就会寻找新的目标，不会满足；

有性爱倾向的：这种人物既多情又纯真，甚至故作风雅，对于女色总是赞不绝口；

希腊死神塔那把斯式的，悲观厌世，不惜自毁，对地狱情有独钟；

忧伤的人：对人和善，多愁善感，听从于别人，别人把手伸给她，她会抱住别人的胳膊，这种人令人迷惑，也让人同情；

唐璜式的：不可靠，只醉心于征服女人，而不忠于爱情；

这形形色色的人物构成了萨达的小说世界，也构成了墨西哥社会。这些人物几乎都不正常，几乎都被某些古怪念头缠绕着，作者恰恰凭借这样一些人物探察和展示现实的阴暗面。

《人造光》的主要人物拉米罗·辛科的相貌奇丑无比，不堪入目，他的兄弟和姐妹都歧视他，而他们个个都很帅、很美。不是说拉米罗像大象，但是人们从他父亲那里得知，他的鼻子长的像芒果的果核，他的口唇像大肠那样凸起，他的眉毛莫名其妙地疯长。总之，他长得丑陋之极，无以复加。不管怎样，作者关于此人描写的一切无一不是丑陋可笑的。而金钱本身，自从小说产生的时候起，在萨达的小说中如同在巴尔扎克的小说中一样占有重要地位。而拉米罗·辛科的存在只能以他那副难看的面孔为转移。虽然人长得丑，但是并非一片黑暗。由于他这种不幸，头脑又不聪明，他那患了不治之症的父亲便把数百万家产留给了他，对其他那些长得英俊的儿女则剥夺了继承权。

他父亲叫内斯把尔·鲁文·辛科，把财富留给了他这个长相让人反感的儿子，但他有两个条件：一是他必须去看整容医生，让医生改变他那可怖的面容；二是他永远不要回村里来，回这个家来。他听从了父亲的嘱咐，照父亲的愿望做了。他自然不能回归这个为他带来诸多痛苦的家，更何况他那些毫无兄弟情谊可言

的骨肉同胞。现实是无情的，他只能远走他乡自谋生计。而他的
整容虽然像人造光并非天然，但同样放射着光辉。

《德尔塔节奏》的故事发生在某个大城市里，时间是 2015 年，
小说的主人公达戈维托年迈体衰，眼睛失明，身上散发着臭味，
还有怪癖，对其亲人来说，是个碍事的人，是个讨厌的人，他成
天翻弄那些卷宗材料，然后藏在柜子里，也烂在柜子里，这样打
发他那种无聊的日子。只有在他孙子罗伯特的眼里，他还算个人
物。罗伯特是富隆达出版社的职员，令人不解的是他必须记住几
本教科书的内容，因为书中包括有助于策划畅销书的秘诀，博得
了上司的赏识和信任，他又是西班牙文学硕士。但是不久他被出
版辞退。然而后来出版社又聘请他编辑灯塔丛书。丛书中包括《梦
幻有助于心灵感应》，这是 25 年前由他祖父达戈维托写的小说。
尽管小说写得很糟，但是经过市场操作，它还是成了一部畅销书。
正像故事叙述者所说："任何一本平庸的书，只要用热情的广告包
装，都能把它变成畅销书。"出版社最感兴趣的是赚钱，只追求一
个目的，就是出版最可能成为畅销书的作品。这样，文学就成了
市场的附属品，只有为广大读者写作的作家才受尊重。这样，作
家就变成了推销自己的作品卖书人。

达戈维托和他孙子一样喜欢文学，二人经常通过梦幻进行心
理感应，为小说制造素材，这样他就炮制出了小说《祖父》，写一
个贫穷而失明的作家，最后被送进收容院。达戈维托总是在边缘
出版社出书，但是突然间，《梦境有助于心灵反应》出版了数百万
册，他就成了富有的著作名家。

萨达的小说一向和节奏、音乐密切地联系结合一起。他此前
的小说中总是回荡着科里多民歌和爵士乐的声音，在这部小说的
某个段落里，作者娴熟地把尖厉的爵士乐的节奏同罗伯特挨耳光
的粗暴场面融合在一起。这也算是作者小说创作的一大特色。

《简单的固执行为的延续》写了三个主要人物，一个女人，她

喝自己的尿，因为她相信这是使她保持身体健康和美容的灵丹妙药；一个男人，总在制作想象的地图；还有一个男人，自认为是一个先锋派的诗人。这个人属于一个十分独特的家庭：女人是家庭主妇，叫莱奥诺拉，她坚持喝自己的尿是为了改善她的身体和精神健康。那个男人就是她丈夫，叫阿尔贝托，他着了迷似地绘制一个想象的世界的地图。另一个男人是他们的儿子，叫路易斯·劳罗，他不顾一切地想成为一位先锋派诗人。这三个人都很古怪，每个人都有自己的生活习惯，各自沿着自己的道路行进，三条路即分离又交叉，构成了一个特殊的家庭。显而易见，三个人物都被一种固执的念头缠绕着，钻进牛角尖而不出来。就像眼下的一些年轻人一样，迷上一种东西，如网络游戏之类，往往废寝忘食，不顾一切。这是一种社会现实，一种社会现象。小说恰恰是这种现实的反映和讽喻。

《几乎从没有》的主人公德梅特里奥·索尔多是一个定居在墨西哥瓦哈卡州的农学家，他一天到晚在庄园里埋头于他那种单调无味的农业技术研究和行政事务。有一天，他终于感到厌倦了，便决定出门去寻花问柳，以赋予他的生活以乐趣。于是向遇到的第一家妓院走去，在那里认识了一个名叫米雷亚的肤色黝黑的女郎，彼此聊得十分投机，似相见恨晚，柔情蜜意，他几乎天天去看她。不久后，德梅特里奥的母亲特尔玛要他去萨克拉门托村参加一场婚礼。原来母亲另有目的，儿子也已猜到，那就是希望他到那里去和某位出身名门的小姐会面。那位小姐就是出身于并不富裕的中产阶级家庭的雷纳塔。德梅特里奥对她一见钟情，几乎马上开始了恋爱，甚至到了谈婚论嫁的程度。但是事情并非这么简单，可以说有点复杂。农学家德梅特里奥打算同时和两个姑娘保持关系，直到米雷亚提出分手。但是他的如意算盘打错了：妓院的这个姑娘不愿意和他分手，无论现在还是将来，因为她已经把德梅特里奥当成她逃出火坑的救星，相信他会把她从妓院里赎出来，然后二人结婚。她并且相信他能让她过上她想过的日子。德梅特里奥也答应好好待她、爱她，为她提供住房。于是他带着她逃出妓院，但把她留在火车上，自己和姨妈苏莱玛回来了，姨妈和他母亲盘算为他找一个更合适的姑娘，这就是前面提到的雷纳塔，在她们的安排下，德梅特里奥终于和追求纯洁爱情的雷纳塔喜结良缘。

与此同时，小说还描述了德梅特里奥的姨妈苏莱玛的故事：在小说中她是一个十分有趣的人物，她一生都爱着她表兄阿维拉多，终身不嫁而等着他。阿维拉多终于去见她了。但这时双双都已年迈。见面后二人度过了短暂的幸福时刻，只有三天时间。不幸的是，苏莱玛发现他死在了床上。"多么不幸的爱情！多么悲惨的故事！"在期待、厌倦的生活中仅仅持续了三天的幸福！但是他们的感情曾是多么炽烈："两个老人赤身裸体躺在一张不十分宽的床上，双手几乎颤抖着互相抚摸。他们的表现，除了接吻，还有恐惧。"（原著 178 页）这一对从年轻到年迈的恋人的经历，可以称为小说中的小说，故事里的故事。

《显而易见》是作者根据 30 年前他知道的一桩真实的杀人案写成的。小说中的两个人物：蓬西亚诺·帕尔玛和西斯托·阿拉伊萨事先把一切都计划得很周密。首先，必须把运输公司的所有者、老板和工人的剥削着塞拉芬·弗里亚斯那种从没有沉睡的贪心进一步激发起来。塞拉芬·弗里亚斯由于手里掌握着对工人的绝对权力，便觉得自己是一个大写的男人。蓬西亚诺和西克斯托对他提到几片上好的土地，他可以用便宜的价格买下来。见他已经上钩，其中一个便假装别人打电话说，他是伊迪利奥·比亚尔潘多，是几块假想的土地的主人。还对他说，西克斯托是他童年时代的朋友，他可把想买地的老板带到离老板的住处相当远的土地上去。三个人开车去了那里，在那个遥远的、荒凉的地方，蓬西亚诺和西克斯托开枪杀死了塞拉芬·弗里亚斯，把卡车推到了悬崖下。然后二人分手，其中一个人必须离开他的伙伴到西部去。但是有时候，当仇恨结束——至少那种最大的仇恨——后，他们觉得不想再见面了。蓬西亚诺和西克斯托觉得自己犯下了大罪，将只能开始在不可想象的墨西哥内地沙漠地带游荡，向前向后，向左向右逃亡，去寻求真实的或虚幻的梦想，去寻找另一种生活或生活的另一种意义。

作者达涅尔·萨达说，这部小说和他以前的小说不同，它不是悲喜剧，而是悲剧。在悲喜剧中，在某种程度上矛盾可以得到部分解决，但是在这部作品中则不然。他想走希腊悲剧路线，进行一定的模仿。但是也有一点莎士比亚的动力。在莎士的悲剧总是规定了一条路，但是在某个时刻，人物可以选择另一条路。一旦选定了，就必须走下去。在这部小说中，人物选择了一条路，但是后来后悔了。这是作者自己加入的因素：后悔，莎士并不这样做。在此作中，达涅尔显示了他巨大的文字才能，受到杰出作家博拉尼奥等人的认可和赞扬，他把他和莱萨马相比，胡安·比约罗则说，他是一位非凡的故事构建者。

《游戏的语言》写的是主人公巴伦特·蒙塔尼奥的故事。蒙塔尼奥一家住在墨西哥北方。作者把这个地域广大的国家改名叫马西哥。父亲巴伦特非法穿越边境18次。但是到此为止，不再越境，因为他以攒足了金钱，不用再花大力气，不用再像猫鼠那样东躲西藏，不用再夜间偷越边境，不用失败了再开始……如今他已万事俱备，可以在他那个圣戈雷格里奥村开商店了。那将是一爿现代的、属于他的商店，就像他在他儿子坎德拉里奥协助下建造的那幢小房子一样完全属于他。靠这些用血汗挣来的钱和在颠沛流离的生活中获得的经验，他决定在那个只能吃玉米饼的世界上开一家他自己的比萨店。他自己当比萨师傅，他儿子坎德拉里奥和马尔蒂纳当助手。也许，也许只有他老婆约兰达反对。因为她宁愿个人干为街坊洗衣烫衣的活计。但是圣格雷戈里奥村在那个本来叫墨西哥的马西哥，年轻的儿子坎德拉里奥并不理解父亲把一切力量和金钱投入这样的生意。他只知道，村里已经出现不安定的因素，不时有陌生的车辆在村里转悠。不错，村里还没有发生什么事，但是周围的村子有人被杀、有人被吊死的传言满天飞。但是巴伦特稳坐钓鱼台，他认为不用那么担心，也没必要，在美好无比的天堂也会不断发生杀人事件。于是他的比萨店开了张。不久后，正当一切都顺利进行的时候，坎德拉里奥决定尝一尝违禁的东西：吸食大麻，他的老朋友、酋长维希利奥·索里利亚的儿子莫尼科·索里利亚在他的小菜园里种的大麻。

智利已故作家阿尔贝托·博拉尼奥十分敬佩他。他说："达涅尔·萨达无疑创作了我们西班牙语最雄心勃勃的作品之一。只有古巴作家莱萨马的作品可以与之比肩，虽然莱萨马的巴洛克以热带为舞台，他的作品是相当好的巴洛克之作，而萨达的巴洛克发生在沙漠上。"

第六节　罗伯托·昂普埃罗

罗伯托·昂普埃罗（Roberfo Ampuero），智利作家，由于创作以私人侦探卡耶塔诺·布鲁莱为主角的多部侦探小说而赢得盛誉。1953 年 2 月 20 日生于巴尔帕拉伊索一个具有右翼政治倾向的中产阶级家庭，其父第二次世界大战期间曾为美国对外情报部门服务。1972 年前进圣地亚当进智利大学教育学院攻读社会人类学和拉美文学。这期间他参加了共青团，因为他"相信社会主义是民主的、公正的、经济上是繁荣的"。1973 年军事政变发生后，他离开智利前往德国读博士后，其后从事小说创作，在大学执教，为多家报刊当专栏作家。在东德逗留时认识了古巴检察官费洛雷斯·伊巴拉的女儿玛格丽塔，1974 年 7 月 26 日一起回到古巴，同年结婚，1977 年离异。在古巴时他的政治思想发生变化，他认识了被古巴当局审查的古巴诗人帕迪利亚，帕迪利亚让他睁开了观察古巴现实的眼睛。彼此建立了友谊，诗人的家成了他的避难所。1976 年他退出了共青团。不久他回到东德，学习了一年马克思主义理论。还曾在柏林一所大学攻读文学、经济和政治博士后。1983 年他前往西德，在那里当记者、编辑、主编。1993 年回到智利。1997 年全家一度移居斯德哥尔摩。进入 21 世纪后，他多年担任西班牙语教师。2006 年 4 月 18 日，他被授予"巴尔帕拉伊索市杰出儿子"的称号。2009 年 3 月底被任命为国家文化与艺术局领导成员，但 5 月初辞职。后来曾任智利驻墨西哥大使。2013 年 6 月起任智利文化部长。

罗伯托·昂普埃罗的文学创作是在国内外颠沛流漓的生活和工作的间隙中进行的。他的足迹遍及美国、德国、古巴、瑞典、雅典、罗马、北京和智利的巴尔帕拉伊索等地。他在国外生活工作了 35 年，他承认许多作家和作品给了他影响。比如《罪与罚》《堂吉诃德》《奥德赛》《八十天环游世界》《这个世界的国王》《百年孤独》《大教堂里的对话》《加冕礼》，布赖希特、卡夫卡、乔依斯、海明威、福克纳、索福克勒斯、托马斯·曼、费尔南多·佩索亚等。

罗伯托·昂普埃罗的作品有卡耶塔诺·布鲁莱系列传记，包括《谁杀了克里斯蒂安·库斯特曼?》（1993）、《哈瓦那的博莱罗舞曲》（1994）、《阿塔卡马的德国人》（1996）、《在深蓝的约见》（2004）、《夜晚的游集》（2005）和《聂鲁达事件》（2008）。有长篇小说《我们的绿橄榄岁月》（1999）、《斯德哥尔摩的情人》（2003）、《希腊的热情》（2006）、《另一个女人》（2010）、《最后的探戈》（2012）、青少年小说《桃树的战争》（2001）。还有短篇小说集《燕子人》（1997）。他的作品被译成德文、法文、英文、意大利文、希腊文等近十种语言。

如上所述，卡耶塔诺·布鲁莱是作者的系列侦探小说的主人公，是一名住在巴尔帕拉伊索的古巴私人侦探，日本藉智利人薄木为他当助手，布鲁莱以屈指可数的手段查清案件著称，但有时必须同高层政府官员交手，并经常置其生命与危险之中。他是一位十分幽默的侦查员，善于赢得别人的信任，常常享受美味佳肴和上等的智利葡萄酒。在《谁杀了克里斯蒂安·库斯特曼?》中，他虽然一开始收了克里斯蒂安的父亲的一大笔钱，但这并不影响他办案，仍显示了他的职业才干。在办案的过程中，他认识了与克里斯蒂安的过去有关系的各种各样的人，他们以其说法和经历协助他破解谜团、排除疑难问题。他的调查始于巴尔帕拉伊索，然后转向德国，最后在古巴和圣地亚哥结束。杀人凶手是西尔维奥，由于担心克里斯蒂安和萨姆埃尔揭露他的犯罪计划而杀死了他们，他自己不可避免地被捕入狱。他和妻子住在一幢豪宅里，豪宅地下室里存放了一些非法持有的武器。《哈瓦那的博莱罗舞曲》写布鲁莱住在巴尔帕拉伊索期间收到一封神秘的信，信封里有一张机票和一封信。信的内容是："请按机票指定的航班飞往古巴。到那里入住以你的名字预订的哈瓦那饭店的房间。我负责一切费用，保证付给你优厚的报酬。这是一件生死攸关的事情。我相信你的智慧，普拉西多。"面对此事，卡耶塔诺有些犹豫，但是他渴望回他的祖国。于是他登上飞机，飞往卡斯特罗治理下的那个岛国。到哈瓦那后他即住进那家饭店，他检查了一下房间，几分钟后普拉西多来到他的房间，求他帮助，因为他在迈阿密他家饭店他的床上发现一只装满钱的手提箱，因为他明白，这些钱的主人正在为收回这些钱而追捕他。《阿塔卡马的德国人》写德国记者科内利亚·克拉茨为德国的一家重要报纸担任驻布宜诺斯艾利斯通信员，他雇用布鲁莱侦探在图里大厦他的办公室里工作，负责调查威利·巴尔森在圣佩德罗·德·阿塔卡马被杀害一案。巴尔森是德国人，他来阿根廷同德国一家私人小企业合作，这家小企业专门帮助贫穷国家，它有一项计划，即在智利阿塔卡马沙漠地带的圣佩德罗资助修建水井和水渠。巴尔森为跟踪贩毒集团而被杀害。记者克拉茨不同意智利有关部门的说法，所以雇用布鲁莱去调查巴尔森被杀害的真相。《在深蓝的约见》写侦探卡耶塔诺·布鲁莱来到首都一家名叫深蓝的餐厅，等待一个神秘的人士，此人在图里大厦他的办公室用电话跟他联系，在指定的餐厅见面。在等这个人的时候，他喝了一杯古巴莫霍饮料。当他相信望见他的客户到来的时候，却出现了两个骑摩托车的人，他们通过窗口连续对来人开枪，来人顿时死在自己的小手提箱旁。其中一个骑摩托车的人从窗口跳进来，抢走了手提箱，迅速逃离。卡耶塔诺一回到自己的办公处，就收到一封被打死的古巴人莱库奥纳的信，里面装着雇用的预付款。卡耶塔诺着手寻找杀害这个古巴人的凶手。《夜晚的游集》写一伙持不同证件的古巴流亡者决定谋杀菲德尔·卡斯特罗。为此，他们雇用了住在奇洛埃的一位名叫卢西奥·罗斯的国际杀手，此人要求完全自由地执行其使命。于是他制订了前往德国和俄罗斯的计划。但是这个情报被美国政府得知。为了避免菲德尔死后古巴没人领导、引起古巴人向美国的大逃亡，美国政府决定由中央情报局出马，阻止上述谋杀菲德尔的行动。这样，中央情报局人员就找到卡耶塔诺·布鲁莱，请他去找那个杀手，避免谋杀的发生。《聂鲁达事件》的故事始于 2008 年的巴尔帕拉伊索。有一天布鲁莱应邀去一个部门的办公处谈工作，在去办公处的路上，他先进一家商店喝了一杯咖啡，吸一支烟，于是他回忆起了往事：1973 年 8 月初，在即将发生政变的前几天，时年约 30 岁的布鲁莱在一个节日上认识了聂鲁达，两人进行一番交谈。分手时，聂鲁达请他有空时去他家拉塞巴斯蒂娜见一次面，目的是要他去墨西哥寻找一位医生，因为他和那个医生的妻子生过一个女儿。那时聂鲁达在墨西哥城担任智利驻墨西哥领事。实际上，聂鲁达有过许多女人和爱情，他总觉得应该有个儿子或女儿。这个念头总缠绕着他，他在卡普里岛写的献给他深爱的妻子玛蒂尔德的诗《上尉的诗》中就这样发问："……我问你，我的儿子在哪里。"此外，小说还对作为诗人和作为人的聂鲁达进行了评说，并且讲述了聂鲁达的一次次婚姻状况和跟一些女人的感情瓜葛，展示了聂鲁达鲜为人知的一面。

《斯德罗尔摩的情人》的主人公克里斯托瓦尔·帕索斯是一位智利作家，他和妻子玛塞拉住在斯德哥尔摩。玛塞拉是皮诺切特军政府的一位高级军官的女儿。故事发生在 20 世纪中期，以第一人称讲述克里斯坦瓦尔的历史。他刚刚从他的女佣人博耶娜口中得知，他的女邻居玛丽亚·艾利亚松去世，是自杀的。与此同时，克里斯坦瓦尔讲述，他找到了他妻子的几件信物，他觉得这些信物不会是送给他的。由此，两个故事开始交织在一起。这时，帕索斯着手根据他自己的经历写小说。他开始怀疑玛丽亚的丈夫马库斯。马库斯受博耶娜的影响，曾为玛塞拉做事。于是克里斯托瓦尔开始相信她女人玛塞拉和另一个男人合伙欺骗他。

《希腊的热情》讲述的是一个名叫布鲁诺·加尔莎的历史，他是一所美国大学的教授。有一天他的妻子法维亚娜离开了他（她对丈夫不忠），于是丈夫开始走遍夫妻俩曾经度过幸福时刻的地方。他感到绝望，于是决定拿起他的手提箱，出门去寻找他的妻子，虽然他只知道几个线索，但他怀着能够找回幸福的希望。加尔莎的执着感人肺腑，他跑遍了纽约、中美洲和希腊，为寻找妻子而不辞劳苦。毫无疑问，这个人物以其行动证明，使夫妻重归于好总是有希望的，因为他永远不放弃，尽管他妻子给他发短信说："我不会回家。不要给我打电话，也别找我。"而他妻子法维亚娜呢？她离开了丈夫，放弃了家庭，背负着家庭的痛苦秘密回了她的故乡。对他们来说，希腊是一个遥远却美丽的地方，那里汇集着二人关于他们的爱情、他们的激情和幸福的回忆。那里也是他们的天堂，也许有朝一日他们会到达那里，回到那里。

不同的人物和地点徐徐地在书中出现，彼此交织在一起，不乏某种关于人生的教益和哲理。这是一部优美、有趣、叙述流畅的小说，再一次显露出作者的智慧及其叙事的才能。

《另一个女人》从住在美国一所大学的一位智利教授的旅行写起。这位教授名叫奥雷斯特·卡卡莫，他前往柏林，在那举办讲座。在一次讲座结束后，一位女士交给他一部未完成的长篇小说手稿，小说作者是一位陌生的、神秘的拉美（智利）作家，即本哈明·普拉。手稿是在柏林墙被推倒后的东德的一幢老房子里找到的，此外还有一封信，信上说作者会回来取它的。小说讲述的事情是虚构的，但具有真实的成分。故事发生在 20 世纪 80 年代中期的智利圣地亚哥和巴尔帕拉伊索，正值皮诺切特军事独裁统治时期。教授立刻对此作发生了兴趣：他要研究一下小说讲述的事情是事实还是虚构，小说作者和小说的主人公是否存在。小说的书名叫《另一个女人》，讲述的是名叫伊莎·贝尔的 50 岁女人的故事：她出身于上流社会，她丈夫是一位富有的、生活舒适的外科医生，对她来说，丈夫是她的一切。但她发现丈夫的一些可能对她不忠的迹象，他感到绝望，于是开始调查他。一个夏天，她去智利南方度假，决定提前回圣地亚哥。在住所里，她发现丈夫何塞·米格尔死在了床上，她猜想丈夫是心脏病发作而死的。不久后，她开始调查，发现了一些丈夫背叛她的迹象，迹象越来越清楚，这使走火入魔一般，非查个水落石出不可，几个月后她终于发现丈夫有一个情妇。在结婚 30 年后，她居然还不真正了解她丈夫。她知道了那个女人是谁，开始跟踪她，监视她，却想不到，和那个女人相遇后，她的全部生活彻底改变了。小说具有悬疑小说特征和引人入胜的故事情节，女主人公伊莎贝尔的遭遇令人同情：一个本来十分富足而幸福的家庭却被丈夫的不忠和另一个女人的插足毁掉了。

《最后的探戈》写一位名叫大卫·库尔茨的美国中央情报局退休官员，他曾参加推翻萨尔瓦多·阿连德政府和杀害他的阴谋活动。35 年后，他又回到智利圣地亚哥。他回来的原因是，他女儿临终前交给他几个文件：一封私人信件，一本用西班牙文写的陈旧的生活日记。他女儿维克托里亚在信中请求她父亲去寻找她和父亲在智利生活时她交的一位男朋友。大卫对那本生活日记进行了翻译。日记里包含有鲁菲诺的笔记。鲁菲诺是阿连德总统的最后一位厨师和库房管理人。阿连德和鲁菲诺从少年时代就相识，一个是资产者的儿子，一个是贫穷的移民的儿子，他们经常去意大利无政府主义者修鞋匠德马奇的作坊里玩耍，这位老鞋匠教育他们成了革命者。作为阿连德的朋友和助手，鲁菲诺非常热爱探戈，并经常和总统分享这种乐趣。鲁菲诺在一个学生练习本里记述了那场迫在眉睫的悲惨历史。多年后，冷战的壁垒已经倒塌，这个笔记本落到了大卫·库尔茨的手里，他凭此笔记本，不仅了解了阿连德总统的私人生活，而且知道了总统昔日的想象不到的秘密。

作者罗伯特·昂普埃罗以其智慧和熟悉技巧构建了一部关于鲜为人知的萨尔瓦多·阿连德的小说。他说"我的小说中的阿连德不是我们在大多数著作中谈到的政治家阿连德，而是一个根据他同他的厨师——一个朴实、警惕性高、在我国历史的一些关键时刻总在他身边的人——的关系塑造的人物。这是一个根据私人的了解而想象的阿连德，他有爱心，有梦想，有担心，有享受，忍受孤独，对自己的性格感到不安。"

小说根据历史事实和缜密的文学想象写成，作者怀着深切的感情描述了在智利和拉美历史上的一个关键时刻，预感到风雨欲来的阿连德总统和拥有坚强的个人信念的同志鲁菲诺的亲切交谈，表现了他们之间的那种荣辱与共、同生共死的友情。

罗伯托·昂普埃罗的小说属于世界主义现实主义，这种现实主义容纳一切：想象、虚构、梦幻、现实，称之为世界主义的，因为所写的人物生活在国际化的世界中。通过不同的民族空间的结合来塑造人物、展示矛盾冲突是作者自 1993 年发表首部小说即不断显示出的特征。其小说具有这一特点绝非偶然，因为他曾经在智利、古巴、德国、瑞典、美国等国家生活和工作，深受当地的文化和文学的影响。

第七节　威廉姆·奥斯皮纳

威廉姆·奥斯皮纳（William Ospina），哥伦比亚作家，1954 年 3 月 2 日出生于托利马省帕杜亚小城，毕业于圣何塞·德·费雷斯诺中学，随后进卡利市圣地亚哥大学法律与政治学系，但是 1975 年退学，致力于新闻和文学。1979—1981 年在欧洲居住，曾去德国、比利时、意大利、希腊和西班牙旅行，回国后定居波哥大。曾参加创办《数学杂志》，做过《新闻》日报星期版编辑。

奥斯皮纳 20 世纪 80 年代初开始文学创作。先以随笔《奥雷利奥·阿图罗，人的语言》获帕斯托省纳里尼奥大学全国随笔奖（1982），后又出版首部诗集《纱线》（1986）。80 年代末撰写论述拜伦、爱伦·坡、托尔斯泰、狄更斯、《一千零一夜》、阿拉伯文字的文章。2005 年出版首部长篇小说《乌尔苏亚》，小说描述西班牙征服者佩德罗·乌尔苏亚的历史。后又出版《桂皮之国》（2008，2009 年委内瑞拉罗慕洛·加列戈斯国际长篇小说奖）和《无眼之蛇》（2011）两个长篇。其作品还有诗集《风之国》（1992，国家诗歌奖）、《非洲》（1999）、《街角上的商店》和《诗》（1974—2004）等，以及随笔《对人而言已迟》（1991）、《那些奇怪的西方逃犯》（1994）、《黄色飘带在哪里?》（1996）《进步的陷阱》《龙的退化》（2002）、《混血的美洲》（2004）、《夜校》（2008）和《寻找玻利瓦尔》（2010）等。

《乌尔苏亚》《桂皮之国》和《无眼之蛇》是奥斯皮纳的长篇小说三部曲。三部曲以富有诗意的语言叙述，叙述得有力、有趣，作品充满想象，既有土地和大自然的故事，也有复杂的生灵的故事。新世界的发现通过有影响的人物和那时欧洲发生的事件的历史联结在一起，人类的历史记录着自己的业绩和那些残暴行为。三部作品描述的都是冒险故事，都以其独特的、完全不同的方式叙述，始终保持着故事的吸引力和表现力。

《乌尔苏亚》开篇写道："我在这些土地上度过的50年，把我的头脑装满了故事。我每天晚上都能讲一个不同的故事。当我死亡的钟声响的时候我也讲不完。许多人知道编造的故事和梦中的冒险，但是我知道的故事是真实的。我的生命就像一串珍珠。我像印第安人那样看到怎样把金属变成活生生的青蛙和蜻蜓、鸟的饰环、金色的蟋蟀和蝙蝠。我知道关于珍珠和翡翠的历史。我知道迪埃戈·德·阿尔马格罗怎样把眼睛丢在圣胡安河口的，加斯帕尔·德·卡尔瓦哈尔怎样把他的眼睛丢在大河河滩上的……"

小说的主人公乌尔苏亚，全名佩德罗·德·乌尔苏亚，西班牙纳瓦罗人，生于巴斯克地区，1534年他前往新世界，那时他还很年轻，梦想得到秘鲁的众多金银财富。1545年他从秘鲁坐船去了哥伦比亚的卡塔赫纳，之后他成了圣塔费·德、波哥大的总督和潘普洛纳的创建者，最后他于1561年在指挥远征马拉纽河、寻找阿马瓜和黄金国的时候，被他手下的洛佩·德·阿吉雷和费尔南多·德·古斯曼将军策划的阴谋中杀害。这就是乌尔苏亚的简史。

从小说一开篇就可以听到"我"讲故事的清晰声音，在整个小说中他总是不停地讲述，讲了许多故事，这些故事构成了乌尔苏亚的历史。他只讲述"那个在不满30岁以前就进行了5次战争的人的历史和那位以爱情使一支军队失去光彩的美丽混血女人的故事"。

在小说中，乌尔苏亚似乎注定去建立一位身披铁甲、骑着铁马的大力士的业绩：他必须和炎热、酷寒、饥饿、疲劳、丛林、野兽、灾患、蚊虫作斗争。他面对危险，左右挥剑，狂怒地把剑刺入阻挡他前进的印第安人的肉体，还唆使狗群去撕裂土著人最柔软的部位，把人咬死，以便他去疯狂的掠夺财富，建立功勋。但是多行不义必自毙。无论他多么强大、多么残暴、多么狡猾，多么不可一世，毕竟未能逃脱失败和丧命的下场。

奥斯皮纳在书末的《后记》中说，小说是部"真正的历史"，"如果没有许多编年史家和历史学的帮助，没有同许多朋友的交谈，没有乌尔苏亚的亲密伙伴胡安·德·卡斯特亚诺斯的诗篇，没有佩德罗·西蒙修士、卢卡斯·费尔南德斯·德·皮埃德拉伊塔、贡萨洛·费尔南德斯·德·奥维多、佩德罗·西埃萨·德·莱翁的编年史，没有路易斯·德·坎波用心写的关于16世纪的西班牙征服者佩德罗·德·乌尔苏亚的书，没有关于那个时代的一些历史小说，没有普雷斯科特著的《征服秘鲁的历史》，没有卡尔·布兰迪所著关于卡洛斯五世的书，没有亨利·卡门和休·托马斯所著关于帝国时代的书，如果没有劳尔·阿基拉尔写的关于罗夫莱多之死的猜想，没有索莱达德·阿科斯塔·桑佩尔写的人物传记和他父亲豪阿金·阿科斯塔将军写的《征服新格拉纳达的历史》"，他就不可能讲述它。

《桂皮之国》讲述的是大约70年西班牙征服的历史的一个侧面。一群征服者在贡萨洛·皮萨罗（1502？—1548）率领下，根据谣传开始了远征，去寻找无边无际的桂皮之林，去寻觅亚洲的桂皮，他们相信能够找到美洲大地上特别是美洲天球赤道地区存在的这种比黄金还珍贵的香料。他们的远征变成了一种危险的冒险，他们穿越安第斯山，沿着巨蛇般的亚马孙河航行，在长达18个月的远征期间，主人公忍饥挨饿，遭受了各种各样的痛苦，他见证了西班牙征服者最卑劣的行为。

小说写道："在库斯科被劫掠的土地上，贡萨洛·皮萨罗第一次听说存在着一个桂皮之国。他和众人一样希望新世界有桂皮。

有机会的时候，他要让印第安人尝一尝桂皮饮料，看他们能不能辨认出来。有一天，安第斯山上的印第安人对他说，在北方，在基多雪山那边，顺着山绕到东边，在冰冷的巨石后面，有一片森林，森林里有大量的桂皮树。""当有人说，等待我们的是在山后面有一片森林，那不是小面积的桂皮林，而是整整一片桂皮树之国，士兵们顿时欣喜若狂。大家都相信，盲目地相信桂皮之国确实存在，因为有人讲过，那个国家的确存在，不计其数的人需要它存在。"

但是，经过多次冒险后，远征者并没有找到想找的东西，所谓的桂皮之国并不存在。贡萨洛·皮萨罗心情沮丧，失望之至，狂怒地命令把带领他们寻找桂皮的所有印第安人都杀死。下过这项血腥的命令后，贡萨洛·皮萨罗决定率领远征者们沿着丛林前进，不顾饥饿和困难，最后到达他们的目的地：亚马孙河，他们逃出丛林的唯一途径和他们活命的最后希望。他们怀着渴望和恐惧心情，拖着疲惫的身躯，建造船只，开始了长达 10 个月的、充满意外的沿河航行。

小说主人公和叙述者克里斯托瓦尔·德·阿基拉尔是虚构的第二代征服者，他是一个印第安女人的儿子，是佛朗西斯科·皮萨罗（1475？—1541）最亲密的合作者之一，他参加了上述长达 18 个月的旅行。

《无眼之蛇》由 33 章构成，每一章都有一首诗预先或概括其内容，讲述的是征服者佩德罗·德·乌尔苏亚的爱情、冒险和"业绩"。"无眼之蛇"是亚马孙河流域一个土著村镇的名字。小说写道，佩德罗·德·乌尔苏亚率领的探险队有整整一个世界需要发现并令他们感到惊奇："他们不得不寻找新的词语来为大海、河流和沙漠命名。"他们"随身携带的强大武器不是马匹和大炮，而是喷嚏，对印第安人来说是新疾病"。

佩德罗·德·乌尔苏亚不到 17 岁就横渡大西洋，他毫不怀疑

20 岁就能创建城市。他爱上了美丽的混血女人伊内斯·德·阿蒂恩萨。他率领一支远征军，从巴拿马乘船到达利马。然而登陆到达特鲁希略、卡哈马尔卡和莫约斑巴，最后进入亚马孙河地区。他们没有找到黄金国，也没有到达河口，因为乌尔苏亚之前就被他手下的 10 个心腹在洛佩·德·阿吉瑞主持下策划的阴谋中杀害了。乌尔苏亚生前有幸遇见了美女伊内斯·阿蒂恩萨。她是布拉斯·德·阿蒂恩萨和他姐姐相爱的结晶。人们像对公主一样待她。她父亲死后，她和佩德罗·德·阿尔科结婚，阿尔科不久后在一次决斗中丧生。乌尔苏亚要去远征亚马孙，他到秘鲁筹措物资，在那里遇见了美女伊内斯·德·阿蒂恩萨，二人就是这样相逢、相恋的。从此以后便两个人相伴，勇敢地进入了神秘的亚马孙地区。乌尔苏亚是一个恐怖的征服者，他连续征战，从事命中注定必须失败的远征。除了他没有人敢于驾着破烂的双桅帆船进"无眼之蛇"的潮湿地带，而身边只有一个忌妒心重、容易背叛的随军女人伴随。

三部曲的原始素材来自西班牙诗人，编年史家胡安·卡斯特利亚诺斯（1522—1607）的著名古诗《悼念西印度的著名人士》。长诗共 113609 行，都是十一音节八行诗。叙述的是西班牙征服美洲的"业绩"。420 年后的今天，他的后继者——不说士兵、教士，而是编年史家、历史学家和诗人——，完成了这个关于西班牙征服美洲的三部曲，其文体自然不是诗歌，而是富有诗意的散文及小说。威廉姆·奥斯皮纳讲述和歌唱的一切，是胡安·德·卡斯特利亚诺斯讲述和歌唱的。只是奥斯皮纳用小说这种更自由的文体讲述更生动、更流畅、也更容易懂。

第八节　阿维利奥·埃斯特维斯

阿维利奥·埃斯特维斯（Abilio Estèvez）古巴作家，1954 年生于哈瓦那郊外的马里亚纳奥镇。1977 年毕业于哈瓦那大学西班牙语言与文学系，获该专业硕士学位，第二年接着读哲学博士后。曾在教育图书出版社工作，还曾担任导演罗伯特·布兰科的顾问。46 岁时离开古巴。由于写了十几个剧本并在美国、意大利和委内瑞拉任教，而被认为是同代中最重要的剧作家之一。

埃斯特维斯是一位多才多艺的作家，他写长篇小说、短篇小说、诗歌和剧本，获得过一切文体的奖项。他的长篇小说《王国属于你》被视为迄今他最优秀的作品，先后获古巴批评文学奖（1999）和法国优秀外国作品奖（2000）。他的作品已被译成英、法、意、葡、芬兰、丹麦、荷兰、挪威和希腊等国文字。

他的创作颇为丰富：有长篇小说《遥远的宫殿》（2002）、《哈瓦那的秘密清单》（2004）、《沉睡的航海者》（2008）和《蒙特卡洛的俄罗斯舞者》（2010）；有剧本《海珍珠》（1993）、《圣女塞西利亚》（1995）、《夜晚》（1995）等，有短篇小数集《和格洛丽亚一起玩耍》（1987）、《地平线和其他归来》（1998）；诗作《死亡与幻化》（1985）和《诱惑手册》（1989）。

阿维利奥·埃斯特维斯 1997 年的首部长篇小说《王国属于你》跻身西班牙语文坛。从此开始了他多姿多彩的文学生涯。

《遥远的宫殿》是埃斯特维斯探索新的小说创作途径的作品。故事发生在 2001 年前不久的哈瓦那。一个名叫维克托里奥的大约 40 岁的孤单的男人在公寓大楼倒塌前几天搬离那里。他怀念自己那个连最基本的生活必需品都没有房间。他疲惫地在城市里游荡。有一天他遇到了一位名叫莎尔玛的不幸的女孩，她正受到一个无情的著名淫媒的追捕。为了寻找藏身处，二人来到了一座废弃的古老大剧院，一个怪异的、神秘的人——一位名叫堂富科的古怪、可笑的老人接待了他们，他们曾经观看他在哈瓦那的公园、露台和街头表演一点也不可笑的节目。维克托里奥和莎尔玛发现，那座旧剧院也许就是别人为他们保留的"遥远的宫殿"。

　　小说故事发生的准确时刻，适逢人们放气球庆祝新千年到来的时候，只是有一些闪回的镜头把读者的目光引回到古巴革命前。作者不仅没有忘记把梦幻作为小说的题材来描述，同样没有忽略提及明星灿烂的好莱坞。整部小说展现了一个试图逃离传统现实主义可笑世界，虽然有些场景，比如厕所马桶之类，属于污秽现实主义的范畴。而那些有柱廊的破败宫殿里的乞丐，不免让人联想到《总统先生》开篇的景象。小说追求语言的完全表达，经常插入叙述形式的对话，并且也追求富有诗意的想象，运用富有象征意义的事物等。

　　《沉睡的航海者》写一个人口众多、杂乱无章、动荡不安的古巴家庭的故事。故事发生在 1977 年 10 月，在离哈瓦那不远的一个名叫海岛的庄园里有一幢年久失修的老宅子，宅子里的戈迪内斯家的女人们正把门窗都闩牢。以便抵御强大的飓风。老宅子是这个家庭从美国医生里菲博士名下继承来的，此宅位于古巴北海岸靠近巴拉科亚海湾的地方，是用来自奥莱贡森林的木材盖成的。在有游廊的宅子里，住着好几代人：年迈的女佣人玛米娜，她原来的身份一半是女奴一半是自由人，安德烈亚和她的几个儿子，还有几个年轻人，他们咒骂所在城市和海滩。人们一面干活一面回忆着家庭的往事，特别 1959 年古巴革命的事，不由得回想起沉睡的航海者哈费特消失在大海里的悲剧。妇女们耐心地等待着可怕的事情发生，这便是会带来破坏、造成灾难的飓风。正如小说里写的："在这个狗娘养的地方，当没有飓风的时候那是因为将有另一场飓风袭来。"年迈的家长科罗内尔·哈丁内罗说："不然就是比飓风还可恶的太阳，不仅酷热难当，还有讨厌的蚊虫和其他东西。在这个地方我们总处在危险中，你们应该知道这一点。还有，在这宅子里我们是安全的，房子盖得很坚固，很用心。"

　　这幢牢固的宅子建造者是里菲博士，作为一个美国医生，他到古巴来和黄热病作斗争，在回美国前盖了这幢房子。小说共 376

页，只有叙述，几乎没有对话。故事背景是加勒比海地区，全书分四部分，每一部分又分为上百个微小的段落，介绍各种人物，但是也介绍各种东西，也描述噩梦、信仰和争论，有时这些小段落中讲的东西在下一段被否定了。

小说的题目《沉睡的航海者》是指那个乘小船驶向他向往的北方的那个年轻人哈费特。飓风是无情的，一旦袭来，海边的一切都会遭殃，家中的一切包括人的性命也难免遇难。那个年轻人忍受不了这种生活，便冒险乘船去北京寻找福地。但是他不知道危险所在，他乘的那条船已经被虫子蛀坏，他家就曾有人因此而葬身大海。他的命运恐怕也逃脱不了永眠在大海中的命运。

《蒙特卡洛的俄罗斯舞者》的主人公康斯坦丁诺·奥古斯托·德·英雷亚斯一生都在古巴度过，致力于研究古巴著名诗人何塞·马蒂。他应邀参加由哈瓦那何塞研究中心和西班牙萨拉戈萨大学联合举办的研讨会。但是他改变了主意，不去萨拉戈萨了。于是他撕毁了护照，把旧手提箱扔进了垃圾箱，搭火车去巴塞罗那了。他的行李再轻不过：一把牙刷，一笔数量可观的欧元，一个相册，一部缩写的夏多布里昂①的《墓外回忆录》，这是真正属于他的第一本书，也是他想到死也和它在一起的一本书。至今作者在小说的前言中还提到驱使他采取这个决定和做这次旅行的理由谁也不清楚。所以，这本大部分由康斯坦丁诺用第一人称叙述的小说的目的，可能就是为破解这个谜。

在序言中，主人公被描写成一个博览群书却徒有虚名的哈瓦那人，他眼斜，腿跛，奇丑无比，非常多疑，缺乏幻想，在那段困难的岁月缺少必要的生存意志。这样的形象，从康斯坦丁诺本人身上得到了验证，多年来他一直躲避着世人，避免被人注意，"因为当一个人生活在一个地方时，连你最微小的细节都会被人看

---

① 夏多布里昂（1768—1848），法国作家。

到，唯一能够保护自己的办法是变得无影无踪。当然对于眼尖的人来说，没有什么无影无踪。但是至少在一定程度上不让人察觉到是可以办到的"。从他的讲述你可以推断，他过的日子是痛苦的，乏味的，他只能从文化中寻求庇护，总之，生活对他一定不好。然而，他似乎显得并不痛苦和不满："我并不抱怨现实几乎从来都对我不怎么好。只有在圣米格尔·德·洛斯·巴尼奥斯时的那个冬天，我没有多少可报答的。这样很好。"如今他提到的那个冬天又回到他在巴塞罗那所住的肮脏旅馆的小房间里。他不由得想起一幅美丽的图画，画上有一位金发舞者仿佛坐在空中。这个形象和从窗外传来的斯特拉文斯基的舞剧《火鸟的旋律》融为一体，使他回到 1969 年 12 月，当时他在古巴去收割甘蔗，"那是一项必须参加的志愿活动"。就在那次收甘蔗期间，他在一家破败的旅店里遇见一位年轻的舞者，那舞者几乎赤身裸体在一面破镜子前练舞。从此后，他每天晚上都去看他练舞。从交谈中得知，那位舞者生于克兰米亚，后来逃出俄罗斯，福金①在法国见到他跳舞，就成了他第一位老师，并让他参加了他的一次演出。多亏这部小说的主人公，他参加了蒙卡洛俄罗斯芭蕾舞团，这是迪亚格希莱夫死后成立的著名舞蹈团。年轻的舞者依然幻想在欧洲剧坛上获得成功，并建议康斯坦丁诺和他一起去巴塞罗那，去寻找西班牙舞蹈老教授卡塔赫内罗。

尽管年轻的舞者讲的西班牙语不规范，还不时地夹杂俄语和法语的词语，康斯坦丁诺还是相信他所说的"他那种暴风雨般的生活"是说谎，是杜撰。他怀疑他是不是古巴人，他那么渴望跳舞，竟编出了一个那么美丽的故事。

而今在巴塞罗那，他只能回忆那些夜晚和那个年轻的舞者望着天空，亲切交谈的情景。他的巴塞罗那之行，不但以其回忆和

---

① 福金（1880—1942），俄罗斯舞蹈家。

渴望面对那位年轻舞者，而且连他觉得他勇敢地逃出了古巴，他成功的脱离了致使他不幸福的一切。他想赋予他那种暗淡无光的生活的某种意义，于是便真的逃出来了。

小说不但描述了主人公康斯坦丁诺出逃的情形和同年轻舞者的友谊，而且也是对巴塞罗那的致意。因为作者已在巴塞罗那生活了 10 余年。失去的东西总会得到补偿，正如他在小说中写的，哈瓦那的失去为康斯坦丁诺带来了一个城市的发现，使他拥有了某种美好的东西，"某种救了我的东西。某种阻止灾难发生的东西，或者说，使灾难远离的东西"。在那里，仿佛魔法使然，他觉得摆脱了哈瓦那那种遥远的、令人气愤的印象：知道被监视、被跟踪、被调查、被纠缠的印象。的确，巴塞罗那也会让他看到它残酷无情的一面，比如某个坏孩子会偷你，打你，侮辱你。但是来自一个英俊的青年的侮辱总比来自某种阴暗、无形的东西，来自一种可怕的、不可触及的、疯癫的力量的侮辱要好。

和作者以前的小说相比，《蒙特卡洛的俄罗斯舞者》是他的小说创作的一个转折点。他的写作不仅简洁了，克制了，而且发生了一种明显的变化：一改以往的巴洛克风格，运用了一种简洁朴实的写法，语句简短，不追求句法。

第九节　阿隆索·库埃托

阿隆索·库埃托（Alonso Cueto），秘鲁作家，1954 年生于利马，在巴黎和华盛顿度过童年，7 岁回利马。在华盛顿拉法耶特学校（1960—1961）和利马卡门教会学校（1962—1970）受初中的教育。后进入秘鲁天主教皇大学攻读文学，1977 年毕业。然后获西班牙文化学院授予的奖学金，去西班牙研究路易斯·塞尔努达的作品。1979 年进得克莎斯大学，1984 年以研究乌拉圭作家胡安·卡洛斯·奥内蒂的论文被授予博士后学位。曾从事新闻工作，为多家新闻媒体撰稿，一度在秘鲁实用科学大学和天主教大学专修班任教，担任《论争》杂志编辑（1985 年起）和《商报》副刊编辑（1995）。2009 年被选为秘鲁语言科学院院士。

由于出版多部长篇小说和短篇小说集而成为秘鲁最多产的小说家。短篇小说集有《昔日的战争》（1985）、《一位夫人的衣着》（1987）和《苍白的天空及基地》（2010）。长篇小说有《白虎》（1985）、《夜晚的愿望》（1993）、《灰烬的飞翔》（1995），《午间的魔鬼》（不详）。进入 21 世纪后，又相继出版《巨大的眼睛》（2003）、《蓝色时刻》（2005，获埃拉尔德小说集）、《鲸女人的切切私语》（2007）和《无声的报复》（2010）等长篇小说，还有一部中篇小说集《狄安娜·阿夫里尔的另一次爱情》。

《巨大的眼睛》的主人公加夫里埃拉是一个虚构的人物，她是一位法官的未婚妻。为了替死去的丈夫报仇，她开始了可怕的行动，干了一切从不想干的事情：不加区分的性爱，撒谎，设立陷阱，实施暴力，甚至杀人。"加夫里埃拉的行为不是出于道德原因，而是为了复仇。她要为冤死的吉多报仇，她想找到并杀死蒙特西诺斯。"（作者语）

《巨大的眼睛》的故事发生在滕森政府执政的最后几个月间。信教的法官吉多·帕索斯由于不屈服于政府官员的胁迫和贪污的诱惑而受到拷打和处决。他的未婚妻加夫里埃拉·塞拉亚决定对秘鲁肮脏的政治中的核心人物、秘鲁国家情报局局长弗拉迪米罗·蒙特西诺斯进行报复，而此人是那时秘鲁最强大的政客。为此，她开始和蒙特西诺斯圈子里最有影响女人多罗特亚·帕切科搞同性恋。二人经常去美洲酒店厮混，搞所谓精补恋爱，而美洲酒店是蒙特西诺斯等许多政府的腐败头目和官员的藏身处。她得到了一家小报纸的女记者安赫拉·马罗的支持和阿尔特米奥（曾是吉多的秘书）及哈维尔·克鲁斯（暗恋着加夫里埃拉的电视台的记者）的支持。面对着一种混杂着"低级"世界（皮肉生涯、谋杀。讹诈、吸毒、黄色报刊的泛滥）和"高级"世界（将军、国会议员、部长、领导人）的环境，在腐败泛滥的腹心，加夫里埃拉在杀死了吉多的两个刺客中的一个后，终于和蒙特西诺斯面对面。但是她杀他的目的没有达到。在粉身碎骨的危急时刻（她知道这一刻在等待她），加夫里埃拉被阿尔特米奥和安赫拉的弟弟解救。与此同时，腾森政府垮台，蒙特西诺斯也被告发。

在小说中各个章节中，交替采用腾森、蒙特西诺斯、加夫里埃拉、日报记者、电视台记者和蒙特西诺斯的几个女人的视角讲述故事。小说叙事采用颤动的节奏，总使读者感受到一种痛苦和受威吓的感觉，觉得一种及危险的东西即将到来。

小说意在暴露政府官员的腐败，和腐败行为如何从政权波及最亲密的朋友。蒙特西诺斯的权利基础由三个方面构成：通信、司法和军事，他据此控制所有的社会结构。他对官员们的地下腐败本性确信无疑，他依靠的就是这一点。他布下了一个庞大的监视系统，为此动用了所有的人：司机、家庭中的女佣人等。他安装了摄影机，把一切都摄下来，这是他监视社会的巨大眼睛。

作者揭穿了腾森和蒙特西诺斯之间的古怪关系。后者是前者的顾问，但奇怪的是，不是总统控制他，而是他控制着总统。腾森本属于社会下层，蒙特西诺斯则是有钱人。腾森童年时代生活艰辛。他从经济入手，发财致富，然后掌握了政权。但是一直未被利马上流社会接纳。他性格内向而且古怪，最终拜倒在蒙特西诺斯脚下，视之为神灵。

小说中没有道德说教，但道德上的思考，结尾也有道德色彩。尽管如此，这仍然是一个乐观的故事，不仅教益，而且告诉人们应该有叛逆精神，要敢于反抗。拉丁美洲人过去容忍腐败现象，但现在不然了。小说中那位法官的勇敢举动就表明了这一变化。

按照小说的本质论，有一些事件受到了路易斯·约查英微茨的杰出传记《蒙特西诺斯，一个腐败者的生平和岁月》的章节的影响。阿尔贝托·滕森、肯希（他儿子）、马蒂尔德，还有蒙特西诺斯，都是现实生活真实存在的人。但是在小说中作者对他们做了充分自由的想象。

《蓝色时刻》主人公是一位名叫阿德王安·奥马切的律师，他被认为是成功和舒适生活的化身：在一个很重要的研究机构工作，是一位可敬的从事人员，和克劳迪亚一起，构成了一个幸福而稳定的家庭。有两个用功的女儿，他为人优雅，总在优秀的社会圈子里活动，作为一个成功人士，似乎什么也不缺了。但是这样的形象不过是表面的，背后却隐藏着巨大的麻烦或问题。问题将缓慢、曲折而令人迷惑地暴露出来，这就是小说故事产生的本源。

小说故事用第一人称叙述，故事就像安德王安·奥马切个人的痛苦经历和他遭遇的不幸的见证。

翻开小说，我们很快就读到，主人公的梦境是痛苦的和粗暴的，也许也是创伤性的。因为似乎小时候由于母亲离婚而受了刺激，接着父亲又远离开他，没有了父爱。父亲在对付"光辉道路"恐怖分子的战役中成为阿亚库乔地区的一名杰出军人。母亲不久前去世，这引起了他对往事的痛苦回忆：一是他去海军医院探视他那奄奄一息的父亲，二是他绝望的请求父亲让他去寻找一位名叫玛利亚姆的姑娘，他是在暴力横行的时候在乌安塔市认识的。阿德王安和母亲的个性很相似，他从母亲那里继承了"对音乐和读书的热爱"（小说第23页）。但是他和父亲的性格都相反，和他自己的兄弟鲁文的性格也不同。在那些流血战争的可怖岁月，父亲犯下了不可饶恕的镇压无辜的罪行：杀人、拷打和强暴妇女等。母亲的死亡激发了安德王安不可抑制的热情，他非查清真相不可，非查明谁是他父亲、谁是那个神秘的姑娘玛利亚姆不可。叙述者根据他在乌安特驻军的部下的证明材料，逐一查阅了在那些野蛮而黑暗的岁月造成6万人死亡的暴力事件，从而得知有一个军官趁着战乱逼迫他的母亲保持沉默。此外，他还发现他父亲绑架并强奸了玛利亚姆，让她做他的情妇，直到在一个黎明逃跑——在天亮时的危险"蓝色时刻"到来之前——，从此她便下落不明。对玛利亚姆的苦苦寻找——她很可能死了——，是这部小说的中心内容。直到小说的后三分之一的部分，这种寻找才终止，其结束不过是他们二人和她的孩子的悲剧罢了。

小说的现实主义风格显而易见。主人公阿德王安和他的那个阶级的许多人一样，生活在可怕的暴力浪潮中，暴力改变了他们，甚至毁了他们。他寻找玛利亚姆的冒险最初似乎是一种个人行为，最后却发现和他父亲有关，是他父亲糟蹋了她，葬送了她。但是玛利亚姆和她所在那个遥远而陌生的世界向他揭示了一个可怖的真相：跟玛利亚姆一样的广大秘鲁群众遭受到非人的对待，成千上万的人被绑架、拷打甚至被杀害，也许根据就不清楚这一切是恐怖分子还是政府军所为。那些幸存下来的人也像幽灵一样永远和那许多无名死者联系在一起。可以认为，这部取得了两个明显的效果。既使人感到不安，又让人感到震撼。

《鲸鱼座女人的古怪举止》的主人公有两个，两个女人，一个是成功的女记者维罗尼卡，另一个是继承了一笔财产、生活很幸福的女人雷维卡。小说讲述了这两个女人的奇怪关系，从在一架飞机上偶然相遇后，她们的关系便不时在过去和现在之间来回摆动。维罗尼卡开始回忆她在学校度过的岁月；而在那些岁月里，雷维卡由于自己身体肥胖和贪吃而经常受到同学们的羞辱；唯一不受欺辱的时候是周末，二人在雷维卡家里谈论图书，或去看电影，听音乐会（从贝多芬到斯蒂文斯）。但是在维罗尼卡的态度中有某种含糊不清的东西，她总是把那些活动当作一种秘密，避免发生什么问题。或引起其他人的仇视。那么，维罗尼卡的私人世界又是怎样的呢？其实远远不像人们想的那样和谐。她和乔万尼（一个患疑病的、性格软弱、喜欢打高尔夫胜过工作的人）的婚姻实际上是失败的，只是表面上维持着而已，她只有从和好色之徒帕特里克的幽会中寻求安慰，不惜和其他女孩分享一个男人，在他怀抱里她才觉得自己是个女人，自己的肉体才有魅力。不过，对她最重要的还是她的儿子塞巴斯蒂安，因为儿子才是她生活的真正中心。而在她和父亲的关系中，却像缺了点什么。她爱父亲，父亲也爱她，但是却不善于表达其爱心。这是一种默默保持着的，而不是通过言语实现的关系。

由于身材不美而注定使雷维卡感到孤独。并由于孤独而把她变成了一个爱伤人的人，她不知道该怎样和别人相处，更不知道如何和维罗尼卡相处。所以，她会随便的闯入维罗尼卡的私生活，经常出现在谁也不希望出现的时间和地点，她甚至在帕特里克同一幢楼里买了一个套间，她们之间的关系立刻变坏了。

小说描述了两个女人在学生时代和过了 25 年相遇后的忽而密切、忽而恶劣的关系，刻画了两个性格和为人不同的女性形象。小说提出了一个令人深思的问题：一个女人的体型或形象可以决定她的精神状态、性格甚至命运，一个女人的外表可能造成严重的后果。

《无声的报复》是一部难以归类的小说，在一定程度可以说是一部侦探小说，因为有一个人被杀害，但到小时即将结束时才知道是谁杀了他。此外，小说还描述了一系列绝对出人意料的事件。小说中的作家安东尼奥·赫西以第一人称叙述。他父母在一次交通事故中丧生，当时他还是个孩子。噩耗是他叔父阿道夫告诉他的。他叔父对他说："我对发生的事情深感遗憾，不过我向你保证，你不会被抛弃。你将在我家生活，我对待你会像我的儿子、我和我妻子阿德里亚娜的儿子一样。"安东尼奥的父亲有一家实力很强的银行，还有一处很红火的小店铺。但是他对这一切感到厌倦，因为他的兴趣是写作，而不是经济事务。他很注意观察亲人们的面孔，并很细致地、有时不留情面地加以描写。

在小说中，有许多语句是深刻思考的结果，具有哲学含义，还有不少段落不乏文学之美。安东尼奥的家庭人口众多。他有很多叔叔，还有一些堂兄妹，如克劳迪奥和索尼娅，索尼娅虽然长得丑，但是人很好。这个家有一个习惯，就是每个星期天中午，所有的家庭成员几乎都聚在一起吃饭。叔叔、婶婶都信教，有几个堂兄堂妹也信教，包括克劳迪奥。安东尼奥认为克劳迪奥愚蠢无知，对索尼娅却爱怜备至。

小说里有一个人物很有趣，就是维纳斯，他是阿道夫叔叔的司机。他叫维纳斯，因为他父亲喜欢孩子们取神话故事里的名字。他父亲认为维纳斯是神的名字，是个黑人，看人的眼神总是和蔼可亲。其唯一的女儿洛伦娜不是黑人，而是一个肤色特别的人，她天生丽质，十分可爱。

这个家庭的生活过得很平静。但是有一天发生了一件可怕的事情：阿道夫叔叔被人杀害了。死在他的车上。最先知道此事的人是安东尼奥。军曹巴尔德斯给他打电话，把发生的事情告诉了他。由于侦探小说的故事开始了。表面上看，阿道夫叔叔和阿德里亚娜婶婶处的相当好。但是，阿道夫有一个情妇叫莱奥诺拉，是维纳斯的女儿。对此，谁也不怀疑。他们每个星期见一回面。阿道夫不回家的借口是因为有朋友的聚会。自然，首先怀疑此事的是维纳斯。这位司机知道他的主人阿道夫跟他女儿的关系，出于仇恨就把阿道夫杀了。但是谁也不能证明此事。然而，面对当朋友们知道发生的事必定引起的丑闻，全家都感到焦虑。为了避免这种关系发生，一些家庭成员认为，最好是把司机维纳斯打发走。这样，也就没有人知道阿道夫和莱奥诺拉的关系了。把他弄走的良策是控告他有严重的盗窃行为。由于家庭的势力很大，控告很快奏效，维纳斯被投入大牢。但是安东尼奥很敬重他，经常去探视他。几个月后，由于他表现好，就把他释放了。

但是，小说，最重要的东西是维纳斯在临终前的病床上揭露的真相。他用微弱的声音对安东尼奥说："在我死去前，我想让你知道是谁杀了阿道夫叔叔：是他的妻子阿德里亚娜夫人。" 真是出人意料。最后，安东尼奥和索尼娅结了婚。

小说写得很成功，是作者以其独特的风格即短小精悍的语句写成的，他这种风格，在绝大多数秘鲁作家中独树一帜。《无声的报复》是一部新奇、有趣、充满意外的小说，一步一流的小说，此作使作者声誉大增，地位高升。

第十节　胡安·比约罗

胡安·比约罗（Juan Villoro），墨西哥作家，1956 年生于墨西哥城，曾进首都自治大学攻读社会学，主持过教育电台的"月亮的阴暗面"节目（1997—1981），曾任墨西哥自治大学的文化活动负责人（1980—1981）、驻民主德国文化参赞（1981—1984）和《变化》《经济文化基金会会刊》《国家》《国际文学》《ABC》《日报 16》《危机》《自由文学》《进程》和《回》等众多报刊的撰稿人（1995—1998），以及墨西哥国立自治大学的文学教授、波士顿和耶尔等大学的客座教授。他还从事戏剧和电视剧本的创作活动，特别喜欢足球等体育活动，和摇滚乐。

2013 年 10 月被选为民族学院的成员。同年 12 月 8 日在 27 届瓜达拉哈拉图书博览会上受到费尔南多·贝尼特斯文化新闻中心的热烈致意。在短篇小说方面他有特殊的造诣，他的短篇作品叙述技巧熟练，措辞精当，文笔清晰，被称为"一位写故事的能手"。他掌握着十分丰富的、各种各样的文学素材，创作了大量长短篇小说、随笔、旅游日记、纪时作品、报刊文章和儿童图书。作为小说家、随笔作家、儿童文学家和德英名著翻译家，在其各个文学时期受到过多次奖励。作为当代拉美主要作家之一，他的知名度正与日俱增。

比约罗进入 21 世纪后创作了 3 部长篇小说，即《见证人》

（2004）、《阿姆斯特丹的电话》（2007）和《珊瑚礁》（2012）。

《见证人》的主人公胡利奥·巴尔迪维埃索是一个墨西哥知识分子，一位只写过一篇小说的作家，他流亡欧洲，在法国农泰尔大学任大学文学教授。在欧洲工作和生活了 25 年后回国。正值 2000 年墨西哥革命组织党大选失败，国家行动党上台，墨西哥开始了一个特殊的过渡时期。现状显然和他当年出国时十分不同。在这种情况下，他回到他那个小小的洛斯科米诺斯村，他的家庭所在地，那个地方留给他的记忆是那么模糊，简直像一团乌云，如今他看到农村被毒品贩子们占据。他还发现人们都老了，一些人有钱有势，少数更聪明了。但是他还清楚地记得他和他的恋人表妹尼埃维斯私奔而未能如愿的情景，倘若表妹不失约的话，二人就能逃往巴黎了。他们会在那里和他的叔叔，还有一个"什么都会干"的雇工和一位读经师相会。此外，他回乡后，他还和他去欧洲前参加的写作班的英语潇洒的同学们不期而遇，和他们一起交谈，一起欢乐。他还听到一个关于基督教战争的故事和关于第一位墨西哥现代诗人拉蒙·洛佩斯·贝拉尔德的生动传说。

他的童年是在圣路易斯·波托西一个位于圣路易斯和萨卡特卡斯交界的庄园里渡过的。那个曾经是庄园的地方已经什么也不是，它早就被干旱、犯罪活动、平均地权运动、无穷的电视资源（要把它变成放映关于反动取缔教会者的电视剧的舞台）夷为平地。胡利奥·巴尔迪维埃索，这位见证墨西哥变化的人，他把这个新墨西哥的形象传递给读者。他是诗人洛佩斯·贝拉尔德的研究者，他把他写进了电视剧的正本、结构和副本中。他是被环境被迫和奉命这么做的，因为这位诗人是一个按自己的方式信教的教徒，和大多数墨西哥人一样；但他又不能"为所欲为"，就是说，他不能成为枪弹的靶子，因为连续剧掌握在掌管娱乐活动的老板手里。

对这位作家和教授来说，有一些东西是崭新的，如毒品在墨西哥的出现；有一些东西则是墨西哥发生的变化。这两方面的情况，通过一个对事物感到新奇的孩子的眼睛和一位丧失希望的老人的眼睛来叙述。孩子和老人的感受是不同的：看到滑稽可笑的事情，孩子会发出天真的笑声；丧失希望的老人看到眼前一片苍凉，只会落泪而绝不会嬉笑。

《阿姆斯特丹的电话》讲述的是失败的画家胡安·赫苏斯和他的前妻努丽亚的故事。他们已离婚2年，离婚时他一气之下把没有画完的画扔进了垃圾箱。故事的发生地是墨西哥城一个街区，离作者本人居住的地方很近。几年前那里有一个自行车赛车场，附近有几座公寓楼，有一些房间面对公园。主人公赫苏斯从那里给准备从纽约回来的前妻打电话，他告诉她，他在阿姆斯特丹。还说，他们一起计划做的一切都做完了。他说他并不孤独。他想不断地给她打电话，不是从阿姆斯特丹，而是从阿姆斯特丹街，就是人们所说的那个半圆形电话大厅。

在作者的笔下，胡安·赫苏斯从来就不是主角，主角是他的前妻。他不过是个傀儡，一只纸老虎。他始终不知道努丽亚是不是一开始就知道一切都是一场滑稽戏，也许还要糟。他觉得，她知道还是不知道，这不重要，因为反正他知道一切都是一场为了延迟他的胆怯和软弱而演的滑稽戏。但是当他意识到实际他不过是个多余的人时，为时已晚。尽管知道一个人总是个多余的人，永远不晚。

故事背景是暴力不断、社会动乱不安的墨西哥城，那里不乏犯罪和权力之争，正值墨西哥革命组织党当政时期。作者在墨西哥这样的社会氛围下，以"一个想成为艺术家而未成为的人的视角"，讲述了一个爱情故事。比约罗说，"我一直喜欢墨西哥城的阿姆斯特丹街，那原是一座古老的自行车赛车场，它有一种椭圆形的轮廓，我总把那条街和命运联结在一起。"小说"故事以打电话开始，最后也以打电话结束。在一定程度上我认为打电话是一种赌博，你听到一个不完整的声音，没有固定的地点，可以在任何地方。在小说中是阿姆斯特丹。第一个场景是描写一段录音电话：声调是中性的、乐观的，电话不打给任何人；最后一个场景完全相反；电话打给一个非常熟悉的人，无须做任何解释，每句话都明白。"

和比约罗的多数小说一样，女人总是很强势，努丽亚离婚后购买了新房子，重建了自己的生活，从此不再怀念过去。

《珊瑚礁》的故事发生在墨西哥库库尔坎海滩，有一个时期那是人们的一个休闲的去处。但它因被恶劣的气候和贩毒活动破坏而面目全非。但是很快出现了一些饭店，为美国和欧洲的商人提供了交易的场所。其中最繁忙的是"金字塔"，它为客人们提供了有节制的刺激性活动：进丛林游玩，和伪装的毒品犯交手，模拟绑架事件等。组织这些冒险活动的负责人马里奥·缪勒，是摇滚乐团的前团长，他在周围一带转了多年后没有收获，便开始学习旅游，打算盖"金字塔"，于是他找了一个外国投资商，让小说的叙述者、同一个乐团的前空投、被马里奥·缪勒挽救的吸毒者托尼·贡戈拉陪伴他。不久，金字塔饭店便在一座巨大的珊瑚礁旁边矗立起来。种种令客人们开心的冒险活动随之开展起来。

此作是比约罗在费利佩·卡尔德隆任墨西哥总统的 6 年间写的。卡尔德隆总统在任职期间发动了一场轰轰烈烈的反对贩运毒品活动的战争。他不想对此做出什么反应，也不想谈论这个话题，但是他不能不谈当时遍及墨西哥的暴力事件。倘若不经历那 6 年的噩梦般的岁月，他就不会写这部小说。他确认这是一部黑色小说，在一定程度上说是一部惊险小说。

第十一节　阿兰·保尔斯

阿兰·保尔斯（Alan Pauls），阿根廷作家，1959 年生于布宜诺斯艾利斯，当今阿根廷最杰出的小说家之一，年轻时进布宜诺斯艾利斯大学攻读文学，获文学硕士学位，在该校教授文学理论，曾任《30 页》杂志编辑部主任和电视台的电影节目《第一线》主持人，文学研究与理论出版物《批评读物》的创办者。保尔斯 13 年开始写作，先是深受雷·布拉德布王影响，后来又受科塔莎尔和卡夫卡影响。一面写作，一面从事新闻、影视和文学批评工作。先后出版电影剧本《没有尽头》（1968）、《审察官》（1995）、《私生活》（2001）、《不可能》（2003）和电视剧本《尼安都时代》（1987），写过关于曼努埃尔·普伊格、罗伯特·阿尔特卢西奥·维克托里奥·曼西利亚和豪尔赫·路易斯·博尔赫斯的论文。

　　在文学创作上，保尔斯属于布宜诺斯艾利斯文学范畴。1984 年出版首部长篇小说《色情之羞》，随后陆续出版《对话》（1990）、《瓦萨维》（1994）、《过去》（2003）、《哭的故事》（2007）、和《头发的故事》（2010）和《钱的故事》（2013）。他还写有一部《怎样写日记》的文集，论述卡夫卡、穆西尔、[①] 曼斯菲尔德、[②] 布莱希特、伍尔夫、帕韦塞[③]等作家是怎么样写日记的。智利已故作家罗伯特·博拉尼奥在其小说《不能忍受的加乌乔》最后一章中提到保尔斯时说："他是在世的拉丁美洲最优秀的作家之一，我们很少有人意识到这一点。"

　　《过去》是保尔斯在 21 世纪出版的第一部小说。小说故事从一对曾经很幸福的夫妻的离异开始。妻子索菲亚是一位致力于通过锻炼身体使患者康复的工作的女性，丈夫里米尼 30 岁，是一位翻译工作者。小说描述了他们刚刚分手后的生活，他们婚后一起度过了 12 年，这 12 年充满了爱恋、忙碌的工作和紧张的日子，而分手后则经受着对往事的痛苦回忆和遗忘的折磨。面对共同的

---

① 穆西尔（1880—1942），奥地利小说家。
② 曼斯菲尔德（1888—1923），新西兰女作家。
③ 帕韦塞（1908—1950），意大利作家。

过去和难忘的往事，两个人采取了不同的态度：索菲亚选择了回忆，里米尼选择了忘记。于是他离开一起生活的家庭，到旅馆去过单身的新生活，几乎一点儿也不想他的妻子。索菲亚将十分艰难地习惯离婚后的生活，以至于他变得懒散了，好像只为了里米尼而活着，她在内心里呼唤他，远远地望着他，试图重新得到他，但是在精神上已经失常。里米尼的生活也并不平静，索菲亚的影子时不时地浮现在他眼前，搅扰着他现在的生活。直到几个月后，里米尼才开始和一个20多岁的女孩恋爱，女孩叫维拉，已开始吸可卡因，不久后在一次交通事故中死亡。后来，里米尼又和翻译界他的一位女同事交往，女同事叫卡门，比他长几岁，不久二人便结了婚，并有了一个儿子，儿子叫卢西奥。儿子还是个婴儿时，里米尼便又去找索菲亚，并决定傍晚带着孩子一起去散心。但索菲亚有点精神失常，趁里米尼不注意，把孩子带走，把他关了几个小时，然后把他送回家，但在孩子胸前别了一封信，肯定地说那是她和前夫的友好举动。后来孩子不幸死亡，卡门又不知去向，里米尼那夜寻找了好久，终于绝望，喝得醉醺醺地回了家。这是一个悲惨的故事，一场婚姻和一个家庭瓦解的故事。作者借助司汤达式的爱情心理分析和菲利普·罗恩①式的残酷心理变态描写，把《过去》构建了一部现代版的《情感教育》②著作，一部关于感情变形的典型故事。

《哭的故事》讲述的是主人公的情感教育，他是六七十年代阿根廷一个早熟的男孩，只有四五岁，正值拼命想说话的年龄，他可以一连几个小时听别人讲话。他属于一个进出的家庭，但父母已离婚，他最大的长处是他的超人的感觉，这使他具有了听懂别人讲话的明显能力。五六岁他就成为一个可以信赖的孩子，人们都承认他有一种别人没有的听觉，他的感觉的外部的象征是哭，

---

① 菲利普·罗恩（1933—　），美国作家。
② 《情感教育》（1869），法国作家福楼拜的小说。

但是奇怪的是，他只在父亲面前哭。在父亲看来也许并不奇怪，所以孩子受到父亲的称赞。

在 20 世纪 60 年代末 70 年代初南美洲，政治斗争十分残酷。作者在此背景下为主人公的感觉提供了一个空间。这个空间使作者能够以优雅的嘲讽笔调、并通过一个以抗议的歌手为原型塑造的人物，批评当时盛行的民众主义活动。对这个孩子来说，歌曲作者是一个反面的典型，因为他作的歌曲所歌唱的东西不可相信："朴实而纯洁的价值从有形变成了无形。"这种"听觉的东西"的存在模糊了许多人的眼睛，使他们看不见正在逼近的灾难。

在七十年代初，这个孩子变成了一个疯狂致力于马克思主义事业的少年：他阅读法农①和阿内克②的著作，通过游击队的机关报《庇隆主义事业》跟踪武装斗争的变化。当这个少年通过电视得知 1973 年 9 月莫内达宫殿被炸燃烧时，想哭却哭不出来了。阿连德总统的死亡，也是理解政治的方式的死亡：如同抗议的歌曲、故事、形象和谈论人民胜利的书籍，也几乎只触及时代的表面。

作者在书中写道："唯一真正不可挽回的悲剧还没有达到应有的程度，'那个少年'不知道他应该知道的事情：他不是一个当代的人。"那些年代的赤裸裸的斗争，其胜利者是那些不仅把暴力视为一个事件，而且视为用来贯彻思想的一个重要因素和形成。

在大部头的小说《过去》中描述一对夫妻的亲密关系和不幸结局之后，作者保尔斯扩展了他的小说世界，因为在《哭的故事》中对他以前表现的内容增加了政治背景。此作虽然部头不大，但绝不是一个小作品，主题也不简单：在 20 世纪 90 年代，美国发生了双子塔被炸事件，拉丁美洲也出现了新自由主义模式危机和民众主义思潮。面对新形势，为数不少的拉美作家不得不把小说创作回归到表现社会与政治性的题材。这一点可以在秘鲁作家圣

---

① 法农，弗朗茨·法农（1925—1961），法国革命者。
② 阿内克（1937—　）智利马列主义者。

地亚哥·龙卡格利奥洛和阿隆索·库埃托等人的小说中读到。但是作家们并不十分明确要走的路。秘鲁作家豪尔赫·鲍尔皮在西班牙《国家报》增刊《巴维利亚》上发表的文章中指出："知识分子被视为怀疑派，政治小说几乎不被看好。"鲍尔皮指出，要走的路应是通过"不分派别的政治文学"介入的路。他举的例子是博拉尼奥和库茨的作品。如果这是可以走的路，那么，根据他的新小说，在鲍尔皮的不长的名单上应该加上保尔斯的名字。

《头发的故事》的主人公是一个患头发病的人。他的头发过盛，可以送人。但是他害怕失去它，怕它落在不该落入的人手里，总是担心它的命运，害怕没资格的小姐洗头，害怕不负责的理发匠理发。头发是他的崇拜物，是他着迷的东西，是他没有实际意义的噩梦。但它也是把他同小说中的三个人物联系在一起的纽带。三个人物是：塞尔索，一个是手艺熟练的理发匠，有一天，没说一天就失踪了，另一个叫蒙特，他童年时代的朋友，不时闯入他的生活；第三个是"老兵"，随父亲流亡欧洲 10 年后回到布宜诺斯艾利斯。四个人在一个变得疯狂的城市里经常混在一起，寻找不存在的出路。他似乎是一个只为他的头发活着的人，他绝不会随便在什么地方理发，理发的地方可以很差，但是头发一定得理的最好，正是这种怪癖使他认识了理发手艺好的塞尔索。塞尔索为人诚实、厚道，他相信他。四个人中，"老兵"是最不幸的人，独裁当局在国内实施恐怖统治，迫害无辜人士，把对其统治不满和进行反抗的人关入集中营，在这种情况下，"老兵"不得不和父母流亡欧洲，背井离乡长达 10 年之久，虽然国内实行民主政治后他回国了，但找不到工作，不得不贩卖毒品以求生存。小说反映了 20 世纪七八十年代阿根廷反动当局实行独裁统治，迫害无辜，草菅人命，致使民不聊生、怨声载道的社会现实。

《钱的故事》开篇写着一个小男孩为他父亲的一位朋友守灵，这是他第一次看见死人，守灵时，他听见那里的几个人在低声细语，互相询问：死人的装钱的手提箱在哪里，他把手提箱运到瘫痪的工厂做什么，是不是为了收买造反的工会会员，还是为挽救他的末路。

钱的用处很多：可以用来借贷，可以用来赌博，用来还债，用来救命，可以继承，可以兑换另一种钱，可以用来买东西。至少在阿根廷可以用来付账，用它来搬运一个死人，小说中的父亲用钱来赌博，母亲用钱去投资在乌拉圭海岸边盖一栋房子。父亲、儿子和母亲没有了亲情，只能靠金钱维系着他们的关系。但是不幸的事情还是接二连三地发生：母亲离婚，儿子离婚，父亲死亡，不幸的命运一次又一次地打击这个家庭。小说雄辩地说明，在资本主义统治的阿根廷，金钱早已变成了一种工具，一种似乎万能的东西，但也成为一种为人民带来灾难的东西。它把人与人的关系，甚至亲人之间的关系，变成了一种彻头彻尾的金钱关系。

第十二节　阿尔贝托·巴雷拉·蒂斯卡

阿尔贝托·巴雷拉·蒂斯卡（Alberto Barrera Tyszka）委内瑞拉作家，1960年生于加拉加斯，曾进委内瑞拉中央大学攻读文学，毕业时获文学硕士学位，并曾在该校任教。多年间在本国、阿根廷、哥伦比亚和墨西哥创作电视剧本和电视小说。在《国家报》《自由文学》《黑色标签》《褐色猫》等报刊发表过多篇文章。从1996年起担任《民族报》星期天版专栏作家。其专栏名为《七日》，委内瑞拉人每个周日都能读到他写的关于委内瑞拉的尖锐的现实问题评说。

巴雷拉·蒂斯卡以写诗和短篇小说开始文学生涯，1993年推出诗集《窗口经纪人》和《也许是寒冷》（2000），以及短篇小说集《精装版》。2001年出版长篇小说《心也会疏忽大意》。1998年查维斯赢得大选，开始了委内瑞拉历史上颇有争议的总统执政时期之一。6 年后，巴雷拉·蒂斯卡和他的妻子关注国际问题的女记者克里斯蒂娜·马尔卡诺一起围绕这位总统的为人和经历进行了周密的调查，撰写了查维斯的首部传记《不穿制服的乌戈·查维斯：一部个人的历史》（2006），传记的序言作者特奥多罗·皮特科夫指出："对于理解查维斯主义这一特殊现象来说，传记是一本不可或缺的航海地图。"此作已被译成多种外国文字，取得国际性的成功。2006 年，巴雷拉·蒂斯卡出版第二部长篇小说《疾病》，同年获阿纳格拉马出版社举办的第 24 届埃拉德小说奖。

蒂斯卡非常喜欢历代欧美文学大家的作品并受其影响。比如安东·契可夫的《奇特的忏悔》《决斗》和《第六病室》等小说，约瑟夫·罗恩的《一个杀人犯的忏悔》《圣人酒徒的传说》《美丽的胜利》，雷蒙多·卡弗的《大教堂》《当我们谈论爱情时我们谈什么》，何塞·戈罗斯蒂萨的《无穷的死亡》等。他还念念不忘亚历山大·大仲马、儒勒·凡尔纳等经典作家的冒险小说，还有杰克·伦敦的《酒鬼的回忆》等。

《疾病》是蒂斯卡最重要的代表作，故事背景是当下的加拉加斯，表现的是医生和患者的纠结关系：患者埃内斯托·杜兰怀疑自己有病，但是医生的检查结果却相反。自从他和妻子分居后就觉得自己某种病的征兆折磨着他，甚至觉得自己会死去。他这种古怪的念头比疑病征还严重。他认为只有医生才能给他治愈。他果然选中了一位医生，就是安德烈斯·米兰达大夫。米兰达既像个内科医生，又像是免疫科医生，但作为全科医生看病。但不巧的是米兰达大夫正面对自家的悲剧：他父亲哈维尔体检时查出患了癌症并已扩散，只剩下短短几个星期的生命了。作为医生，他一向主张医患关系透明，不应该对患者隐瞒实情，尤其是对其父亲，应该把病情告诉他。可是面对一手把他养大的父亲，他既不能对他隐瞒病情，又不忍心对他实话实说，这使他备感纠结，只能在科学、理智和亲情的旋涡中苦苦挣扎。而那位身无任何病的杜兰却心急火燎地要对他诉说他的痛苦，要求减轻他的症状。这也使他感到纠结：他既无法说服他没病，又不能骗他说有病，只好避而不见。尽管他老是缠着他，又是发电子邮件又是打电话；医生没有办法，只好让他去看女心理医生。心理医生对他也很冷淡，他只好放弃让她治疗。但是他对米兰达医生缠得更紧了。医生吩咐女秘书卡里娜·桑切斯不要搭理他。但是她不听，回复了他的电子邮件，要他去找米兰达大夫看病。作为忠于职守的医生和懂得孝道的儿子，米兰达毕竟知道生死是不可抗拒的自然规律，他最终对父亲讲出了实情。父亲理解儿子的用心，并不恨他。在这种情况下，那位疑病症患者也自知无趣，不再找他的麻烦。

小说的故事情节围绕三个人物展开，医患之间的矛盾由紧张徐徐得到解决，各得其所，顺理成章，情节发展自然，有悲剧色彩，也有谐趣成分，将人的生老病死观念艺术地呈现出来，令人感到欣慰。作者笔下的人物形象也很清晰、可信，个个脚踏现实生活的实地，作者运用的语言纯净、畅达，不时采用拉丁词语，并且适当地使用比喻，使描写的事物更显生动。

小说的萌芽要追溯到20世纪70年代作者18岁的时候，"那时我在马查多神父的肿瘤医院里当护士。工作的时间虽然不长，对我来说却是决定性的，很重要的。我清楚地记得那个时期在四楼上住着患生殖器癌的病人。我在很近的地方看到失去知觉的男病人和丧失理智的女病人。我现在觉得也许那时的经历刻在我的心里，也许从那时开始我就对这类题材感兴趣了"。他还说："最初我是作为一篇故事来的。但是过了一段时间就发生了变化。我开始思考和工作，于是就有了写一部小说的想法。那是在2003年年底。"

斯蒂卡的另一部小说《心也会疏忽大意》的故事以主人公圣地亚哥·费尔南德斯的视角讲述。此人是一个自认为胆小的记者，一个有点胆怯的从业人员，过着不安定的夫妻生活。他必须从加拉加斯飞到俄亥俄州边境上一个偏远的村子，以便写一篇报道审判斯托内希尔的食肉人好文章。这个食肉人是一个惨无人道的委内瑞拉人，他被列入了臭名昭著的危险人物名单，因为他残忍地肆无忌惮地肢解了 52 岁的玛丽·威尔金斯夫人的肉体。这位夫人是一个没有什么姿色的、皮肤像生锈的女人。食肉人就塞萨尔·巴斯蒂达斯，他残忍地掏出了他的胰脏、肝脏、左肾和胆。他不仅残暴，而且好色。用他自己的话说："我总找丑女人。"接着又甩出一句洋洋得意的话："你知道和一个这样的女人一起在床上是什么味道吗？"在小说的人物中，除了食肉人巴蒂斯达斯，还有两个男性：一个是神经有点错乱的叙述者圣地亚罗·费尔南德斯，另一个是可怕的律师法里亚斯。女性也有三个：圣地亚哥·费尔南德斯的妻子塞西利亚，她总是心不在焉，着了魔似的；美国女记者珍妮特·莫里森，她喜欢谈论人的性问题，和典型的丑女人玛丽·威尔金斯，她惨遭肢解，令人哀叹。

至少有三个因素使小说成为一部杰作：一是故事本身，二是包装它的语言，三是贯穿全书的幽默。故事、语言和幽默，是构成优美的小说的三折屏。

第十三节　豪尔赫·爱德华多·贝纳维德斯

豪尔赫·爱德华多·贝纳维德斯（Jorge Eduardo Benavides），秘鲁作家，1964 年生于阿雷基帕，毕业于利马印加·加西拉索·德拉·维加大学法律与政治科学系，随后在利马文学工作室讲课，其后又当无线电话局记者、电台信息编辑部主任。1991—2002 年在西班牙特内里费岛生活，先为报刊撰稿，后来任《21 世纪》杂志编辑部主任，为多个文化机构举办写作班。20 世纪 80 年代末开始文学创作，21 世纪初因前部长篇小说《无用的岁月》被称为小说创作国际化的作家。

在文学上，他属秘鲁 20 世纪末 21 世纪初那一代小说家群体。他笔下的故事介于城市现实主义（表现 80 年代末利马的困难岁月）和科塔萨尔的幻想主义。其长篇小说创作技巧很大程度上受同胞作家巴尔加斯·略萨影响。

除《无用的岁月》外，他的作品还有长篇小说《我与你决裂那一年》（2003）、《一百万索尔①》（2008），中篇小说《失败者的平静》（2009），短篇小说集《莫加纳之夜》（2005）等。曾入围"罗慕洛·加列戈斯"国际长篇小说奖决赛。

20 世纪 80 年代初，贝纳维德斯离开祖国秘鲁，移居西班牙，想当一名"职业作家"。他想飞往巴塞罗那，但是打包行李时，家人通知他，他们将去加那里亚斯群岛。于是他去了那里，那时他 27 岁，已出版一本题为"故事集的书"。它让我感到有点羞愧，是一家名叫《水中石》的出版社出的，就是说，把石头扔进水里，再也看不见它了。"贝纳维德斯评论说。"那本书的命运就是这样，送出去了就消失了。他装进行李中的最心爱的东西是一个笔记本，里头潦草地写着他的小说《无用的岁月》头几行。这部小说拖了六个月才写完，又花了六个月才出版。幸运的是，小说受到读者的欢迎和批评界的好评。作为一个移民，最初一段时间他在饭店刷盘子，在工地上干活。工作艰辛，但工资不菲，生活不是问题，还有时间写作。5 年后他创办了一个名叫"字里行间"的文学工作室，他讲课、交谈，当文学奖评委，收入不错。他想远征马德里，正巧出版社打电话通知他，《无用的岁月》出版了。

《无用的岁月》一出版就使作者名声大振，他本来在国内就默默无闻，书出版后发行到国外，顿时使他赢得国际声誉。更何况小说以厚重的篇幅和复杂的内容反映了 20 世纪 80 年代末——秘

---

① 索尔，秘鲁的货币名。

鲁当代一个最困难的时期的国家现状。小说以时间和空间的巨大跳跃以及视角的多重变化讲述了三个来自不同社会阶层的人物的故事；他们在政治和经济危机的批斗下，无一例外地迅速走向腐败和堕落：塞巴斯蒂安是一个年轻而大有希望的律师，却干起了越来越污秽的勾当，甚至拐卖新生婴儿；路易莎是一位家庭服务员，尽管努力工作想摆脱贫困，但是由于不善于安排生活而越来越穷；最后是拉法埃尔·平托，他是个搞调查工作的记者，他关于政治腐败现象的暴露文章堵塞了他的一切工作渠道。他们的作为或经历，在一定程度上折射着那些岁月秘鲁的极度通货膨胀、恐怖分子破坏活动和民众抗议行动。那个时期的秘鲁在值阿兰·加西亚统治末期，政治腐败，社会风气每况愈下，各种歪风邪气盛行：有的竭力向上爬，有的不能忍受现状，有的甘心堕落、腐败，秘鲁政治党则推波助澜，唯恐天下不乱。无疑，这是一部政治小说，因为它反映了国家政局的不稳，政治的腐败，官员的堕落，民众的贫穷，"光辉道路"游击队的野蛮恐怖活动，总之，表现了一个有问题的国家和社会。从结构上讲，小说分为三部分，每部分包括三章，单数章包括 7 个故事，偶数章包括 11 个故事。在文体上，此作是"政治小说和连载小说的混合物"（作者语）。在语言上，小说中则充满了美洲的方言土语。值得注意的是，作者在小说中直接采用了巴尔加斯·略萨的《酒吧长谈》的结构和叙述技巧，比如塞巴斯蒂安和右翼领导人佩佩·索莱尔的谈话、主要人物的选择比如有位记者就像著名的莎巴利塔，经常通过望远镜交谈，章节的标题用大写字体，副题用罗马数字写。

《我与你决裂那一年》的主要人物是两对中产阶级出身的青年男女，描述了他们的日常生活和家庭问题，反映了那些年代的秘鲁的严重政治与经济危机（通货膨胀、恐怖分子的活动等）。阿尼瓦尔是一个具有右翼思想的大学生，偶尔开出租车挣钱，养活他的妻子玛丽亚·法希斯。马乌里西奥是利马一家电台的记者，新交了一个名叫艾尔莎的女朋友。小说故事以这四个人为中心展开。他们通过交谈、聚会和玩耍娱乐掩饰在友谊、教育、政治、爱情和未来等方面不断加重的沮丧情绪。他们热爱文化，试图不问窗外事。他们的问题不是麻木不仁，也不是一点儿也不想了解政治，而是国家的现实让他们不可忍受，有一个人物说得好："我已经厌倦了谈秘鲁，谁也不想干什么。"但是现实还是闯入了他们的生活，打碎了他们的那种平静的生活，有一个时候，不同人物之间的背叛行为发生，他们的友谊、爱情便陷入危机，我和你决裂，他和她分手，不可避免出现。《一百万索尔》描述的是独裁者胡安·贝拉斯科·阿尔瓦拉多和他的军事独裁的历史：从他于1968年10月发动政变上台执政，讲到1975年8月他被另一次政变赶下台。故事是虚构的：按着年代顺序、以纪实的形式，讲述这位军人和政客7年的个人独裁和专制统治，他以其有争议的改革彻底改变了秘鲁的面貌。

贝纳维斯是贝尔加斯·略萨的公认的崇拜者和效仿者。此作的创作，他就采用了《酒吧长谈》的模式。小说几乎全部由部长和顾问们的交谈构成，谈话最多的是内政部长年轻的顾问乌拉迪米罗·蒙特西诺斯。这些对话的技巧十分的熟练，尽管相应的细节描写过多，且有重复（比如威士忌杯子等），读来令人厌倦。让人稍微意外的是，在作者的笔下，顾问蒙特西诺斯的作用和出场机会竟压倒了独裁者阿尔瓦拉多本人。比如，蒙特西诺斯经常出现在某些场合，甚至他爱上了部长的千金，但是独裁者却是很少在他的办公室里大声发布命令或紧张地吸烟，并且没有讲他过去的故事，也一点儿也没有讲他的疾病或个人的问题。他简直不过是一个既没有意志也没有自己的生活的影子，总统府内的军官和行政官员塔马里斯·卡兰莎·拉维纳斯等充满野心的又卑劣不堪。而他的一些部长却是更为引人注目的成功人士。对神秘的顾问团的活动的特别关注和重视，使许多重要的历史事件，譬如农业改革（许多著作甚至小说涉及的对象）和报纸及电视公司的被征用等成了陪衬。直到小说的结尾，作者才在尾声中鼓起勇气直接讲述和 1975 年 2 月间发生的警察罢工和维拉斯科倒台后发生的大抢劫有关的一切。无疑，这是《一百万索尔》最出色的篇章。是小说对秘鲁这个重要的历史时期的强有力的展现。

如果说巴尔加斯·略萨在《酒吧长谈》中描绘了奥德里亚将军独裁统治（1948—1956）的残暴、邪恶、卑劣、腐败的一面，那么爱德华多·贝纳维德斯则在《一百万索尔》中揭示了维拉斯科·阿尔瓦拉多政府最滑稽、最凄楚、最荒唐和最可悲的一面。在安赫尔·阿斯图里亚斯的《总统先生》（1946）、罗亚·巴斯托斯的《我，至高无上者》（1974）的独裁者小说传统中，《一百万索尔》是一部纯正的"独裁者小说"。

由于《一百万索尔》中重现了《无用的岁月》和《我与你决裂的那一年》中的人物，这三部小说被称为贝纳维德斯表现政权、当代秘鲁的危机（知识分子廉价被当局雇用、军人被视为宝贝）的三部曲。

《失败者的平静》讲述一位在西班牙特内里费岛上定居的秘鲁移民的故事。他一面工作一面安排着他的新生活。但他的生活平淡无味，总没有起色。他渴望成为一名作家。他在一个练习本里写日记，讲述他那些微不足道的故事，与此同时，他在一家吃饺子老虎娱乐大厅里找到了一个新工作。他周围的人和他一样过着毫无变化的日子：他的朋友卡波特，想当作家，都什么作品也没有发表；退休老师，一个年迈而孤独的人，已无学生可教，和作者保持着十分密切的关系；恩索，乌拉圭流浪乐手，爵士乐琴手，在小酒吧等演奏，希望被人发现。是个没有任何野心的永恒的嬉皮士；还有思索的女朋友艾莱娜，年轻貌美。都跟他一样，由于小小的、无碍大局的失败而停滞不前。当他似乎得到了一点快乐，刚刚有点变化时，却出现了状况，打破了他的平静生活：一个事件终于急剧改变了他的一切。

小说里包含着一系列只有两三页的短文章,是作者在六七个月的时间里写成的。这些文章反映了他的邻居、同事和朋友们的短时间的相聚和分离,表现了他们的生活和工作的变化。

第十四节 伊凡·萨埃斯

伊凡·萨埃斯(lvan Thays),秘鲁作家,1968 年 10 月 21 日生于利马,曾在秘鲁天主教皇大学攻读语言和文学。20 世纪 90 年代初出版首部作品《弗兰西丝·法默的照片》(短篇小说集)后成为同代人中异乎寻常的作家之一。据萨埃斯自己说,此作受乌拉圭作家奥内蒂影响,具有亲切的、梦幻般的语调。随后出版长篇小说《狩猎场景》(1995)、《内地旅行》(1999)和《虚荣心的教训》(2000)。秘鲁作家阿隆索·库埃托由此而认为"秘鲁存在着崭新的一代作家,他们力图脱离现实主义小说惯用的形式,伊凡·萨埃斯和马里奥·贝亚丁是这些年轻作家的导师"。巴尔加斯·略萨则评价说。"伊凡·萨埃斯是拉丁美洲出现的最有趣的作家之一。"布里塞·埃切尼克也说:"年轻的秘鲁文学掌握在伊凡·萨埃斯这样的作者手里。"

进入 21 世纪后,他出版长篇小说《一个名叫狗耳的地方》(2008)和《一场转瞬即逝的梦》(2011)。2007 年,在波哥大学举办的第 39 届波哥大学节期间,他被选为 39 个拉丁美洲小于 39 岁的优秀作家之一。

《虚荣心的教训》是伊凡·萨埃斯于世纪之交推出的作品,小说试图提出一个人为什么写作的问题,同时讲述一个年轻作家的文学修养的重要性。但是作者从不同的角度,也是一个更具体或现代的角度谈起。这个角度是:在一个竞争激烈的时代,在一种被扭曲的文学市场上,在一个存在着文学矛盾或冲突的时代(作家们谈论销售问题，谈论对某些文学批评家和某些不受欢迎的文学代理商的怨恨，谈论对某些传媒和评奖活动的操控，但很少谈论其作品或写作技巧），作家们往往担心失败。

这部小说的写作分为几个阶段。首先是按某材料或信息，在笔记上记录作家关于虚荣问题的引文，第二是叙述预先考虑好的矛盾解决过程，这是故事的关键；三是故事本身（作家们在代表大会上的表现），这是所有分散材料的整合。

小说故事发生在西班牙城市莫里约召开的一次青年作家的聚会上，参加者有西班牙作家和拉美作家，人数超过百人。总而言之，是这三位作家即努瓜姆、东克和奥特和一些批评家发生了冲突。在故事中写了你的文学偏向，或者说，"你的文学仇恨。"

实际上，对许多作家而言，文学职业是富有刺激性的。一般说来，艺术家都是这样。作家像小说的主人公一样总起着吸引读者的作用。因为他们都是脆弱的和善于思考的人。其职责就是致力于理解生活，在一定距离外观察生活，但同时也设法改变生活，规范生活，甚至深入地感受生活。毫无疑问，他们的人格是复杂的。因此，在充满思考和事件的故事情节中，他们是理想的人物。

但是，在这部小说会让人产生这样的感觉，即文学会议不起任何作用，或者更确切地说，它只会让作家滋长虚荣心。

其实，文学会议的作用还是挺大的：文学会议可以让年轻的小说家担当起严肃的文学责任，鼓励他们全心全意投入工作，没有什么浪漫的东西，让他们明白，文学是一种"费力不讨好的职业"。各种文学会议总能激发作家的对文学的热情，同时也能让你结识同代的许多作家，秘鲁作家或其他国家的作家，一起分享文学创作的乐趣和对文学的爱好。

有趣的是，在文学会议召开的地方，出现了一头犀牛，吸引了大家的目光。这仿佛是一个错觉。而错觉或幻觉往往无所不在。犀牛也是小说的一部分。巴尔加斯·略萨就写过一个关于河马的剧本，题为《凯蒂与河马》（1983）。动物概念和创作职业是密不可分的。

但是，在《虚荣心的教训》中，犀牛并不是一个象征，而是一种具体的事物：也许是叙述者的噩梦，或者是他的痛苦的发泄。但是在故事的"现实"中，它也是可以像幽灵一样存在的，可以把它看作一种隐喻：犀牛也许是对虚荣的、总是轻浮的、反复无常的、变化不定的作家的一种对立物：犀牛是执着的、屹立不动的。因此，作者在小说中写了一位少年艺术家，他对成功的固执念头牢固不变。这种那些只有虚荣心而不肯脚踏实地的作家形成对照。当一个人以更高尚的、更本质的和更神秘的目光看待人生时，无论成功或失败，都是荒唐的或没有意义的。怀着虚荣心去写作，去从事作家职业，是不可取的。

《一个名叫狗耳的地方》的主人公（其名字未出现）是利马一家报社的一位记者，被报社派往安第斯山地区一个名叫狗耳的遥远的镇子了解一次总统选举活动。来到那里的人都患了可怕的高山病。此病难免留下令人厌恶的后遗症。那是一个虚构的城镇，属于秘鲁阿亚库乔省琼基县，80年代曾受到恐怖分子的破坏，遭到游击队、军队和准军人的暴力袭击和践踏。镇上的居民深知那些人的歹毒举动和坏心肠。秘鲁政府想在选举活动中把那个村镇树为国家和平安定的象征并在一档社会救助的节目里大吹大擂进行宣传，因为国家要求恢复秩序，记住发生过的悲剧，寻求和解。记者由一名年迈的摄影师陪同前往那个村镇。在动身前，记者收到他妻子寄来的一封信，告诉他，她要离开他。这件事，不由得让他想起了他们的年幼的儿子巴勃罗，巴勃罗若干年前就死了。种种思绪萦绕在他的心头，他试图找到发生的一切事情的原因。

新的人物闯入他在狗耳镇的生活。他认识了两个女人，并和她们调情。一个叫素方花的姑娘是当地人，已有身孕4个月，她本人就酷似狗耳镇的象征和比喻。她学会了忍受恶劣的生活环境，顺从于自己的命运，她身上笼罩着魔幻或超自然的色彩，但她并不怀疑自己似在享受生活。有一个表情严肃的年轻女人在远远地监视着她。第二个女人来自利马，是个年轻貌美的人类学家，她到狗耳镇来，也是为了了解选举情况。另外，有一个男人在一次车祸中杀死了他妻子和儿子，从此失去了记忆，他决定用学习中文来治疗她的失忆症。

种种事情陆续在他逗留狗耳镇期间发生，甚至素方花的令人惊奇的本领也成了主人公作为材料解决某些问题的关键。回利马时，他发现使他感到不安的一些问题已经不存在了。

这是一部其故事发生在悲惨的地方的悲惨小说，因为那个镇子屡次受到秘鲁"关辉道路"游击队、政府军和杂牌军的一次次蹂躏，那里的居民经常遭到这些人的欺凌和赶尽杀绝，导致居民不断失踪。居民们不得不忍气吞声，忍受着妻离子散、离乡背井的痛苦。那种表面上和平安定的情景不过是暴力实施后的假象，政府还乘着大选的机会把那个地方树立为社会安定的标杆，这是多么可笑的讽刺。小说对被扭曲的社会现实的抨击可谓入木三分。

《转瞬即逝的梦》源自作者 2000 年出版的小说《虚荣心的教训》。在那部小说中，有一群初学写作的年轻人，他们伤心地问自己谁会是倾听那支汽笛的鸣声即"成就"的人（指文学成就）。文学就像一只中国的套盒，里面装着简短的随笔和多种多样的故事。其中有一个关于一位有抱负的文学女青年的故事，但是像麦当劳的女职员的照片上一样，她从前排消失了。后来，她的这次失败像一块石油污迹一样在她后来的生活水池里漫延。作者在这两部作品之间架设了一道桥梁，这就是《一场转瞬即逝的梦》的前言。在小说的简短而紧凑的段落里，叙述者描绘了《黑麦文学工作室》的成员们的形象，他们像一位刚刚起程旅行的冒险家一样，精力充沛，雄心勃勃。在小说的篇页里，像一面倒映事物的镜子一样，工作室的成员们展示和刺激着他们那年轻的躯体，不恭敬地评论着别人的作品，和其他认为"文学就是世界上的一切"的火星人一起度过着快乐的时刻。

这部小说仿佛是《虚荣心的教训》的续篇，写的也是初学写作的人，不过他们已经成年，他们面对的是某些新的希望，是准备夺取新的成就。

在小说后来的故事中，我们看到叙述者（已经成年）安顿在意大利。这时他已远离他年轻时预想的计划，他必须同经济上的困难，婚姻的不满，一个儿子的死亡，健康的每况愈下，性无能和文学上的无所作为等问题做斗争。他在欧洲逗留了一个时期后，由于谋生失败而不得不返回秘鲁，重拾笔杆写作。

回到秘鲁后，他遇到了他的一些老朋友。只有少数朋友依然保持着若干年前产生的短暂的梦想。有一些朋友则享受着他们所谓的"第二次青春"。作者蒂卡斯细心调查了每个人的第二次创业：梅赛德斯当了业余女演员，埃斯特万成为一位成熟的男演员。他发现朋友们各有所长，都在走自己的道路，但有的成功有的失败。

总之，小说描述了一群作家朋友从年轻时代到老年岁月走过的坎坷不平的道路，以及从充满希望的生活到冷酷的现实（包括爱情带来的忌妒和怨恨，个人的失败、婚姻的破裂）的痛苦经历。显然这是一个苦涩的故事，一段不堪回首的人生。

第十五节　豪尔赫·马赫富德

豪尔赫·马赫福德（Jorge Majfud），乌拉圭作家，1969 年生于塔夸伦博，父亲是木匠，母亲雕刻匠，毕业于共和国大学建筑系。2008 年进乔治亚大学，获文学硕士学位和哲学与文学博士学位。他先后在乔治亚大学、美国宾州林肯大学、哥斯达黎加西班牙学院等高校任教，他是西班牙南洋杉审查学术委员会和优等生荣誉学会的成员。他还是蒙得特的《亚共和报》、墨西哥《千年日报》、西班牙《变化 16》、巴塞罗那《先锋报》《拉美文学批评杂志》、华盛顿《世界时代》等数十家报刊的撰稿人。

在他接受学校教育的青年时代，正值国家处于独裁统治时期。当局实行的野蛮镇压民众的争取自由民主的活动的政策直接影响了他的家庭。使年轻的马赫富德过早地产生了忧国忧民的思想，对各种各样的压迫民众的措施持抵制的态度。这在他后来的文学作品有明显的反映，成为其创造的一个特点。他显然早就喜欢文学，却选择在共和国大学攻读建筑，但并没有完全放弃文学。他于 1996 年发表他的首部长篇小说《在沉默中走向什么样的祖国》（一个失踪者的回忆）。1996—1997 年他陆续前往非洲、亚洲和欧洲不少国家旅行，这使他大开眼界，增加了知识，同时也进一步确定了他成为一名大作家志向。1998 年他出版杂文集《对纯粹的热情的批评》，这便成为乌拉圭年青的一代杰出的思想家之一，并证明他成为各方面已经成熟的作家。2002 年他又出版另一部小说《美洲的女王》，同时在多家报刊上大量发表随笔。其后陆续出版随笔集《轮到我生活的时代》（2004）和《讲述无形的东西》（2006）、短篇小说集《请你宽恕我们的罪孽》（2007）、长篇小说《月亮的城市》（2009）。

马赫富德从小就开始写作，为的是让他的爷爷奶奶开心，因为他们住在遥远的农村，连电视都看不到。后来他发现上等沙龙外面也有文学，他很激动，便继续写作，今天他还在写作，因为他在受苦，复杂的世界使他感到不安，想和这个世界战斗。他写的一切都源自此地，源自他同世界的不一致。

《美洲的女王》写一个于 20 世纪 60 年代移居西班牙的家庭的故事和主要讲述者、人称"美洲的女王"的妓女孔苏埃洛的遭遇。小说背景主要是蒙得维丽亚和布宜诺斯艾利斯，故事氛围是南美洲几个国家的独裁统治。小说讲述马维尔和她父亲由于家道中落而从西班牙逃到阿根廷，在本世纪发生的首次移民浪潮批斗下去寻找梦想，在旅途上马维尔认识了一位丹麦的无政府主义者，彼此一见钟情。马维尔的父亲后来在蒙得维丽亚去世。她的女儿"美洲的女王"留在了蒙得维丽亚的贫民区。种种困难使得丹麦人不能从布宜诺斯艾利斯回去寻找马维尔。他的女儿孔苏埃洛被她母亲的一位嫖客强暴。但是她以出人意料的残暴手段进行了报复。

马维尔出身西班牙一个破产的贵族家庭，父亲死后他在蒙得维丽亚靠卖身维持生计，最后死在一家精神病院里。其命运可谓悲惨。

马维尔的女儿孔苏埃洛是故事的主要讲述者之一。她自己的故事开始于她母亲死后。她在布宜诺斯艾利斯找到了她父亲雅各布森。但是此人已瘫痪，坐在轮椅上度日，连话也不能说，和她母亲一样，也丧失了理智。其命运同样悲惨。

雅各布森是丹麦的一个无政府主义者，阴差阳错，他一直没有找到他女儿，他受到阿根廷军方的追捕、迫害。其命运也不济。

蒂托是马维尔的嫖客，是他强暴了孔苏埃洛，还劝她打掉孩子。当孔苏埃洛接受了马维尔的表兄的遗产后，便对他进行了报复：她收买了两个人，割掉了他的生殖器。

维森特·苏比萨雷塔是马维尔的表兄，发迹的移民，但他是个双性人，他一直照顾着孔苏埃洛，直到她自杀。

阿瓦尤瓦是孔苏埃洛的男朋友，失业的年轻工人们的典型代表。

这些人物在小说中陆续出场，扮演着各自的角色，走着各自的人生道路，呈现着各自的命运或结局，几乎都很不幸。

小说反映了拉丁美洲一个历史阶段的社会现实。几乎在一个世纪的时间里，拉普拉为河一直是欧洲移民，尤其是许多西班牙和意大利移民的主要目的地之一。为了躲避战争、摆脱贫困，知道 20 世纪中期，数十万移民来到蒙得维丽亚寻求和设想他们发财致富的梦想。有的发了大财，腰缠万贯，有的则陷入思乡、孤独和更痛苦的境地。《美洲的女王》有力地反映了这样的历史现实：成功者的骄傲和自负，失败者的痛苦、孤独、无助和受侮。

《月亮的城市》以 1995—1992 年间阿尔及利亚南方的有城墙的卡拉台德城为背景。该城的重要特点是几乎居住的都是欧洲白人，他们大多数是基督教徒，都幽居在一个寂静的角落里，直到 1962 年，阿尔及利亚获得独立后都不得人知。卡拉台德城四周是撒哈拉沙漠，城市可能由一个在征服伊比利亚后迷失的西班牙军团建造的。城中的白人为了生存下去，试图同外界切断物质与文化联系，特别是每月一次到来的火车。小说的主人公之一是一位阿根廷医生的儿子。他在孤独中看到一个完美的社会的现实，这个社会保留着腐败的世界的道德。这个社会是自由民主的，但是宗教的道德观念和社会的发展趋势阻碍着城市的真正的多样化发展。尽管存在着道德、经济和城市建设上明显衰退的现象，卡塔台德仍然抵制着任何变化，直到一场猛烈的沙暴摧毁了它那厚厚的城墙。卡塔台德人终于明白，保守的、阻碍社会发展变化的旧观念有百害而无一利，它只能使城市和它的居民毁于一旦。

第六章　卓有建树的女作家

第一节　概述

在今日拉美文坛上，女作家不计其数，她们的作用和贡献不可小觑。她们以其丰富而卓越的建树赢得了广大读者的赞赏。墨西哥的艾莱娜·波尼亚托夫斯卡、安赫莱斯·马斯特雷塔、劳拉·埃斯基维尔、古巴的索艾·巴尔德斯、智利的马赛拉·塞拉诺、乌拉圭的卡门·波萨达斯、巴西的内利达·皮纽恩、尼加拉瓜的贝莉·希奥孔达等是她们当中的突出代表。这些女作家，才思敏捷，多才多艺，既擅长写长篇和短篇，也是写散文的好手，甚至涉足诗歌和影剧。进入新世纪后，女作家们一如既往，创作活力依然旺盛，推出一部又一部上乘之作。在表现手法上，她们不循规蹈矩，不囿于传统，在坚持运用自己行之有效的艺术手段的同时，勇于探索新颖的写作技巧，善于博采众长，创作主题多种多样：暴露社会的黑暗，抨击当权者的腐败，揭示人性的善恶，关注平民百姓尤其是妇女儿童的生存状态，维护妇女的权益，对弱势群体寄予深切的同情，以及在生活节奏快捷的情况下人们产生的焦虑、紧张、不安等情绪，自然不分家族之间的恩怨情仇，亲人的生离死别，年轻一代的爱情和情感纠纷等等。她们尤其关注不同年龄段的女性的婚姻状况：从女性青涩时期的相识、幽会，到婚后生活、婚外情、背叛、受虐待、关系失和，直至分手，以娴熟的笔触进行了描述，有对女性幸福的婚姻和家庭的赞扬，也有对女性婚姻的挫折和关系的破裂的同情。

毋庸置疑，女作家是今日拉美文坛上的一支不可忽略的生力军，她们越来越引人注目地显示着她们的才干，在反映女性的心声、主张男女平等方面起着越来越重要的作用。

第二节　艾莱娜·波尼亚托夫斯卡

艾莱娜·波尼亚托夫斯卡（Elena Poniatowska），墨西哥作家、新闻工作者，1932 年 5 月 19 日生于巴黎，父亲是波兰人，最后一位国王的王子；母亲是墨西哥人，流亡法国的波菲里奥家族的后代。艾莱娜 10 岁时，为躲避第二次世界大战战火，母亲带她回墨西哥，父亲留在法国服兵役，直到战争结束才去墨西哥和亲人团聚。1953 年艾莱娜进《至上报》工作，写社会新闻，后来为《墨西哥文学杂志》《四季》《1 + 1》《墨西哥艺术杂志》和《墨西哥大学校刊》等报刊撰稿。曾参加创办《工作日报》和《妇女运动论坛》。还曾在几所院校任文学与新闻教师，主持团体文学工作室 28 年。并且是墨西哥电影制作中心和二十一世纪出版社的创办者之一。

在文学方面，艾莱娜涉猎长篇小说、短篇小说、诗歌、随笔、文论、纪实、儿童文学等几乎所有文体。她的作品已被译成十余种外国文字，在许多国家流传。她是一位多产作家，迄今已出版各类作品和专著 40 余部。作为一位作家，她一向以天下为己任，忧国忧民，关注下层社会和妇女的处境，是墨西哥民众特别是劳动妇女的代言人。无论是她的作品还是谈话，都明显地让人感动，她是普通人民尤其是妇女的尊严和合法权益的捍卫者。比如 1968

年墨西哥政府对三文化广场上要求民主权利的学生进行血腥镇压后，她写了充满怒火和激情的报告文学《广场之夜》（1971），对当局的残暴行为给以无情的谴责和抨击，对学生的正义之举予以了高度赞扬。

1955 年，艾莱娜出版第一部长篇小说《利卢斯·基库斯》（*Lilus Kikus*），一位有才华的小说家崭露头角。其后又陆续出版《我的耶稣，直到看不见你》（1969）、《亲爱的迪埃戈，基埃拉拥护你》（1978）、《沉默是强大的》（1980）、《最后一只火鸡》（1982）、《最亲爱的蒂娜》（1992）。进入 21 世纪后，她又出版《天空的皮肤》（2001）和《列车首先通过》（2007）和《莱奥诺拉》（2011）三部长篇小说，以及《利卢斯·基库斯故事集》（1967）、《你晚上来》（1979）、《百合花》（1988）、《没有什么，没有谁》（1988）等短篇小说集。其中，《天空的皮肤》获 2001 年度西班牙阿尔法瓜拉长篇小说奖，《列车首先通行》获得 2007 年委内瑞拉"罗慕洛·加列戈斯"国际长篇小说奖。

《天空的皮肤》以 20 世纪的墨西哥社会为背景，讲述了一个关于探索宇宙奥秘的故事。小说的主人公洛伦索是一个满怀救国热情的天体科学研究者。早在童年时代他就对天空产生了兴趣，认为墨西哥各地的那些山峰便是天边儿，便是世界的尽头。母亲带他坐着小火车，过了一个又一个山谷，没有止境。长大后，他在朋友家阳台上用望远镜观望天空，天文奇观迷住了他，令他心驰神往。后来他进了哈佛大学，他的勤奋和才智受到院士们的赏识。在校期间和一个美国大学生产生恋情，但是道不同，结果分手，回到祖国后，进天文台工作，加入了全国天文学会并取得重要提升。但是墨西哥的社会与经济的落后状态把洛伦索的才干消耗在同精神麻木、物质匮乏、官僚主义、腐败成风的斗争上，生活中充满了鸡毛蒜皮、人事纠纷和令人垂头丧气的麻烦。加上他本人的"不明事理"，很难融入正常的社会生活，爱情上更是一再失意。小说以对主人公的人生经历的描述，揭示了墨西哥社会中存在种种时弊：人心叵测，人情冷暖，金钱万能，人情和爱情散发着被铜臭亵渎和污染的气息。一个有能力有才华的人，在这样的社会中只能被葬送，不可能发挥其所长，做出什么成就。小说成功地塑造了洛伦索这个虽有才干却不能施展、无奈地消耗人生岁月的人物形象。故事以好奇的孩童的发问开篇，吸引读者进入全书的阅读，不乏新意。书中有不少关于主人公孩提生活的描写，充满儿童情趣。总之，这是一部具有丰富的内涵和艺术感染力的小说。

《列车首先通行》是一部纪实性小说，描述 1958—1966 年爆发的墨西哥铁路工人大罢工的情景，罢工导致了全国的瘫痪状态。小说以工人领袖德梅特里奥·巴列霍的真实生活经历为基础，描写了他和众多铁路工人的英勇斗争和一些工人长达 11 年的铁窗生活。小说将新闻材料，历史故事和人物传记融为一体，把领袖的公众生活和新生活交织在一块，构建了一部结构复杂、人物形象生动的作品。作者说，小时候她就喜欢坐火车旅行，所以对她来说回忆那次工人大罢工的情况并不困难，几年前她就打算撰写工人领袖德梅特里奥的传记，60 年代她做记者时曾采访过他。德梅特里奥在小说中叫特里尼达·皮内达。作者称，这个人物和罢工事件虽然符合真实的历史，但是其他人物却是作者自己虚构的，拼凑的：这个人的眼睛，那个人的头发，第三个人的身材，有时就是在街头看见的某个人。在作者的头脑中，主人公是一个双手长老茧、性格坚定、善于工作、有点孤僻、严肃，但是生来就有指挥能力，所以人们都听从他。在作者笔下，妇女的作用十分重要：她们穿着裙子躺在铁轨上，阻止机车启动破坏罢工。作者十分重视妇女的历史作用，小说中的女性都是现代的、自由的女性。在作品中，列车也是一个主人公，是命运和生活的象征：一直向前，永不停息。

《莱奥诺拉》是根据 20 世纪墨西哥文化的两个最有代表性的女性的生活经历写成的：其一是著名女画家莱奥诺拉·卡林顿，其二是女作家艾莱娜·波尼亚托夫斯卡本人。

莱奥诺拉和艾莱娜在 20 世纪 50 年代相识，其间的友谊已 60 余载。那时她们的儿子加夫列尔和巴勃罗还很小。艾莱娜回忆说："我一下子就认识了她，我开始去罗马移民区奇瓦瓦街她的家中去拜访她，她丈夫奇基没有证件，很难去别的国家。他在战争中遭受了许多苦难，他曾是孤儿，在孤儿院生活，后来被关入了集中营，因为他是犹太人。""莱奥诺拉来到了墨西哥，因为他没有别的选择。她首先在里斯本遇到了她的第一任丈夫雷纳托·莱杜克；其次，所有的欧洲人都在逃离战争。许多艺术家，如马克斯·厄思斯特、安德烈·布勒东和他的妻子都得到佩吉·古根海姆的帮助；他们把超现实主义带到了纽约。"

卡林顿 1917 年出生在英国一个享有特权的家庭中，从很小她就意识到有一种异样的力量推动着她，有一股动物般的不驯服的力量驱使着她，激励着去追求她的梦想。童年和少年时代的她，热情奔放，把自己比作一匹小马，觉得自己像一匹马一样强壮有力，并能和马儿交流。她曾经对母亲说，"她是一匹化妆成女孩的马"。母亲回答她说，她是一匹"有同样的冲动，同样的力量的小母马"。

此外，艺术也是她在那个豪华的，传统的家庭的庇护所。

她父亲是纺织工业界的巨头，反对莱奥诺拉从事绘画，但是她依然去意大利和英国学习艺术。后来她在巴黎的艺术浪潮中和毕加索·达利、杜尚·米罗等画家建立了联系。第二次世界大战期间，她逃离了西班牙。而她的画家朋友马克斯·厄思斯特被送进了集中营，这使她精神失常，被送进了精神病院。后来，莱奥诺拉逃往纽约，有时去墨西哥小住，直到在那里去世，终年 94 岁。

小说描述了卡林顿一系列人生经历，但是艾莱娜说："首先这是一部小说，而不是评论莱奥诺拉的绘画，也不是一部传记。它是一部以我们之间的多次会面时的交谈、以莱奥诺拉本人的书和其他人如惠特尼·查德威克、苏珊·艾伯斯、朱洛特·罗奇的书为基础写成的作品。"

　　女主人公莱奥诺拉是个富有叛逆精神的女性，父亲希望她过一种丰富多彩的生活，让她当公主，住在城堡里。但是她不愿自己的才气被扼杀，反对一切阻碍她发挥其才能的东西。她向社会陋习、她的父母和老师发起挑战，打破宗教和思想的任何束缚，争取自己成为自由、独立、发挥艺术才能的女性。莱奥诺拉·卡林顿已成为今天的神话，重要的超现实主义画家。莱奥诺拉的一生富有戏剧性，也具有诗意，因为她是一位能激发人们巨大热情的女性。

　　和艾莱娜的其他小说一样，《莱奥诺拉》也突破了文体的界限，将纪实、文献调查、见证文学和虚构交织在一起，将梦幻与现实融合为一体，被称为一部"其故事在精神失常与艺术性之间发展的作品"。

第三节　内利达·皮纽恩

　　内利达·皮纽恩（Nelida Pinon）是巴西当代享有盛誉的女作家，是 20 世纪 60 年代以来的巴西文学的革新者。1937 年 5 月 3 日生于里约热内卢，父母是西班牙加利西亚移民。皮纽恩童年时代酷爱阅读，喜欢幻想，10 岁便开始写作。年轻时广泛研读荷马、莎士比亚、塞利提斯、普鲁斯特、安德拉德、马查多·德·阿西斯等经典作家的作品，研究他们的创作手法。她曾进大学攻读新闻、哲学、文学、人文学，留学美国、法国、西班牙和秘鲁，在欧美多所名牌大学执教。1989 年被选为巴西文学院院士，1996—1997 年任巴西文学院院长，1999 年任里斯本科学院院士，2004 年任巴西哲学院院士，国内外许多所大学授予她荣誉博士称号。

1961 年皮纽恩以长篇小说《加夫列尔·阿尔砍霍的地图册》跻身文坛。之后陆续出版《做十字架的木料》（1963）、《收获水果的季节》（1996）、《创始人》（1969）、《受难之家》（1972）、《阿尔马斯大厅》（1973）、《我心中的特瓦斯》（1974）、《命运的力量》（1977）、《物品的热度》（1980）、《梦中的共和国》（1984）、《每天的面包》（1994）、《风轮》（1996）、《明天见》（1999）、《荒漠上的声音》（2004）等。她曾获巴西安德拉德奖、墨西哥胡安·鲁尔福奖、哥伦比亚伊莎支奖。西班牙佩拉约国际文学奖和阿斯图王亚斯亲王文学奖，以及多种奖章或勋章。其作品已被译成 20 多种外国文学，被誉为"世界性的女作家"。

皮纽恩的小说以现实和回忆、幻想和梦境为支撑，具有强烈的感染力。在她的一系列作品中，《梦中的共和国》是她的重要代表作。此作出版后引起强烈反响，被称为一部表现她的祖国巴西的悲壮而热烈的史诗。小说以 20 世纪初的巴西大地为背景，反映了西班牙移民马鲁加及其一家的生活和命运。他的家庭遭受过各种各样的事件和悲剧。马鲁加 13 岁那年离开家乡，带着从祖父口中听来的故事和传记去巴西闯荡。梦中的共和国就是巴西共和国。据说在那个国度，人类的什么希望都可以实现。马鲁加和他的同龄伙伴维南西奥在一条英国船上相识，那船把他们带到 1913 年的里约热内卢。他们还是孩子就抛下贫穷的故乡加利西亚，到天涯海角去寻找天堂。马鲁加在巴西办起了工业，开起了公司，建起了农场，发了大财，经济实力惊人，但是他却变得不可一世，专横跋扈起来。虽然成了富翁，但是感到无比孤独。维南西奥跟他不同，他藐视物质财富，酷爱精神食粮，喜欢博览群书，研究学问，充满梦想和激情。马鲁加所宠爱的孙女布雷塔天资聪明，写了一本书，实现了祖父的愿望，使家族的业绩永载史册。小说展现了巴西沿海地区严酷而荒凉的景象和从亚马孙河到格兰德河之间广阔腹地的面膜，在一定程度上再现了巴西民族的形成及其最近两个世纪的历史。

皮纽恩在 21 世纪出版的作品《荒漠上的声音》是一部以世界古典文学名著《一千零一夜》为蓝本的小说，情节有类似之处。故事发生在中东地区的神秘之都巴格达。国王发现王后背叛他，一怒之下杀死了王后、宫女和奴仆。从此他憎恨女人，存心报复，每天娶一个女子，天亮便杀掉。百姓们恐惧万分，纷纷携女出逃。大臣的女儿山鲁佐德为拯救无辜女子，自愿嫁给国王，自信能够制止国王的残暴行径。她每夜给国王讲故事，故事总讲不完，国王听得入迷。连讲了一千零一夜，国王终于感动，收回成命，不再杀人。作者把故事安排在 10 世纪巴格达，因为在那里是想象力的圣地，因为那里的荒漠上诞生了三个主要的神教。她认为一神教的创立是想象的神话世界的一次革命。而作者写这部小说的目的并不是重述那些众所周知的的故事，也不是重视那些人的熟悉的人物，她的兴趣是试图对叙事艺术、对叙述者同读者的密切关系进行思考，再现《一千零一夜》没有讲述的故事，因为她认为这部小说是关于《一千零一夜》的背景或幕后情景的小说。

小说塑造了无所畏惧的女子山鲁佐德的光辉形象。山鲁佐德受过良好的文化教育，知识渊博，想象力惊人，并有非凡的口才。更重要的是，她不怕死，她不相信国王代表的权力能够扼杀她的想象力，她坚信自己能够以讲不尽的美丽动人的故事征服国王，战胜他的魔鬼本性。她凭借着这一切，怀着必胜的信念，知难而上，终于达到目的，既拯救了自己也拯救了王国的众多女子。她是一位伟大、倔强、不畏强暴的女性，是富有想象力的斗士，是善于讲故事的神奇女子。

皮纽恩的小说代表着在拉丁美洲共生共荣的不同流派之间的机智的对话。她的小说已被译成 20 多个国家（德国、意大利、俄罗斯、西班牙、美国、英国等）的文字，并在国外获得无数文学奖。

她的小说将巴尔扎克风格（包含着多重的历史）和加西亚·马尔克斯等拉美作家的神奇魔幻风格结合在一起。作为小说的写作者，皮纽恩常常作为小说的人物参与故事，同他们讨论问题和交谈。此外，她对语言的掌控十分灵活。作为一位女作家，她遵循拉美文学的传统。

在巴西当代文学中，皮纽恩占有主要地位。提到她，就不能不提巴西文学的革新。任何一个研究其作品的人，都一定会承认她是一位善于思考的女作家，同样也必定承认，研究她的作品就是永恒地寻找多种多样的兴趣，包括其家庭的历史。

第四节　希奥孔达·贝莉

希奥孔达·贝莉，尼加拉瓜女小说家和诗人，1948 年 12 月 19 日生于马纳瓜，曾在阿松森学校上学，至中学三年级，后在马德里获硕士学位。一度移居美国，毕业于查尔斯·马库斯·普赖斯学校。回国后再马纳瓜一家广告事务所工作。由于反对索摩查独裁统治，被反动当局判刑，她不得流亡国外，先在墨西哥，后在哥斯达黎加。1970 年她加入桑地诺民族释放阵线，当时该阵线处于地下状态，她曾秘密前往欧洲和拉美其他国家采购物资，购置武器，宣传桑地诺阵线的斗争，被选为民族阵线外交政治委员会委员。1979 年 7 月尼加拉瓜革命胜利后，她在政府里担任过好几个职务。1984 年担任桑地诺阵线驻全国政党委员会的代表和同年全国选举运动桑地诺阵线的发言人。1986 年放弃一切官方职务，致力于文学创作，并担任作家协会的领导成员。

希奥孔达·贝莉是一位多才多艺的作家，她写诗歌、小说和其他文体的作品。1970 年开始在文学刊物上发表诗歌，初露头角。1972 年获得马里亚诺·菲亚斯奥斯·希尔诗歌奖，1978 年又获"美洲之家"诗歌奖。此后，她的诗作不断结集出版，有《在狗牙根上》（1974）、《火线》（1978）、《雷鸣与虹》（1982）、《反叛的爱》（1984）、《夏娃的肋骨》（1986）、《女人的眼睛》（1990）、《极盛期》（1997）、《我亲爱的人群》（2003，27 年代诗歌奖）。1988 年以《居家的女人》开始小说创作，翌年以此作获得德国政治小说奖，被译成 11 种语言。不久后又出版长篇小说《预兆的索菲亚》（1990）、《沃斯莎拉》（1996）、短篇小说集《蝴蝶车间》（1992）和回忆录《我脚下的国家》（2001）。

进入 21 世纪后，贝莉出版三部长篇小说：《诱人的羊皮纸》（2005）、《女人们的国家》（2010）。

《诱人的羊皮纸》的主人公是一位名叫卢西亚的中美洲的少女，父母双亡后她进入西班牙一所修女寄宿学校读书，她天生丽质，聪明伶俐，童年和青少年时代曾受到一个殷实家庭的庇护，后又在封闭的寄宿学校生活，所以她对社会生活比较陌生。但在一个偶然的机会认识了马德里人曼努埃尔，此人是历史老师，40 多岁，单身，对西班牙历史上的女性胡安娜·德·卡斯蒂利亚即有名的"疯女胡安娜"特别着迷，此女是十五六世纪无人不晓的女性，命运十分悲惨。曼努埃尔觉得，无论外貌还是精神，卢西亚都酷似胡安娜。由于曼努埃尔总在她身边讲述胡安娜的故事，她觉得胡安那种不驯服的精神和不幸的命运深深地渗透进了自己的肉体和心灵。

小说接下去讲述胡安娜和费利佩的故事。胡安娜是天主教国王费尔南多·德·阿拉贡和王后伊莎贝尔·德·卡斯蒂利亚的女儿，是西班牙卡洛斯一世和德国五世皇帝的母亲，受过良好教育，是文艺复兴时期最有文化的公主之一，她天资聪慧，性格独立，意志坚强。这些特点加上她那有名的姿色，赋予她的人格以超凡的魅力。政治的需要驱使她和费利佩·德·费兰德斯一世王结婚，但婚后生活很不和谐，直到费利佩患热病驾崩，年仅 30 岁。胡安娜生了 6 个孩子，1509 年 29 岁时，被宣布精神失常，关入托德西亚斯城堡，遭受了无尽的折磨和虐待，直到 1555 年 76 岁时死去。作者笔下的胡安娜，年轻貌美，具有一位王后的责任心，她一直忠于她自己和她的爱情以及西班牙王国，特别是卡斯蒂利亚，她非常热爱和无比忠于这块土地。不幸的是她的这些爱得不到回报：费利佩和卡斯蒂利亚需要的是别的东西。胡安娜常常感到，她既要忠于她丈夫，又要忠于她父亲，这使她纠结不堪，丈夫死后她极度痛苦，致使她精神失常。

小说快结束时，写到卢西亚离开了寄宿学校，曼努埃尔则在固执地寻找据说是胡安娜写的手稿，但是没有找到。小说就此结束。但值得一提的是，小说生动地描写了胡安娜时代的西班牙和佛兰德的社会氛围、宫廷的生活、宫中的官员和家人乘坐一长串四轮马车穿过欧洲进行的旅行和胡安娜被囚禁的情景，一个个场景像电影镜头一样呈现在读者面前。此外，宫廷中的每个人物，从费利佩周围的贵族到陪伴她的贵妇，还有胡安娜身边的女仆，都描写得栩栩如生。

书题中的"诱人的羊皮纸"是指曼努埃尔苦苦寻找的胡安娜留下的羊皮纸手稿，他是历史教师，对他了解历史和他为之着迷的胡安娜不可或缺。

《手掌上的无限》由两部分构成：第一部分题为《男人和女人的创造》，讲述亚当和夏娃的创造，违神命尝禁果，被逐出伊甸园，第一个男人和第一个女人为在一个可憎的陌生世界活下去而进行的斗争；第二部分题为《成长与多种混乱》，讲述原始夫妻的身世，和第一部分一样有趣，内容包括一桩罪行，以及激情、妒忌、上帝的不公、不可宽恕、神的惩罚、流放和为生存而斗争等。

显然，小说讲述的不是《圣经》中所说的原罪和过失的故事，而是关于第一个男人和第一个女人在人间的生活可能性的假设。这是一个关于探索人类的感觉、感情和矛盾的故事。为了达到这个目的，作者引入了原始历史的一些变化，例如该隐和亚伯出生时每人都和一个孪生姐妹一起出世，"为的是使他们能够在最轻的乱伦情况下繁殖后代，因为，倘若只有亚当、夏娃和两个儿子在，两个儿子一定会和他们的母亲生殖"。而在小说的一个最富有戏剧性时刻，该隐爱上了他的孪生妹妹，而当初是指派她嫁给亚伯的。

小说人物，包括上帝，都很善良，为的是"打破摩尼教那种关于好人和坏人的观念"。那条蛇则起着西塞罗的作用：帮助亚当和夏娃了解世界和他们在世界上遇到的奇谈怪论。

至于天堂，"它不是一个理想的地方，而是一个不真实的地方"。当亚当和夏娃到天堂的时候，他们觉得不知所措，因为他们知道那里的人对他们有所期待，但不知是什么。最后他们意识到，他们应该离开那里，到现实中去完成他们的使命：生育后代，在人间生活。这时，"夏娃，已有一个跟我们了解的不同的夏娃，一个摆脱了原罪的夏娃，她有意识地担负起了吃禁果的责任，负责人类的创造问题，尽管她意识到这要付出一定代价"。从此，失去的天堂就成了他们必须回去的地方，不过他们获得知识和自由，他们就会把天堂变成真正的天堂。

小说表现了作者风格上的一些特点：丰富的想象，富有诗意的描写，道德方面的思考，抒情的散文笔调等。

创作这部关于亚当和夏娃的小说的灵感是偶然产生的：有一天她在翻阅一位亲人家的藏书，在一些书里读到了关于夏娃和亚当的描述，即关于人类的第一个男人和第一个女人产生的过程，便想象他们在人间会怎样生活，怎么繁衍后代，如何有意识地担起吃禁果的责任、创造人类，而不怕付出代价。此外，她还认为，关于人类起源这个题目，虽然在西方和基督教世界不乏写作者，但在现代文学中挖掘得还很不够。

《女人们的国家》的主人公比维亚娜·桑松是一位勇敢、聪明、性感、有能力的女记者，她被选为共和国总统，她千方百计要组建一届由女官员当政的政府，甚至启用外国的女官员（例如让她们"当特邀女部长")。在头两年，她在社会组织、政治机构和家庭方面进行了一些改革，推动国家实现了一次真正的变革，使国家状况渐渐变好，比如取消了无用的规章制度，用强有力的改革措施取而代之。在这个女人国里，一切似乎完美无缺，美丽如画。

但是，对于由女人们管理国家，并非人人都满意。也许因此，女总统遭到了行刺，危在旦夕。处在一线的女部长们慌乱不安，着手寻找刺客。与此同时，小说采用闪回技巧讲述这个想象的国家新近的历史，讲述国家发展的过程，及其在社会与政治机构方面发生的彻底变化。

在 20 世纪 80 年代的尼加拉瓜，正值桑地诺革命时期，曾有一个妇女团体，名叫左派性爱堂。这个党的勇敢成员们在法瓜斯——作者贝莉在她的几部作品中虚构的国家——大选中取得胜利，她们想利用被认为是妇女的缺点和优点来改变国家的方向，像对待一个乱糟的家庭一样把它清扫一下，让它闪闪发光。

显然，《女人们的国家》不是为了重视希腊神话和亚马孙地区的妇女征服时代的故事。它只是表现一种政治梦想，它向世人证明，女人们能够治理国家，不会使国家走向野蛮的歧路，使人民丧失自由。

《女人们的国家》是一部专门写给妇女们看的有趣的小说，它告诉人们，一个专门由妇女管理的国家究竟是怎样的。这是作者的奇思妙想，也许也是异想天开，但是她毕竟把这个幻想式梦想在纸上变成了现实。

在一定程度上说，女主人公比维亚·桑松是作者贝莉的化身，贝莉是桑地诺民族解放阵线的党员，曾宣誓为桑地诺革命事业献出一生。她在小说中塑造了一个革命妇女的榜样，她希望尼加拉瓜女性都像她一样有志于国家的治理，把尼加拉瓜建设成为一个自由、民主、繁荣、富强的国家。

第五节　安赫莱斯·马斯特雷塔

安赫莱斯·马斯特雷塔（Angeles Mastretta），墨西哥女作家兼新闻工作者，1949 年 10 月 9 日生于布埃夫拉城，在该城完成了大学预科的全部学业。1971 年父亲去世后她移居墨西哥城。在墨西哥国立自治大学社会政治学系攻读新闻专业，之后有时为《至上报》《一十一》《工作日》和《进程》等报刊撰稿，并为《欢呼》晚报的题为《日常的荒诞》的专栏写关于政治、妇女、儿童、文学、文化、战争等方面的文章。

1974 年她获得墨西哥作家中心颁布的奖学金，进入该中心学习写作。在该中心她有机会和胡安·鲁尔福、萨尔瓦多·埃利松多与佛朗西斯科·蒙特尔德一起学习。经过一年的学习和工作，她出版了一本题为《传扬游戏》的诗选。有了一定的工作经验和成绩后，她创办了《反对大男子主义妇女协会》，受到墨西哥城社会各界的广泛支持。2005 年获得波托·阿莱格雷"社会之鹰奖"。2004 年创作了一部题为《笑》的喜剧。

马斯特雷塔最大的志趣是写长篇小说，这个愿望她已埋在心中好几年。但直到一位编辑给她 6 个月的时间进行写作时，她才有小说的机会。她争分夺秒，悉心笔耕，终于脱稿，小说取题《你要了我的命吧》，于 1985 年出版，立刻取得成功，1986 年获得马萨特兰文学奖。1997 年，她又以受到广泛赞扬的另一部小说《不理想的爱情》（1996）获委内瑞拉加列戈斯国际长篇小说奖。

当她的小女儿突然病倒后，她在医院里坐在女儿的床边，开始给她讲述她家庭中的一些重要女性的历史，她们在她一生的关键时刻都曾起过重要作用。这些女性的经历注定了她们个人的命运，也成为她创作她的短篇小说集《大眼睛的女人们》的基础。这是一本以她们每个人的历史为素材写成的传记体小说集。其目的是给后世留下一部家史。

安赫莱斯·马斯特雷塔从事写作，并不是为了取得什么成就，也不为了卖书挣钱，而是因为写作可以帮助她表达她的思想，澄清疑问。此外，她还觉得，一想到她写的东西对别人有用处，就感到幸福。

马斯特雷塔的作品，除了上面提到的外，还有中篇小说《谁也不如我长久》（1999）、长篇小说《狮子的天空》（2003），短篇小说集《丈夫们》（2007）等。

马斯特雷塔的文学创作主要表现 20 世纪七八十年代墨西哥妇女的种种思想，因为她参加那些年间墨西哥热火朝天的女权主义运动。她周围的女权主义者通过他们的调查工作和文章，提出妇女受压迫的问题，主张男女平等，妇女走出家庭，走向社会。马斯特雷塔由于创造了许多有影响的女性和反映墨西哥的社会现实和政治问题，以及妇女的命运问题而成为名作家。

她的第一部小说《你要了我的命吧》中的主要女性卡塔利娜·古斯曼里主人公也是叙述者，她讲述了她在墨西哥革命将军安德烈斯·阿斯森西奥身边的生活：从认识他那一刻讲到他死去，他们的婚姻生活经历了种种痛苦变化。从结婚之日起，丈夫就确立了一种"依赖和控制"的关系，丈夫可以在任何事情上采用大男子主义态度，在生活的一切方面施展他的权力。这使卡塔利娜觉得像被关在牢笼中，毫无自由可言。她虽然不能离开他，但她的生活热情却已冰冷。这种生活简直生不如死，她发出"你要了我的命吧"的哀鸣说明她再也不能忍受了。她渴望自由，她迫切需要自由。而当时墨西哥妇女的社会地位，在家庭中的地位，非常令作家马斯特雷塔担忧，那种在家庭中大男子主义统治的局面不能再继续下去了，必须与之做斗争，为达到男女平等、为妇女应有的权宜而斗争。

马斯特雷塔的重要小说《不理想的爱情》的时代背景是 20 世

纪初墨西哥动荡不安的社会。那是革命和战争的时代，是建立新的社会秩序的时代。小说写一个女人先后爱上两个男人：从童年时代她就爱上了名叫达涅尔·昆卡的男人，他是一个难以捉摸的冒险家和革命家；到了成年时代，她又爱上了安东尼奥·萨瓦尔萨，他是一位医生，他最大胆的表现是在战争中间寻求安宁。这个女人出生在一个自由主义者家庭，她确信，没有耐心，勇气便不成其为勇气，她面对女人所固有的局限性和爱情的危险，去寻求自己的命运，于是她爱上了两个男人。她程度不同地热烈爱着他们：她像孩子一样爱达涅尔，但只能在战争或革命斗争的间歇中，不乏激情，但不稳定；对萨巴尔萨，她则以有家庭和女儿的成年女性的平和心态爱他，但他为人古怪，他对她的爱并非发自内心，但他觉得她对自己的爱是真心的、不动摇的。达涅尔的感受却不同，他觉得她对他的爱恐怕不会长久，不知哪一天她会离他而去，因此心中忐忑不安。两个男人感受和拥有的爱显然不同，两相比较，达涅尔的爱是不理想的。

《谁也不如我长久》是一部中篇小说，讲述的是年轻女孩伊莎贝尔·阿兰戈的故事，她出生在墨西哥，父母是西班牙阿斯阁尼亚斯人，她是这对夫妻的第 5 个女儿。她在学校里学得基本知识，取得了一张毕业证。由于命运使然，她认识了一位俄罗斯舞蹈家，她教她跳舞，帮助她进入了社会，让人们了解了她作为舞蹈者的天分。她花了不少时间说服父母让她去墨西哥城学习，以便能够成为一位职业舞蹈家。父母同意了。离家时，却很痛苦，因为她只有 17 岁，是 5 个孩子中唯一的女儿。到了墨西哥城后，她住在父亲的老朋友普鲁登西娅夫人家，夫人告诉她，城市里不安全，一定要加倍留神。当来到阿利赛夫人的舞蹈学校时，她明白自己一定能成为一位伟大的舞蹈家，因为在那学跳舞不是为了简单的娱乐，而是必须付出巨大的热情。此外，她在学校里还认识了一个快乐的男孩，他当她的"顾问"。当她 20 岁的时候表演了一场舞蹈，演出非常成功。诗人兼摄影师哈维尔·科尔萨斯观看了表演，演出结束后，哈维尔走到她面前，于是哈维尔和伊莎贝尔的一段不寻常的故事开始了：二人一见钟情，伊莎贝尔相信跟他在一起会幸福的，这一对恋人和普鲁登西娅夫人一道去看望了她的父母，父母看到女儿很幸福，感到很满意。但是过了一段时间，哈维尔告诉伊莎贝尔，他要去西班牙。她感到痛苦，不知该怎么办，普鲁登西娅劝她不要泄气。过了几天，哈维尔回来了。双双似乎更加亲热。但是有一次二人见面后，哈维尔一句话不说便离她而去。伊莎贝尔不住地哭泣。后来她只好克制着痛苦，投身于舞蹈。

小说塑造了一个心怀梦想、热心于舞蹈事业却在爱情方面受到严重挫折的纯真女孩的形象，她对舞蹈的热爱和对纯洁爱情的向往令人感动，她的失恋和精神上遭受的创伤却令人扼腕叹息。

《狮子的天空》是一部具有传记性质的小说，描述的是作者童年的往事，及作者对其漫长一生的回忆：从中，读者可以领略作者的美好愿望，其人格的魅力，其人生的冒险和遇到的偶然事件。小说以杰出的叙述者能和愉悦身心的幽默，讲述了人物的爱情、失恋、相遇和分手的故事，既有快乐的幽会，也有忧伤的别离。

在模糊的记忆中，她记得母亲对她讲过："生活是艰难的"，"并非事事都能如愿"。她坦言，她的生活一直就是和这类说法作斗争。幸福应该在大地上寻找。"在生活中我们有许多责任，比如我们应该想得更长远一点。我属于只相信现在的生活的人群，不盲目相信另一个世界。"

第六节　劳拉·雷斯特雷波·贡萨莱斯

劳拉·雷斯特雷波·贡萨莱斯（Laura Restrepo Gonzalez），哥伦比亚作家，1950 年生于波哥大，童年时代生活很幸福，经常和父母一起到各地旅行，带她去参观博物馆，听音乐会。其童年既幸福又自由。长大后进安第斯大学攻读哲学和文学，毕业后又读政治学博士后。曾当中学教师和在大学教授文学。

1980 年在同游击队的谈判过程中起过重要作用。因受恐吓后而不得不流亡墨西哥 5 年。17—19 游击队合法后她才回国。曾为《万花筒》等多种媒体撰稿。2004 年曾短期担任波哥大文化与旅游学院院长。

在文学方面，雷斯特雷波是位早熟的作家。9 岁即写作第一篇小说。流亡墨西哥期间写过一本题为《一部背叛的历史》，讲述她参加和平谈判的经历。1989 年出版首部长篇小说《苦难的岛》，再现墨西哥一支军队不幸被困一个海岛的真实故事；第二部小说《太阳下的豹》（1993）描述哥伦比亚两个党派之间的战争和秘密犯罪集团之间仇恨；第三部小说《甜蜜的陪伴》（1995）表现哥伦比亚贫富两个世界之间的冲突；第四部小说《阴暗处的未婚妻》（1999）叙述哥伦比亚丛林里一个地区的妓女们同当地的美国石油矿工之间的往来。

进入 21 世纪后，雷斯特雷波出版《流动的人群》（2001）、《无形的玫瑰香味》（2002）、《神志错乱》（2004）、《太多的英雄》（2009）等。

《流动的人群》是雷斯特雷波最完美的作品之一，小说将个人生活和集体生活交织在一起，表现了战争的残酷与荒唐、无爱的痛苦和相爱的激动。小说具体涉及的是哥伦比亚 20 世纪 50 年代和自由党与保守之间的党派之争有密切关系的矛盾冲突。

小说的主人公和讲述者"水眼睛"是一个外国女士，她在被两个党派之间的国内战争破坏的哥伦比亚从事人道主义工作。她像大多数人物一样接受这样的现实：虽然妇女们不是最大的受益者，但她们那个充满冲突的社会里仍然起着重要作用，因为她们从事的工作可以缓和人们的困难处境。名叫"三乘七"的男子来到"水眼睛"的住处，他长着 21 个手指头，他在绝望地寻找他们的继母和他生命中的爱情玛蒂尔德·莉娜。当"三乘七"不停地坚持寻找玛蒂尔德的时候，"水眼睛"心中萌生了一种比慈悲和帮助强烈得多的情感。在我们了解了这桩三角恋爱的同时，也通过"三乘七"的故事见证了一个村庄的迁徙：为了躲避把国家摧毁的疯狂的暴力，村民们不得不陆续逃到山上去。和许多哥伦比亚人一样，"三乘七"自幼生活就不幸：他生下来后就被遗弃，后来由养母带着生活在不安定的状态中，受尽了战乱之苦。

小说一方面抨击了哥伦比亚 50 年代无比猖獗的暴力，另一方面对民众遭受的痛苦赋予了同情。由于暴力所致，"河岸上的尸首已经膨胀变软"，"人们的哭声连上帝都听腻了"，"居民们走投无路，只能逃到山上去"，"为了填饱肚子，不得不去抢庄园"，"战争一直不断"，饿殍遍地，民不聊生。

《无形的玫瑰香味》的主人公路易斯·C. 坎波斯 C（朋友们亲切地叫他路易斯·坎波塞）是个成年男子，结婚有子有孙，有一家从父亲名下继承来到企业，在波哥大过着衣食无忧的舒适、愉快的生活。他在年轻时认识了艾洛伊莎，艾洛伊莎出身智利一个富足的家庭。在二人横渡尼罗河时，他第一次和她相识。自见到她的第一天，他就和这个美丽的女人分不开了。他爱艾洛伊莎讲法语和意大利语的完美方式，爱他的短发，爱她穿戴的式样……爱她的一切。旅行结束后，二人一道去了罗马。他必须从罗马飞往英国，因为他在那里学习经济。而她必须去日内瓦，因为她那里研究语言。他们想在机场分手，但是彼此恋恋不舍，就留了下来。

一个月来，虽然曾多次尝试着分开，都失败了，他们决定一起住进一家旅馆，住了 3 个月。他们的家庭发现了这两个少不更事的年轻人花钱如流水，十分生气。艾洛伊莎的母亲来找她，把她带回了家。路易塞的父亲也把他带回了波哥大，他不得在那里继续他的学业。后来他们结了婚，有了儿女。

艾洛伊莎仍在日内瓦研究语言，路易塞留在了波哥大。每当听到对方消息，他们的心情依然很激动。彼此时不时通信，保持联系，尽管很难再见面，但电话打得很多，总想重新在一起，重温他们的爱情。

当他们终于相见的时候，情况完全不同了：艾洛伊莎成了一个大胖子，他看到她时目瞪口呆；他自己也和先前不同了，他老了，肚子大了，声音也变了。他们一起待了仅仅一个星期便又分开了。

总之，小说告诉我们，有时候无形的玫瑰香味比玫瑰本身的香味还真实……小说不乏浪漫色彩，讲述了一对男女从年轻到年老的爱情故事，他们有一起生活的幸福和快乐，也有分手后的痛苦和牵挂。美中不足的是他们未能白头偕老，一起度过晚年，而是天各一方，孤独地打发岁月。

《神志错乱》一开始描述主人公阿吉拉尔从一次经商旅行归来，发现妻子阿古斯蒂娜不在家。他接到一个男人的电话，那人告诉他，他妻子在一家旅馆的房间里。当他去找她时，发现她精神失常，丧失了理智。此后小说讲述了4个彼此有联系的故事：

一是讲述左派职业军人阿古斯丁和比他小12岁、出身贵族的阿古斯蒂娜的感情瓜葛。

二是讲述米达斯的生平，他由于介绍他在上流社会的朋友阿古斯蒂娜的大哥豪阿金等人和毒枭巴勃罗·埃斯科瓦尔认识而由穷变富。

三是讲述阿古斯蒂娜一家的变化，包括阿古斯蒂娜对其弟弟比奇的特别爱护。由于比奇的同性恋倾向，他受到父亲对他的肉体和心理上的虐待。

四是讲述阿古斯蒂娜的外公波图利努斯的生活，他是一位移居哥伦比亚的德国音乐家，他的疯癫似乎传染和影响了其他家人。

　　阿吉拉尔不顾一切地试图使阿古斯蒂娜恢复理智，为此他开始了解上述几个平行的故事，于是他发现了暴富的米达斯和他的朋友们的吝啬和恶习（包括一位少女被害），知道了米达斯和埃斯科瓦尔的关系，以为什么阿古斯蒂娜会在旅馆里和她为什么会精神失常。

　　小说采用了倒叙手法，从现在跳到过去，将不同的故事联系在一起。每个人物都使用自己的表达方式。多数故事采用第一人称讲述。各个故事之间彼此都有联系。有不少段落稍嫌见长，但语句之间用标点隔开，并非难以卒读，这就如同加西亚·马尔克斯的《百年孤独》。

　　《太多的英雄》的主人公是洛伦莎和他的儿子马特奥，他们在20世纪90年代末从波哥大去布宜诺斯艾利斯旅行，以满足年轻的儿子的一个夙愿：去寻孩子的父亲和洛伦莎的老情人拉蒙。她是在阿根廷"肮脏战争"① 期间认识拉蒙的，当时他们是反动魏地拉独裁统治的热血军人。洛伦莎在20世纪60年代的政治旋涡中成为一个成熟的女人，开始思考她的传统的思想观念和感情。她儿子当时是个90后的男孩，他想去寻找他那个真正的父亲，有血有肉的父亲。在恐怖笼罩全国、民众遭受压迫的那个年代，洛伦莎和拉蒙热烈相爱而有了马特奥这个婚姻的果实。后来，拉蒙突然消失，洛伦莎只好和儿子一起离开阿根廷，去洛伦莎的祖国哥伦比亚定居，这样，洛伦莎和拉蒙之间的联系就断了。母子二人到了布宜诺斯后，为了寻找拉蒙跑遍了全城，与此同时，洛伦莎对儿子马特奥讲述她和拉蒙在独裁统治期间的生活。为了减轻痛苦、恐惧和失望，母亲耐心而平静地说话，年少的儿子问这问那。母子二人每天都坚持寻找，一面谈论着为什么会走到这步田地。事情似乎只有一个出路；就是她带着儿子继续找下去，也许能找

---

　　①　肮脏战争，指1976—1983年阿根廷军方同民众和游击队进行的战争。

到，也许永远也找不到。

小说表现了母子之间有时亲近有时疏远、既简单又深刻的关系。儿子在没有父爱的情况下成长，到一定的时候他会渴望去寻找父亲，他不再是个孩子，而要成为一个大人。小说同时也展示了一对夫妻的古怪关系；他们曾经执着相爱，但是变化无常，无疑他的生活和为生活而进行的斗争有时是快乐的，但是绝对缺乏互相理解，婚姻破裂的隐患不时威胁着他们。

这是一部再现一个家庭的变化和命运的小说，但也是一部不乏政治色彩的小说。这个家庭的命运变故与独裁统治不无关系，小说同时也若明若暗地提到了作者本人曾参加的地下军事活动和20 世纪七八十年代阿根廷独裁统治期间的国内斗争。

书题中的"太多的英雄"是指那些为反对独裁统治而进行斗争的人士。其实在残酷的年代为生存而斗争的普通人民也不失英雄。

《炎热的南方》讲述的是哥伦比亚的故事。一位哥伦比亚的母亲为了让她的女儿们实现美国梦，让她们能够去美国那个被描述成天堂的地方，她像别的母亲那样拼命地工作、斗争。但是她依然一贫如洗。然而，她仍然把女儿们送到了美国。女儿们到了"天堂"后，却如同进了地狱。其中一个女儿玛丽亚·帕斯找到了一份当民意测验主持人的工作，并和一个黄头发的美国警察结了婚，但由于他贩运武器而被杀死，她却被误为她丈夫的杀人犯而进了监狱，她在那个肮脏的地方学会了忍受，坚持活下来。她在狱中参加了写作学习班，她的老师也是一位无辜的杀人犯。她在狱中以写作打发日子。但是当她出狱的时候，发现真正的地狱在外面。显然，所谓的美国梦和资本主义的繁荣不过是幻景，不过是海市蜃楼，对有钱人来说那是一个天堂，对穷人而言，那只能是一座地狱。历来有不少人去美国寻梦，希望找到个好工作，过上好日子，但到头来，总是适得其反，玛丽亚·帕斯的遭遇便是最有力的证明。

一般而言，雷斯特雷波的小说总交织着新闻调查和她个人的经历，故事都很紧凑，并且小说故事大多发生在她的祖国。

第七节　劳拉·埃斯基韦尔

劳拉·埃斯基韦尔（Laura Esquivel），1950 年 9 月 30 日生于墨西哥城一个信奉天主教的中产阶级家庭，曾进国立师范学校读书，在儿童剧团里工作了 7 年。她还曾从事教学工作，同时写短篇小说和儿童剧本。

1979—1980 年，她应墨西哥电视台之邀为其文化联播制作少年儿童节目。1983 年，她参加创办由多个儿童艺术工作室构成的、附属国家公共教育部的永恒创作中心并任技术指导，从事教育、戏剧创作、戏剧研究特别是儿童戏剧的创作与研究工作。同年，她与丈夫、墨西哥著名导演阿方索·阿雷奥合作，开始电影剧本编写与电影摄制工作。1985 年，她写的电影剧本《奇多·古安·金塔科》搬上银幕，获墨西哥电影科学与艺术科学院设立的阿里埃尔最佳电影剧本奖提名。1987 年，她写的儿童剧本《科利塔斯岛之行》上演一年多，获得广泛欢迎。

1989 年，劳拉·埃斯基韦尔出版第一部长篇小说《恰似水之于巧克力》，小说以多姿多彩的厨艺展示、缠绵而悲壮的爱情故事和怪诞离奇的魔幻情节赢得批评界的普遍好评。《恰似水之于巧克力》以近代墨西哥民主革命（1910—1917）兵荒马乱的年代为背景、以佩德罗和蒂塔这一对青年男女的爱情为主线，描述了一个曾经显赫一时的家庭的衰败史。寡妇家长艾莱娜独断专行，固守陈规陋习，以侍候她一辈子为借口不准三个女儿中的小女儿蒂塔出嫁。当蒂塔钟情的佩德罗上门求婚时，艾莱娜严词拒绝，但答应他可以和她的大女儿罗莎乌拉结婚。为了能接近蒂塔，佩德罗只好委曲求全，同意了这门婚事。在后来的日子里，佩德罗和蒂塔屡屡接触甚至亲近，以致发生了男女最亲密的关系。罗莎乌拉看在眼中，气在心头，多次和他们争吵，却无济于事，终于患病死去。母亲对蒂塔更是视为眼中钉，发现蒂塔一再违抗她的命令而大发雷霆，最后她被起义军击伤，不久后也死去。佩德罗和蒂塔的婚姻障碍既已消失，有情人终于如愿结合。然而好景不长，正当二人尽情享受爱情的极度欢乐时，却被他们自身引燃的烈火焚为灰烬。故事委婉动人，结局令人慨叹。为了追求自由而纯真的爱情，付出的代价竟然如此沉重。

作者以令人信服的描述无情暴露和鞭笞了20世纪初墨西哥残存的扼杀人性的封建习俗，对不幸的年轻一代寄予深切的同情，同时从一个侧面暴露了墨西哥革命的缺憾及其平民百姓带来的灾难。

在后来的岁月里，劳拉依然笔耕不息，相继出版七八部作品。其中：

《爱情法则》（1995）是一部科幻侦探小说，被认为是墨西哥第一部复调小说。内含一出喜剧、一张普西尼咏叹调唱片和由欧亨尼亚·莱翁与利利亚纳·费利佩演奏、舞蹈家迪玛斯表演的丹松舞曲。故事发生在2200年的墨西哥城，讲述的是罗德里戈、西特拉利、阿苏塞娜和伊莎贝尔三个人物的连续不断的人生经历。女主人公阿苏塞娜在那一年从事天体分析工作，工作内容是为那些在以往的生活中因犯罪而精神失常的人治病，她的使命是恢复征服者在破坏伟大的特诺奇蒂特兰国和爱情金字塔时被打乱的宇宙的和谐局面。那个未来的世界出现了复制人的活动并展示人的思想的摄影机、能和花草树木讲话的电脑、能把观众带到事发地点的电视机、能把使用者从一个地方空运到另一个地方的电话机。而音乐不仅是影视的声带，而且是人们重温过去的工具。

《亲切而多汁的美味，厨房的哲学著作》（1998）是一部杂文集，包括 14 篇作品，有序言、报刊文章、报告、演说、哲学故事和菜谱。在这部杂文集中，作者提出了解决当今世界某些问题的办法。作者还提出关于"一种新人的设想"：他在灶火周围、作为夫妻工作的结果而产生。这种新人的特征是："他不会忘记，最重要的不是生产，而是生产的人"。此外，文集中还有关于人的特性的思考和关于《恰似水之于巧克力》一书的评论。

《小海星》（1999）是一部为少年儿童写的长篇故事。在一个马戏团的帐篷下，有两个孩子即少女玛丽亚和少男法孔多，他们分别从祖父名下继承了一笔遗产，这笔遗产改变了他们的命运，同时也把他们的生活连接在了一起。此外，作品还写了一个双头女人，她被带到了一个精神失常的科学家的实验室。这是一部表现冒险、描写外国人的小说，再现了马戏团的多姿多彩的世界，肯定了人生的种种重要价值：善良、智慧、同情和爱情。

进入 21 世纪后，劳拉·埃斯基韦尔出版了两长篇小说，即《像渴望的那么迅速》（2001）和《玛林切》（2006）。

《像渴望的那么迅速》是一部具有浪漫主义色彩的作品，故事发生在大革命后的墨西哥。主人公胡维络是一个有能力使他周围的人变得幸福的人，他还善于使其他人言归于好，使两个多次闹矛盾的世界变得和谐。故事主要描述胡维络和一个名叫卢恰的女人之间的爱情、激情、和妒忌。胡维络从少年时代就认识卢恰，是他生活中不可或缺的一部分。他生来就是一个快乐的孩子，特别善于倾听别的心声。他既是一个幸福的人，又是一个朴实、正直的人。虽然二人出身不同：一个是报务员，一个出身贵族，卢恰对胡维络的感情仍很深厚，当二人在一起时，似乎周围什么也不存在，只有他们两个人和他们的爱情，但是阶级的差异并没有妨碍他们走在一起，他们结婚了，并且生了女儿柳维亚。但是好景不长，由于彼此缺乏交流，感情疏远，甚至产生了仇恨，最终导致分手。

故事一开始时，胡维络病入膏肓，几乎不能说话，而且已经失明，卧床不起，完全依赖别人。他住在女儿家，由两个护工照顾。小说故事由柳维亚讲述，讲述她父亲的生活，她很了解她父亲，时而讲述父亲胡维络的真实历史，时而讲述她自己所了解的事情：父母的爱情和悲剧。

小说描述了主人公胡维络和卢恰的充满激情的恋情和爱情，但是更让人流下激动的泪水的是柳维亚对父亲的那份骨肉之情和深切的爱。特别是小说的最后几行，让人热泪盈眶，都读不下去了。

《马林切》讲述的是一位印第安少女的动人经历。她在墨西哥征服者埃尔南·科尔特斯身边起了决定性的作用。她叫玛林切，是一位阿萨台克统治者的女儿，也是当时美洲最迷人、最强有力的女人之一。小说从玛林切出生讲起："这个小女孩命中注定将失去一切，再找回一切。"她的童年在祖母身边度过，祖母是一个朴实而聪慧的女人，教给她许多做人的道理和大自然的秘密。祖母死后，她被母亲送给了别人，从此她便在有钱人家过女奴的痛苦生活。她过着孤独无助的日子，但这并没有把这个姑娘的性格变得较坏，而是使他总是在平凡的事情中寻找不平凡的希望，她终于遇到了不可避免的命运：她作为一个少女，被人送入了埃尔南·科尔特的军队，迎来了她生命中最重要的阶段。她在西班牙兵营里当奴隶，她对新事的兴趣促使她学会了西班牙语。科尔特斯让她当他和蒙克特苏马的特使之间的翻译。西班牙人管她叫玛林纳利。最初她不习惯这项工作，但是后来她却以此为乐，甚至用来为自己服务。她默默地接受命令，她不敢正眼看她面前的男人，男人们却注视着她的眼睛，全神贯注听着她嘴中发出的声音，听她介绍阿兹特克人的传统和习惯。她曾经多次被送人，如今却有人需要她，她有了价值。当她遇到科尔特斯时，认为他是亲自来解救她的人民的羽毛蛇神，二人一见钟情，热烈相爱。但是这种爱情不久便被科尔特斯对征服、权利和财富的无穷欲望所破坏。

在墨西哥历史上，玛林切被认为是西班牙文化和语言与阿兹特克文化和语言之间的桥梁，是墨西哥历史上极其传奇色彩的女性。

劳拉·埃斯基韦尔的作品还有散文《每天的礼物》（2001）和文论《激情之书》（2000）等。

埃斯基韦尔是一位热爱生活、酷爱厨艺的作家，在这方面深受她的亲人们的影响。她从母亲和外祖母那里继承了对厨艺的喜爱，从父亲那里继承了对生活的热爱。她7岁就开始做饭，因为她被分配为母亲的重要菜肴做调味品。正如她自己说的，"我的幼年是在我母亲和我外祖母的炉灶前度过的。我看到，这两个聪明女人一走进厨房，这块圣地就变成了女祭司和炼金术士的处所"。这一切，为作家后来的文学创作提供了生活基础，具有不可忽视的重要性。

当然，对她的文学生涯影响更大的还是她对名家门的名著的博览，从中汲取的营养。加西亚·马尔克斯的《百年孤独》、胡安·鲁尔福的《佩德罗·帕拉莫》，以及温贝托·埃科、若热·亚马多、艾莱娜·波尼亚托夫斯卡、安赫莱斯·马斯特雷塔、卡洛斯·蒙西瓦伊斯、何塞·阿古斯丁、古斯塔沃·赛因斯、帕特里克·萨斯金德、维基·鲍姆的作品和帕科·伊格纳西奥的侦探小说，她都曾一读再读，对她的创作产生过巨大影响。

第八节　马塞拉·塞拉诺

马塞拉·塞拉诺（Marcela Serrano），1951年生于智利圣地亚哥（目前侨居墨西哥），毕业于天主教大学，获雕刻硕士学位。1976—1983年致力于视觉艺术各个领域的研究工作并从事雕刻艺术，曾获艺术博物馆。1985年开始文学创作。1991年出版第一部长篇小说。《我们女人彼此多么相爱》，获得墨西哥索尔·胡安娜·伊内斯优秀长篇小说奖。之后又出版《你别忘记我》（1993，获智利城市奖)、《我的古老生活》（1995）、《不幸的妇女们的投宿处》（1997）、《索莱达德圣母》（1999）、《我们的心中的东西》（2001）、《永别了，女人们》（2004）和《哭丧妇》（2008）。

马塞拉·塞拉诺具有非凡的叙事才能，其小说包涵着丰富的心理知识和感人的创作活力。她不事雕琢，大胆描述她的关心的事情，公开、坚决、理直气壮地维护妇女的权宜，千方百计为妇女们谋求幸福。正如她自己所说："我一直坚持阐述妇女们的观点，""男人们最恼火的是我们认为我们妇女的观点是有价值的，必须表现出来。"她的一生的各个时期都有女人围在身边（母亲、姐妹、女友、女儿、女同事……），她的作品无一不表现今日拉美妇女的问题、忧虑和渴望。她是一位真正的女权主义者。

她的处女作《我们女人彼此多么相爱》写的就是四个智利的女人的生活。四个女人都很独特：伊莎贝尔取代了母亲的位置（母亲是酒鬼），照看着她的兄弟们，她自己还有 5 个孩子；玛丽亚是个好女孩，幼时由一个保姆看护，至今仍依赖仆人生活；莎拉和几个姑妈生活在一起，她们不希望她学习，但她非学习不可，终于成为一个有责任心的职业妇女，非常爱她的丈夫，却被丈夫抛弃；安娜是小说故事的讲述者。除了她们之外，小说还描写了玛丽亚的妹妹索莱达德和马格达，以及彼埃达德表妹。小说一开篇作者就表现了她的观点："必须确立妇女在男人中间的存在。"小说还涉及政治问题：在智利，人压迫人现象每日可见，现代的政党都贪污腐化，有狂热的信仰，专断独行。作者不惜笔墨描写了智利有钱人家的日常生活：女人们喜欢从台湾和中国大陆进口的钩针织的圆形白手帕，职业妇女家里使用着女佣人，女佣人必须穿围裙，使用佣人的卫生间、佣人的卧室。夫妻们的夜晚毫不浪漫：你想看电视，他却不安静；你想用卫生间，他却老占着；每一对夫妻夜晚都鼾声如雷。小说以四个女主人公为中心，描述了女人之间的亲情、友情和为维护她们的权利而团结一致进行的斗争。此作获索尔·胡安娜奖对确立作者在文坛上的地位具有决定意义。

《你别忘记我》写一位年轻家庭主妇的故事，她叫布兰卡，她患了一种名叫失语症的疾病，致使她的头脑不能支配她的发育器官不能吐字说话，这样，她不能朗读也不能讲话，只能明白发生的事情。尽管不少人喜欢她，她还是感到无比孤独。这样，布兰卡就只好靠回忆往事打发寂寞的时光。于是她回想起她的女友维克托贝亚和索菲亚，她们有点瞧不起她，因为她不工作；而实际上，恐怕是出于嫉妒，因为她们认为布兰卡"免费"接受着生活中的东西。但是从另一方面看，虽然存在着幸运因素，但每个人都在打造自己的命运。尽管有的女人不直接领取工资，但是她们把孩照看得很好，支持她们的男人，让他们工作得更好，生产得更好。然而尽管如此，她们还是得不到公平对待。人们并不明白，照看孩子，教育孩子，实际上是一件真正困难的事情。而布兰卡在舒适的、并不复杂的生活中，得到的都是一种不公正的爱，一种并不温馨的爱。这种情况和当时的社会现实有着密切的关系：智利当时处在皮诺切特独裁政府统治下，主持正义的人受到监禁、拷打，失踪者不计其数，家破人亡司空见惯。文学作品中不能缺少这类政治内容，不能缺少对这类家庭问题的描写。

玛塞拉·塞拉诺的小说，一般都具有明显的女权主义倾向。这部作品也不例外。此作品倾向显然是为不幸的女主人公鸣不平，她辛辛苦苦地持家，家务操持得很好，却受到别人的冷言冷语，显然是不公平的。

《索莱达德圣母》中的"索莱达德"既是墨西哥奥阿萨卡城的保护神，也是小说女主人公。奥阿萨卡大教堂的受敬重的圣母像在小说的一个章节中占据重要位置。故事背景是作者侨居了二年的墨西哥和迈阿密，讲述的是寻找一位智利女作家的情景：名叫索莱达德的女作家表面和有钱的丈夫一所大学的校长，过着平静的生活，但是实际上她却忍受着一个女人难以忍受的孤独。从费罗利达旅行归来后，她在迈阿密离家出走。为了破解她失踪的秘密，一位名叫罗莎·阿达瓦亚伊的离异的智利女侦探受聘开始工作。她的侦察对象是三个喜欢女作家的男子：一个是她丈夫、一个是郁郁寡欢的教师、一个是钟情于女作家的游击队员。女侦探虽然东奔西走，费尽心机，女作家的下落仍然是一个难解之谜。作品意在反映女人的命运和处境。正如作家所说："我们孤独地生，孤独地死，我们必须同孤独进行斗争。然而我认为，作为女人，甚至在 20 世纪末的今天，仍然忍受着深切的孤独和无助。"此作被视为一部侦探小说或黑色小说。

塞拉诺的另一部重要作品《我心中的东西》用第一人称叙述。叙述者（主人公）是智利女性，住在华盛顿，丈夫是一位西班牙记者。她刚刚失去一个年幼的儿子。为了帮助她，丈夫的杂志社派她去恰帕斯采访。具体情节是讲述她母亲的一个女友被杀害的事件。母亲很敬佩女友为智利自由进行的斗争。但是她母亲与副司令员马科斯小圈子的关系不清不白。她由于怀疑此事而受到准军人的绑架。被释放后她回到智利。此外，小说还描述了前游击队女队员雷伊纳的故事、保利娜的故事以及同意大利人卢西亚诺的关系。再加上对印第安人和首都形势、教会的作用、游击队的活动、政治介入问题等的讲述，小说显得千头万绪，十分复杂。好在作品风格朴实，近乎通俗小说，适合广大读者口味。

《永别了，小女人们》写的是四个表姐妹的故事。她们从童年时代到成年都亲如姐妹。当她们在童年时代聚会的地方重聚时，却对逝去的时光感到忧伤，同时也为暴露一些伴随她们生活谎言感到不快。像其他智利女作家的小说一样，作者主要兴趣是创造妇女类型，细致地刻画她们的形象。

《永别了，小女人们》深受美国经典作家路易斯·梅·奥尔科特的小说《小女人们》的影响。人称它是 21 世纪的《小女人们》。

只是 4 个小女人不是姐妹，而是表姐妹，她们叫涅维斯、阿达、卢丝和洛拉，当然不叫梅格、乔、贝恩和埃米。她们住在圣地亚哥。

小说的结构和阿尔科特的《小女人们》不同，但是没有太多的变化地展示了它的女主人公们的人格：埃米就是洛拉，美丽、自私、野心勃勃；贝恩就是卢丝，在表妹中她是最温柔、最具有团结精神的一个，可惜很年轻就去世了。在小说故事中她是精神支柱，是灵魂。梅格就是涅维斯，乔就是具有叛逆精神的阿达。

4 个表姐妹自幼在错综复杂的家庭中养育，在一个男人们进出于她们生活的世界上成长，并且受到爱情的刺激和战争的冲击。她们的生活是不宁静的，不幸福的。

这部小说和作者以前的小说一样，明显地打着女权主义的印记，作者涉及妇女的权宜恢复和世人对妇女的偏见问题。她塑造了一种新的妇女类型：她们把祖母的传统抛在后面，为她的生活开辟了一条新路，男人们除了履行其繁衍代的职责外，他们和妇女的世界没有任何关系或关系不大，和造就优秀的女性也不相干。比如说莎拉，"她是在纯粹的女人们中间出生、成长和一直生活的。在她出生一个月前，她父亲就把她母亲丢在了巴尔迪维亚城，再也没有回来看她。7 年后他知道她死了。自然她成了在世界上消失的一类人。这没有改变任何人的命运"。

读马塞拉·塞拉诺的小说，得到了第一个印象便是关于女人生存条件的思考。她的全部作品围绕一个中心，就是维护妇女的权宜，塑造理想的女人形象。在一定程度上讲，她的作品就是向人们揭示妇女的担心、恐惧、希望、犹豫、失望和失败。当然也有女性的爱情和成就。她对作为弱势群体的妇女怀着深切的同情，她总把她们视为姐妹，愿意和她们同甘苦共患难，并大声疾呼为她们鸣不平、争权益。

《哭丧妇》由主人公讲述自己经历：从她生孩子几天后讲起。

她在镇上的医院里生了 3 个女孩。但后来她听别人说，她的孩子死了。由于没有她的任何亲人在场，孩子就被火化了。但是她不相信，她知道这其中肯定发生了什么怪事，于是她去见一位女占卜师，女占卜师对她肯定说，她女儿被一个有钱人家收养了。在此之前，她不知道女儿的下落，曾在街上哭泣，呼唤她失去的女儿。在这种情况下，她遇到一位律师，律师告诉她该怎么办。于是她把也失掉孩子的妇女们召唤在一起，开始了旅行：从农村到医院，从医院到城市，这群妇女怀着深切的感情即母爱进行斗争。在这样的旅行中，她们遇到了一个恐怖的社会：那里存在着谎言、权力、买卖幼儿的罪恶活动。

小说描述了一个骇人听闻的事件：盗窃穷人家的婴儿，把婴儿卖给一个没有孩子的有钱人家，不是为了抱养他们，而是为了杀死他们，摘他们的器官，以便挽救别的患病的孩子。如此惨无人道的行径，只有丧尽天良的恶棍才干得出来。有多少妇女因失去心肝宝贝儿而痛不欲生，沿街哭泣呼唤。这是一部专门表现母亲的不幸遭遇的小说，它深刻地反映了母亲们的感受。任何一位母亲都会为那位叫天天不语，叫地地不应的母亲的悲剧所感动，并深表同情。故事不仅写得感人肺腑，而且优美而富有诗意，不乏诗意的描写比比皆是。表现手法也多种多样：叙述并非线型、毫无变化，时间有进有退，不拘一格。小说对人物形象的塑造颇费心机：先是写她因丧失心肝儿哭泣不止，显得孤独无助，但后来经人指点，便觉得柳暗花明，和有同样遭遇的母亲联合起来去伸张正义。一个勇敢而刚直的母亲形象跃然纸上。

第九节　卡门·波萨达斯

卡门·波萨达斯（Carmen Posadas）1953 年 8 月 13 日生于蒙得维的亚，1965 年起定居马德里，曾在父亲任外交官的莫斯科、布宜诺斯艾利斯和伦敦等地长住并接受中、高级教育。她以写青少年文学作品开始文学生涯，此后写短篇小说、电影和电视剧本及长篇小说。在 20 多部儿童小说中，1984 年出版的《北风先生》获文化部最佳儿童图书奖。而 1997 年出版的短篇小说集《什么似乎也不是》进一步巩固了她在文坛上的地位。1996 年出版第一部长篇小说《五只蓝蝇》引起反响。1998 年以长篇小说《小小的丑行》获普拉内塔奖，已译成近 20 种文字在 40 多个国家流传，被称为"具有完美时空结构的高雅艺术品。"进入新世纪后，波萨达斯陆续出版《美丽的奥赛罗》（2001）、《善良的仆人》（2003）、《孩子们的游戏》（2006）、《红带子》（2008）、《应邀参与一起杀人案》（2010）和《无形的见证人》（2013）。她被誉为"她那一代最杰出的女作家之一。"《小小的丑行》是一部表现生活中的因果关系的小说，所写的因果关系是偶然发现的，或者尚未被发现的，但是它们都注定着人们的命运。作品举重若轻，借助诙谐的情节探讨命运这个沉重的主题。各个角色在一连串偶发的巧合或意外中渐渐发现自己摆脱不了的宿命。当甜点名厨拿着巧克力进入冷库冰冻时，听到库门猛然关上的声音，他意识到自己将走向缓慢而冻冷的死亡！是谋杀、意外、巧合还是宿命？扑朔迷离，令人费解。四个不相干的人物被牵扯在一桩命案之中，由于四人平日名声不佳，便成了理所当然的嫌犯。作者运用侦探小说的技巧，佐以黑色幽默笔调，通过不多的几个人物编织悬疑之谜，谋杀案的秘密和可能的凶手令人费猜疑。直到故事结束也没有真相大白。小说背景是马德里，作者的创作意图显而易见：抨击上流社会和当权者的腐败，对普通人的命运和不幸寄予同情。《纽约时报》等欧美媒体称赞"这是一本令人瞠目结舌却又异常真实的幽默推理小说"，"作品铺陈典雅，情节紧凑，精巧的叙事风格充满魅力。"小说采用倒叙手法，短短的三个小时的死亡过程倒映出整个人生的缩影，以拉美人特有的幽默观展现出人性扭曲的过程。

《美丽的奥赛罗》的故事从美丽的奥赛罗死前两天开始，临终前的回忆最后一次过了她的脑海，其速度像高速公路。美丽的巴黎时代，拜倒在她脚下的纽约，轮盘赌赌掉的 680 亿比索的财产，一切的一切，这两天都涌现在她的脑海里。在大约 97 岁的时候，她的身体已经完全垮了。卡罗丽塔·奥赛罗相信她死亡的时刻已经到了。两天中，她们幻觉屡屡出现，往事不时浮上脑际，她想避免，却无能为力。这个不可救药女赌徒又赌了一把，这一次是跟她自己赌的：美丽的奥赛罗不等天亮便寿终正寝。但是死亡跟轮盘赌一样，是不以赌徒们的意志为转移的。作者用人物传记加虚构的手法，讲述了那个时代的一个最让人迷惑不解的女人的历史，她把她的情夫们送给她的金钱和首饰、约合今天的三亿九千万欧元的巨额财富挥霍净光。

"美丽的奥赛罗"，本名阿古斯蒂娜·奥赛罗·伊格莱西亚斯（1868—1965），或阿古斯蒂娜·卡罗利娜·奥赛罗，是一位贫苦母亲的私生女，出生在那时极为贫穷而破败的西班牙巴尔加市庞特维德拉村，长大成人后通过精明的皮肉生意和上流社会的舞会，爬上了美丽时代①由交际花之美构成的半上流社会，成为那个时代最富有的女人之一（大约在 1900 年）。后来她就大肆挥霍她的金钱和首饰，染上了种种癖好，并且成为国王和权贵——从她的第一个王室情人阿尔贝托·德·莫纳科到尼古拉斯沙皇二世或年轻的阿尔丰索十三，爱德特七世，中间还有吉列尔莫二世、比利时莱奥波尔多王二世或加莱斯亲王——的情夫。美丽的奥斯罗曾用一句话概况她的生活："对我来说，有两种无与伦比的快乐：一是赢，二是输。"她虽然出生在加列戈斯地区一个卑微的农民家庭，却最终成为美丽时代的女神、同众多上流社会的达官贵人、王室成员、还有艺术家"平起平坐"的交际花。她受到他们的宠爱，

---

① 美丽时代，指欧洲 19 世纪最后 10 年到 1914 年一次大战爆发这个历史时期。由于资本主义和科学大发展，欧洲呈现欣欣向荣的景象。

美国的权贵威廉姆·K.范德比尔特送给她一艘快艇，一位俄罗斯亲王为了不让她离开他而给她一笔巨款，日本皇帝给她买了一个岛。于是她成为美丽时代罕见的大富婆。作为一名神秘的歌谣歌手，她曾支配着 19—20 世纪欧洲和美洲最重要的舞台，占据着从澳大利亚到埃及的剧院。她的歌曲风靡一时，她也成为那个时代的风云人物。

小说的讲述者有两个：一个是作者本人，另一个是卡罗利娜·奥赛罗，一起讲述 19 世纪初期美丽时代的这个神秘女的真实生活。这是一部一半是传记一半是虚构故事的小说。

《善良的仆人》讲述一位走红的女摄影师的故事。她叫伊内斯·鲁亚诺，在 45 岁生日那天她接待了两个黑衣男士的神秘来访，他们要求她以其心灵报答所得到的好运。伊内斯专门为时尚杂志拍美女照，照片刊登在显要的版面上。是个成功的女性。但是她并非无忧无虑：她要想她的生活、她那种只为上床的爱情、还有她那个 63 岁的老妈。她老妈比她漂亮得多，无论从社交的角度说还是从纯粹的美学角度讲，她母亲真正是异乎寻常的女人。可是有一天，女儿在一家冷饮店看见母亲和一个她喜欢的小伙子在一起。这使她陷入困惑：母亲为什么爱上一个不适合她的男人呢？这对她有什么好处呢？她肯定会后悔的。小说以第三人称描述了母女二人的不寻常、不和谐的关系。无所不知的作者以相当多的嘲讽成分把读者引入了一种由许多不寻常的人物构成的复杂故事。这些人物通过人际关系、竞争关系、性爱关系联系在一起。作品将幽默、神秘、自传成分等熔为一炉，叙述中充满讽喻、活力和文化知识，是一部不同一般，表现人的命运、事情的偶然性、阴谋诡计、成功与失败、移民与流亡、资产阶级的竞争和忧虑的近乎黑色的小说。

《孩子们的游戏》的主要人物是一位两度离异的女作家路易莎，她是一个平和、有钱的女性，她和一个和蔼的男士恩里克保持着稳定的关系。她写的小说通常以精神病专家卡门·奥英斯为主人公，此人只凭他那非凡的头脑来治疗疑难病症。她这部作品想描述一下孩子们的恶作剧，于是她开始写一个男孩在一所贵族学校被杀害的故事，犯罪嫌疑人有好几个：两个成年人、一个女教师、孩子的父亲和两个小学生。当她构思和动笔写作时，发现她要讲述的事件和她童年时代的一个事件十分相似：在她参加的一次游戏中，一个同学安东尼奥意外死亡。死者是孪生哥哥米格尔的弟弟，他们都是索菲亚的女友。四个人在玩警察与小偷游戏，索菲亚和安东尼奥爬上一个高大的花盆架时，花盆架突然倒了，米格尔救下了索菲亚，米格尔却被砸死了。写着写着，路易莎的小说就和她生活现实渐渐交织在一起。小说的主题是表现人性的恶，不是疯子或精神病人的恶，而是神志正常的人的恶。而这些正常人不是成人，而是孩子。孩子一般都有两面性：可爱的一面和恶作剧的一面。小说表现的正是孩子恶作剧或顽皮捣蛋的一面。此作其实算是作家的经验之谈：她觉得人的生活在重复，母亲们总感到，发生在自己身上的事情无形中又发生在儿女们身上。小说的主人公正是这样，他们重复着父母们经历过的事情。

《红带子》写的是西班牙夫人特蕾莎·卡瓦鲁丝的故事。根据传说，在法国革命期间，她成功地结束了恐怖局面。小说以第一人称再现了这位西班牙贵族妇女的激情生活。她是被判绞刑的犯人、刽子手们的情妇、未来的皇帝们的情人、革命者、公主和不同的男人生过 10 个孩子的母亲。在西班牙历史上有过许多起过重要作用的人物。特雷莎便是一个这样的人，她能够改变历史的进程。作者波萨达斯在小说前言中说，她是上小学时在历史课上知道卡瓦鲁丝的。最先引起她注意的是她的一张照片。不久后，她又在戈亚的一幅画像上见到了她。为了写这部小说，波萨达斯进行了深入的调查，在长期的调查中她读到男人们写的多部传记。她的许多传记作者迷上甚至爱上了她。有了恋情并不是撰写传记的良好出发点，必须客观一点。她认为，以女人的眼光去看她很重要。许多传记把特蕾莎·卡瓦鲁丝写成一个讲排场的妓女或者高级妓女。也有的传记把她写成西班牙宫廷的间谍。更有人强调她起的把众多人从绞刑架上放下来的作用，人称"大救星夫人"。

特蕾莎·卡瓦鲁丝1773年7月在卡拉班切尔·德·阿里瓦城堡里出生。她父亲是西班牙佛朗西斯科·卡瓦鲁斯伯爵、何塞·波拿巴的金融部长，母亲是法国一位名叫安东尼亚·加拉伯特的夫人。特蕾莎·卡瓦鲁丝是个美丽的西班牙女孩，她12岁时去了法国，在那里上学。长大后出脱得天生丽质，成为法国上流社会最受敬佩的女人之一，也是自1789年以来法国发生的一系列重要事件中起着重要作用的人物之一。1788年她在巴黎期间嫁人，丈夫是让-雅克-德文·德·丰特乃，但4年后即离婚。后来她移居波尔多，在那里被逮捕。但是法国政治家、公社激进派成员塔利恩被她的美貌所吸引，解救了她，随之做了他的情夫，不久又成了她的丈夫。卡瓦鲁丝一生经历了重重坎坷。她和最后一位丈夫、卡拉曼-奇巴鲁斯亲王结婚后生了4个孩子，过了30年幸福的家庭生活。其实，她一生都渴望幸福，热爱生活，钟爱他遇到的男人，她是个女强人，整个时代都受到人们赞扬，她觉得这是一种享受。

《红带子》将小说、传记和关于法国革命论述交织在一起，由主要人物之一特蕾莎·卡瓦卢丝叙述。小说讲述了一个具有传奇色彩的故事，塑造了一个经历坎坷、即有勇敢正直的一面又有放荡不羁的一面的复杂的女性形象。

书题中的"红带子"是指将被绞死的犯人脖子上系的红布条，表明他们将被斩首。

《应邀参与一起杀人案》的故事从停泊在马略尔卡岛的一条帆船上开始。过着舒适生活、为人轻浮的女人奥利维亚·乌里亚特召集八个对她恨之入骨的人到船上来庆祝她和她那个瘦弱不堪的第五任丈夫离婚。奥利维亚·乌里亚特是个善于操作、却为人冷漠的女人。她整个一生都在争取她想要的东西。如今她刚刚离婚，体弱多病，却制订了一个细致而可怖的计划：把自己弄死。她把那些人召集到船上，确信他们能够把她杀死，或者因为他们对她表白的深切的爱和感情，或者由于他们被她那种古怪的行为激起的深仇大恨。

奥利维亚·乌里亚特布置了一切，让人以为她是自杀而死。她留下了行踪，好让也被邀请到船上来的她的妹妹阿加塔能够发现她死的秘密，揭穿杀人者，调查造成这个神秘事件的原因。她最后死在她前夫那条帆船上，被认为是一个意外事件。

女主人公的行为古怪离奇，也许是为了报复和嫁祸于她的前夫。但其人其事总是让人匪夷所思。不过，故事还是不乏趣味性和娱乐性的。它让人想到英国女侦探小说家克里斯蒂·阿加莎（1890—1976）的小说，如《起泡沫的氧化物》《十个小黑人》和《复仇女神》。小说的三个部分的标题就来自这三部小说。小说故事新奇，结构完整，尤其是作者的写作风格，既清晰又不矫饰，叙述的节奏也恰如其分。作品的题材也很严肃，涉及安乐死、妇产院里偷婴儿的现象、收养孩子而未能如愿等，但是描述的笔调十分幽默。此外，在语言运用上也颇具特点：每个人物的对话都符合自己的身份。

作者把这个历史事件作为出发点，并把关于莱奥尼德后来的生活的议论之一作为前提，编织了一个激动人心的故事，将历史人物和虚构的人物巧妙地交织在一起，通过发生在不同时代的两条叙述线索把故事情节串连在一起。一方面，我们看到莱奥尼德在 20 世纪末已经 92 岁，他躺在医院里，面对着对他生命的最后时刻。在几乎 80 年一直保守着一个秘密，而且仅仅为了自己。如今他准备把他 6 年来和俄罗斯皇帝一家在一起的经历讲出来，而从 1912 年到 1918 年的 6 年是他一生中最重要的时光。

《无形的见证人》是莱奥尼德通过回忆对其往事的再现，是以证明材料、日记、照片、信件和其他历史文献为基础写成。作者就这样以优美的风格将现实和虚构巧妙地融合在一起，创作了这部令读者感到惬意的小说。

莱奥尼德总是喜欢想那些人们关于那个时期所说的不准确或不真实的事情，并得出结论，俄国革命是历史上的重要时期之一，人们围绕这个时期编织了许多谎言和蠢话。所以他要打算讲述发生的事情真相和他这个特别的见证人看到的一切，他想讲讲他在关闭的门里头听到和看到事情，还有那些跟他一样"又聋又瞎又哑"的仆人对他讲的事情。

他的讲述开始于1912年，那时他刚刚10岁，作为"皇家烟筒清扫队伍"的一员开始在沙皇的宫中做事。他很快便成为沙皇太子的游戏的伙伴和公爵夫人们的朋友，当然也成了那些动荡岁月发生的重要事件的见证人。通过不同的视角我们看到了沙皇尼古拉斯二世做出的一系列错误决定。这个国家越来越对他尤其是对他妻子不满。有一个人物叫拉斯普京（1869—1916），是个冒险家和僧侣，由于他对沙皇二世及其妻子的影响，造成了沙皇宫廷的分裂。他被尤素波夫亲王杀死。他是历史上十分复杂和矛盾的人物之一。小说描述了他神秘死亡的真实细节。小说还描述导致俄罗斯数百万人死亡的重要事件，包括在第一次世界大战、沙皇倒台后的内战和革命胜利后进行可怖的政治镇压中丧生的人。

主人公断言："世界上没有什么比研究人更令人激动，特别是你相信没有人观察他、他是一个无形的见证人的时候。"读了这部小说，你会认为他的考虑是正确的，因为通过他的眼睛，我们也变成了那里发生的事件的无形见证人。

《无形的见证人》也是对人的本性的生动表现，比如人的爱和恨这样的激情。

第十节　安赫拉·贝赛拉·阿塞维多

安赫拉·贝赛拉·阿塞维多（Angela Becera Acevedo），哥伦比亚女作家，1957 年生于卡利市。曾攻读广告设计和通讯，一度在卡利广告代理公司工作。1988 年前往西班牙，定居巴塞罗那，在西班牙最重要的广告代理处任副主任 13 年。2000 年放弃广告工作，完全从事文学创作。2001 年出版第一本书《敞开心灵》（诗集），表现一女人的内心矛盾、担心、梦境和感觉。2003 年出版首部长篇小说《被拒绝的爱情》，受到拉丁美洲和西班牙批评界和读者热烈欢迎。但是使他作为一位伟大的小说家进入文学圣殿的却是《倒数第二个梦》（2005），此作为他赢得西班牙"阿索林小说奖等三项奖"。

进入新千年后她出版的长篇小说还有《时间所缺的东西》（2007）、《她，什么都有》（2009）。

《被拒绝的爱情》的故事发生在南美洲一个名叫加门迪亚·德尔·比恩托的大城市里，那是一个旅游胜地，艺术家的摇篮，世界性的都邑。有一次女主人公菲亚玛在市中心散步，不料一座天使雕像从天而降，不幸砸伤了她。随即得到当地居民埃斯特雷亚的救助，是她清扫露台时，不留神让雕像跌下去的。她立刻把菲亚玛送进医院，二人相识，成了朋友。菲亚玛是心理医生，她鼓励埃斯特雷亚去她的诊所看病，因为她和那个对她施暴的丈夫离婚后长期心情抑郁。经过几次治疗，她的病情好转。有一次她对菲亚玛谈起安赫尔——她在守护神小教堂认识的男人，他的出现使她的爱情之花复燃。但菲亚玛不知道的是，安赫尔就是她的丈夫马丁。

有一天菲亚玛去参观一个艺术展，在那里认识了雕刻家大卫·彼得拉，并爱上了他，背着丈夫马丁，跟他好上了。之后，菲亚玛和马丁不再相爱，菲亚玛意识到自己对丈夫的背叛，痛苦地离开了丈夫，也疏远了大卫。但她后来又回到大卫身边，一道去印度旅行。马丁也同埃斯特雷亚私奔去了意大利。分手几年后，菲亚玛和马丁发现彼此依然相爱，但想回头已经太迟。

小说有四个主要人物：菲亚玛，心理医生，38岁，一头金发，一双明亮的绿眼睛，结婚18年，因感情不专一而与丈夫分手，马丁是记者，比菲亚玛大10岁，写过多首诗，由于感情出轨而导致婚姻破裂，埃斯特雷亚，独生女，由于继承了一笔遗产而无须工作，离婚三年后遇到马丁，双双相爱；大卫，雕塑家，举办过女性雕塑展，他视菲亚玛为缪斯，彼此爱慕，但最后还是感情变冷。《被拒绝的爱情》被称为一部精湛之作和性爱文学的优美教材，它把读者带人了最纯洁的情感、最机智的幽默和最魔幻的理想主义[①]境界。小说讲述的是菲亚玛·德伊·菲奥里和马丁·阿马多尔等人的爱情故事，他们的爱情汹涌澎湃，像大海的波涛，拍打着海岸，急速地袭来又迅速地离去；他们的情感的激荡像旋涡一样冲击着读者。爱情和失恋、缠绵与激情、顺从和背叛，是菲亚玛·德伊·菲奥里等人的生活和情感的组成部分。在其生活最空虚或最充实的时刻，表明她们是一些完完全全、真真正正的女人。

这是几个无比美丽的爱情故事，故事发生在一个港口城市里，在那里，时光似乎总陪伴着这一对青年男女焦虑不安的情绪。小说对他们的爱情有着最纯洁、最热烈的表现，对他们那种有快乐也有孤独、有现实的追求也有对未来的向往、有可能的梦想也有不可能的梦想的生活有着充分的描写。由于男方或女方对对方的不忠而导致关系或婚姻破裂，从此各自开始走上了新的人生之路。此作在2004年美国图书馆博览会上获得浪漫主义小说类奖。

《倒数第二个梦》描写一对年迈的夫妇一块自杀，二人拥抱着

[①]　其含义见后文。

躺在地板上，身上穿着新婚礼服，面带幸福的笑容。奇怪的是，她的女儿奥罗拉和他的儿子安德鲁，一个不认识自己的母亲，一个不认识自己的父亲。他们自己也互不相识。他们觉得，无论他们的自杀还是他们的"婚礼"，都是一个不解之谜。于是，奥罗拉和安德鲁决定进行调查：一个调查自己的母亲，一个调查自己的父亲，想找到为这么悲惨这么出人意料的结局的答案。

老汉叫琼·多尔古特，老妇人叫索莱达德·乌达内塔，他们从少年时代就相爱，但是种种因素：社会阶层、习惯势力、金钱……甚至一片海洋把他们分开，不容他们幽会，更不允许他们成婚。他们生活和相爱变成了一场永恒的、永无尽头的、漫长的梦，只要到达他们生命的终点才能以一种意想不到的结局醒来。他们各自的儿女试图发现支配着其父和其母的生活并导致他们自杀的秘密。因此，这对青年男女开始了一段交织着意料不到的感情、没有结果的激情、矛盾冲突、性爱的情感经历。

小说描述了两位老人的最后一次幽会："他们躺在地板上，面带爱情的清晰微笑，郑重地挽着一条胳膊，穿着新娘、新郎的洁白婚纱，从头到脚一片白。"这一对老人，生前坠入爱河，情深义重，但受到习惯势力、社会偏见乃至金钱的阻挠而无法公开相爱和婚配，只能背着世人、偷偷地结婚，到阴间去享受人间不能享受的爱情幸福，这是何等的悲壮的举动！

安赫拉·贝赛拉在小说中告诉我们："在倒数第二场梦发生之前，必须爱和梦想，因为当真正的爱存在时，最后一场梦是不存在的。"

《时间所缺的东西》凭借娴熟的艺术技巧，将爱情和死亡结合在一起，创造了"具有魔幻色彩的理想主义"。在小说的某个时刻，一位年轻的女画家爱上了一位比她大 40 岁的艺术家（此人早已功成名就……并已结婚），她决定把自己全身洒满柏油，等待她的意中人到来，等待她的大衣开始生长，一直生长，直到和街道连接在一起。

　　这个学习绘画的女生总是赤着脚，保守着和一种古老的教派有关系的重要秘密，并且为了寻找错失的成绩和一种崭新的创作灵感而迷恋着一位画家。

　　女学生叫玛莎里娜，是个 25 岁的女孩和孤儿，学习作画的学生。她所爱的老艺术家是 60 岁的卡迪斯，一位使年轻女学生心潮澎湃的博学的画家。玛莎里娜总是赤着脚在城市的街道走路，就像她的家庭所信仰的"艺术热爱者教的信徒们所做的那样"。无疑，玛莎里娜是个天真、热情、性感和浪漫的女孩，只是有些做作。即使在寒冷的冬天她也光着脚到处走动，既不怕冻脚也不怕患病，她对那位早已不年轻的画家的爱恋之痴迷程度实在罕见。尽管他艺术功底深厚，名满画坛，但他那般年迈、老气横秋的样子，是一般女孩敬而远之的。玛莎里娜独自住在巴黎拉丁区，80年代她在少女的尸首旁边长大，那个少女在 14 岁时受到宗教裁判所的人强暴和杀害，尸体被玛莎里娜家一代又一代人保存在一个权当祠堂的立柜里。她的家族信仰艺术热爱者教，这个教的人从中世纪到她这个时代，一直在放手寻找少女西恩娜的尸首，想把她作为他们的双重艺术的神圣庇护者供奉在巴黎的地下墓穴里。

　　据作者讲，这部小说是根据她的朋友特蕾莎·索莱尔和安赫尔·塞基埃尔讲述的关于索莱家族守护克拉拉·马尔蒂尔的尸首的史实写成的。小说故事发生在两个截然不同的时代：中世纪和现代主义时期（19 世纪末）。在中世纪，产生了卫护宗教理想的强大运动和派别，妇女们不得不和父母、兄弟和儿女在各方面进行战斗，反对由西蒙·蒙特福特领导的、在伊诺森西奥三世庇护下的十字军，而十字军反对一切被视为异端的东西。在小说的涉及的现代主义时期，玛莎里娜经常在巴黎的街头赤脚走路，就像艺术热爱者教的女人们习惯做的那样；她走路干净利索，不留痕迹，几乎像飞人一般，她的世界一分为二：一边是她的替身：圣女，她的下意识的精神世界，她神秘地对它诉说她人生的痛苦和不能解决的不可能的爱情（玛莎里娜是那个沉睡了几个世纪的少女活的化身）。另一边，她远离现实，成为一种未完成的爱情的猎物，一个不知所措的"我"的表现，渴望通过绘画达到对她的思想变化的某些阶段的了解。而她的老师、那个她所热恋的男人，埋头于他那种自称"不知羞耻的二重性"的绘画风格，相矛盾地被捆绑在宗教思想和家庭传统上。艺术热爱者教企图拥有圣女的肉体，从它被用作宗教圣物倒卖品的时代起就是这样。那是贩卖肉体圣物的黑手党时代：他们倒卖骨骼、头发、指甲或所谓圣人和殉道者的肉体。卡迪斯以他那白发苍苍的头和疲惫的眼睛，把他的人生变成了一种灵活的双重道德。像他那样的恋爱，他应该拒绝把他那种渴望的、肉欲的目光投向 23 岁的年轻女生。在所谓的双重性中，从它自中世纪产生后，纯洁的爱情和艺术就完全联结在一起。那时人们理解的双重照片是同一个我的两张面孔。这样，老师和女学生在渴望一起作画方面便凑巧成为一个象征，他们的绘画在画布上展示的是肉体和精神上的激情。通过绘画，一种动物的本能无须接触便把他们联结在一起。画家在巴黎举办了闻名于世的性感艺术展览，就是这项展览造成了两位画家人生的失败：著名画家卡迪斯，在承认他的女学生参加了共同的工作时，便公开了他那种不可一世的假象：他的恐惧，他的双重感情暴露无遗。他同他妻子莎拉的关系破裂，在他和玛莎里娜之间也撕开了一个不可挽回的口子。画展的结果是散发出一股荣誉和死亡的气味，因为现实压倒了人的双重性观念。

是虚构还是现实？两者的成分都有。在 21 世纪，作者从玛莎里娜同死者西恩娜少女的病态关系到卡迪斯的自杀，创作了一部充满恐怖色彩的小说。她所创造的双重性概念不仅属于人类的心灵，而且被搬上了画家的画布，被赋予了一种新的艺术观念。但这不过是 21 世纪的文学与艺术的一种反映。

　　小说以一种几乎充满诗意的风格写成，塑造的人物各有特点，当然给人留下印象最深的是玛莎里娜和老画家卡迪斯。其实，两个人都是不幸的：一个由于举办性感画展览而导致妻离子散，身败名裂，自杀身亡；一个也因此葬送了青春和名声，她所苦苦追求的爱情之梦也自然难圆。

　　书题所说的"时间所缺的东西"，实际是指时间做不到而只有圣女才拥有的东西，即停滞。而小说的女主人公玛莎里娜只有找到祖辈秘密出生地，才能停住脚步，安定下来。

　　这是一部引人入胜的小说，它汇聚了人物的激情、理性、无辜、不安的情结和平静的心态，还有精神方面的种种表现，构成了一股情感的旋风，冲击着读者的心灵。

　　贝赛拉断言："这部小说的故事只能发生在巴黎。"她曾经全力以赴学习艺术家们的蒙帕纳斯，那是 20 世纪初先锋派的巴黎。当她创造人物时，人物纷纷要求她去巴黎谈论艺术和感受。她认为，巴黎仍然是一个每天让人感到惊讶的地方，"它是一个无限的舞台，你如果留意的话，巴黎会经常给你提供人物、香味和精神状态，它是一座能改变人的精神的城市，这是可以摸到的"。

　　《她，什么都有》的主人公是一位哥伦比亚著名女作家，有一天她开车带着丈夫和女儿回家时，她扶着方向盘睡着了，结果发生了可怕的车祸。当她在医院的病床上醒来时，头脑的记忆已经模糊不清。但她首先问的是她的亲人都怎么样。她听到的回答让她迷惑不解。"有人跟你一起旅行吗？夫人，没有别人啊！你被找到的时候，你就一个人。"无疑，她那两个亲人已经没了。她的世界一下子塌了，她觉得活着已经没有意义，只有为知道她丈夫和女儿的情况才让她坚持活着。她要活下去，她要摆脱那种混乱的思想状态，她要去佛罗伦西亚去寻找她小时候父亲给她讲的一个故事。这个故事也许能激发起她写作的兴趣。到那里后，她竭力远离她那些想法、她那些回忆和她的孤独，把时间用在修复各种图书上。傍晚她去见一位名叫利维多的古籍书店老板，他总是默然地在那里等待着她，再说，那也是一个使她感到平静的去处。此外，她还要和一个流浪汉、歌剧演唱者交朋友，那个人有他对人生的独特看法和理解。

小说的女主人公没有名字，只是简单地叫"她"。为了感觉自己仍然活在世上，她创造了一个奇特的人物：神秘的雅典女人唐娜·迪·拉克里玛，常有一些男人到她那里去，唯一的目的是对她诉苦和欣赏她那半裸的躯体，而她总是一言不发，用一副面具遮掩自己，如同川端康成笔下的睡美人，只是她显得更加神秘。

自从出了车祸，她一直心灰意冷，焦虑不安，自然不再写作，只是以看书、修书解闷。车祸发生后，她母亲给她寄来一封信，信中附有她在佛罗伦西亚的家庭的史料，让她恢复阅读和写作的愿望。当时她的心情那么惶惑不安，只得前往佛罗伦西亚，去了解她的一位先辈的人生经历。

《她，什么都有》的创作灵感是 2004 年作者在前往佛罗伦西亚的旅行中产生的。她连续 5 天坐在一家酒吧里，正在喝一杯酒，只见一个神秘的女人走进来，她头戴黑色宽檐帽，面带奇怪的表情，面孔上写着孤独。这就是她这部小说女主人公的原型。而那位书店老板利维多则是她的一位大学老师，是从 1966 年佛罗伦西亚洪水中抢救出来的古旧图书的保管人，他也是一个孤独的人，为人冷漠，很不容易才重新找到了生活的意义。这是一部表现人的孤独、忧虑和不安的小说。小说具有一定的自传色彩：有一些部分，特别是关于童年的描述，是作者本人的童年的写照。她把自己的经历写进了小说的一些段落。小说故事并非直线发展，而且发展十分缓慢。在故事的整个发展过程中，可以读到关于人的感情、感觉和回忆的大量描述，而且充分运用散文诗的风格，作者似乎沉浸于描写的乐趣，而忘记了故事本身的讲述，以致故事进展极其缓慢。几页过去了，总不见故事发展。在某些时候，让人觉得好像作者不知道如何把故事讲下去了。此外作者还创造了若干令人难以置信的情节和人物，唐娜·迪·拉克里玛就是这样，还有唱歌剧的流浪汉和他跟她的关系，谜一样的书店老板也是这样。

安赫拉·贝赛拉被认为是拉丁美洲"魔幻理想主义"流派的先行者。她曾说"我在现实与想象之间长大，从小就听到一些夸特的故事，听到夜晚的声音……比如说我记得一种夜鸟，它的叫声就像你扼住一个女人的脖子。我在家里听说，有一个新娘没有头，她的身躯在寻找她的头……你总生活在这种想象的现实中。"她还说："奇怪的是，我从小就生活在这种现实中，诺瓦利斯①谈到过理想主义，谈到过把魔幻用来表现人的激情，这种东西能帮助你表现一种状态或一种强烈的情绪。这对我十分适用，因为在我的生活中总是存在魔幻的事物。所以在《一个十足的无耻者的回忆》中，当阿尔玛在贝克尔的凉亭里等待佛朗西斯科时，他没有来，陪伴她的垂杨柳便哭起来，泪水淹没了凉亭和玛丽亚·路易莎的花园……还有塞维利亚，那个无耻的人死的时候，下午两点钟天就黑了。"

安赫拉·贝赛拉把这种魔幻理想主义表现手法运用于她的多部小说。譬如在她的首部小说《被拒绝的爱情》中，描写一个房间里，连续下着紫罗兰雨、黑雪，狂风大作，反映了主人公的精神状态能够影响大自然，批评家们关于这种描写叫作"魔幻理想主义"。在她的另一种小说《时间所缺的东西》中，有一个情节描写一个年轻画家爱上一个比她大40岁的画家，于是她决定把身上的大衣洒满柏油，等待她的心上人到来，等待她的大衣生长，再生长，直到和柏油马路连在一起。

---

① 诺瓦利斯（1772—1801），德国小说家和诗人。

第十一节　索艾·巴尔德斯

索艾·巴尔德斯（Zoé Valdés），古巴女作家，1959 年生于哈瓦那，曾在高等教育学院学习 4 年，在哈瓦那大学攻读语言学 2 年，后赴巴黎进修。80 年代在教科文组织和古巴驻法国使馆文化处工作。90 年代任古巴电影杂志副主编和古巴电影工业与艺术学院编剧。她以写诗开始文学生涯，1986 年出版诗集《对生活的回答》《一切为了一个影子》和《吸烟者车厢》。此后转向小说创作，陆续出版《蓝色的血》（1993）、《大使的女儿》（1995）、《天使的愤怒》（1996）、《我给了你完整的生活》（1996）、《乡愁咖啡馆》（1997）、《亲爱的初恋情人》（1999）、《我父亲的脚》（2000）、《迈阿密的奇迹》（2001）、《哈瓦那的奥秘》（2002）、《母海豹》（2003）、《瞬间的永恒》（2004）、《与生活共舞》（2006）、《捕捉星星的女人》（2007）、《哭泣的女人》（2013）等长篇小说。

此外，她还写有短篇小说集《贩买美的人》、《1998》、《月亮的耳环》（1999）、《咖啡园的月亮》（2003）和诗集《吸烟人的车厢》（1996）和《等待的短吻》（2002）。曾获马奇小说奖（1995）、费尔南多·拉腊小说奖（2003）和古塔城市小说奖（2004）、达尔东诗歌奖（1982）等。

《我给了你完整的生活》曾入围西班牙行星小说奖。它写的是花季少女库卡姑娘的故事。只有 17 岁多一点的小库卡只身来到革命前的哈瓦那。她在哈瓦那认识了两个淫妇，关系相当密切。在她们的引诱下，她熟悉了哈瓦那之夜的味道和节奏。在发疯的舞蹈和热烈的亲吻中，她爱上了一个男人。但是那个男人突然消失。姑娘并未失望，而是耐心等他归来。8 年后二人终于重逢，双双爱得更加死去活来。但是她的幸福又很快失去。在革命初期，她孤身一人，把全部身心用在抚养儿女身上，一面等待丈夫回家。日复一日，年复一年，生活的贫困终于使她的幻想破灭。在古巴音乐的喧闹声中，读者重温了古巴革命前后城市浑浊的夜生活和普通人的不幸遭际。这是一部充满辛酸、性爱和放纵的小说，展示了一个女人的欲望、希望和失望。

《我父亲的脚》的主人公是一位年轻的妇人，她叫阿尔玛·德森帕拉达，她想去西班牙。但她已怀孕8个月。她从没有见过她的父亲，只是在梦中遇见过。此事发生的那一天，她请求父亲把他的脚伸出来让她看，她发现父亲的脚和她脚一样。于是她知道，他是她的亲生父亲。之后，她请求父亲别离开她，请求父亲全心全意地爱她，用从任何那里也得不到的亲情爱她。因为阿尔玛同时过着两种完全不同的生活：一种是真实的生活，饥饿和痛苦压倒了一个有成就的女作家，然后离开古巴岛走向自由。

为此，她去拜见上校，要求把她的小艇换一条结实的，好让她能够穿过大西洋到达离古巴大约200公里的美国海岸。她怀着身孕也要实现她的计划，冒险也不怕，因为对她来说留在古巴跟死亡没有区别。她带着她的亲人和朋友们的照片（埃内斯托、她母亲、鲁丝和本哈明）。也把某一件舍不得丢下的东西如那只会跟她说话的胶玩具带上。另外，也得把柠檬、番石榴、洋李和鳄梨带上。还有救生用的东西：便携式收音机、电池、手电。危急时刻，她得给孔苏埃洛母亲打电话，让她听到她前后的声音，她害怕再也见不到她了。她是夜晚去的，从到处是人的海滩上走的。气氛非常感人，因为许多人的情况跟她一样，都准备离开，都在和亲人与朋友道别。上校西露惧色，因为阿尔玛从他的脸上看出来了。当阿尔玛坐上船准备划桨的时候，他更害怕了。但她很勇敢，怀着孕还敢下海上船。

此作是作者以自己的童年和少年时代的生活经历为基础写成的。在小说中，她讲述了她跟父母的关系。但不是直接写她的生活，也并不是对那个时代的如实描写。作者坦言，她写这部小说时心情是痛苦的。这使她不时地想起她那和女主人公相似的童年和少女时代。她的流亡生活的确痛苦，流亡期间，早年的回忆常常禁不住涌上她的脑海。她笔下的阿尔玛和她本人的经历紧密相连。小时候都是孤苦伶仃、孤独无助的。小说中的女主人公非常想成为男人，作者本人也是这样。她"认为许多女人在某个时候都需要成为男人。我也希望成为一个男人，想让母亲幸福。我不想成为母亲的女儿，而想成为使母亲幸福的男人"。

《迈阿密的奇迹》的女主人公彩虹是一位古巴女模特，实际上被一位意大利摄影师绑架。她是世界上百里挑一的美少女。但是她忍受着一个管理人的严密控制。当她在一位美国的百万富翁身边得到幸福的时候，依然受到那个人的恐吓。迈阿密是世界上最受人鄙弃的城市，却是铁诺·梅苏拉多偏爱的地方。此人是法国侦探，西班牙流亡者的儿子，和一个摩洛哥女人结婚，生了两个儿子后离异。他在巴黎对"世界上最美丽的女子"彩虹心生爱意，便乘飞机跟踪她来到迈阿密。彩虹出生在哈瓦那瓜纳哈博亚区，小时候父母同意意大利摄影师阿德菲西奥·蒙东戈把她带到米兰去，他保证把她变成演艺界明星。但是事实上，她的姿色换来的却是陪人睡觉的角色。受益人当然是她的发现者。她受到百般凌辱和折磨。她不能忍受，终于逃走。经过千辛万苦，她到了美国，在那里认识了一个有钱有势的人，过上了幸福生活。然而，彩虹依然受到威胁。小说描述了一位美丽少女的不幸遭遇，她虽然傍上了有钱人，却终日生活在不安之中。这是一个十分现代也十分现实的故事。作品对迈阿密这座国际性的大都市喧闹的花花世界的景象做了刻意的描写。

《瞬间的永恒》写一个年轻的中国人去美洲寻父的故事。年轻人叫莫英。父亲叫利英，是唱戏的，几年前远走他乡，再也没有关于他的消息。儿子莫英决定去找他，便丢下家庭，从广东前往墨西哥，后来又去了古巴。一路上他见识了许多国家、迷人的文化、经历过爱情、性爱和冒险……他觉得每一个瞬间都那么漫长、永恒。若干年过去了，他更名叫马克西采利拉诺·梅希亚，他妻子离开他后，他变成了一个失语的人，年迈后写回忆录留给孙女。小说具有自传成分：莫英就是她的祖父。他的孙女就是作者本人。她祖母是个爱尔兰人，祖父40多岁时她把五个孩子留给他出走去唱戏了，祖父从此失语，给孙女写了回忆录。作者说："写这部小说是对祖父的背叛，因为这不是他的生平，而是献给他的小说，写的是我想象的他的人生经历。"

《母海豹》写的是两个女海盗安妮·邦尼和玛丽·里德的故事，17—18世纪她们在加勒比海域横行不法。但作为女性，她们又命定受着男人世界的控制。然而，对自由的渴望和对新的生活经历的追求，教会她们如何在男性统治的生活环境中幸存下来，并激励着她们投身那个时代（18世纪）特别诱人的冒险活动。而在熟悉加勒比海域的女海盗中，她们算是最为机智而狡诈的两个。她们本来在她们的父亲的公司里工作，后来被辞退、退出公司。二人一不做二不休，不顾身家性命，一气之下登上了海盗船。在船长卡利科的率领下，她们和男海盗一起，在海上闯荡，漂泊，碰运气。经历过种种变故、遭际，变成了女扮男装的勇敢的海盗。

金斯东海盗船船长卡利科·杰克被认为是那个时代加勒比地区最凶恶、最危险的海盗之一，他曾经带领他的人被西班牙只雇佣向西班牙运送黄金。一名船只提到他时说："在哈瓦那，未婚女、已婚女、寡妇和娼妓，遇到他简直一见倾心，他的威名传到了辛富埃戈斯和其他省和其他岛：巴哈马、比恩托斯岛、皮诺斯岛、托尔图加岛、圣多明戈和埃斯帕尼奥拉……"卡利科的确是一个不一般的海盗。

安妮·邦尼出生在一个富有的家庭，她因仇恨她的家庭教师，就把她的头砍了，她不得不冒着危险出去谋生。最初她在街头当妓女，后来一位嫖客决定帮她，跟她结婚。不久她就被丈夫卖给了卡利科·杰克，当了海盗，她很快就表明她是个勇敢、刚强、无所畏惧的女性，面对敌人毫不示弱。玛丽·里德是个商人的私生女，她母亲决定让她取代她大哥去领取抚恤金，来养活娘儿俩。办完手续回了家，之后仍顶替大哥去女扮男装当了兵。和一名士兵结了婚，丈夫死后她就投奔了卡利科的海盗船。

小说对加勒比地区风雨大作的景象的描写颇为精彩："密密麻麻的小雨下起来，掀起了许多尘土和一股股热气。随即下起瓢泼大雨，狂风骤起；远方的云团由灰变黑。暴雨遮没了地平线。飓风！飓风来了！当地人叫喊起来。"（第80—81页）

为了写这部小说，索艾·巴尔德斯进行了广泛的调查。她说："写这部作品的想法已经多年，一个真正挥之不去的念头，这是我精心创作，多次调查，多次旅行后而写的小说。"

《与生活共舞》是一部充满自传色彩，现实与虚构相交织，性和舞蹈扮演着重要角色的小说。主人公是一位没有名字的女作家，以写文学作品和电影剧本为生，她讲述了她那些常常和梦呓近似的性经历。故事以重大的恐怖主义事件发生后的伦敦和纽约为主要舞台。这位女作家邀请读者和她一起去一个充满艺术气氛的个人世界，她在那里躲避她所处的残酷生活环境。女作家要讲的故事从古巴舞蹈家卡内拉和她的舞伴、塞维利亚的吉卜赛人胡安开始。她靠他们和小说中的其他许多人物，讲述了一个关于性和激情的故事。卡内拉是女作家的哈瓦那老乡，是一位职业舞蹈家，她利用一次巡演的有利时机留在了西班牙。她早就爱上了一个马德里人，但此人不久便离开了她，借口是他已经有家室，他没有勇气为了这段关系毁掉他的婚姻。

小说中的性爱实际上是通过舞蹈表现的，把这种运动的艺术作为欲望的一种隐喻。但《与生活共舞》并不是一部性爱小说，因为从第一页开始就表现出一种文学雄心，一部严肃的小说，不是出于对快乐的纯粹描述和描写，而是通过小说展示作家的创作经验和一系列戏剧性因素，同时表现人物的孤独，抨击恐怖主义现象。

《捕捉星星的女人》的主人公是一位古巴女诗人，她在海滩上遇到一个神秘的女人，她自称"捕捉星星的女人"。随后发现此人是 30 年前去世的画家雷梅迪奥斯·巴罗。于是开始写关于她的鲜为人知的故事。这位画家 1908 年生于加泰罗尼亚赫罗那·安赫莱斯，西班牙内战期间被迫逃往巴黎，后来又从纳粹占领下的巴黎逃往墨西哥定居，直到 1963 年去世。她是一切时代伟大的艺术家之一，经历过 20 世纪西班牙的先锋派艺术的"爆炸"，同当时年轻的萨尔瓦多·达利等人一道在大学生公寓玩耍嬉戏，度过一段快乐时光。之后又加入了巴黎的超现实主义团体。逃亡墨西哥后和迪埃戈·里维拉等一些西班牙人以及英国女画家莱奥诺拉·卡林顿一起度过一段很不顺心的流亡岁月。她最后一次超现实主义冒险是写信给某些陌生的超现实主义画家，请他们参加节目活动，但是没有人前来捧场。在描述女画家的故事的同时，女主人公还在画家的非凡经历的影响下，大胆地面对丈夫的暴力，她丈夫是一位受古巴政府尊崇的作家。两个女人虽然阴阳两隔，但她们有对自由的共同渴望，都对未来怀着美丽的梦想。正当满天星斗倒映在大海深处的时刻，两个女人的形象融合在一起。小说表现了两个女人的爱情、快乐、梦幻、回忆和向往。

为了写这部小说，作者对女画家富有激情的人生、她的许多次爱情、她流亡墨西哥的经历和她同那个时代的超现实主义诗人们的关系做了充分而细致的调查，从而复活了这位被 20 世纪的艺术史忘记的非凡的女画家。

《哭泣的女人》是根据神秘的摄影师、画家、诗人和毕加索的女友多拉·马尔女士的形象写成的。小说主要描述多拉·马尔和毕加索分手后前往威尼斯的一次神秘旅行。此外她由一对同性恋作家陪伴。其中之一是美国人詹姆斯·洛德，他那时已参加本国军队，唯一的目的是去欧洲见一见毕加索。另一位同性恋者是贝纳尔德·米诺雷特。多拉是 1958 年到达威尼斯的，当时她已 51 岁，是一位身体衰弱、身心疲惫的女人，泪水和她相伴了大半生，一直和毕加索的关系不和，到了老年，已经没有多少快乐、甜蜜生活、热情和精力可言，她尤其渴望忘记过去，以新的生活经历取代昔日的经历。她把威尼斯之行当作一种寻找安逸和治病的途径。她在威尼斯的漫步越来越短，她回忆往事的漫步却越来越长。作者熟练地描写了威尼斯的清澈的河水和近乎破败的建筑，为多拉直到去世都在回忆过去提供了必要的自然环境。

多拉本是 30 年代巴黎的一位年轻画家，杰出的艺术家，深受曼·雷和保尔·艾吕雅的敬重，她 24 岁时结识了比她长 30 岁的毕加索。但是不幸罹患精神病，在毕加索、朋友艾吕雅的建议下，她住进了一家精神病医院，她的朋友、精神病医生拉康对她实施了特别可怕的电休克疗法，但未能挽回她衰竭的生命。